analyses & réflexions sur…

# Stendhal

# *La Chartreuse de Parme*

ellipses

Ouvrage coordonné par Franck Evrard


**Maryse Adam-Maillet**
Agrégée de Lettres modernes
Licenciée d'Histoire
et de Philosophie
Professeur en classes
préparatoires scientifiques
au lycée Roosevelt (Reims)

**Suzanne Alexandre**
Professeur certifiée de Lettres
modernes

**Philippe Andrès**
Agrégé de Lettres modernes
Docteur ès Lettres de troisième
cycle
Professeur au lycée Condorcet
de Méru
Chargé de cours à l'université
de Picardie (Beauvais)

**Paul-Laurent Assoun**
Agrégé de Philosophie
Professeur à l'université
Paris VII

**Franck Bellucci**
Agrégé de Lettres modernes

**Michel Bernier**
Professeur de Lettres au lycée
Marx Dormoy (Champigny)
et à l'École Nationale
de Commerce (Paris)

**Christine Bétis**
Professeur en classes
préparatoires littéraires
et scientifiques au lycée Joffre
de Montpellier

**Michel Borrut**
Docteur ès Lettres
Agrégé de Lettres modernes
Professeur en classes
préparatoires scientifiques
au lycée Buffon (Paris)

**Pierre Cambou**
Agrégé de Lettres classiques
Docteur ès Lettres. Professeur
au lycée Saint-Sernin (Toulouse)

**Catherine Cazaban**
Agrégée de Lettres modernes
Professeur au lycée Jules Verne
de Cergy-le-haut (95)

**Jacques Dürrenmatt**
Agrégé de Lettres modernes
Docteur ès Lettres
Maître de conférences
à l'université de Poitiers

**Catherine Durvye**
Agrégée de Lettres classiques
Professeur en classes
préparatoires littéraires
et scientifiques au lycée Lakanal
(Sceaux)

**Franck Evrard**
Docteur ès Lettres et ès Arts
du spectacle
Professeur de Lettres modernes
Chargé de cours à l'université
Paris VII

**Eddy Hanquier**
Agrégé de Lettres modernes
Professeur en classes
préparatoires scientifiques
au lycée Thuillier (Amiens)

**Arturo Horcajo**
Enseignant à Langé dans l'Indre

**Carlos Horcajo**
Certifié de Lettres modernes

**Bernard Laurent**
DEA de Langue française
Professeur de français au Centre
de Formation Lincoln (CFL)

**Alain-Gabriel Monot**
Professeur de Lettres modernes
(Expression et Communication)
à la faculté des Sciences
de l'université de Bretagne
Occidentale (Brest)

**Marie-Hélène Prouteau**
Agrégée de Lettres modernes
Profeseur en classes
préparatoires scientifiques
au lycée Clemenceau (Nantes)

**Guy Renotte**
Docteur en philosophie
Professeur au lycée
Louis-le-Grand (Paris)

**Jean-Claude Rouanet**
Agrégé de Lettres classiques
Docteur ès Lettres. Inspecteur
à l'Académie de Toulouse

**Enrique Seknadje-Askénazi**
Maître de conférences
au département d'Études
cinématographiques
et audiovisuelles à l'Université
Paris VIII

**Marie-Noëlle Wicker**
Professeur de Lettres et Culture
générale en classe
de B.T.S.

ISBN 2-7298-0239-8

Ellipses Édition Marketing S.A., 2000
32, rue Bargue 75740 Paris cedex 15

# Sommaire



**N.B. : Les références entre parenthèses de *La Chartreuse de Parme* renvoient à l'édition GF Flammarion, n° 26.**

Première partie

# De Henri Beyle à Fabrice del Dongo

Même si l'on a pu railler le beylisme, ce culte du Moi généralisé, la formidable modernité d'un roman comme *La Chartreuse de Parme* qui a pourtant déconcerté les lecteurs du XIXe siècle, tient à cette omniprésence du narrateur derrière ses personnages et dans son écriture, à cette unité essentielle de l'œuvre et du Moi stendhalien, à ce projet autobiographique de construire son moi et une existence comme une œuvre d'art. « Les deux cariatides de l'ancien "savoir" littéraire se nommaient, on s'en souvient peut-être : l'*homme* et l'*œuvre*. La valeur exemplaire du phénomène Stendhal tient à la façon dont il ébranle ces deux notions en altérant leur symétrie, en brouillant leur différence, en dévoyant leurs rapports », écrit Gérard Genette dans *Figures II*. Dans le pseudonyme de Stendhal ne cessent de se croiser et de se recouvrir la personne de Henri Beyle et l'œuvre romanesque. À la différence du roman balzacien clos sur lui-même, achevé, le roman stendhalien ouvre sur un hors-texte à l'image du début de *La Chartreuse de Parme*. Le début de la fiction romanesque reprend sans rupture la fin interrompue du texte autobiographique, la *Vie de Henry Brulard*, c'est-à-dire l'arrivée des Français à Milan. Fiction et réalité se superposent dans une écriture distanciée et lucide dans sa manière de travailler et transformer la réalité vécue : « Les choses imaginées et les choses vues se confondent. »

Improvisé en cinquante-deux jours du 4 novembre au 26 décembre 1838, dicté dans un état de grâce, un bonheur d'écrire et de revivre la vie milanaise, Parme, le Corrège, *La Chartreuse de Parme* s'apparente à une sorte d'autobiographie rêvée. Ce roman qui peut apparaître comme le sommet et l'achèvement de l'œuvre stendhalienne est né d'un projet de récit napoléonien centré sur la bataille de Waterloo, « La Vivandière », de la lecture d'un manuscrit, *Origines de la grandissime famille Farnèse* qui relatait les débuts d'Alexandre Farnèse, futur pape sous le nom de Paul III, ainsi que d'un projet relatif à la mort de Sandrino, l'enfant de Fabrice et de Clélia. L'articulation de la destinée ecclésiastique et galante avec la rencontre avec Napoléon et une fin malheureuse aboutira à la somme romanesque que nous connaissons lorsque l'écrivain entrevoit enfin la possibilité d'une synthèse pour une œuvre travaillée par les tensions thématiques et esthétiques (France et Italie, héroïsme sublime et parti pris réaliste, etc.), lorsqu'il parvient aussi à concilier l'actualité historique et un fonds atemporel, archaïque et mythique.

*Franck Evrard*

# Stendhal, sa vie, son œuvre

*Jean-Claude Rouanet*

## La vie de Stendhal

### Des débuts dans l'existence « sous une cloche de verre »

1783. Henri Beyle naît à Grenoble, le 23 janvier, de Joseph Chérubin Beyle, avocat au Parlement, et d'Henriette Gagnon : dans la *Vie de Henry Brulard*, en 1835-1836, Stendhal écrira de son père que « c'était un homme extrêmement peu aimable, réfléchissant toujours à des acquisitions et à des ventes de domaines [...] », qu'« il n'y avait rien de moins espagnol et de moins follement noble que cette âme-là », et de sa mère, qu'« elle était une femme charmante », qu'il en était « amoureux », qu'« elle avait une noblesse et une sérénité parfaite dans les traits », qu'elle lisait « souvent dans l'original la *Divine Comédie* de Dante ».

Quand sa mère meurt, Henri Beyle n'a que sept ans : c'est pour lui une grande douleur ; « avec ma mère finit toute la joie de mon enfance » (*Vie de Henry Brulard*). Il a deux sœurs : Pauline (née en 1786), sa préférée, et Zénaïde-Caroline (née en 1788). On peut parler d'une incompréhension totale entre le père et le fils : la froideur, le culte de l'argent du père, conservateur et bigot, sont des obstacles à la communication avec le fils qui, lui, a en tête de « belles idées littéraires et philosophiques ». Le jeune Beyle a comme interlocuteur aimable sur ces questions son grand-père, Henri Gagnon, médecin, qui lui a transmis « son culte pour Horace, Sophocle, Euripide et la littérature élégante ». Cette harmonie entre le grand-père et le petit-fils a une influence réconfortante sur Henri Beyle, dont l'enfance est assombrie non seulement par le père mais aussi par son précepteur, l'abbé Raillane « petit, maigre, très pincé, le teint vert, l'œil faux avec un sourire abominable » ; au sujet de ce prêtre, il écrit (*Vie de Henry Brulard*) :

> Il est difficile d'avoir une âme plus sèche, plus ennemie de tout ce qui est honnête, plus parfaitement dégagée de tout sentiment d'humanité.

Il faut ajouter dans cette enfance faite de douleurs l'horreur que lui inspirait la ville de Grenoble.

Henri Beyle entre le 21 novembre 1796 à l'École Centrale de Grenoble ; il est porté par son goût des mathématiques, son « enthousiasme pour les mathématiques » qui, dit-il, « avait peut-être eu pour base principale » son « horreur pour l'hypocrisie », hypocrisie incarnée par sa tante Séraphie Gagnon, la plus jeune sœur de sa mère, qui protégeait les prêtres réfractaires et faisait preuve de bigoterie. En 1798, à l'École Centrale, il obtient le premier prix de belles-lettres. En 1799, il y obtient le premier prix de mathématiques.

Le 30 octobre, il quitte sans regret Grenoble pour Paris avec comme objectif d'entrer à l'École Polytechnique, mais, en fait, il ne s'y présentera pas.

### Paris, l'Italie, Grenoble, Marseille

Il est accueilli chez Daru, son cousin, qui lui ouvre les portes du ministère de la Guerre ; grâce à Daru, il rejoint un régiment de dragons en Italie et se retrouve en Lombardie avec le Premier Consul. Il reçoit le baptême du feu devant Bard. Il arrive au début juin à Milan ; dans le premier chapitre de *La Chartreuse de Parme*, il fera écho à l'accueil de l'armée française par les Lombards. De plus, il lie connaissance avec Angela Pietragrua, qui fait naître en lui une passion de plus de dix ans. Il obtient un brevet provisoire de sous-lieutenant de dragons. En 1801, il est nommé aide de camp du général Michaud ; il passe l'année en Italie (Brescia, Mantoue, Bergame, Crémone). Il rêve d'écrire pour le théâtre. Il veut « faire des comédies comme Molière ». Il se met à écrire son *Journal*. Malade, il repart pour Grenoble. Il donne sa démission de sous-lieutenant. Puis il se rend à Paris auprès de Victorine Mounier dont il est amoureux. Il fréquente les théâtres, nourrit des ambitions littéraires. En 1803 et 1804, la vie à Paris, entrecoupée de séjours grenoblois, lui donne l'occasion de contacts avec des actrices, dont Mélanie Guilbert, « Louason », dans son *Journal*. Il suit Mélanie à Marseille : elle y a un engagement au théâtre et lui travaille dans une maison d'exportation, comme commis d'épicerie.

### De 1806 à 1814 : l'armée, le Conseil d'État, Napoléon

En 1806, il accompagne un fils Daru en Allemagne. Il entre à Berlin en même temps que Napoléon, le 27 octobre, et deux jours après il est nommé adjoint provisoire aux commissaires des guerres et prend son poste à Brunswick. En 1807, il devient adjoint titulaire. En 1808, il est chargé de diriger les domaines impériaux situés dans le département de l'Ocker et de surveiller les biens du roi de Westphalie. Avec l'armée napoléonienne, en 1809, il est successivement en Allemagne, en Autriche (à Vienne dont il goûte la vie artistique), et en Hongrie. En août 1810, il est nommé auditeur au Conseil d'État (section de la guerre). La vie qu'il mène à Paris est celle d'un dandy. Il attend une nomination de préfet, qui ne viendra jamais. Il est nommé alors inspecteur de la comptabilité du Mobilier et des Bâtiments de la Couronne. En 1811, à Milan, il retrouve Angela Pietragrua. Il parcourt un peu l'Italie, puis rentre à Paris à la fin novembre. En 1812, il participe à la campagne de Russie : il y rejoint le quartier général de l'Empereur ; il séjourne à Moscou durant un mois. En 1813, il est intendant de la province de Sagan, en Silésie. Il s'y ennuie. Malade, il revient à Paris, puis à Milan où il retrouve Angela Pietragrua et la Scala. Il est envoyé à Grenoble auprès du sénateur comte de Saint-Vallier pour aider à organiser la résistance du Dauphiné. Mais il revient à Paris. Il signe la déclaration du conseil d'État reconnaissant le rétablissement des Bourbons. Il est sans emploi. Il part pour Milan, retrouve Angela Pietragrua ; mais les amants connaissent des orages, qui conduiront à la rupture.

### Milan (1814-1821)

Il s'installe à Milan durant sept années. Il écrit, en 1815, sous le nom de Louis-Alexandre-César Bombet, *Lettres écrites de Vienne en Autriche, sur le célèbre compositeur Joseph Haydn, suivies d'une vie de Mozart et de considérations sur Métastase et l'état présent de la musique* en Italie. Il travaille à l'*Histoire de la peinture.* En 1817, il publie *Rome, Naples et Florence*, sous le nom qui apparaît pour la première fois de M. de Stendhal, officier de cavalerie. En 1818, il rencontre Mathilde Dembowski (Métilde) ; c'est le début d'une passion amoureuse, non partagée. Il fait un séjour sur le lac de Côme en octobre. Il poursuit Métilde à travers l'Italie ; il doit se rendre à Grenoble à la mort de son père (1819). Il retourne à Milan ; il rencontre fréquemment Rossini. En 1820, il rédige son essai *De l'Amour* et conçoit une pièce de théâtre. Mais suspecté d'être un agent secret, il doit quitter Milan à regret ainsi que Métilde.

### Les salons parisiens. *De l'Amour. Le Rouge et le Noir* (1821-1830)

Il fait un bref séjour au lac de Côme et regagne Paris (1821). Il voit jouer du Shakespeare à Londres. En 1822, il publie *De l'Amour.* En 1823, il publie *Racine et Shakespeare*, où il prend parti pour le théâtre de Shakespeare opposé au classicisme. L'année 1824 est marquée par sa liaison avec la comtesse Curial, « Menti ». En 1825, Métilde meurt. En 1826, il achève *Armance* qui sera publié en 1827. Arrivé à Milan, il reçoit l'ordre de partir dans les douze heures. Il rentre à Paris (fin janvier 1828). En 1829, il publie *Promenades dans Rome* ; il ébauche *Le Rouge et le Noir* ; il publie *Vanina Vanini.* L'année 1830 est marquée par la publication de *Le Coffre et le Revenant*, du *Philtre*, et surtout de *Le Rouge et le Noir chronique du XIXe siècle*, qui paraît peu de temps après son départ de Paris pour Trieste, où il est nommé consul, mais M. de Metternich lui refuse l'exequatur et, donc, d'exercer ses fonctions. Cette année-là Giulia Rinieri se donne à lui.

### Consul et homme de lettres (1830-1842)

En 1831, il séjourne à Venise, puis à la fin mars il quitte Trieste pour Civitavecchia, en traversant toute l'Italie du Nord ; le poste de consul qu'il occupe à Civitavecchia a comme intérêt d'être près de Rome. En 1832, il se rend à Naples, Ancône, Rome, Sienne où il va voir Giulia Rinieri, Florence et aussi dans les Abruzzes. Il écrit les *Souvenirs d'égotisme* et *Une position sociale*, roman inachevé, qui seront publiés après sa mort. À Rome il fait copier, il lit, annote des manuscrits italiens qui fourniront la matière des *Chroniques italiennes* ; un récit « Origine des grandeurs de la famille

Farnèse » nourrit avec de nécessaires transpositions *La Chartreuse de Parme* En juin 1833, Giulia se marie avec un cousin. Après un congé de deux mois passé à Paris, il repart pour Civitavecchia et il rencontre à Lyon George Sand et Musset qui se rendent à Venise ; il voyage avec eux jusqu'à Marseille. En 1834 il commence *Lucien Leuwen* qui restera inachevé et sera publié après sa mort. En 1835 il commence la rédaction de la *Vie de Henry Brulard*. C'est l'année où il est décoré de la Légion d'Honneur comme homme de lettres par Guizot. De 1836 à 1839, il vit à Paris et voyage en France ; il écrit les *Mémoires d'un touriste*, qui paraissent en 1838, année où il retrouve Giulia ; il publie *La Duchesse de Palliano* ; il compose en moins de deux mois, à la fin de l'année 1838, *La Chartreuse de Parme*, qui paraîtra au printemps 1839. *L'Abbesse de Castro* paraît aussi en 1839. Il compose *Lamiel*, une autre œuvre qui demeurera inachevée. Stendhal et Mérimée visitent ensemble, pendant un mois, Rome et Naples. En 1840, il est surtout à Rome ou à Civitavecchia. Il lit, le 15 octobre l'article que Balzac a consacré à *La Chartreuse de Parme*. Au début de 1841 il subit les assauts de la maladie. Le 15 mars il a à Civitavecchia une attaque d'apoplexie, puis il se remet. Il rentre en France. Le 22 mars il est frappé par une nouvelle attaque d'apoplexie et meurt, à deux heures du matin, le lendemain. Il est enterré, le 24 mars, au cimetière Montmartre. Sur sa tombe on peut lire désormais : « *Arrigo Beyle, Milanese. Scrisse, amo, visse.* » « Henri Beyle, milanais. Il écrivit, il aima, il vécut. »

## L'œuvre de Stendhal

À sa mort, Stendhal laissait de nombreuses œuvres inachevées. Nous avons déjà mentionné les deux romans *Lucien Leuwen* et *Lamiel*. Il faut y ajouter une *Vie de Napoléon* et surtout son *Journal*, la *Vie de Henry Brulard* et les *Souvenirs d'égotisme*. Toutes ces œuvres ont été publiées de manière posthume et les œuvres autobiographiques particulièrement ont aidé à mieux comprendre la personnalité de Stendhal, sa sensibilité passionnée, son art de vivre.

Stendhal, lui-même, considérait qu'il ne serait lu et compris que vers 1880. Seul Balzac, dès 1840, salue *La Chartreuse* comme un chef-d'œuvre. Stendhal, en fait, dédie « to the happy few » son roman, « aux quelques rares heureux » capables, comme une élite le peut, d'apprécier son œuvre, d'être sensibles à son originalité, à son souffle et son rythme nouveaux. Balzac écrivait dans son article, paru dans la *Revue parisienne* du 25 septembre 1840 :

> *La Chartreuse de Parme* ne peut trouver de lecteurs [...] que parmi les douze ou quinze cents personnes qui sont à la tête de l'Europe [...] Ne soyez pas étonné que, depuis dix mois que cette œuvre surprenante a été publiée, il n'y ait pas un seul journaliste qui l'ait ni lue, ni comprise, ni étudiée, qui l'ait annoncée, analysée ou louée, qui même y ait fait allusion [...] Aussi tout ce que je vais dire ici l'adressé-je aux cœurs nobles et purs, qui [...] existent en tout pays, comme des pléiades inconnues [...]

Pour caractériser l'œuvre de Stendhal il faut, d'abord, en souligner la diversité abondante et ensuite dégager la tonalité dominante en montrant ce qui la crée et lui donne cet accent incomparable.

### La diversité de l'œuvre de Stendhal

Stendhal est loin d'être l'homme d'un seul livre : tout ce qu'il a écrit, commencé, ébauché, une fois rassemblé, donne l'image d'un tout disparate, mal orchestré, sans réel schéma directeur. Julien Gracq, dont on sait que Stendhal est l'un des cinq « intercesseurs et éveilleurs », à côté de Jules Verne, Edgar Poe, Wagner, André Breton, ne manque pas de noter que, mis à part *Le Rouge et le Noir* et *La Chartreuse*, le reste de l'œuvre de Stendhal apparaît « dispersé, circonstanciel, inachevé » (*En lisant en écrivant*, p. 29, Corti, 1991) et le fait d'« un polygraphe amateur » (*ibid.*) qui a usé de plus de deux cents pseudonymes. En effet, une grande diversité des sujets, des circonstances de l'écriture, a fait naître une production de qualité très inégale, mais qui révèle une curiosité permanente à l'égard de l'univers des arts (peinture, musique, opéra, théâtre), à l'égard de l'histoire, de notre patrimoine culturel, de la société de son temps, à l'égard des lieux et des villes où il a vécu, à l'égard du cœur humain et de ses ressorts. Ainsi il a écrit des biographies : *Lettres [...] sur Haydn, suivies d'une vie de Mozart et de considérations sur Métastase et l'état présent de la musique en Italie* » (1815) sous le pseudonyme de Louis-Alexandre-César Bombet, *Vie de Rossini* (1823), *Vie de Napoléon* (posthume).

Il a aussi écrit l'*Histoire de la peinture en Italie* (1817) : les vies des peintres ne suffisent pas à ouvrir le cœur à l'expression plastique ; il faut, à partir d'une œuvre choisie comme caractéristique d'un peintre décrire, nommer, raconter ce que la toile nous livre.

Ce sont les récits liés aux voyages nombreux que Stendhal a faits qui sont porteurs de l'allure légère, de l'aisance débridée, de l'air de bonheur qui conviennent à l'auteur. Ainsi *Rome, Naples et Florence* (1817 et 1826 pour l'édition remaniée en deux volumes), où il s'agit de « copier la nature comme au miroir », écrit Stendhal, n'aurait pas cette allure primesautière, s'il n'y avait pas eu les longs travaux sur les vies des musiciens et des peintres. De même, les *Promenades dans Rome* (1829) et les *Mémoires d'un touriste* (1838) nous restituent les impressions du promeneur, mais tout l'art est dans un mouvement plus varié, moins sautillant et plus proche d'un récit d'initiation ; ce que l'on y trouve c'est de la géographie humaine, de la sociologie, de l'économie politique, de l'histoire, de l'archéologie, et aussi des considérations d'urbanisme modernes. Partout où l'improvisation l'emporte sur la tendance à l'organisation didactique, Stendhal ravit son lecteur.

Dans les *Chroniques italiennes* (1837), Stendhal s'inspire d'anciens récits manuscrits constituant un ensemble d'anecdotes italiennes ; il a, donc, à mettre en œuvre ce matériau et se montre assuré dans la conduite du récit, en excellent conteur.

Toutes ces œuvres citées ci-dessus constituent comme le contrepoint du génie de Stendhal, jettent sur ses chefs-d'œuvre un jour fortement contrasté et nous amènent à des lectures d'où *Le Rouge et le Noir*, *La Chartreuse de Parme* ne sauraient être absents. Elles sont, pour la plupart, ainsi que l'écrit Jean Prévost (*La Création chez Stendhal*, Mercure de France, 1951), des « initiations à l'Italie » où la technique de l'essayiste et du voyageur se perfectionne.

Il faut noter que *Racine et Shakespeare* est la seule œuvre de critique littéraire écrite par Stendhal : il y a une publication en 1823 et une seconde en 1825, assortie de lettres adressées par un romantique à un classique ; dans la première, véritable pamphlet, il souligne l'inadaptation aux temps modernes des pièces classiques : « Nous ne sommes plus les marquis à perruques ; il nous faut un autre théâtre, si nous voulons nous voir » ; à propos du comique, il va jusqu'à affirmer que les comédies de Molière sont démodées, trop conformistes (« Que me fait à moi l'imitation plus ou moins heureuse du bon ton de la cour et de l'impertinence des marquis ? ») ; il définit ce qu'il appelle « le romanticisme » : « art de présenter aux peuples les œuvres littéraires qui, dans l'état actuel de leurs habitudes et de leurs croyances, sont susceptibles de leur donner le plus de plaisir possible ». Dans la seconde publication, tout aussi virulente, les lettres d'un romantique à un classique attaquent « la pauvre Académie [...] corps sans vie et qui ne saurait porter des coups bien dangereux » ; il définit la tragédie historique et la comédie réaliste en prose.

L'essai *De l'Amour* présente l'intérêt d'être l'ouvrage où sont analysés les divers types d'amour (amour-passion, amour-goût, amour physique, amour de vanité) et où il apparaît bien que, sous le même nom d'amour, se trouvent des réalités psychologiques de natures différentes. Dans le livre I de cet essai, au chapitre II, Stendhal analyse la naissance de l'amour en décrivant ce qui se passe dans l'âme, et notamment la « cristallisation » : « opération de l'esprit qui tire de tout ce qui se présente la découverte que l'objet aimé a de nouvelles perfections » ; pour imager cela, Stendhal recourt à la comparaison avec un rameau d'arbre effeuillé que l'on a jeté dans les mines de sel de Salzbourg ; deux ou trois mois après, il est recouvert de cristallisations brillantes, d'une infinité de diamants ; le rameau primitif est méconnaissable. Cette analyse théorique, écrite en 1822, trouvera ses applications concrètes dans le cœur des personnages créés par Stendhal : les mécanismes et ressorts de la passion amoureuse s'y trouvent superbement incarnés. Stendhal, pour cette œuvre, a, entre autres, comme exemple vivant et personnel, la passion qu'il nourrit pour Métilde. Il nous faut ajouter que, dans son livre II, l'auteur montre que les variétés de tempéraments, le régime politique, l'état des mœurs, les différences d'âge et les particularités individuelles modifient et nuancent les espèces fondamentales d'amour ; il examine aussi la situation des nations par rapport à l'amour : en France, en Italie, à Rome, en Angleterre, en Espagne, à Florence, aux États-Unis, en Provence jusqu'à la conquête de Toulouse, en 1228, par les

Barbares du nord, en Arabie. Il traite aussi de l 'éducation des femmes et du mariage.

L'intérêt des œuvres autobiographiques, *Vie de Henry Brulard* (1835-1836, mais publiée seulement en 1890), *Journal* (1801-1818, mais publié en 1888), *Souvenirs d'égotisme* (1832, publiés en 1892), est tel qu'elles peuvent, dans l'esprit de certains stendhaliens, éclipser les grands romans. Elles portent témoignage sur une époque et sur un homme. Elles sont portées par la spontanéité, une vivacité qui plaît, mais ce sont des premières ébauches livrées telles quelles par un homme pressé qui ne veut pas lasser ; l'analyse est souvent profonde, même rapide, et ne manque pas d'un certain mordant. Stendhal écrit dans son *Journal* : « Une idée m'a frappé, et je l'écris parce que je sens qu'elle s'en va » ou encore :

> En général, je ne puis pas exprimer les nuances fines des événements, le profond, le meilleur de la chose, parce que les termes manquent et qu'il faudrait deux ou trois heures pour y plier les termes de la langue. Ce n'est jamais que le plus grossier qui est exprimé.

Stendhal ne nous parle pas que de lui-même ; il est porté par un réel élan de sincérité, ce qui le distingue de J.-J. Rousseau, dans les *Confessions* : après un spectacle vu à la Scala de Milan, *Le Mariage secret* de Cimarosa, il nous dit le « bonheur divin » qu'il en a retiré, et il ajoute : « Je mentirais et ferais du roman si j'entreprenais de le détailler ». Il nous livre ce qu'il a vécu de l'épopée napoléonienne et se penche avec sagacité sur la société de son temps :

> La société, étant divisée par tranches comme un bambou, la grande affaire d'un homme est de monter dans la classe supérieure à la sienne, et tout l'effort de cette classe est de l'empêcher de monter.

Ces œuvres autobiographiques montrent Stendhal toujours en quête de la vérité et l'amènent à constater la difficulté d'y atteindre, le rôle de la mémoire sélective et déformante.

Le premier roman de Stendhal, *Armance ou quelques scènes d'un salon de Paris en 1827*, la nouvelle *Vanina Vanini* (1829), *Le Rouge et le Noir* (1830), *La Chartreuse de Parme* (1839) et les deux romans inachevés *Lucien Leuwen* (entrepris en 1834 et publié posthume inachevé), *Lamiel*, conçu dans la continuité créatrice de *La Chartreuse* en 1839, constituent l'œuvre romanesque. C'est elle qui représente l'image de l'excellence de Stendhal, notamment par ses deux romans majeurs. Elle est le fruit du long apprentissage effectué à travers la diversité abondante et inégale des œuvres citées ci-dessus et aussi des tentatives avortées d'écrire pour le théâtre : il a fait des esquisses de plans, des esquisses de personnages, des ébauches de dialogues ; il a appris la déclamation, fréquenté actrices et acteurs, approché, grâce à la diversité des personnages, l'expression variée des sentiments. Dans son *Journal*, commencé dès 1801, il a forgé son art d'écrire, recherché son ton personnel ; il y a progressivement appris l'épanchement intime, le discours intérieur qu'il prête à ses personnages. *Vanina Vanini* est un récit pittoresque dont l'héroïne fait penser à Mathilde de la Mole (*Le Rouge et le Noir*) : jeune princesse ayant le culte de la « virtu », de l'énergie, et le goût du romanesque ; elle fait penser aussi à Clélia Conti, qui, comme elle, consent à épouser un aristocrate insignifiant, et fait nourrir son amant dans sa prison. *Armance* est le premier roman de Stendhal, qui, confronté aux lois du genre romanesque, doit faire ses débuts en maîtrisant une intrigue, imprimant un mouvement à l'action, et donnant aux héros comme aux personnages secondaires la vie et une individualité : Octave et Armance sont deux jeunes gens aux destins semblables à ceux de Julien Sorel et Mathilde de la Mole ; l'action est conduite vers un « double dénouement », fait remarquer Jean Prévost (*La Création chez Stendhal, op. cit.*, p. 232).

### Tonalité dominante et originalité de l'œuvre de Stendhal

Avant même d'aborder les traits habituellement soulignés, quand on tente de caractériser l'œuvre de Stendhal, tels que l'égotisme ou la « virtu » composant un art de vivre, il nous apparaît intéressant, parce que c'est pertinent, et nous le reprenons à notre compte, de noter les impressions que laisse la lecture de Stendhal à Julien Gracq (cf. *En lisant en écrivant* et *passim* dans toute l'œuvre).

J. Gracq souligne le « ton de légèreté enjouée », dans l'œuvre de Stendhal, qui relève du XVIII^e^ siècle, pour parler du conflit des classes sociales, par exemple dans *Le Rouge et le Noir* ; il l'oppose à Balzac, en montrant comme une « distanciation qui signe ses livres plus intimement peut-être qu'aucune autre particularité ». La prose de Stendhal a la désinvolture d'une conversation, d'un entretien, comme à bâtons rompus, et qui irait à l'aventure. Elle est faite de ruptures. Cette prose donne l'impression comme d'un laisser-aller ; c'est ce qui lui assure son mouvement naturel, sa vie, son rythme singulier constitué d'accélérations, d'imprévus, de ruptures. J. Gracq situe Stendhal entre les personnages du roman et le lecteur :

> [...] tantôt face à celui-ci et le tirant de côté par la manche pour lui faire part de ses réflexions sur le monde comme il va, tantôt lui tournant le dos et coupant la parole à ses personnages pour leur signifier, *ex abrupto*, sa façon de penser.

Le rôle de Stendhal est présenté comme celui d'« un interprète doublé d'un animateur » ouvrant grandes les portes du monde « mystérieusement ensoleillé, comme il l'est lorsqu'on s'y promène aux côtés de quelqu'un qui a le don de recharger la vie ». Retenons, en tout cas, le mode *allegro vivace* qui caractérise le mieux l'œuvre de Stendhal et aussi la connivence créée par l'auteur entre lui-même et son lecteur. Stendhal est doublement présent dans ses romans : devant ses personnages, il sait être critique, moqueur, comme, par exemple à l'égard de Fabrice, à Waterloo, quand il écrit : « Nous avouerons que notre héros était fort peu héros en ce moment », jouant avec malice sur le possessif et le double sens du mot « héros » ; de plus, les personnages créés par Stendhal ont peu ou prou une ressemblance avec lui-même, avec ses ambitions, ses rêves, avec sa vie en enrichissant celle-ci, en la prolongeant : c'est le cas, non seulement, de Julien Sorel, de Fabrice del Dongo, mais aussi du comte Mosca ou de la Sanseverina.

Un autre caractère des romans de Stendhal est qu'ils nous transportent de notre monde quotidien dans un autre univers fait de liberté, un monde en vacances, un monde de loisir fait pour l'essor de l'esprit et du cœur. J. Gracq écrit fort justement :

> Chacun le sait (et peut-être le répète-t-on un peu complaisamment, car c'est tout de même beaucoup dire) tout grand romancier crée un *monde* — Stendhal, lui, fait à la fois plus et moins : il fonde à l'écart pour ses vrais lecteurs une seconde patrie habitable, un ermitage suspendu hors du temps, non vraiment situé, non vraiment daté, un refuge fait pour les dimanches de la vie, où l'air est plus sec, plus tonifiant, où la vie coule plus désinvolte et plus fraîche — un Eden des passions en liberté, irrigué par le bonheur de vivre, où rien en définitive ne peut se passer très mal, où l'amour renaît de ses cendres, où même le malheur vrai se transforme en regret souriant.

Par rapport à l'œuvre de Balzac, l'œuvre romanesque de Stendhal a au moins les deux originalités suivantes : le monde extérieur y est peu présent, en tout cas, peu présent comme décor extérieur aux personnages et aux faits : par exemple, dans *La Chartreuse*, le lac de Côme est vu par la comtesse Pietranera (et ce sont aussi les yeux de Stendhal qui voient ce paysage), dans le livre I, chapitre II ; on ne peut guère parler d'une description pittoresque :

> Ici de tous côtés je vois des collines d'inégales hauteurs couvertes de bouquets d'arbres plantés par le hasard, et que la main de l'homme n'a point encore gâtés et forcés *à rendre du revenu.* Au milieu de ces collines aux formes admirables et se précipitant vers le lac par des pentes si singulières, je puis garder toutes les illusions des descriptions du Tasse et de l'Arioste. Tout est noble et tendre, tout parle d'amour, rien ne rappelle les laideurs de la civilisation. (58)

En fait, ce qui intéresse Stendhal, c'est ce qui agit sur l'esprit et le cœur de ses personnages. En outre, il considère que le lecteur pressé a besoin que l'on s'exprime à demi-mot. Dans *Souvenirs d'égotisme*, il confie : « J'abhorre la description matérielle. L'ennui de la faire m'empêche de faire des romans » ; en vérité, dans les romans stendhaliens, c'est l'analyse des cœurs qui prévaut, c'est la recherche d'une communication, d'une communion entre les cœurs et les esprits du romancier, de ses personnages, du lecteur. Balzac, dans son appréciation de *La Chartreuse*, souligne que Stendhal s'attache à nous faire imaginer les paysages : « L'esprit de ces paysages y est finement accusé, leur beau caractère est bien senti. On les voit. »

Apparaît ici le second aspect constituant l'originalité de la création stendhalienne, comparée à Balzac ; tous deux ont, certes, le souci de donner à voir, mais chez Balzac la description d'un visage, d'un paysage ne souffre pas l'absence des menus détails ; chez Stendhal, il suffit de quelques indices pour éveiller l'imagination et éviter d'enfermer le lecteur dans une représentation imposée. De plus, chez Balzac, les personnages sont très dépendants du cadre dans lequel ils vivent ; ils sont même façonnés par celui-ci ; à propos de l'usurier Gobseck, Balzac nous dit : « Sa maison et lui se ressemblaient. Vous eussiez dit l'huître et son rocher ». Plus encore, chez Balzac, on assiste, comme l'écrit très bien J. Gracq, au « formidable débarquement du monde extérieur dans le roman, avec son roulement de train de marchandises ». On peut même ajouter que le personnage balzacien se trouve le plus souvent pris dans un réseau serré de relations avec les vêtements qu'il porte, les objets et les meubles qui l'environnent.

Chez Stendhal, on ne retrouve point cela ; les personnages sont libres de tout déterminisme oppressant venant de l'extérieur ; ce qui les met en mouvement, les fait agir, c'est leur énergie vitale, leurs passions, leur soif d'ambition, d'amour, de bonheur. On ne sait rien du palais de la Sanseverina, ni de l'odeur des rues de Parme.

Ce que Stendhal parvient à créer c'est moins la couleur locale qu'une coloration humaine incarnée par ses héros, qui sont des êtres d'exception appartenant à une humanité hors du commun. Les personnages romanesques de Balzac, de Flaubert, de Zola, de Dostoïevski sont pris dans les réalités du monde, de notre monde. Avec Stendhal, au nom de la fiction romanesque et, plus encore, au nom de la liberté revendiquée pour ses personnages, même si *Le Rouge et le Noir* est situé sous la Restauration, même si *La Chartreuse* est « riche en leçons d'histoire », comme l'écrit Pierre-Louis Rey (« Profil d'une œuvre », Hatier, 1997, p. 73), même si *Lucien Leuwen* se déroule sous la monarchie de Juillet, nous ne sommes pas conviés à une reconstitution historique, ni à un roman historique, mais bien aux aventures sentimentales, passionnelles des héros et héroïnes. L'intrigue, les rebondissements de l'action se situent dans « une *époque-pays* totalement en marge de la chronologie comme de la géographie, une Icarie dont les consonances seules sont italiennes » (cf. J. Gracq, *op. cit.*, *supra*). C'est bien cette entrée dans un univers aux tonalités incomparables (couleurs et sons) qui constitue l'apport irremplaçable de Stendhal à notre littérature. J. Gracq (*ibid.*) remarque :

> Si je pousse la porte d'un livre de Beyle, j'entre en Stendhalie, comme je rejoindrais une maison de vacances : le souci tombe des épaules, la nécessité se met en congé, le poids du monde s'allège ; tout est différent : la saveur de l'air, les lignes du paysage, l'appétit, la légèreté de vivre, le salut même, l'abord des gens.

Ph. Berthier, dans son commentaire de *La Chartreuse*, (« Foliothèque », Gallimard, 1995, p. 122), écrit :

> Que la Stendhalie soit, non pas exclusivement, mais pour une grande part une *Stendhitalie*, c'est l'évidence même, tant la vie réelle et la vie rêvée d'Henri Beyle ont trouvé en Italie terrain, terroir, terreau où puiser les sucs de l'identité et s'épanouir en toute liberté. L'essentiel de Stendhal s'est constitué dans ce dialogue permanent et passionné avec ce versant méridional de lui-même [...]

La création de cet univers original est fortement dépendante de ce que le roman stendhalien a de spécifique sous l'angle psychologique. Stendhal n'a pas plus qu'un autre auteur une acuité psychologique lui permettant de sonder les reins, les cœurs, les esprits. Mais ce que Stendhal réussit c'est de montrer ses personnages dans une certaine attitude face à la vie : ils ont le culte du moi, un individualisme systématique, « l'égotisme » ; il s'agit de rechercher avec passion le bonheur, de goûter des joies ineffables, hors du commun, de mobiliser sa sensibilité son intelligence pour des sensations jamais éprouvées. De plus, les héros et héroïnes de Stendhal ont une énergie exceptionnelle, une « virtu », pour satisfaire leur volonté, leurs appétits, leurs ambitions ; ils se distinguent de l'humanité vulgaire, médiocre ; ils s'engagent dans une farouche lutte contre les conventions, la morale, les préjugés, les lois civiles et religieuses ; ce qui est en jeu c'est le plein accomplissement de l'être ; rien ne saurait l'entraver.

Ces deux aspects dominants de l'art de vivre, de l'art d'exister des personnages stendhaliens forment ce que l'on a pu appeler le « beylisme ». L'Italie, terre d'élection de Stendhal, est le lieu qui, pour lui, est propice à l'exaltation de l'égotisme et de la « virtu ». La quête passionnée effectuée par les héros, avides de sensations fortes et de défis, est soutenue par une écriture cursive, incisive, qui n'a point le temps de revenir sur elle-même, ni de se complaire en arabesques ornementales. Dans la *Vie de Henry Brulard*, Stendhal nous confie : « Je n'ai qu'un moyen d'empêcher mon imagination de me jouer des tours, c'est de marcher droit à l'objet ». Il recherche la concision, la sobriété dignes de concurrencer le Code Civil. Mais c'est toujours avec la perspective de pouvoir mêler les tons, faire alterner les rires, les sourires et les larmes, ainsi que l'indique au sujet de *La Chartreuse* Léon Cellier dans son article recueilli par Pierre-Louis Rey dans la collection « Parcours critique » (Klincksieck, 1996), de conférer à l'œuvre son dynamisme vital, plein d'alacrité, et à la littérature sa dimension, somme toute, ludique pour l'esprit et le cœur.

Il n'est point question, au terme du parcours de la vie et de l'œuvre de Stendhal, de déduire que la vie explique l'œuvre ni que l'œuvre, à elle seule, résume la vie. Il est pertinent plutôt de souligner que vie et œuvre sont l'expression même d'un tempérament passionné, sensible et lucide, aspirant à une existence dotée de multiples facettes, tendue vers les arts, l'amour, la gloire, le bonheur, teintée de la nostalgie de l'épopée napoléonienne et portée par une volonté débridée de réussir, de s'accomplir.

**Bibliographie**

Pour la biographie, nous avons utilisé avec intérêt le sommaire biographique établi d'après le *Calendrier de Stendhal* de Henri Martineau par la fille de l'auteur, Mme Marie-Madeleine Cahen (cf. *De l'Amour*, Garnier, 1959)

# Égotisme, autobiographie et héroïsme dans l'œuvre de Stendhal

*Catherine Durvye*

Le plus grand secret du bonheur, c'est d'être bien avec soi.

Fontenelle

Stendhal introduit dans la langue française le substantif anglais *egotism* et en fait l'égotisme. Ce terme, dont la connotation semble péjorative, désigne à la fois la manie de parler de soi et un sentiment exagéré de sa personnalité et de sa valeur. Il ne faut cependant le confondre ni avec l'égoïsme, soit le vice de l'homme qui rapporte tout à soi, ni avec l'égocentrisme, soit la disposition mentale qui consiste à ramener tout à soi-même et à se considérer comme le centre de l'univers. L'annexion de ce nouveau mot semble donc nécessaire pour exprimer une disposition dont Stendhal éprouve qu'elle est sienne, fondamentale pour lui et peut-être légitime. Avec la rédaction des *Souvenirs d'égotisme*, en 1832, le mot est lancé et pour ainsi dire attaché à la personne de Stendhal.

## L'égotisme stendhalien

L'égotisme naît de la conviction que l'individu est unique en soi et qu'il ne doit à aucun prix se laisser déposséder de lui-même. George Sand définit ainsi le terme anglais : « L'égotisme est une qualification par laquelle les Anglais désignent l'amour de soi considéré comme un droit de l'homme. » Or la société et l'entourage des autres nous contraignent constamment à sacrifier une partie de ce moi singulier ; l'exaltation du moi romantique, elle-même, ne le contraint pas moins, puisque celui-ci s'obstine à vouloir être tous les autres en même temps que lui-même. Victor Hugo exprime clairement cette universalité du moi dans la préface des *Contemplations* :

> Nul de nous n'a l'honneur d'avoir une vie qui soit à lui. Ma vie est la vôtre, votre vie est la mienne, vous vivez ce que je vis ; la destinée est une. Prenez donc ce miroir, et regardez-vous y. [...] Ah ! insensé, qui crois que je ne suis pas toi.

Stendhal veut au contraire être lui-même, c'est-à-dire n'être aucun autre. Tout au plus quelques autres, soucieux eux aussi de n'être qu'eux-mêmes, se reconnaîtront-ils une parenté avec lui, mais ce *happy few* ne saurait lui faire qu'un petit nombre de lecteurs enthousiastes. Les inquiétudes de Stendhal pour son éventuel lectorat sont, par là même, justifiées.

L'égotisme désigne donc l'impudeur de parler de soi continuellement, parce que l'homme n'a pas d'autre fin que lui-même : il lui faut réaliser la perfection de sa particularité, s'accorder avec lui-même, conserver en toutes circonstances l'estime de soi-même. Aussi Stendhal va-t-il jusqu'à affirmer qu'il n'y a pas d'autre réalité que ce moi et proclame : « Qu'y a-t-il de plus réel pour chaque être si ce n'est sa propre existence ? » pour conclure que « tout ce qui en vaut la peine dans ce monde est soi ». Se consacrer tout entier à soi-même lui paraît un droit inaliénable et il s'adonne avec application à cet exercice.

On ne peut commettre de faute qu'en désertant sa singularité pour coïncider soit avec les autres, par vanité, soit avec un principe extérieur et contraignant, par vertu, soit avec un modèle imposé, par hypocrisie. Or l'existence sociale ne produit que des hommes stéréotypés, des singularités dévitalisées ; les autres travaillent en permanence à assimiler le moi, à le réduire, à le rendre moins semblable à lui-même. Il faut fuir toutes les autorités, être « déicide, régicide, parricide » ; il faut aussi craindre la passion égalitaire de la démocratie qui est dangereuse pour le moi. L'égotiste, dont le mérite n'est pas taillé sur un modèle connu, est contesté et raillé, il doit se défendre, garantir sa personnalité, protéger sa sensibilité contre la blessure des contacts, préserver son orgueil contre l'humiliation. Pour cela, il se doit de pratiquer une méfiance générale et de douter de tout. Il doit observer, sans prévention morale ou sentimentale, les hommes qui l'entourent. Et pour une protection plus complète, il doit pratiquer la dissimulation : seule l'hypocrisie peut assurer son indépendance en cachant au monde son originalité ; l'égotiste feint de donner en pâture à la société ce qu'elle attend, pour pouvoir vivre secrètement selon sa propre loi. C'est ce « machiavélisme » que Julien Sorel tente de mettre en pratique dans la fiction romanesque et l'on comprend assez bien la stupeur des lecteurs devant ce qui leur apparaît comme profondément immoral ; ce le serait en effet, si le but poursuivi par l'égotiste était la réussite sociale, puisque Julien serait alors un autre Vautrin. Mais la finalité de tous ces calculs savants est autre.

Ce que poursuit l'égotisme stendhalien, c'est le bonheur. Si chasse il y a, avec ce que cela comporte de cruauté et de cynisme, le bonheur, par son caractère personnel, immatériel et désintéressé, voire chimérique, en annule la laideur. Ce bonheur est fugitif, intermittent, jamais durable. Tout le plaisir est dans sa conquête ; une fois conquis, il s'enlise dans le banal, le convenu. Ainsi, il ne reste pas grand chose, dans leurs dernières étreintes, des émois et des délices amoureuses qui ont uni Fabrice et Clélia. Ce bonheur est dans l'intensité de l'émotion et l'émotion ne peut s'entretenir dans la durée. Julien se découvre pour madame de Rênal une extraordinaire passion quand la mort est sur le point de les séparer ; il refuse qu'on demande sa grâce, peut-être parce qu'il craint de perdre, en revenant à la durée et à la réalité, l'intensité de cet émoi. Le bonheur, qui exclut ou suspend momentanément l'existence du monde, ne vient pas de l'extérieur, mais d'une disposition particulière du moi qui se reconnaît momentanément en accord avec lui-même ; le bonheur se trouve alors dans les situations les plus singulières et parfois les plus menacées : ce peut être les parties de barques de Fabrice avec sa mère et sa tante, le séjour dans le clocher de l'abbé Blanès, alors qu'on le recherche pour l'arrêter, l'indicible bonheur en prison, dans la tour Farnèse, ou pour Julien, dans la prison de Besançon. Tout, dans le bonheur comme dans l'amour, vient de soi, l'objet aimé n'est qu'un prétexte, et si l'on est pas aimé en retour cela n'a pas au fond beaucoup d'importance : ainsi Lucien continue-t-il d'aimer madame de Chasteller à distance. Cette recherche calculée du bonheur est, on le voit, bien différente de l'ambition effrénée des héros balzaciens ; elle se distingue aussi des calculs d'un Valmont qui poursuit uniquement les plaisirs sensuels et la satisfaction de sa vanité et qui trouve finalement le bonheur par hasard. Toute la contradiction de l'égotisme stendhalien se trouve dans l'application d'une méthode rigoureuse, rationnelle et pratique, de l'ordre de la stratégie, en vue d'obtenir un bonheur tendre, sensible et extatique, voire éthéré. Cette « mécanique du bonheur », ainsi que la nomme Léon Blum, paraît assez paradoxale, mais c'est encore un signe flagrant de la singularité stendhalienne qui tente de mettre la mécanique des plaisirs de Condillac et d'Helvétius au service de l'extase spirituelle, dans laquelle la médiocrité du réel s'abolit.

## Les œuvres autobiographiques

Stendhal s'est raconté et observé sans détour et sans déguisement dans trois œuvres qu'on peut qualifier d'intimes. Il a d'abord tenu, à partir de 1801, un *Journal*, à peu près régulier, sans penser semble-t-il à l'éditer un jour. Il s'y entretenait avec lui-même afin d'apprendre à mieux se connaître et à mieux exprimer sa pensée. Sa préoccupation y est surtout curieuse et analytique. Il cessa cet exercice en 1814, et ce n'est que beaucoup plus tard qu'il revint au souci de savoir quel homme il avait été. Il composa alors, en 1832, les *Souvenirs d'égotisme* et, en 1835, la *Vie d'Henry Brulard*, en songeant cette fois à une éventuelle publication. Ces trois ouvrages ne seront pourtant publiés qu'après sa mort, en 1890.

Si l'on parcourt ces trois œuvres, non pas dans l'ordre de leur rédaction, mais selon les fragments de vie qu'elles recouvrent, il faut considérer en premier la *Vie d'Henry Brulard*, qui fut rédigée en Italie, de novembre 1835 à mars 1836, et qui est resté inachevée : il y raconte son enfance et son adolescence et s'interrompt à son arrivée en Italie et à Milan, dans les troupes de Bonaparte, en 1800. Le *Journal* remet en scène Stendhal, en 1801 : il est officier du 6ème dragon et achève de découvrir les charmes d'une Italie qui le ravit. Le *Journal*, ou du moins ce qu'il en reste, s'échelonne jusqu'en 1823, mais les dernières années sont succinctement évoquées. Après 1815, il cesse en effet de noter régulièrement ses impressions, las peut-être de revenir sur ses faits et gestes. Enfin, les *Souvenirs d'égotisme*, à leur tour, rédigés à Paris vers 1832, prennent le relais du récit de sa vie : ils commencent vers 1821, après la séparation avec Métilde Dembowski, qui a toujours repoussé ses avances, au moment où Stendhal regagne la France et se réadapte difficilement à Paris, sous Louis XVIII. Le récit se propose de couvrir tout le temps de son séjour à Paris jusque vers 1830, mais en réalité il s'arrête en 1822. Le souci de la chronologie n'apparaît ni dans le *Journal*, où il ne fait son portrait que pour se mieux connaître, ni dans les *Souvenirs*, qui se composent d'une série de tableaux destinés à éclairer la vérité de son caractère. C'est seulement dans la *Vie d'Henry Brulard* que le temps et son écoulement commencent à être perceptibles.

Certains événements importants de sa vie sont compris dans des périodes que ne raconte aucun de ces trois ouvrages. Ainsi l'entrée en Italie n'est jamais relatée dans les œuvres autobiographiques : le *Journal* commence à la fin de ce premier séjour italien et la *Vie d'Henry Brulard* s'interrompt juste avant. Le narrateur se déclare incapable de peindre et de rapporter ces « cinq ou six mois de bonheur fou » que fut pour lui son amour pour Angela Pietragrua et conclut l'ouvrage par cette phrase : « On gâte des sentiments si tendres à les raconter en détail. » Cette ellipse n'est pas la seule ; il ne raconte pas non plus sa passion sans espoir pour Métilde ; elle est tue dans le *Journal* et ainsi rapportée dans les *Souvenirs* : « Je quittais, après trois ans d'intimité, une femme que j'adorais, qui m'aimait et qui ne s'est jamais donnée à moi. » Cette autre passion ne peut pas, elle non plus, être confiée, elle s'en trouverait dénaturée ; autrement dit, on peut tout dire dans un discours autobiographique, sauf ce que furent les instants de bonheur et les émotions tendres du cœur. Il faudra l'intermédiaire des personnages romanesques et l'écran qu'ils constituent pour le dire : le bonheur ne peut s'exprimer que par métaphore.

Là où s'interrompt la *Vie d'Henry Brulard* commence *La Chartreuse de Parme*, écrite en deux mois en 1838. On y voit Fabrice del Dongo entrer dans Milan et séduire toutes les femmes. La fiction met Stendhal plus à l'aise pour transcrire ce que fut sa propre exaltation lors de son premier séjour à Milan ; la Sanseverina, a pour nom Gina Pietranera qui déguise à peine celui d'Angela Pietragrua. Il faut imaginer Stendhal à dix-sept ans découvrant la vie avec la même fougue et la même ingénuité que Fabrice. Quant à la passion pour Métilde, elle reparaît dans *Armance*, qui dissocie l'amour et le plaisir, ainsi que dans l'amour de Lucien Leuwen pour Bathilde de Chasteller, qu'il n'obtient jamais, ou même dans celui que Fabrice éprouve pour Clélia, qui a fait vœu de ne plus jamais le voir.

On trouve aussi dans les romans l'écho de ce qui a été exprimé, analysé ou reconstruit dans les écrits autobiographiques : l'amour de la mère trop tôt disparue, la haine de l'autorité et de la sécheresse paternelle, les origines soi-disant italiennes des Gagnon, l'espagnolisme de la tante Élisabeth, l'horreur de la religion inspirée par l'abbé Rey, qui lui annonce la mort de sa mère et qui dit à son père : « Mon ami, ceci vient de Dieu. », ainsi que par « *la tyrannie Raillane* », puisqu'il évoque ainsi le jésuite qui fut son précepteur. On retrouve également l'abbé Chélan, sous ce même nom, dans *Le Rouge et le Noir*, seul abbé qui lui inspire quelque affection. Les personnages et leurs états d'âme sont étroitement repris à la vie de l'auteur et parfois très peu masqués ; dans ses romans, c'est encore de lui que parle Stendhal.

## Les œuvres romanesques et leur part autobiographique

Le roman permet à Stendhal d'exprimer le romanesque de la vie réelle plus facilement que l'écriture autobiographique ; c'est pourquoi les romans et les autobiographies alternent dans son œuvre. Après avoir publié *Le Rouge et le Noir* (1830), quand il a proclamé haut et fort auprès de ses amis qu'il s'était peint dans Julien Sorel, il éprouve le besoin de chercher qui il est et écrit les *Souvenirs d'égotisme*. Incapable d'achever *Lucien Leuwen*, qui examine le difficile problème de la paternité, il entreprend la *Vie d'Henry Brulard*. L'écriture romanesque engendre la réflexion sur soi, comme les insuffisances de l'écriture autobiographique, éprouvées dans la *Vie d'Henry Brulard*, suscitent le relais du roman avec *La Chartreuse de Parme*.

On s'est beaucoup mépris sur ce fameux « miroir promené le long des routes » que semble être le roman selon Stendhal ; on y a vu un miracle d'objectivité qui ne s'y trouve pas. Outre que le miroir ne restitue qu'une image de la réalité et non la réalité, il faut aussi songer que le miroir reflète ce que celui qui le dirige veut bien faire entrer dans son champ et qu'il peut bien même ne refléter que l'auteur, s'il choisit de s'y mirer. Or les romans de Stendhal, dans des décors différents et à des époques différentes, mettent tous en scène des jeunes gens qui entrent dans la vie, qui prennent contact avec le monde et renouvellent les expériences que le jeune Henri Beyle a faites : sentiment d'une originalité qui n'est pas reconnue, désintérêt pour ce que la société leur offre, élan chevaleresque et ingénuité qu'il faut dissimuler sous le masque de l'hypocrisie ambiante. Julien a vingt-deux ans quand il comparaît devant ses juges, Fabrice quitte la citadelle à vingt-cinq ans, Lucien Leuwen n'est pas plus âgé à la fin du roman. Le temps semble s'être arrêté pour Stendhal à ce moment de sa vie. Seule la jeunesse de ses héros l'intéresse, il a pris pour personnage unique le jeune homme qu'il avait été, avec sa courte et décevante expérience militaire, son dégoût de la religion, son désir de plaire, mais aussi son émotivité presque maladive, sa timidité et les efforts désordonnés qu'il fait pour la cacher.

Non content de s'insérer dans ses personnages, il intervient constamment dans le récit : il généralise les intrusions d'auteur, à une époque où elles n'ont pas très bonne presse. Ces interventions se justifient par le souci ou la crainte qu'on se méprenne sur le sens de son récit ou sur le jugement qu'il convient de porter sur ses personnages : il commente donc, à la première personne du singulier, leurs actions ou leurs pensées et impose au lecteur son propre point de vue, affirmant ainsi une nouvelle fois la prépondérance du sujet et du moi, irréductible même à l'interprétation du lecteur. Ses romans sont pour Stendhal l'occasion de s'observer et de se juger avec recul, de se comprendre et de jouir de soi. En intervenant de cette manière, il rompt constamment l'illusion romanesque et rappelle, en quelque sorte, qu'il ne saurait y avoir que des discours individuels sur le monde, donc relatifs et partiels, mais en cela même tous uniques et authentiques.

C'est encore pour cette raison qu'il adopte le système de la restriction de champ dans ses romans, de sorte que tout y est vu par le personnage principal, comme c'est le cas dans *Le Rouge et le Noir* et dans *Lucien Leuwen*, ou par plusieurs personnages importants comme dans *La Chartreuse de Parme*. C'est toujours affirmer que le monde n'existe que perçu par des consciences individuelles dont chacune est unique. Pour mettre en œuvre cette unicité du point de vue, il recourt au monologue intérieur très abondant et animé, ainsi qu'à la focalisation interne, qui lui permet de ne livrer que les impressions de son personnage, quitte à les commenter ensuite bruyamment, en son nom propre. Ces procédés installent le lecteur au cœur même de la conscience du héros et l'invitent à goûter le caractère présent et immédiat de ses émotions et des ses réactions. La méthode est particulièrement bien adaptée à l'expression d'un bonheur immédiat, qui annule momentanément cette distance à soi, qui est à la fois source de lucidité et de déchirement : dans les moments de bonheur, le personnage adhère à lui-même, retrouve sa volonté et son énergie, et peut seul exprimer ce qu'il éprouve, comme s'il échappait un instant à la régie du narrateur.

Ces méthodes romanesques propres à Stendhal donnent à ses romans une dimension autobiographique importante et manifestent qu'ils ne sont que la poursuite du dialogue narcissique de soi à soi par d'autres moyens que ceux de l'autobiographie ou du journal ; cela est encore accru par l'égotisme des personnages.

## Des personnages égotistes

La pratique égotiste est présente chez la plupart des personnages principaux, des plus jeunes aux plus vieux, sans exclure les femmes.

Julien, Fabrice, Lucien, et même Octave de Malivert, le héros d'*Armance*, s'évertuent tous à la connaissance véritable d'eux-mêmes et à la maîtrise de soi ; cette édification du moi commence presque toujours par un rejet ; ce peut être le rejet d'un père, brutal pour Julien, maussade pour Fabrice, ou trop attentionné pour Lucien, ou le rejet d'un lieu, associé à la contrainte familiale ou sociale, comme en témoignent l'horreur de Julien pour Verrières, celle de Lucien pour Paris, qui n'ont d'égale que celle que nourrit Stendhal pour Grenoble. Ce rejet est souvent accentué par l'état de solitude dans lequel ils vivent : solitude d'Henri Beyle, qui trouve son écho dans celle de Julien ou même dans celle de Fabrice enfant. Cette solitude est à l'origine d'une hypertrophie de la sensibilité, d'une émotivité peu contrôlable, d'un excès d'imagination qui les rend à la fois ingénus et susceptibles ; ainsi Julien, qui craint que madame de Rênal ne le méprise de supporter qu'elle ait retiré sa main alors qu'il l'avait frôlée par mégarde, décide d'obtenir qu'elle la lui laisse et se jure même de se tuer s'il ne l'obtient pas. Cet excès de point d'honneur est un des désordres auxquels peut pousser ce trop-plein d'amour-propre. Leur désir d'être heureux les éloigne également de la morale en usage ; ainsi, l'un des préceptes de la morale de Lucien est de *ne jamais faire de mal inutile*, entendez inutile à son propre bonheur ; les égotistes, en se marginalisant, deviennent une menace pour la société qui s'efforce de les mettre au pas : Fabrice, comme Julien, sont dénoncés, poursuivis. Il leur faut faire un effort de lucidité, sans cesse combattu par l'énergie de leur spontanéité. Partagés entre l'analyse et l'action, le calcul et l'élan, ils obtiennent souvent plus d'un mouvement spontané que d'une stratégie savamment élaborée. À la fin de son apprentissage, Stendhal dit de Lucien qu'« il osait maintenant croire à son premier mouvement, et y tenir jusqu'à ce qu'on lui eût prouvé qu'il avait tort », et qu'« il devait à l'*ironie* de son père l'impossibilité de se payer de mauvaises raisons. »

Les vieux égotistes, si l'on peut dire, ont su donner la prépondérance à la lucidité et à la prudence : ils dissimulent mieux leurs véritables élans et leurs sympathies : c'est le cas du comte Mosca, du marquis de la Mole ou de monsieur Leuwen. Plus calculateurs, moins spontanés, ils n'en restent pas moins des égotistes avertis. Ils mettent en pratique les recommandations que Stendhal faisait à sa sœur Pauline dans une lettre du 25 novembre 1807 et qui ne dépareraient qu'à peine les *Liaisons dangereuses* de Choderlos de Laclos. Il lui conseille d'épouser sans amour un homme riche, car l'opinion réprouve les inconséquences d'une jeune fille et tolère chez les jeunes femmes toutes les libertés ; ainsi mariée, Pauline aurait les coudées franches dans sa chasse au bonheur. Mosca ne donne pas d'autres conseils à la femme qu'il aime et qui n'est autre que Gina Pietranera, qui est veuve ; il lui conseille d'épouser le vieux duc de Sanseverina, car grâce à ce mari qui ne saurait être gênant, elle pourra devenir la maîtresse du comte. Ce froid stratagème ne plaide guère en la faveur de Mosca, qui est pourtant à sa manière un parfait amant. Car c'est par la compromission consentie et par l'hypocrisie lucide qu'on acquiert l'indépendance et la faculté d'être soi. Monsieur Leuwen, présenté comme avisé et même roué, semble un modèle d'indépendance d'esprit ; pourtant Stendhal le trouve « adroit il est vrai, admirable d'expédients, mais trop premier mouvement pour être politique. » Il ne s'est pas départi, semble-t-il, de toute spontanéité. Pourtant, l'âge permet, en général, aux égotistes d'accéder à une telle distance de soi, la jeunesse au contraire rend les incartades de l'énergie et du sentiment plus fréquentes. Le marquis de la Mole semble arrivé à cette même sagesse, lui qui consent à marier sa fille à un paysan de génie ; il sacrifie aux exigences de sa classe et anoblit ce roturier ; on peut alors s'étonner que Julien ne tente pas de fléchir son ressentiment, quand il a reçu la lettre de madame de Rênal : il obtiendrait sans doute un revirement de ce dernier. Mais c'est l'état d'esprit de Julien qui a changé. Le bonheur pour lui n'est plus d'obtenir, dans une société qui lui est hostile, une reconnaissance dont il n'a que faire : ce ne serait qu'un plaisir de vanité. Ce qu'il veut, c'est le bonheur du cœur et le retour à cet état de béatitude immédiate qu'était pour lui l'amour quasi maternel de madame de Rênal, et pour cela il peut tout sacrifier, même sa vie. Car le vrai bonheur et l'épanouissement du moi valent tous les sacrifices.

Il y a aussi des femmes égotistes dans l'univers romanesque stendhalien : on peut citer Lamiel qui n'est autre que Julien Sorel en jupons, la Sanseverina, qui mettra les plans de Mosca en pratique en épousant le duc, qui livrera son corps au prince pour sauver Fabrice et qui épousera finalement le comte sans se départir de la plus grande dignité, Mathilde de la Mole, qui dirige avec obstination sa destinée pour satisfaire les exigences de son caractère, mais qui trouve son maître en la matière. La plus digne de ces femmes égotistes est peut-être madame Leuwen.

Tous ces personnages égotistes, arrivés à une maîtrise plus ou moins grande de leurs méthodes de défense, cultivent leur bonheur et les chances d'y accéder par intermittence ; ils ne procèdent pas sans hypocrisie et sans restriction mentale, mais le but qu'ils poursuivent semble bien mériter quelques entorses à la morale traditionnelle, puisqu'ils semblent même disposés, pour y atteindre, à sacrifier leur vie.

## L'égotisme est-il un héroïsme ?

On est ainsi amené à se demander si l'égotisme est un héroïsme. Cela paraît paradoxal. Comment n'être préoccupé que de soi-même pourrait-il être héroïque ?

L'objection repose sur le présupposé que l'héroïsme est généreux et altruiste. Or, ce présupposé résulte d'une erreur de jugement : nous confondons le profit que la société tire bien souvent des actes héroïques avec la motivation de l'héroïsme. Le héros meurt pour défendre ce à quoi il tient plus qu'à sa propre vie, sa patrie, son amour, ses idées ; or, bien souvent, ce à quoi tient particulièrement un individu est aussi susceptible d'être précieux pour d'autres individus ; ainsi quand les héros meurent pour la liberté de leur pays, ils servent la cause de tous ceux qui veulent rester libres. Cela ne veut nullement dire que chaque héros s'est sacrifié pour le bonheur des autres : ce serait prendre une coïncidence pour une cause.

Par ailleurs, il n'y a pas d'armée de héros, le héros est toujours solitaire et son choix est toujours strictement personnel. Qui plus est, c'est un choix qui se fait dans l'instant et pour ainsi dire sans la moindre préméditation, c'est un élan, un mouvement et non pas un état ; on devient héros sous l'empire de la colère, de l'émotion, de la menace. Fabrice lui-même se demande avec stupeur s'il n'est pas un héros, tant il est surpris d'être heureux dans la prison de la tour Farnèse, alors que tout lui est hostile. Cette fermeté héroïque n'est ni altruiste, ni raisonnée, et cependant elle engage tout homme à considérer que la préservation de la faculté de disserter avec soi-même est un privilège inappréciable et qu'une prison, pour peu que vous y trouviez de quoi aimer, est un lieu de délices. Ce n'est jamais qu'une variante de la métaphore courtoise de la prison d'amour, de même que l'amour à distance, dont Stendhal vante les mérites, rappelle les romans héroïques et précieux du XVII$^{e}$ siècle. C'est dans l'amour que le bonheur égotiste se réalise le plus intensément, le moi s'y abandonne, renonce à la distance de soi à laquelle sa raison et son esprit critique, son *ironie*, comme le dit Lucien, l'obligent. La métaphore reste claire, l'égotiste s'accomplit en aimant et en sacrifiant le monde et ses intrigues à l'amour ;

ainsi Lucien part pour Capel, tout rempli de sa passion pour madame de Chasteller, dont il s'éloigne pourtant, et effectue un pèlerinage sur les lieux de la *Nouvelle Héloïse*. Pour ce bonheur, égoïste certes, mais aussi égotiste et rempli de douceurs ineffables, les héros stendhaliens sacrifient leur vie ou leur position sociale. Ce sont bien des héros à leur manière.

On peut encore objecter que les héros s'accomplissent dans l'action et que l'amour est un sentiment plus qu'un acte héroïque. Les emportements et la bravoure ne manquent cependant pas aux personnages stendhaliens : la plupart d'entre eux s'essaient au métier militaire, il est vrai sans succès ; ils se battent souvent en duel, mais ces scènes sont souvent tournées en dérision. C'est que pour l'égotiste, la réalisation du moi ne se fait pas essentiellement dans l'action, mais surtout dans l'émotion, et Gide se reconnaîtra bien dans ce culte de l'émotion intense, si délicieuse que l'on voudrait la payer de sa vie ; en les payant de leur vie, Julien, Fabrice accèdent à l'héroïsme. Lucien Leuwen n'est pas achevé et l'embarras qu'éprouve Stendhal est peut-être lié à la décision de ne pas le tuer. La hiérarchie des valeurs auxquelles sacrifie l'égotiste est nette : il faut user de sa lucidité pour parvenir au bonheur, qui est d'inconscience et d'immédiateté. Quand le bonheur est atteint, rien ne peut lui succéder.

Il y a, par ailleurs, quelque chose d'héroïque, de la part de Stendhal, à revendiquer comme un droit de l'homme la pleine jouissance de soi, dans un siècle où le moi est présenté soit comme universel, c'est-à-dire commun à tous, soit comme aliéné par la société et l'hérédité. Aux personnages cyniques de Balzac, qui se plient à toutes les turpitudes pour s'enrichir ou réussir et qui s'insèrent dans la société, Stendhal oppose des héros qui sacrifient leur vie à l'image qu'ils se font d'eux-mêmes et d'un bonheur qui souvent les chasse hors du monde : Julien n'est heureux qu'en prison ou sur les hauteurs de la montagne, lors d'un trajet solitaire, Fabrice trouve le bonheur en prison, au haut d'un clocher dans lequel il se cache ou dans sa retraite à la Chartreuse, Lucien envisage de loger dans un hôtel garni, sous un faux nom et affirme : « Il faut un faux nom pour assurer encore plus ma liberté. Ici je serai tout à fait à l'abri de la sollicitude paternelle, maternelle, sempiternelle ! » Il s'agit de rompre avec le monde pour discourir librement avec soi-même et être soi-même. La leçon égotiste de Stendhal, quand l'uniformisation nous guette, peut bien faire figure d'héroïsme.

On a vu les liens qui unissent l'égotisme, l'autobiographie et l'héroïsme dans l'univers stendhalien. L'égotisme ne saurait conserver de caractère péjoratif à l'issue de ce propos. Car se soucier de soi, c'est inviter chacun à faire de même pour lui et, tout égoïste que puisse paraître cette invitation, elle ne fait que reprendre, dans une optique individualiste le « connais-toi toi-même » de la philosophie antique. Or Socrate est bien un héros, qui accepte de mourir pour défendre sa pensée.

# Courant historique, philosophique et artistique

*Eddy Hanquier*

Sans préjuger des couleurs que Stendhal donnera à l'héroïsme dans *La Chartreuse de Parme*, à travers le personnage de Fabrice del Dongo, on peut tenter de faire le point sur la manière dont un citoyen français, vivant en 1830, pouvait envisager la question : comment un homme ayant vécu la révolution française, ayant participé de plus ou moins près aux campagnes glorieuses de Napoléon, mais ayant aussi connu Waterloo, pouvait-il envisager la possibilité de l'héroïsme ? On ne peut répondre à cette question qu'en mesurant l'impact que les événements historiques sus-cités eurent sur sa conscience et l'on ne peut mesurer cet impact qu'en précisant la participation éventuelle de cet acteur historique aux événements en question.

Mais cette approche, qui constitue le présupposé commun des biographies, repose sur une vision tronquée des choses car si les événements historiques sont de nature à marquer la conscience de ceux qui les vivent, s'ils les aident à forger leurs valeurs, à se déterminer par rapport aux questions qui orientent leurs projets de vie (et la question de l'héroïsme en est une), ces événements n'en sont pas moins décryptés à la lumière des courants idéologiques, philosophiques et artistiques qui traversent les consciences de ces individus... et dont ces événements ont permis l'irruption. Dans son livre sur *Le Réalisme*, Philippe Dufour est très clair à ce sujet :

> Parce que la révolution française a fait tomber la tête du roi de droit divin, l'homme s'est séparé de son Dieu pour conduire seul désormais un destin qui lui appartient[1].

Ainsi la révolution française *institue* d'une certaine manière la mort de Dieu (c'est ce qui permettra à Nietzsche de la *proclamer* au XIX$^{e}$ siècle) et instaure du même coup une nouvelle vision de l'Histoire : la possibilité de l'héroïsme se pensera désormais en fonction de ces données élémentaires qui structurent la nouvelle conscience de l'Histoire. Pour traiter la question de l'héroïsme, on ne pourra ainsi pas faire l'économie d'aborder la question du réalisme, qui est un courant tout à la fois philosophique et artistique, courant qui structure la vision du monde des artistes du XIX$^{e}$ siècle, qu'il s'agisse de Hugo, de Balzac, de Stendhal mais aussi du peintre Courbet. Nous nous bornerons à indiquer comment, à travers une vision renouvelée de l'Histoire, le réalisme met en question le mythe du grand homme,

---

1. Philippe Dufour, *Le Réalisme*, Paris, PUF, 1998, p. 8.

décrète une faillite du politique… bref condamne les voies traditionnelles par lesquelles l'héroïsme se manifestait jusqu'ici.

## Stendhal : un homme dans la grande Histoire

On peut d'abord interroger la vie de Stendhal pour savoir quelle image il a pu se forger de l'héroïsme, au contact des hommes qu'il a rencontrés, en fonction des événements qu'il a pu vivre, en vertu des émotions qu'ils ont pu susciter en lui. On ne pourra mieux faire que de consulter, sur ce sujet, l'avis le plus autorisé, celui de Michel Crouzet, le meilleur spécialiste de Stendhal, dont la volumineuse biographie parue chez Flammarion en 1990 constitue une mine inépuisable de renseignements. Mais nous ne saurions rendre compte de l'ensemble de ce volumineux travail dans le cadre de cet article et nous nous intéresserons seulement à l'écho que les événements militaires du Consulat puis de l'Empire et surtout le personnage mythique de Napoléon ont pu susciter en lui, selon son biographe.

Après une enfance à Grenoble où Henri Beyle voit en Chérubin, son père, l'archétype détesté du bourgeois (« la part maudite et grotesque de l'homme », dit Crouzet, p. 41) et où il compense, par ses lectures, la médiocrité de cette époque grenobloise[1], le futur Stendhal monte à Paris où il est pris en charge par Pierre Daru, qui sera le secrétaire général à la guerre de Napoléon et qu'il va suivre dans la campagne de Lombardie. Il entre à Milan le 10 juin 1800 et il faut insister sur cet épisode milanais par lequel Stendhal ouvrira d'ailleurs *La Chartreuse*… C'est une « occupation en dentelles », selon le joli mot de Crouzet (p. 73), que l'armée française effectue en ces lieux, puisque les milanais sympathisent d'emblée avec leurs occupants : rien de bien héroïque dans cette campagne militaire ? Elle nous aide pourtant à cerner la caractéristique de l'héroïsme stendhalien. Voici comment Crouzet décrit l'impression que l'armée « d'occupation » laisse chez le futur écrivain de *La Chartreuse de Parme* :

> Une armée entièrement héroïque, pauvre, généreuse, un peuple soudain hors de lui, enivré de dangers et de plaisirs ; dans cette suspension magique du cours de l'histoire, où s'évanouissent les intérêts, les besoins, la triste pesanteur de l'humanité, dans ce printemps utopique, tout le monde a été jeune, la réalité a été moins vieille, moins sèche, le poids de la vie s'est allégé. (p. 73)

Quant à Stendhal, « rien au juste dans sa carrière n'est très clair ni très militaire », précise Crouzet. Il appartient certes au 6ᵉ Dragons mais n'y est pas un élément très assidu ; d'ailleurs ce régiment tranche par sa médiocrité et par sa mauvaise tenue. Stendhal ne sera pas dans la vie un de ces « demi-dieux à l'uniforme rutilant qu'il avait vu partir à la guerre » (p. 79). Ultérieurement, il servira dans l'intendance. L'imagination littéraire corrigera ce destin médiocre : le dragon peu héroïque en uniforme vert deviendra le hussard à la pelisse rouge qui flotte au vent (Julien, Fabrice seront hussards).

1. Crouzet parle des « romans de chevalerie [lus par le jeune Stendhal] qui donnent à "l'espagnolisme" de l'aventure héroïque une tonalité ironique, comique, mais aussi voluptueuse… » (p. 50).

C'est en s'accrochant à la faveur du tout-puissant Daru, le cousin, qu'il ambitionne d'appartenir à « la pépinière des futurs "décideurs" de l'Empire » (Crouzet, p. 119). Ce n'est pas un héros mais un ambitieux qui n'obtiendra d'abord que des postes peu honorifiques comme celui d'« adjoint provisoire aux commissaires des guerres », lors de la campagne d'Iéna, « commençant tard, au plus bas de l'échelle, une carrière de pure administration. » (p. 125). Stendhal sera, dit Crouzet, un étrange militaire dilettante, un « curieux détaché à l'armée » (p. 134). En 1810, il sera promis auditeur au conseil d'état, il table sur une carrière de préfet mais cette « réussite » lui laisse une impression douce-amère : Crouzet insiste sur la contradiction dans lesquels l'enferment les jeux de l'ambition. Henri Beyle a beau se féliciter de cette promotion qui est son ouvrage, le fruit de son mérite, « il ne peut dissimuler qu'il la doit au personnage qu'il a su animer, à l'hypocrite qu'il est parvenu à être » (p. 141). Être ambitieux, c'est être amoureux de Napoléon, et lui envier une identité fascinante mais autre, ce qui est aliénant pour le moi. L'ambition, pourrait-on dire, permet toutes les réalisations mais ce n'est pas une manière authentique de se réaliser. Crouzet résume ce débat intérieur de l'ambitieux :

> L'ambition est le désir d'une justification : non pas d'un droit à avoir mais d'un droit à être. D'une légitimité du Moi acquise dans la peine, le dépassement de soi, la transformation en un autre. Et par la soumission à un Autre, à une identité souveraine, titulaire du pouvoir, et détentrice des titres et brevets. [...] Avec Napoléon, Stendhal se sacrifie au Moi absolu, au Tyran et au Génie : mais aussi à son propre mécontentement de lui-même. (p. 147)

Rien de bien gratifiant. D'autant que nommé inspecteur général du Mobilier en 1810-1811, il mène une existence de fat. Dans l'ennui d'une vie de fonctionnaire, sa singularité propre ne trouve pas de réelle expression. Aussi, pour se mettre en vue, va-t-il demander à prendre part, en 1812, à la campagne de Russie.

> On n'a pas assez dit à quel point, insiste Crouzet, il y eut alors en Stendhal de l'héroïsme. (p. 183)

Il assiste à l'incendie de Moscou, connaît la retraite de Russie, « expérience du sublime nouveau, point limite de l'homme, rencontre effrayante avec le destin et Soi, avec la puissance affolante de la mort et de la solitude, d'où la grande âme tire un surcroît de force, de hauteur, de liberté » (p. 186). On a là les ingrédients du héros romantique que Napoléon incarne magnifiquement aux yeux de Stendhal[1] ! On lira avec profit la section intitulée *Moi et Napoléon* (p. 191-195) où Napoléon apparaît comme celui qui a « l'ambition d'être un Moi », « l'exemple unique d'un homme qui ne peut douter de lui-même » ou encore : « volonté qui va droit au but, pensée qui survole et qui tranche »... Autant d'attributs du héros moderne.

La fin de l'Empire n'est pas loin. Quand elle sera consommée, Stendhal « tombera » avec l'Empereur. La Restauration lui fait suite, la carrière

1. Voici ce que Napoléon déclare à un certain Narbonne : « Moi, j'aime surtout la tragédie haute, sublime, comme l'a faite Corneille, les grands hommes y sont plus vrais que dans l'histoire ; on ne les voit que dans les crises qui se développent, dans les moments de décision suprême... c'est autant de gagné pour la gloire, il y a bien des misères dans l'homme, des fluctuations des doutes, tout cela doit disparaître dans le héros. »

administrative de Stendhal est stoppée net, on ne lui propose que des postes médiocres, ce qui fait dire à Crouzet :

> La Restauration, c'est d'abord l'amour-propre en agonie.

Il est à Milan lors des cent jours, et même s'il n'assiste pas à la bataille de Waterloo, il se considère comme un vaincu de 1815, vivant l'histoire du retour des Bourbons comme celle d'un avilissement…

Arrêtons ici ce parcours historique par lequel on entrevoit à partir de quels ingrédients un homme invente sa propre conception de l'héroïsme : si l'époque offre des occasions renouvelées de « jouer les héros », le Moi stendhalien ne peut réellement se réaliser sur le théâtre des opérations militaires… À moins que le dépit de n'avoir été qu'un petit administrateur aux armées n'ait engendré une telle réaction. L'Italie, l'art (l'opéra, la musique italienne), le roman, offriront à Stendhal des occasions plus hautes pour réaliser cette expansion de l'âme que la vie ne réalise qu'imparfaitement. Précisément, on peut voir maintenant comment le réalisme, en tant que courant philosophique mais aussi en tant que réalisation artistique, structure cette vision du héros au XIX^e siècle.

## Le réalisme comme condition d'une nouvelle expression de l'héroïsme

Nous ne prétendons pas définir ici la figure que Stendhal donne au héros dans son œuvre. Nous envisageons simplement de signaler comment l'approche « réaliste » de l'histoire dispose l'écrivain à renouveler sa conception du héros. C'est l'intérêt de la thèse de Philippe Dufour (au livre duquel nous faisions allusion dans l'introduction) que de présenter le réalisme non comme un courant artistique parmi d'autres mais, au-delà des divisions entre les différentes écoles qui se partagent le champ artistique, comme une aspiration commune de celles-ci, une exigence ressentie, après les bouleversements occasionnés par la révolution française, de donner sens au monde qui est en train de naître. Par là, ce qui caractérise le mieux le réalisme est un questionnement dont la visée est philosophique, questionnement qui s'articule selon Dufour autour de deux axes : « la mort de Dieu » et, conséquemment aurait-on envie d'ajouter, « la naissance de la conscience historique. » (p. 7)

### La mort de Dieu

Dans l'exposé du critique, rien ne représente mieux cette mort de Dieu que la représentation de la mort… sans Dieu, sans transcendance véritable, comme nous la propose Courbet dans son fameux tableau : *Un enterrement à Ornans*. Voici la description saisissante que nous en fait Philippe Dufour :

> La toile de Courbet met l'homme face à son destin, dans un monde matériel, sans valeur possible. Elle présente précisément une vision matérialiste de la mort, au milieu d'une cérémonie religieuse. [...] Au premier plan, un trou, mais rien, sinon le cortège, le cercueil, l'appareil religieux, qui indique que l'on se trouve dans un cimetière. [...] Évidemment un crucifix est là, pour le moment [...].

> Brandi : placé ainsi dans la bande de ciel vide, comme un signe sur la nudité des phénomènes, comme la volonté portée à bout de bras de donner un sens à cet espace muet, de le spiritualiser, par un effet de perspective, en trompe-l'œil : apposer le symbole religieux sur le ciel, comme une estampille. Mais ce ciel est à peine un ciel, terreux — trop terrestre. (p. 91-92)

## La conscience historique

La Providence divine ayant déserté le temps des hommes, l'Histoire a-t-elle encore un sens ? L'Histoire du XIX$^{e}$ siècle est chaotique mais il y a ceux pour qui elle a quand même un sens, notamment pour Hugo qui rejoint les grandes philosophies de l'Histoire de son temps, par exemple celle de Hegel pour qui tout le réel est rationnel. Quels que soient ses à-coups, ses réorientations malheureuses (1815), l'Histoire reste, dans son devenir, rationnelle. C'est ainsi que la révolution française continue de travailler l'Histoire en profondeur et que 1848, 1870 s'inscrivent dans la logique de 1789. Peu importe alors que pour Hugo, le grand homme, vaincu, s'absente de la scène historique, la marche du monde continue inexorablement. En revanche, un Stendhal déchante sur les lendemains. *La Chartreuse de Parme* « retrace, dit Dufour, les espérances déçues de l'Histoire, comme des tentatives avortées qui tournent court ». Le critique évoque Marx :

> Hegel fait quelque part cette remarque que tous les grands événements et personnages de l'histoire mondiale surgissent pour ainsi dire deux fois. Il a oublié d'ajouter : la première fois comme tragédie, la seconde fois comme farce.

On songe à Ranuce V, pâle copie de Philippe II et de Napoléon. Ou à Napoléon le petit représenté dans *Son Excellence Eugène Rougon* par Zola. Ou encore, dans *l'Éducation sentimentale* de Flaubert, Sénécal « prenant une figure à la Fouquier-Tinville ». L'Histoire se bloque, elle entre même dans l'absurde avec ce dernier romancier. Le socialisme peut venir, il ne fera que prolonger et amplifier l'idéal de médiocrité qui caractérise le libéralisme bourgeois..., fait remarquer Flaubert dans sa *Correspondance.*

## La fin du grand homme

Si, avec la mort de Dieu, l'Histoire tourne à vide, c'est qu'aucune figure animatrice ne vient s'instituer en substitut de la transcendance défunte. Le mythe du grand homme bat de l'aile. Philippe Dufour fait remarquer que la peinture porte témoignage de son agonie :

> De l'Histoire, et de la peinture historique, il ne reste dans la seconde moitié du XIX$^{e}$ siècle que les toiles de Meissonier, qui cherchent désespérément à raviver le mythe napoléonien, si vivace sous la monarchie constitutionnelle. Mais les tableaux de Meissonier ont la couleur des images passées au soleil. Ils ont la teinte maladive de leur temps. C'est le réalisme refoulé qui fait retour, dans cette impossible idéalisation. (p. 46)

Dans ses *Cours de philosophie* (1828), Victor Cousin définit le grand homme comme celui qui incarne l'idée dont un peuple était inconsciemment porteur :

> [...] tous reconnaissent en lui distinctement ce qu'ils n'avaient saisi que confusément en eux-mêmes ; ils reconnaissent l'esprit de leur temps, l'esprit même qui est en eux ; [...]

Précisément, à Waterloo, cette reconnaissance est devenue impossible. Napoléon, au lieu de fédérer les énergies de la nation, est devenu un homme seul. Il est même invisible pour Fabrice dans *La Chartreuse de Parme*. Il en va de même, dans la fameuse description de la bataille de Waterloo pour le Maréchal Ney, le « brave des braves » dont on n'aura pas même le portrait attendu. De son passage, on ne verra « qu'une terre labourée qui était remuée d'une façon singulière. » La bataille est réduite à un « sauve-qui-peut des intérêts particuliers » au lieu d'être la geste épique qui donne au héros la possibilité de diriger l'Histoire. On ne peut plus profiter de la « présence réelle » du héros, « l'Histoire n'est plus hantée que par des fantômes », fait remarquer Dufour (p. 48), comme Napoléon III, fantôme de Napoléon Ier, dans *La Débâcle* où Zola raconte le désastre de Sedan, en 1870.

Exit le grand homme qui élevait les autres au-dessus d'eux-mêmes : le héros qui se donnait généreusement ayant disparu, il ne reste que de petits hommes dont l'occupation principale consiste en de vains calculs politiques... à moins que la seule motivation ce ne soit l'or et les plaisirs. Le réalisme montrera ce qui reste du politique et de l'éthique quand l'Histoire et la Société ne sont plus inspirées par les valeurs héroïques.

### La faillite du politique

Alors que la vérité des Lumières, incarnée un temps par la révolution et par l'Empire avait illuminé l'arrivée de Bonaparte à Milan, ressuscitant pour ainsi dire l'âme italienne, comme on le voit au début de *La Chartreuse*, la déraison politique ne tarde pas à se faire jour dans la suite du récit. Se livrant à une analyse précise des différents modèles de régime qui sont évoqués dans *La Chartreuse*, Philippe Dufour fait remarquer qu'aucun d'entre eux ne parvient à doter le monde politique d'un idéal digne de ce nom. Il ne faut pas compter sur le modèle libéral, incarné dans le roman par Fabio Conti ou Rassi : il n'est chez eux que l'expression d'intérêts particuliers et ne traduit que leur appétit de pouvoir. Faut-il se tourner vers le modèle républicain ? Emboîter le pas à Palla le pur, la belle âme ? Mais « comment faire une république sans républicains ? » demande-t-il dans sa dernière lettre à la duchesse. Palla part en Amérique la patrie de la démocratie... mais pour Stendhal, en accord en cela avec Tocqueville considère qu'« une République d'épiciers ne fait jamais que remplacer la figure singulière du despote par la tyrannie de l'opinion publique. » (Dufour, p. 56) Philippe Dufour fait finement remarquer que Stendhal tourne le dos à *L'Esprit des lois* de Montesquieu. Les trois régimes — à savoir le despotisme, la monarchie, la république — mus respectivement dans le système de Montesquieu par la crainte, l'honneur et la vertu sont mus par un ressort identique chez Stendhal : l'argent domine tout. Passe encore que Ranuce IV, le despote, distribue les faveurs, que Mosca s'enrichisse ; c'est dans la nature du despotisme. Mais il en va de même dans la République : la vertu y cède à l'argent. Gina explique à Fabrice « le culte du *dieu* dollar. »

## L'or

Dans son chapitre II, intitulé *Réalisme et morale*, Philippe Dufour dégage ce qu'il appelle « les nouveaux moteurs de l'être ». L'or est le principal. Toutes les œuvres du XIXe siècle en témoignent. Stendhal d'abord, on l'a vu, le notifie dans *La Chartreuse* mais aussi dans *Lucien Leuwen*, où Louis-Philippe, commettant un délit d'initié, spécule en bourse ; dans *Le Rouge et le Noir* également :

> Voilà le grand mot qui décide de tout à Verrières : RAPPORTER DU REVENU. À lui seul il représente la pensée habituelle de plus des trois quarts des habitants.

C'est également la voix collective de Saumur, dans Eugénie Grandet de Balzac qui a su, après Molière, camper le personnage de l'avare que la vue des Louis « réchauffe ». Flaubert n'omet pas de signaler les problèmes d'argent de ses personnages : songeons à Mme Bordin dont l'unique ambition est — dans *Bouvard et Pécuchet* — d'arrondir son patrimoine.

Il convient de signaler, dans la logique qui nous occupe, que cette soif de l'or va de pair avec une dégradation de l'être moral. Philippe Dufour fait l'analyse de ces bourgeois aventuriers avides de s'enrichir, pour dégager deux points : d'abord, en tournant le dos à ses propres principes, la bourgeoisie affairiste déshumanise les rapports sociaux. L'idéal philanthropique des Lumières, l'article premier de la Déclaration des droits de l'homme (« Tous les hommes naissent libres et égaux ») sur lequel cette bourgeoisie avait prétendu fonder une nouvelle société sont remplacés dans les faits par une instrumentalisation des rapports sociaux : « l'honnête homme » est devenu esclavagiste comme Charles Grandet, le personnage de Balzac. Mais cet enrichissement s'effectue au détriment de son bénéficiaire dont l'être s'appauvrit. C'est le cas de M. de Rênal dans *Le Rouge et le Noir* dont le romancier nous fait voir l'être véritable, au-delà du respect local que suscite cet aristocrate embourgeoisé :

> [...] le voyageur parisien est choqué d'un certain air de contentement de soi et de suffisance mêlé à je ne sais quoi de borné et de peu inventif. On sent enfin que le talent de cet homme-là se borne à se faire payer bien exactement ce qu'on lui doit, et à payer lui-même le plus tard possible quand il doit.

## Le plaisir

Avec le plaisir, la vision réaliste trouve son ultime résolution. L'homme y exprime le fond de sa nature et affiche, à travers lui, le caractère bestial de ses instincts. C'est ainsi du moins que les œuvres picturales et littéraires le déclinent… de l'excitante nudité du *Déjeuner sur l'herbe* de Manet qui vous fixe de son regard à *Olympia*, nue sur son divan, près de laquelle Manet peint un chat noir ou « disons-le aussi abruptement que le figure le tableau, une chatte, noire (Dufour, p. 101). Zola, s'intéressant à la physiologie, montrera l'être d'instinct et écrira *La Bête humaine*, les « fatalités de la chair » dans *Thérèse Raquin* ou la danse des marteaux, maniés par Goujet dans *L'Assommoir*, tétanisant Gervaise de désir. Stendhal qui persiste à faire une place à l'*Amour* paraîtra trop psychologue à Zola.

## Conclusion

Des profondeurs ténébreuses de la bête, comment s'élever vers le héros ? Il semble que toutes les voies d'accès à l'héroïsme soient condamnées. L'Histoire est devenue un champ de ruines, la politique, grâce à laquelle l'homme pouvait tenter de se grandir est plus proche de l'opérette que du théâtre des opérations militaires : on ne saurait dire, en reprenant le mot de Clausewitz que la politique est la continuation de la guerre par d'autres moyens. Ces valeurs étant démonétisées, l'or et le plaisir, devenus des préoccupations centrales, tirent l'homme encore davantage vers le bas. C'est dans un tel contexte que le problème de l'héroïsme se pose à Stendhal. L'édification du Moi sera conquis de haute lutte contre une société qui en nie l'excellence et il est fort probable qu'elle passera par l'exaltation des valeurs intimes comme l'amour, comme la « chasse au bonheur » dont la quête est traditionnellement incompatible avec les valeurs héroïques.

Deuxième partie

# Construction et déconstruction du modèle héroïque

L'allègre incipit du roman qui ouvre en fanfare sur la victoire de Napoléon et fait ainsi coïncider l'entrée dans la fiction romanesque avec l'entrée dans Milan de Bonaparte, évoque sur un ton épique l'âge d'or de la liberté, qui correspond à ce moment unique de l'Histoire où l'idéal et le rêve, l'individu et la communauté ne sont pas encore séparés. Selon Pierre Barbéris, Stendhal qui opte pour un éclairage positif, a choisi « un bref et merveilleux moment, la conjonction de l'antique et naturelle liberté italienne avec la nouvelle liberté française, de la liberté prébourgeoise et préaristocratique avec la liberté plébéienne ». Alors que le roman mythique et réaliste promet la résurrection d'un temps héroïque associé au mythe de Napoléon qui cristallise les valeurs d'héroïsme, de jeunesse et de liberté, la rencontre de la réalité à Waterloo révèle une épopée qui se déconstruit et un monde en perte de sens. L'illusion héroïque de Fabrice se brise sur une réalité peu épique où les vertus guerrières sont tournées en dérision, où les valeurs courtoises et chevaleresques ont disparu. Fabrice à l'identité instable, à la filiation ambiguë, victime d'une éducation ratée, peut donner d'ailleurs l'image d'un anti-héros.

Confronté à l'impossibilité d'inventer une fiction héroïque, Stendhal écrit un roman historique et politique qui inscrit au présent les événements politiques et sociaux dans l'Italie de la Sainte-Alliance et ses petites cours (« Le Prince moderne, le roman que Machiavel écrirait s'il vivait banni de l'Italie au XIX$^{e}$ siècle », selon Balzac), et qui démonte les ressorts de l'action politique. Le ton épique fait place à la satire, au traitement humoristique ou bouffon pour décrire la principauté de Parme, microcosme d'un État marqué par les procédures expéditives et arbitraires, les luttes d'influence, les hypocrisies et les peurs des courtisans.

Alors que l'Histoire collective se rétrécit et se dégrade en politique, que le monde épique se fige dans son devenir pour faire place à un société moderne et bourgeoise, sans passion, ni énergie, Stendhal n'a pas renoncé à s'interroger sur les critères de distinction héroïque comme l'énergie ou la « bravoure » des « âmes élevées, sur la possibilité de réconcilier l'héroïsme et le pouvoir (le personnage du comte Mosca). Le trajet horizontal, dynamique au cours duquel le personnage parcourt les erreurs du siècle, fait place à l'axe d'une verticalité indexée par des lieux élevés. Le récit se transforme en une quête individuelle et intérieure du bonheur, quête qui s'accompagne d'une conversion des valeurs héroïques en valeurs spirituelles, du glissement du ton épique au registre de l'intimité et de la tendresse.

*Franck Evrard*

# De l'ambiguïté du mot *héros* dans *La Chartreuse de Parme*

*Jacques Dürrenmatt*

Dans un *Essai sur les romans* écrit en 1799 et publié en 1819, Marmontel, important théoricien de la littérature, avance que ce n'est plus « la force du bras, mais la vigueur de la tête et de l'âme, qui fait aujourd'hui le héros. Ce n'est plus un guerrier armé de pied en cap pour l'attaque et pour la défense, c'est un homme tranquille et froid, qui, dans l'action, tout occupé des mouvements qu'il observe et dirige, ne s'expose qu'autant que l'occasion le demande, mais qui alors s'oublie au milieu du danger, comme s'il y était inaccessible, et qui, parmi les morts et les mourants, semble se croire invulnérable, et se regarder comme un dieu qui présiderait aux combats[1]. » On sent combien cette modification du sentiment de la figure héroïque, favorisée par la Révolution et l'ascension de Bonaparte, affecte de manière décisive la caractérisation stendhalienne. Plus que l'action ou que le jugement d'autrui, c'est le regard sur les autres autant que sur soi-même qui détermine le héros, qui l'autorise désormais à paraître tel. De là une première ambiguïté d'un mot qui en comportera bien d'autres.

Le mot *héros* est utilisé soixante-dix-huit fois dans *La Chartreuse de Parme*, dont soixante-cinq fois comme substitut à *Fabrice*. Cette fréquence n'apparaît pas comme exceptionnelle dans l'œuvre romanesque de Stendhal. Le terme est en effet employé trente et une fois dans *Le Rouge et le Noir* mais surtout quatre-vingt-quinze fois dans *Lucien Leuwen*. La question de l'*héroïsme* semble ainsi se poser de façon égale dans tous ces textes. Encore faut-il distinguer tout de suite les sens premiers à donner au terme. Le *Dictionnaire de l'Académie française* donne à l'époque de Stendhal quatre significations au mot héros :

1. Celui qui est né d'un dieu ou d'une déesse ;
2. Celui qui se distingue des autres hommes par sa haute valeur, le plus souvent guerrière ;
3. Celui qui a donné des marques, ou d'une grande fierté, ou d'une grande noblesse d'âme ;
4. Le principal personnage d'un poème, généralement épique.

On voit comment le mot emprunté à la mythologie et souvent associé dans ce sens aux dieux[2] prend la deuxième signification par glissement métaphorique (on appellera héros celui qui se comporte avec autant de

1. *Œuvres complètes*, tome X, Verdière, 1819, p. 305.
2. Cf. notamment la nostalgie d'un Nerval ou d'un Gautier qui dans *Mademoiselle de Maupin* (1836) écrit que « les héros et les dieux ne sont plus », GFlammarion, 1966, p. 320.

bravoure qu'un demi-dieu), puis la troisième par glissement métonymique cette fois (le courage aux armes et dans l'action est la preuve de vertus plus générales, comme la fierté, à comprendre dans le sens ancien d'audace, ou la noblesse, au sens de grandeur d'âme). Les héros mythologiques étant souvent les personnages principaux des épopées, on comprend enfin comment le terme finit par servir pour la figure essentielle d'une œuvre, sachant que celle-ci est le plus souvent présentée comme admirable, sauf dans le cadre du burlesque ou de l'héroï-comique qui usent très tôt du terme de manière antiphrastique[1].

On aura compris que tout l'intérêt de la question dans *La Chartreuse* tient au fait que le narrateur utilise le terme avec les trois derniers sens, auquel il faut ajouter l'emploi par antiphrase, sans que le lecteur puisse toujours réussir à déterminer à coup sûr la signification à privilégier dans chaque contexte particulier. De là une ambiguïté dont on devine aisément les implications. Que le narrateur le fasse consciemment est prouvé par la célèbre phrase qui sert à éclairer l'épisode de Waterloo :

> Nous avouerons que notre héros était fort peu héros en ce moment. (75)

L'essentiel des emplois du mot héros dans le roman se fait avec le déterminant possessif *notre* qui peut se comprendre de multiples façons, qu'il s'agisse de la modestie d'un narrateur qui n'ose parler en son propre nom et qui refuse d'endosser la propriété, entendons la création, du personnage — on connaît le dispositif complexe qui permet la mise à distance d'un énoncé présenté comme trouvé, repris, traduit... —, ou d'une marque de connivence avec un lecteur convié à jouir du spectacle des événements avec le conteur. Dans tous les cas, le possessif, à la différence de l'article défini, introduit une possibilité d'ironie affectueuse bien dans le ton stendhalien. Dans notre phrase le groupe est accompagné d'un attribut qui réutilise le mot *héros* mais en le transformant de force en adjectif qui vient se substituer à un *héroïque* autorisé, lui, par le lexique. Que faut-il entendre par là ?

1) la volonté de produire un effet comique par le recours à la figure de rhétorique très codifiée qu'est la syllepse, qui consiste, comme le signale Fontanier, à « prendre un même mot tout à la fois dans deux sens différents, l'un primitif ou censé tel, mais toujours du moins propre ; et l'autre figuré ou censé tel » avec comme exemple « Rome [la république] n'est plus dans Rome [le lieu], elle est toute où je suis. » Syllepse qui appartient alors tout autant à la tradition tragique classique, par la concentration du sens qu'elle autorise, qu'aux genres comiques, dans la mesure où elle s'apparente à un jeu de mots. Ambiguïté en l'occurrence entre deux genres de discours qui répète celle des termes.

2) En effet « héros » n'est pas *héroïque* ; dès lors la phrase dit-elle peut-être que Fabrice ne correspond pas plus aux canons de la figure héroïque qu'à ceux du personnage principal de l'histoire. Aveu donc d'une culpabilité

1. Parmi les nombreux exemples d'*anti-héros* à l'époque romantique, les épopées grotesques de Töpffer sont sans doute entre 1827 et 1840, les plus intéressantes, et cela d'autant plus qu'elles sont complétées par des représentations graphiques qui donneront naissance à la bande dessinée satirique.

partagée, celle d'un personnage ridicule autant que d'un narrateur incapable de remplir les conditions romanesques attendues. On aura ainsi compris qu'en *défaisant* le héros, c'est aussi toutes les conventions d'écriture en usage que le narrateur ironiquement démonte.

Les enjeux sont donc d'importance. Dire de son héros qu'il n'en est pas un, c'est certes s'inscrire dans l'héritage du *Jacques le fataliste* de Diderot dont l'influence a été déterminante sur le roman romantique, c'est aussi poser, si l'on suit P. Hamon, la question du *centre* d'un récit résolument *moderne*[1]. On sait que le roman prétend s'enclencher véritablement avec :

> Nous avouerons que, suivant l'exemple de beaucoup de graves auteurs, nous avons commencé l'histoire de notre héros une année avant sa naissance. Ce personnage essentiel n'est autre, en effet, que Fabrice Valserra, *marchesino* del Dongo, comme on dit à Milan. (46)

La formule répond au *Tristram Shandy* de Sterne, autre modèle du roman *nouveau*, qui s'ouvre non par la naissance du *héros* mais par son engendrement entaché de problèmes (le père n'aura de cesse de répéter que « les malheurs de [s]on Tristram ont commencé neuf mois avant qu'il ne vînt au monde[2] »). Le narrateur stendhalien apparaît ainsi immédiatement en défaut (première occurrence du verbe *avouer*) pour ne pouvoir faire autrement que se placer sous l'autorité tant d'auteurs inconnus que de la voix populaire du *on*. Les italiques de *marchesino* révèlent de fait sa duplicité ; ils signalent en effet l'emprunt modeste au discours d'autres, à une langue étrangère, mais aussi, et surtout, parce qu'ils mettent en relief, ils pointent la possibilité de lire à la française le suffixe *-ino* et de percevoir immédiatement le personnage comme *petit marquis*, avec tout le ridicule que ce type de figure incarne depuis Molière.

Cette duplicité permanente du propos se retrouve de fait dans les trois catégories de héros construites par le roman et qui entretiennent des rapports étroits :

1. Les héros, au sens de ceux qui se distinguent ou se sont distingués, qu'ils soient :

– Représentés sur des gravures et de la famille de Fabrice : « quelque héros de ce nom donnant de grands coups d'épée » (48) ; on notera qu'en l'occurrence le déterminant indéfini et l'adjectif qualificatifs visent instantanément à inscrire une vision naïve qui pourrait bien être celle de Fabrice ou/et d'un narrateur ironiquement détaché ;

– Fictifs personnages de poèmes épiques : les « héros du Tasse et de l'Arioste » qui apparaissent deux fois (80-81) associés à l'idée de « noble amitié » ou d'« amitié chevaleresque et sublime » pour servir à caractériser des hussards qui en l'espace de deux pages passent du statut de « camarades » à celui de « fripons ». D'abord modèles, les figures héroïques se trouvent ainsi confrontées rapidement à une réalité qui les nie et les rejette dans la fiction « sublime » ;

---

1. Cf. à ce sujet *Texte et idéologie* de P. Hamon, PUF, 1984, notamment p. 63. Rappelons que tout le deuxième chapitre de cet ouvrage est consacré à une analyse très fouillée de la notion de héros.
2. Tome I, trad. G. Jouvet, Auch, éditions Tristram, 1998, p. 17. On sait que le nom du personnage signifie littéralement *Tête-Fêlée*.

– Personnages historiques instantanément rabaissés comme ce « je ne sais quel héros de la Fronde » à qui Louis XIV croit faire « couper la tête » et que « l'on découvrit vivant tranquillement et insolemment dans une terre à côté de Versailles, cinquante ans après la Fronde » (137). Ou de l'existence comme héroïsme…

2. Les faux héros qui portent plus ou moins indûment ce nom :

– C'est le cas de l'imbécile ennemi de Fabrice et père de Clélia qui aux yeux du sinistre Gonzo, apparaît comme « un héros » (502). L'ironie tient ici à l'utilisation du terme dans un discours qui se lit immédiatement comme dévalué en soi, la cible apparaissant moins être Conti lui même que celui qui ose lui associer un terme impropre.

– C'est peut-être aussi le cas des opposants qui sont qualifiés dans le même discours de Mosca de « coquins » et de « héros malheureux » (423), de sorte qu'il devient difficile de donner un sens précis à ce deuxième terme, l'ironie de Mosca pouvant de fait se trouver annulée dans le discours d'un narrateur qui à ce moment-là reste neutre mais serait éventuellement susceptible d'user lui même du terme pour qualifier des opposants à un régime autoritaire et injuste.

– Cette ambiguïté savamment entretenue doit-elle s'étendre à Napoléon qui est désigné comme héros seulement dans un discours indirect libre attribuable à Fabrice (79) au sein d'une phrase pleine d'un enthousiasme naïf (« Quel bonheur de faire réellement la guerre à la suite de ce héros ! ») similaire aux extases de Julien Sorel qui, à Paris, n'est touché « que des monuments laissés par son héros »[1] ? Abigail Solomon-Godeau a récemment montré comment l'évolution de la représentation masculine vers de plus en plus de féminité au début du XIXe siècle se forgeait dans l'ombre d'une figure napoléonienne virilement écrasante à laquelle elle semble s'opposer tout en s'en nourrissant presque amoureusement[2].

3. « notre héros », en l'occurrence Fabrice, qui,

– on l'a vu, apparaît au narrateur comme « fort peu héros »,

– voit naïvement dans son physique (pâleur, cheveux châtains) la preuve qu'il ne sera jamais « un héros » (77) en se comparant à un maréchal « très blond, avec une grosse tête rouge »,

– mais passe pour un héros aux yeux de Clélia lors de la première rencontre pour revenir d'un combat dont on connaît la réalité (« Elle regardait avec étonnement ce jeune héros dont les yeux semblaient respirer encore tout le feu de l'action. », 112), ainsi que lors de l'arrestation pour avoir répondu à la définition même du héros moderne selon Marmontel (« Quelle noblesse ! quelle sérénité ! comme il avait l'air d'un héros entouré de ses vils ennemis ! Je comprends maintenant la passion de la duchesse : puisqu'il est ainsi au milieu d'un événement contrariant et qui peut avoir des suites affreuses, quel ne doit-il pas paraître lorsque son âme est

---

1. *Romans et nouvelles*, Gallimard, t. I, 1952, p. 440. Dans le même chapitre une conversation oppose point par point les grandeurs et les petitesses de « Bonaparte » de sorte que l'image à conserver reste brouillée.
2. Cf. *Male Trouble A Crisis in Representation*, Londres, Thames and Hudson, 1997.

heureuse ! », 282). Quant à sa tante, elle le considère comme tel pour avoir le « courage » de négliger le « bonheur vulgaire » représenté par la possession de biens matériels (« Elle insistait avec délices sur la description de ce bonheur vulgaire qu'elle voyait Fabrice repousser avec dédain. C'est un héros, pensait-elle. », 145).

Rendu ainsi héros par les regards que des femmes amoureuses portent sur lui, Fabrice peut dès lors finir par se demander, étonné de son calme même : « Serais-je un de ces grands courages comme l'antiquité en a montré quelques exemples au monde ? Suis-je un héros sans m'en douter ? » (327). Héros à l'antique, sans doute pas ; mais héros de roman, certes, comme en témoigne la définition donnée par cette phrase d'un roman de Karr publié en 1832 : « Je suis toujours pour elle cet homme poétique et exalté, ce héros de roman qu'elle aimait[1]. » Le roman entier pourrait dès lors se lire comme un abandon de la définition ancienne du héros guerrier pour un glissement vers celle, moderne mais bien fragile, de l'homme supérieur qui regarde avec mépris ce qui l'entoure et, par ce calme même, apparaît aux yeux de ceux qui l'admirent comme héros, avant une ultime évolution vers le héros proprement *romanesque*. La formule « notre héros » apparaît ainsi avec une fréquence particulière lors de deux épisodes du roman, Waterloo (trente-six fois pour une quarantaine de pages) et Casal-Maggiore (huit fois pour une dizaine de pages) avant de progressivement disparaître (dix-huit fois pour les trois cents pages suivantes). Mais, de fait, il suffit de lire avec un peu plus d'attention pour remarquer que, dans les deux passages en question, « notre héros » est souvent associé ironiquement à la peur, aux larmes ou à des désignations péjoratives (« blanc-bec », « petit »). Lorsqu'il est sujet, c'est de verbes désignant des procès psychologiques ou des déclarations creuses quand la situation requerrait une vraie intervention, ou à l'intérieur d'énoncés négatifs. Lorsque de véritables actions ont lieu, on le retrouve plutôt objet comme dans l'épisode du vol du cheval (« il se sentit saisir les pieds [...] on le fit passer », etc., 80-81) ou plus patient qu'agent malgré la voix active (« Notre héros tombe. », 99).

À l'échelle du roman entier, on le rencontre surtout un grand nombre de fois, de façon plus ambiguë, associé à toutes les formes possibles d'expression de l'excès : « profondément émus comme lui » (64), « les termes du plus vif enthousiasme » (65), « outré de fureur et mort de fatigue » (65), « terriblement embarrassé » (77), « fort las » (79), « au comble du bonheur » (80), « au troisième ciel » (101), « comme un accès de folie » (106), « un transport de tendresse » (161), « en fondant en larmes » (181), « le plus vif plaisir » (215), « la plus extrême sincérité et l'attendrissement le plus profond » (223-224).

Non qu'on ne puisse trouver ce type d'énoncés avec un simple « Fabrice », mais on peut remarquer que dans le premier livre l'emploi de tournures intensives semble bien déclencher, de façon presque automa-

1. *Sous les tilleuls*, Calmann Levy, 1888, p. 263.

tique, la survenue du « notre héros », selon une mécanique romanesque qui implique dans l'instant une prise de distance aussi bien avec le personnage qu'avec le langage qui pourrait servir à le décrire et n'y parvient que dans l'emphase. Bien plus que la disparition du contexte guerrier auquel se substitue le danger plus feutré des intrigues de palais, c'est ainsi la *pacification* continue du personnage en tant que tel, mais aussi et surtout du narrateur et du langage dans leur rapports avec le personnage, qui fait progressivement cesser la désignation comme « héros », comme le prépare cette phrase ironique qui clôt l'épisode de Waterloo :

> Notre héros était ce matin-là du plus beau sang-froid du monde ; la quantité de sang qu'il avait perdue l'avait délivré de toute la partie romanesque de son caractère. (102)

à laquelle semblent répondre ces deux autres de la fin du roman :

> Tout était anéanti chez notre héros (465)
> Le courage manqua tout à fait à notre héros (468).

Ultimes et terribles apparitions d'une formule qui paraissait avoir quasiment disparu, où se conjuguent excès romanesque et effacement pour laisser l'œuvre dans l'angoisse de sa propre vacuité, dans un presque inachèvement.

Dans la préface de la première édition de *L'Âne mort et la femme guillotinée*, roman excentrique à succès publié par Janin en 1829, l'auteur s'amuse à défendre ses choix narratifs et à stigmatiser les effets de mode en affirmant :

> Quant aux héros modernes, comme ils sont en très petit nombre, comme nous avons déjà passé à travers toutes les modifications de l'homme physique, blancs, noirs, poitrinaires, lépreux, forçats, bourreaux, vampires, et que je ne sache plus que les albinos, les castrats et les hydrophobes qui n'aient pas été exploités en grand, je demanderai aussi la licence à chacun, et ceci dans l'intérêt de l'art, d'emprunter en gros le héros de son voisin sans qu'il ait le droit de s'écrier : Je suis volé[1] !

Parmi toutes ces catégories, où ranger Fabrice sinon parmi les héros « fort humain[s] » (75), qui risquent aisément de se voir privés de la « sympathie du lecteur » mais ne méritent pas plus qu'un autre d'être « flattés » (176). Héros banal, « du voisin », qui, par sa *simplicité* même, menacerait l'œuvre d'effrayante platitude ? Ou faut-il plutôt voir dans toutes les stratégies que nous venons d'envisager brièvement la volonté arrêtée de constituer une figure floue, capable de décentrer le roman pour l'ouvrir paradoxalement à un sublime qui tiendrait moins, comme on l'a trop dit, à la geste amoureuse qu'au fait que s'y lirait la volonté affirmée, bien connue depuis le Kant de la troisième *Critique*, de signer « la faillite de la figuration, la faillite de toute représentation », d'atteindre à « ce moment où la figuration ne peut plus penser ce qui est, le moment où, comme dans l'œuvre de Fra Angelico, le peintre, parce qu'il a pour tâche de penser l'infini dans le fini, ne peut plus avoir recours à la figure mais doit procéder à sa mise en question[2]. »

---

1. Flammarion, 1973, p. 38.
2. I. Thomas-Fogiel, « Figure et défiguration : la problématique du sublime », *Vagues figures ou les promesses du flou* (B. Rougé, éd.), Presses Universitaires de Pau, 1999, p. 37.

# L'ouverture romanesque de *La Chartreuse de Parme* : le modèle héroïque en péril

*Philippe Andrès*

L'*incipit* se définit habituellement par les premiers paragraphes ou les premières pages du chapitre inaugural d'un récit. Ces éléments narratifs qui occupent un lieu stratégique d'importance, forment sens et orientent le roman tout entier. Or, le lecteur est en droit de se demander où s'arrête l'*incipit*. Les quatre premiers paragraphes de *La Chartreuse de Parme* forment une unité temporelle, dans la mesure où l'on remarque une insistance anaphorique, sur la date historique, placée en tête de paragraphe, et une clausule, commentaire ironique du dessin de Gros. Cependant, on peut également considérer les paragraphes suivants, jusqu'à l'histoire du lieutenant Robert, comme faisant partie intégrante de l'ouverture romanesque, expression bien commode ne se limitant pas à un nombre restreint de paragraphes. Ceux-ci, d'ailleurs, s'imbriquent à un rythme rapide, et sont centrés, pour chacun d'entre eux, sur une idée vectrice souvent antinomique : la force militaire et l'absence de réaction des vaincus ; la thématique de la jeunesse par rapport au vieux monde qui s'écroule ; le rôle de la peinture dans sa relation au pouvoir. Les termes-clés de « bonheur » et de « plaisir » relèvent d'ailleurs d'un hédonisme propre à la lecture de tout roman d'aventures, si l'on en croit Jean-Yves Tadié[1]. C'est à ce plaisir de lire que doit nous convier l'ouverture romanesque, fruit d'un travail où la rhétorique se lie au phrasé musical pour séduire le lecteur attentif. L'*incipit* de *La Chartreuse de Parme* peut se lire comme une métaphore du roman tout entier dans la mesure où le narrateur s'ingénie à briser les valeurs héroïques qui vont de pair traditionnellement avec tout récit épique, valeurs centrées notamment sur les exploits guerriers d'un héros singulier (Ulysse dans l'*Odyssée*) ou d'un héros collectif (les Grecs dans l'*Iliade*)[2].

Lorsque Stendhal publie *La Chartreuse de Parme* en avril 1839, la grande aventure napoléonienne a pris fin, vingt-quatre ans auparavant à la bataille de Waterloo, le 18 juin 1815. Lorsque Napoléon s'éteint sur son rocher de Sainte-Hélène le 5 mai 1821, la figure historique de « l'Esprit du monde », selon Hegel, disparaît pour se transformer en mythe. L'avènement de la Monarchie de Juillet, après la Révolution de 1830, pâle reflet du prototype de la grande Révolution de 1789, détruit toute envolée épique. Il n'est plus possible de croire aux projets collectifs. C'est pourquoi la posture ironique,

1. Jean-Yves Tadié, *Le Roman d'aventures*, « Quadrige », PUF, 1996, p. 7.
2. Voir Georges Bafaro, *L'Épopée*, « Thèmes et Études », Ellipses, 1997, p. 3-6.

clé de voûte de la narrativité stendhalienne, forme l'axe majeur de notre roman.

La référence historique, en effet, brise la notion même d'événement. L'exceptionnel de la date (premiers mots de l'*incipit*) disparaît en tant que tel puisque le narrateur pratique l'ellipse totale du récit du passage du pont de Lodi. Le chapitre s'ouvre sur une perspective historique faussée tout en utilisant le lexique réaliste centré sur un événement militaire, celui du 15 mai 1796. Chose étonnante que cette répétition par anticipation de l'événement historique et épique du passage du pont d'Arcole, le 15 novembre de la même année ! La date de 1796, qui apparaît dès le sous-titre du chapitre, fixe le cadre temporel du début du récit, mais le narrateur en la reprenant avec variations (« en mai 1796 », « en 1796 ») dès les premières pages semble lui conférer une redondance quelque peu suspecte. L'ironie, dès lors, instaure une lecture ambivalente. Ainsi, selon le point de vue auquel on se place, le groupe nominal « cette jeune armée » connote-t-il la gloire qui auréole le passage du pont (le déictique renforce la valeur méliorative de l'adjectif homérique « jeune » qui revient tout au long du roman comme un leitmotiv qualifiant Fabrice), mais cette lecture épique se trouve immédiatement détruite par la référence hyperbolique aux deux célèbres conquérants de l'Antiquité (César, Alexandre). La clausule de la première phrase « avaient un successeur » semble répondre à l'amplification épique contenue dans l'universalité de l'expression « apprendre au monde » (alors qu'en fait il s'agit de Milan !), mais comme le passage du pont de Lodi est le contraire d'un haut fait d'armes, la référence hagiographique, clin d'œil parodique sans doute à la *Vie des douze césars* de Suétone, vient se briser sur le tiers manquant (la figure virtuelle de Napoléon). De plus, l'anticipation sur le désastre de Waterloo souligne le retournement épique contenu dans l'*incipit* : dans le roman il n'y aura pas d'événements glorieux à raconter. Le narrateur joue également sur les stéréotypes nationaux avec le ternaire Italie-France-Milan dans lequel il ridiculise la passivité italienne par l'hyperbole et l'antiphrase de l'expression « miracles de bravoure et de génie » qui n'en sont pas, comme le témoigne le récit enchâssé du lieutenant Robert. Le rythme même participe de la distanciation ironique, puisque la rapidité du premier paragraphe mime, en quelque sorte, une entrée en fanfare narrative métaphorique : celle de Bonaparte dans Milan ! La seconde phrase du paragraphe est construite autour de trois axes : une protase ascendante, au passé simple, premier palier qui se clôt sur le participe passé « endormi » ; le second, du point de vue des Milanais, à l'imparfait, se fixe sur le substantif dépréciatif « brigands » et le troisième culmine, en acmé, sur le titre « Sa Majesté Impériale et Royale ». Plus dure en sera la chute, puisque le premier palier descendant de l'apodose est un commentaire explicatif du point de vue milanais, dont le second volet vient briser le sérieux par l'adjectif antéposé « petit » et le dernier qualificatif de la clausule « sale ». Le premier paragraphe, non seulement propose d'emblée une lecture ironique sur le plan lexical ou tonal, mais aussi syntaxique. La construction des phrases, les glissements proleptiques concernant le récit futur instaurent le second degré comme lecture immédiate. Et pour en saisir toute la subtilité, le lecteur est invité à relire le roman dès son ouverture !

Le second paragraphe s'ouvre sur une explication rétrospective historique (à la lueur des événements du récit s'éclaire le passé référentiel aussi peu héroïque que l'actuel) minée par l'ironie contenue dans le lexique (le substantif « bravoure » est une répétition de l'expression « miracle de bravoure » ; le passé simple « méritèrent ») et la valeur guerrière est tournée en dérision. En effet, c'est une féminisation de la virilité militaire qui est ici présente comme une dégradation des mœurs. L'image héroïque du grand guerrier se métamorphose en petit poète. L'antithèse contenue dans les deux adjectifs banals (« grande affaire »/« petits mouchoirs ») s'inscrit dans une tonalité burlesque que vient rehausser la métonymie vestimentaire du mouchoir d'une couleur connotée comme féminine. Le sonnet, poème aristocratique s'il en est, devient signe d'une société déliquescente, à l'occasion réitérée (usage de l'imparfait) du mariage, clé de voûte également mise en brèche dans le roman. Dans le dernier chapitre d'ailleurs, le narrateur revient sur cette pratique courtisane des sonnets satiriques[1] : rien ne s'est vraiment passé ; les personnages ne sont que des marionnettes qui mettent en scène leur propre vacuité. Les sonnets satiriques du dernier chapitre font écho à la caricature du dessin de Gros du premier chapitre. Et les différentes appellations de l'amant (« cavalier servant », « sigisbée ») soulignent les « mœurs efféminées » d'une aristocratie qui a perdu ses valeurs héroïques. L'arrivée des Français va briser les clichés populaires, comme une sorte de retour de la virilité perdue. Or, l'événement militaire est traité sur le mode caricatural, puisque telle est la destination du « dessin laissé par un jeune peintre en miniature, un peu fou, nommé Gros, célèbre depuis [...] » (40).

Dès l'*incipit*, le lecteur assiste à un retournement esthétique de la situation narrative. Mais là encore, la jeunesse du dessinateur, identique à celle de Fabrice plus tard, semble une donnée fondamentale dans un monde où l'ironie fonctionne par anticipation. En effet, comment comprendre l'ambiguïté du participe passé du verbe « laisser », si ce n'est à la fois comme un oubli dû à l'insouciante jeunesse ou comme une intention stratégique de participer à l'événement militaire et de s'inscrire dans les succès de Bonaparte ? Le baron Jean Antoine Gros (1771-1835) deviendra, en effet, le peintre officiel de l'Empereur et immortalise, à Milan même, la figure épique, de trois-quarts, colorée et en mouvement, du Général Bonaparte au pont d'Arcole. Nous ne sommes plus dans la caricature mais dans l'hagiographie napoléonienne en marche, sur le plan pictural. L'*incipit* romanesque tient à la fois de la charge iconographique (au moment de la publication du roman, Daumier dessine dans *La Caricature*) et montre également, en même temps, le fonctionnement du jeune pouvoir, héritier de la Révolution. En effet, le narrateur insiste sur cette concomitance entre le dessin-caricature, et le fait que « le même jour on affichait l'avis d'une

1. « On en fait d'excellents en Italie : c'est le seul genre de littérature qui ait encore un peu de vie [...] », (497).

contribution de guerre de six millions ». Le sérieux ne doit pas être perdu de vue. Le pronom indéfini souligne non seulement l'anonymat, mais surtout l'absence de sujet historique. En réalité, l'argent s'inscrit au cœur de la nécessité militaire, autre volet destructeur du mythe épique. Il existe un décalage très marqué entre le rire français et cette levée d'impôt bien réelle. La ligne de fracture passe par la radicale opposition entre le vieux monde et la jeunesse, mais cette image superficielle cache à peine qu'il s'agit d'une armée d'occupation, malgré la représentation idyllique du soldat français « occupé à bercer le petit enfant de la maîtresse du logis » (41). Occupant ou occupé (Stendhal ne choisit pas ses termes au hasard), l'image du soldat héroïque — sorte de transfert de la figure du père — est détruite de l'intérieur.

L'histoire enchâssée du lieutenant Robert illustre cette auto-destruction de la figuration héroïque. En effet, la réitération narrative de l'expression quasi lexicalisée du « passage du pont de Lodi » vient contrarier le fait que le lieutenant français prenne son vêtement à un officier ennemi mort. Cette arlequinade cependant est révélatrice de la chronique d'une fin désastreuse annoncée, puisqu'on apprend la blessure de l'officier français à la bataille de Cassano, comme un prélude au désastre futur de Waterloo, au cours de laquelle d'ailleurs on le retrouvera[1], promu socialement et militairement. Or, cette micro mise en abyme narrative joue un rôle important également dans la mesure où elle introduit le nom des del Dongo. Il existe comme une communauté de destin, au moins d'un point de vue narratif, entre le lieutenant Robert, futur général et le jeune Fabrice, futur coadjuteur, tous les deux jouets d'un destin perçu par le narrateur sous un angle héroï-comique, comme si l'histoire n'était qu'une vaste mise en scène privée d'un sens sérieux.

Qu'en est-il du portrait du héros romanesque ? Le récit de l'absence des hauts faits de la part des Milanais prépare un second anti-événement héroïque, à savoir le récit de la venue au monde de Fabrice del Dongo, au moment même du départ des Français. Au lieu de mettre en valeur l'apparition narrative du héros, Stendhal insiste sur un décalage (pratique oblique systématique dans la narration) ressemblant à un accouchement prématuré, perçu sous l'angle ironique de la périphrase[2]. La citation de Beaumarchais, extraite du fameux monologue de Figaro[3] dans lequel ce dernier remet en question l'autorité de son maître, vient renforcer l'image d'un anti-héros. La généalogie aristocratique se situe au cœur d'une parodie, (utilisation des adjectifs relevant de la caricature : « si grand seigneur », « gros visage blême ») qui sans aller aussi loin dans le burlesque que les généalogies rabelaisiennes, comporte un jugement sans appel des ascendants de Fabrice et

1. « Ce général n'était autre que le comte d'A..., le lieutenant Robert du 15 mai 1796 », (80).
2. « Nous avouerons que, suivant l'exemple de beaucoup de graves auteurs, nous avons commencé l'histoire de notre héros une année avant sa naissance. Ce personnage essentiel n'est autre, en effet, que Fabrice Valserra, *marchesino* del Dongo, comme on dit à Milan. », (46).
3. Beaumarchais, « Qu'avez-vous fait pour tant de bien ? Vous vous êtes donné la peine de naître, et rien de plus [...] », *Le Mariage de Figaro*, V, 3.

du « hasard de sa naissance ». De plus, les réflexions permanentes du narrateur concernant son propre récit, qui est l'une des caractéristiques de la lucidité ludique de Stendhal tout au long du roman, (« nous avouerons », « nous glissons sur dix années de progrès et de bonheur ») viennent définitivement briser l'illusion lyrique et héroïque.

Le traitement elliptique de la temporalité rehausse l'absence d'intérêt pour l'enfance de Fabrice, qui est totalement dépourvue de signification dans l'économie romanesque. C'est pourquoi, la quête d'identité se trouve elle-même tournée en dérision comme le souligne le glissement... En effet, il convient de souligner le glissement onomastique de la figure du héros qui, à l'inverse des modèles épiques, n'a pas de nom stable.

Ce procédé de glissement semble constituer une pratique narrative sinon systématique mais du moins pertinente quant à la dévalorisation du modèle héroïque. On retrouve cette dérive lexicale dans l'approche même des lieux. Les dénominations des demeures aristocratiques sont présentées comme des « palais à la campagne » (44), celle du marquis del Dongo comme « un magnifique château » (dans ce cas, l'épithète homérique semble aller de pair avec l'adjectif « sublime » qui revient à maintes reprises dans le roman, de façon trop appuyée pour ne pas être antiphrastique). Outre la référence explicite à Voltaire (40), on est porté à croire que l'ironie de l'auteur de *Candide* a influencé celle de Stendhal (notamment dans la description du château de l'*incipit* de *Candide* et dans les tournures périphrastiques comme celle de la prison : « appartements d'une extrême fraîcheur[1] »), d'autant plus que Fabrice ressemble, par plus d'un trait, au héros du conte voltairien. Tantôt une touche de couleur locale (« casa del Dongo ») confère un effet de réel à l'expression ; tantôt le terme de « place forte » semble, au-delà de la référence guerrière, contenir virtuellement, dès le premier chapitre, l'épisode fameux de l'emprisonnement de Fabrice dans la tour Farnèse. Mais le lignage héroïque qui ancre la famille del Dongo dans une référence historique et un registre épique vole en éclats, non seulement par l'utilisation ironique de l'adjectif postposé « palais formidable » (49), mais surtout par la « généalogie latine des Valserra » (48) qui forme l'arrière-plan de l'idéal de conduite de Fabrice : le modèle anonyme de « quelque héros de ce nom donnant de grands coups d'épée » (48) vient se heurter à l'avarice du marquis, et ne fonctionne plus comme une réalité historique. Cette généalogie est un « magnifique volume orné de plus de cent gravures » (48). Et c'est dans ce décalage entre la représentation artistique superlative, témoignage d'un monde en voie de disparition, et l'impossibilité pour Fabrice de jouer un rôle héroïque, que réside l'ironie narrative. À la fin du chapitre, le château de Grianta (celui de la figure paternelle) devient « fort triste » (50) ; on est loin des « fêtes brillantes » données par la comtesse. Les lieux symbolisent en quelque sorte les effets d'une éducation qui ne peut plus fonctionner selon le modèle ancestral, « belliqueux ». La virilité militaire disparaît au profit des « grâces » toutes féminines du jeune Fabrice. Et le chapitre se

1. Voltaire, *Candide ou l'optimisme*, Marabout, 1995, chapitre premier, p. 13 ; chapitre sixième, p. 29.

clôt sur la férocité ironique de la remarque des « cochers et hommes d'écurie », formant la classe la plus prolétarienne de la domesticité, à l'encontre des valets de chambre, ces « personnages graves » imitateurs ridicules de leurs maîtres, sortes de courtisans de bas étage.

Dès l'ouverture romanesque de *La Chartreuse de Parme*, le lecteur est plongé dans un monde dans lequel les points de repères axiologiques sont vacillants. La présence ironique du narrateur témoigne cependant d'une lucidité amusée, d'un recul par rapport à une historicité qui a perdu son caractère épique. L'événement historique se dilue dans une sorte d'inversion des valeurs courtoises, chevaleresques ; l'identité du héros devient poreuse : celle d'un jeune homme dont l'apprentissage inachevé se clôt par une mort elliptique, à la fin du roman. En fait, ce récit apparemment décentré raconte l'impossibilité de narrer une fiction héroïque dans les temps modernes (post-révolutionnaires), puisque le sens historique est à reconstruire. À la fin de *Lorenzaccio*, un autre tyran revient au-devant de la scène, marquant d'inutilité l'acte du héros éponyme. À la fin de *La Chartreuse de Parme*, le pouvoir continue à fonctionner, pâle copie du modèle héroïque des « grands ducs de Toscane ».

Comme tout chef-d'œuvre, *La Chartreuse de Parme* n'entre pas dans une catégorie romanesque particulière et peut se lire comme une chronique historique, un simple roman d'aventures, un roman d'éducation au sens politique du terme, ou un roman d'apprentissage initiatique, dans la mesure où Fabrice est confronté à son propre destin, voué à la solitude et à la mort[1]. En revanche, ce qui semble certain, c'est cette attitude de recul ironique, cette inadéquation entre le narrateur et l'objet narré, fondatrice de l'écriture stendhalienne. Le roman semble être la traduction à destination du public d'une réflexion sur l'amour comme processus pathologique[2]. Dans un incessant dialogue avec lui-même, Stendhal livre aux « happy few » ses propres inquiétudes et souffrances passées au tamis de la distance ironique. Ironie qui n'appartient pas à l'ordre de l'angoisse exacerbée romantique, comme chez Alfred de Musset, mais qui relève plutôt d'une finesse amusée et lucide sur les enjeux de pouvoir de la mondanité politique, et son incompatibilité radicale avec le modèle héroïque du grand amour. Le modèle héroïque n'en finit pas de s'écrouler.

---

1. Voir l'article de René Servoise, « Le merveilleux dans *La Chartreuse de Parme* », in Revue d'Histoire Littéraire de la France, novembre-décembre 1999, 99$^{e}$ année, n° 6, p. 1198.
2. René Servoise, dans son article rappelle qu'à la publication, en 1839, de *La Chartreuse de Parme*, c'est l'ouvrage *De l'amour et des diverses phases de cette maladie*, qui figure en tête de la liste des ouvrages de Stendhal, *op. cit.*, p. 1201.

# Audace et renoncement : racines de l'héroïsme dans *La Chartreuse de Parme*

*Suzanne Alexandre*

Par une date précise, celle de l'arrivée en Lombardie de l'armée napoléonienne, débute le dernier roman de Stendhal ; son lecteur est immédiatement situé dans l'histoire, c'est-à-dire dans le temps. Le roman se termine dans cet espace qui ne tient sa réalité que grâce au titre de l'œuvre : une chartreuse fictivement située près de Parme. On arrive alors à destination dans ce lieu de solitude et de silence, au bout d'une période couvrant à peu près une génération, un temps producteur de mouvement favorable à l'audace et qui ne conduit qu'à la fixité d'un lieu : celui du renoncement.

Depuis l'incipit, c'est en conséquence de l'entrée triomphale de l'armée française dans Milan que Fabrice del Dongo, personnage principal et pivot de l'action, va être engendré. « Ce début engage mieux mon cœur », répondit Stendhal à Balzac qui souhaitait lui en faire accepter l'inutilité. Né selon toute probabilité d'un jeune lieutenant français sentimental et fougueux, Fabrice sera donc vraiment stendhalien : son énergie viendra du cœur, non de l'intelligence. Emporté dix-huit ans après le départ du lieutenant par le souffle d'une époque héroïque, il s'engagera follement sur les traces de l'empereur, alors professeur d'énergie.

« Notre héros » ne sera pas souvent héroïque au sens épique du terme, quoique, si l'on s'en tenait uniquement aux péripéties de l'évasion, on pourrait y voir le témoignage de son sang-froid, d'un courage physique et d'une résistance psychologique qui suffiraient à eux seuls à en faire le héros de bien des romans, aujourd'hui de chefs-d'œuvre cinématographiques (« Un condamné à mort s'est échappé », de Robert Bresson, 1956). Cependant, destiné par l'auteur à n'être connu que du « happy few », point n'est besoin qu'il remporte de brillantes victoires militaires pour attirer les âmes d'élite, c'est essentiellement par lui-même qu'il est un être d'exception, irritant et repoussant la foule des médiocres. Liés à Fabrice, la Sanseverina, Clélia Conti, Ferrante Palla, et, dans certaines limites le comte Mosca, font preuve au cours de nombreux événements d'une audace exceptionnelle, qui les entraîne à évoluer au rythme d'un allegro. Mais l'audace, vertu positive, sera doublée d'une peu commune capacité de renoncement lorsqu'il sera nécessaire : c'est la marque des âmes nobles, dotées d'énergie, exigeantes, capables de choisir le sacrifice, de risquer la mort, plutôt que subir la déchéance, le déshonneur.

Pour Fabrice, vecteur privilégié des messages de l'auteur, vivre c'est chercher le bonheur ; or, être heureux c'est être en quête d'actions héroïques ; toujours en héros stendhalien, il hésite entre la carrière militaire et la carrière religieuse : l'une appelant l'audace, l'autre le renoncement. L'audace et sa charge d'énergie vient toujours en premier, comme elle bouillonne dans le premier chapitre : l'année où Fabrice fut conçu produit « un miracle de bravoure et de génie dont l'Italie fut témoin », à cette époque où « exposer sa vie devint à la mode » ; cette atmosphère fut la première nourriture spirituelle de notre héros et celle des « élus » qui gravitent autour de lui.

Le renoncement, aspect négatif, dit « en creux » de l'héroïsme, s'il est toujours en contrepoint de l'audace au cours de l'évolution des personnages, s'étend en fin de mouvement comme une expiration, jusqu'à atteindre l'absolu dans le lieu qui donne son titre au roman : lieu de réclusion silencieuse où l'on vient renoncer au monde en se préparant à l'éternité.

## L'étoffe des héros

Fabrice, « notre héros », « s'était donné la peine de naître », nous dit l'auteur, utilisant cette réflexion de Beaumarchais qui s'adresse à l'aristocratie du XVIII^e^ siècle. Mais celui-ci ajoutait : « et rien de plus », (chute d'importance après l'acmé qui porte le mot « naître ») ce dont se garde bien Stendhal à l'égard de Fabrice. Pour lui précisément, comme pour la Sanseverina, Mosca et Clélia, ces privilèges de la naissance seront défendus par la volonté quasi quotidienne d'en être digne, et pour ce faire, d'en payer le prix.

Le héros stendhalien ne tire pas sa valeur de sa naissance, bien que la position qu'elle lui donne soit un élément favorable. Être « noble », dans l'œuvre stendhalienne et en cela romantique, c'est être l'exception plus précieuse, donc plus admirable que la norme ; or, l'être d'exception met toute son énergie à satisfaire ses désirs propres, ce qui l'élève au-dessus des autres, l'oppose narcissiquement à « l'autre » et assure son autonomie. Il tient à rester authentique comme l'or, dans une société où l'on se contente d'un vulgaire plaqué pourvu qu'il fasse son effet, mais qui ne résiste ni aux épreuves ni à l'usure du temps. Le héros au contraire, bien qu'affecté plus que quiconque par les épreuves, ne se corrompt pas. Ainsi seront dans *La Chartreuse* les personnages de premier plan : s'ils ne sont pas toujours admirables dans ce qu'ils font, puisque les événements les amènent jusqu'au crime, ils le restent en ce qu'ils sont parfaitement authentiques et toujours au moins potentiellement, héroïques, mais d'un héroïsme qui évoluera de plus en plus vers l'intériorisation.

En les faisant émerger de la réalité, l'auteur leur a laissé toute la faiblesse humaine, partant d'une caractéristique qui l'exhausse : ce sont des « âmes sensibles », en conséquence, des êtres plus vulnérables que les durs ambitieux ou simplement les bons vivants dont ils sont entourés. Ils doivent à leur fragilité, celle des « cœurs de fabrication trop fine », cette qualité supérieure inhérente aux héros du roman ; c'est pourquoi ils sont si rares, et que des repoussoirs les mettront en valeur par comparaison. En dehors de ces élus, tous les personnages mis en présence de Fabrice : marquis del Dongo, son fils Ascagne, soldats, courtisans, geôliers, rivaux, iront de la médiocrité à la crapulerie ; il en est de même pour les comparses de la Sanseverina et du comte Mosca : princes, courtisans, et de Clélia : père, mari, gens d'armes, tous ceux en fait par qui et pour qui fut proscrit le sublime Palla, seul comparable aux modèles d'héroïsme du Tasse.

De quelle grâce, si ce n'est celle de l'auteur, tiennent-ils ce privilège ? La noblesse n'est pas forcément liée à leur origine aristocratique (qui n'est pas toujours attestée). La plus importante faveur naturelle dont ils jouissent est un physique d'une grâce exceptionnelle, ou, pour Mosca et Palla qui ne sont plus dans leur première jeunesse, d'une belle allure, allure donnée au corps par l'esprit, et d'une vigueur incontestable. Mais la beauté est un privilège naturel acquis sans monnaie d'échange si ce n'est qu'elle peut être aussi un piège ; on ne la fait pas valoir. C'est donc sur le choix permanent, héracléen, entre vice et vertu, ici plutôt entre bonheur facile et exigence morale, que nos héros vont évoluer, choisissant la difficulté, voire l'ascèse jusqu'à l'excès.

Nés de l'aristocratie, la presque totalité d'entre eux ont eu la chance de pouvoir s'épanouir dans le luxe, de vivre respectés. Mais lorsque besoin est, ils abandonnent avec dignité ces biens qui ne dépendent pas d'eux-mêmes : la Sanseverina est prête à se contenter de deux chambres dans un cinquième étage, refusant deux grandes fortunes, avant d'accepter (avec enthousiasme !) l'invitation de son frère ; Fabrice quitte un palais pour des bivouacs ; comme toute les belles âmes il méprise la fortune, et l'on reconnaît en cela le fils du lieutenant Robert, qui donna son unique écu à son domestique ; Mosca renonce à bien des avantages pour garder la duchesse, Clélia est « une âme noble, incapable de se ravaler à des intérêts d'argent », telle qu'elle est définie et tel que son comportement ne nous en fait jamais douter, quant à Palla, que son titre de médecin et son génie poétique pourraient conduire au succès et à l'aisance, il est le personnage le plus proche de l'héroïsme « sublime » : tout son être, incroyablement maigre et vêtu de lambeaux, est voué au peuple, à la Sanseverina qu'il vénère, à sa nombreuse famille qu'il ne veut sacrifier.

Les composants de cette élite romanesque se reconnaissent d'instinct ; leur société s'érige en caste étanche quant aux sentiments qu'elle ne peut donner qu'à ses pairs : chacun aime, est aimé et estimé de chacun : c'est ainsi qu'ils pratiquent leur « privilège », au sens étymologique du terme, c'est-à-dire « loi privée », à laquelle ils obéissent comme à un père et qui les lie fraternellement entre eux ; tous aiment la Sanseverina et Fabrice jusqu'à la dévotion, la Sanseverina et Clélia se dominent sévèrement pour ne pas tomber dans la jalousie et garder, malgré tout, l'une pour l'autre l'estime et l'admiration qu'elle mérite. Ceux-ci, tous bien nés, admirent Palla, tribun du peuple, le seul dont l'ardeur transgresse les barrières sociales. C'est que tous reconnaissent en chacun les traits essentiels de la « vray noblesse » telle que l'a définie Jean de Meung, définition reprise par Molière dans la tirade de don Louis à don Juan :

> Apprenez [...] que la vertu est le premier titre de noblesse [...] et que je ferais plus état du fils d'un crocheteur qui serait honnête homme, que du fils d'un monarque qui vivrait comme vous. (acte IV, scène 4 )

La noblesse de cœur échappe aux seuls privilèges de classe, et fait appel à la « virtu » antique comme à la chevalerie médiévale.

Par opposition, à la cour de Parme, « où tout le monde vole », abonde en don Juan qui se bornent à user et abuser de leurs privilèges sans en payer le prix, la « fierté romaine » de la Sanseverina est une insulte à qui n'est qu'un poltron : le prince Ernest IV se livre avec une joie sadique aux délices d'exercer sur elle son pouvoir de monarque absolu, désireux de la briser et de la voir à ses pieds. Son fils Ernest V préfère extorquer une demi-heure de plaisir factice et déshonorant à la duchesse plutôt que bénéficier à vie de sa bienveillance et de son estime. Ce manichéisme, appliqué à des êtres de même niveau social, a pour effet de mettre en valeur les conséquences de choix qui nous sont humainement possibles, et d'établir la singularité supérieure des « élus ». Aussi peut-on constater que princes, courtisans, fiscal Rassi, général Conti, ne font appel à aucune énergie pour se hausser jusqu'à l'altruisme : ils ne l'utilisent qu'à défendre leurs intérêts immédiats, et par les moyens les plus vils.

À l'égal de leur vie relationnelle, la vie intérieure de ces « happy few » doit se maintenir à un niveau élevé, ce qui demande, en permanence, consciemment ou non, une volonté vigilante et des sacrifices : « je me compare à un modèle parfait qui ne peut exister », se dit Fabrice. Chacun d'eux fuit la facilité d'une vie confortable, mais en se l'imposant à lui-même, impose à toutes ces âmes d'élection une rigueur morale quasiment janséniste : aux autres, un mépris lisible dans leur attitude, leur ton, leurs propos impertinents (telle la Sanseverina devant le prince) qui les mettent en péril. Tous vivent dans la crainte permanente de décevoir ou d'être déçus : Clélia craint d'abord que Fabrice, conforme aux apparences et à sa réputation, soit un libertin, puis, qu'il l'oublie. La Sanseverina ne supporte pas la moindre erreur du comte Mosca, ni les distractions de Fabrice amoureux. Palla s'absente de tout ce qui déborde ses idéaux sublimes, et Fabrice craint une faiblesse amoureuse de sa présumée tante à son égard.

Or, tout exceptionnels qu'ils soient, ces héros restent des humains dans un monde imparfait, et les circonstances sont loin de les combler de privilèges aussi naturellement que leur naissance. Mais, comme Manon et des Grieux, comparés par Jean Cocteau à des cygnes sur le plumage desquels la vase la plus noire ne peut que glisser sans vraiment les atteindre, le lecteur, complice de l'auteur, pardonne les inconséquences catastrophiques de son héros, la violence de la Sanseverina, ses stratégies en faveur de son bien-aimé neveu qui mettent tout le monde en péril, la folie amoureuse de la quasi moniale Clélia qui l'amène à frôler le parricide, son parjure, le crime vengeur de Palla, et à tous, leurs moments de jalousie, de calculs, de doutes, de dépit. Car les négligences égoïstes de Fabrice sont rachetées par les maladresses de sa naïveté juvénile, les manigances de la Sanseverina aboutissent à sauver un homme jeune et valeureux et à supprimer un ridicule et parfois redoutable tyranneau ; Clélia, tourmentée par ses scrupules, est toujours prête aux plus grands sacrifices. Tous, y compris Palla, s'égarent par amour, et leurs victimes ne sont jamais honorables.

Qui pourrait condamner un seul parmi ces êtres d'exception, dont les actes jugés immoraux ont été payés au plus haut prix : ils meurent à la fin de leur jeunesse. L'auteur ne leur accorde ni le bénéfice, ni la dégradation du temps. Que serait la Sanseverina sans sa rayonnante beauté, Clélia, en deuil de son enfant, dans le luxe factice d'un mariage de convenances, Fabrice dans les honneurs cramoisis de la Curie romaine ? plutôt que les abandonner à la médiocrité, quand bien même elle ne serait que supposée par son lecteur, l'auteur les fait disparaître lorsqu'ils ont fixé en nous leur image héroïque, dans un enchaînement de morts par amour. Il n'y aura pas de temps retrouvé. Excepté Mosca, qui a déjà mis une limite à l'envergure de sa noblesse d'âme en continuant de servir un prince qui a déshonoré sa femme, et se trouve récompensé de sa longévité par une immensité de biens terrestres, ils ne survivent pas à la perte les uns des autres.

Rien n'est dit sur le mal qui les emporte. Romantique, amoureux de ses créatures sublimes, Stendhal les épargne en nous épargnant le chagrin, la déception d'apprendre que la fin de leur vie fut semblable à celle de la majorité des mortels ; miraculeusement, elle n'est affligée d'aucune douloureuse agonie qu'accompagnent déchéance physique, crises de désespoir, effroyable combat contre les ténèbres et qui laisse un cadavre repoussant. Leur mort elle-même est sublime. On peut imaginer, plus spécialement pour Clélia qui eut « la douceur de mourir dans les bras de son ami », que la vie les quitte légèrement, leur permettant une évasion de l'existence aussi rapide que l'exprime la phrase très sobre de l'auteur. On peut imaginer leur mort émouvante, indolore et foudroyante comme celle de la belle Aude apprenant la mort de Roland.

## Victoire, possession et chute : conséquences de l'audace

À partir du moment où Fabrice court se mettre au service de Napoléon, la narration d'une suite d'aventures aussi picaresques qu'héroïques ne s'encombre pas de « volumineux fourgons balzaciens », comme le note Julien Gracq. Le style musclé de l'auteur restitue l'énergie physique et le courage d'un jeune homme de dix-sept ans qui se veut un héros. Mais le sera-t-il ? Il ne parle de lui qu'au mode interrogatif, ce qui laisse un certain espoir au lecteur, et la réalité ne lui répond guère par l'affirmative. Sur le champ de bataille si différent de celui des romans de chevalerie idéalement illustrés qu'il a dévorés, ce « blanc bec », qui n'a jamais été soldat n'a pas l'allure d'un héros, et fait pitié (même, semble-t-il, à son créateur !) : « Le pauvre petit »... « il va être tué ». Pourtant, il veut se battre, immédiatement, et bien que le dégoût le fasse défaillir, la peur ne vient chez lui qu'en seconde ligne. Certes, il est en fuite permanente, mais les fuites de Fabrice témoignent plus de sa bravoure que de sa crainte : il a fuit la beauté du lac et l'amour des siens, ses jeux et ses rêveries, et risque sa vie malgré les fuites répétées qui lui permettront de la conserver, et de manifester autrement son énergie.

Où le conduira cette audace ? Sans doute à croire en son étoile, car malgré les déconvenues qu'il doit à sa naïveté, il aura donc la vie sauve. En dehors de cela ? Il sera spolié : de son argent, de son cheval, dont il tombe. Cette chute réelle a un énorme écho symbolique : c'est un novice qui « tombe de haut », du haut de ses illusions sur la vie, en permanence, devant la sauvagerie dévoyée de la plupart des soldats ; il reste perplexe au milieu du désordre des événements n'en voyant que les effets conséquenciels : « il n'y comprenait rien du tout ». Les interrogations constantes de Fabrice restent en suspens : « suis-je un héros ? »... mais quel héros serait-il ? La Sanseverina aime en lui « ce courage simple, si parfait qu'il ne s'en aperçoit pas lui-même »... courage qui ne sera pas couronné des lauriers de la gloire napoléonienne. Cette première défaite « au sol » fera qu'après l'épisode de Waterloo, Fabrice sera « en retraite épique », selon l'expression de Julien Gracq, et cela alors qu'il n'a pas atteint sa vingtième année !

Notre héros, disciple de l'abbé Blanès et, à son exemple, croyant aux signes du destin, est parti en s'identifiant à un aigle qui prend son vol ; il se retrouve à terre, désillusionné mais cependant victorieux : sans en avoir conscience, sans s'en apercevoir lui-même encore une fois, il entame une conquête intérieure, égotiste. Sorti indemne, « trempé », de sa trop précoce expérience militaire, il passe à un autre ordre d'aventures. La chasse au bonheur étant la quête fondamentale des héros stendhaliens, le jeune seigneur del Dongo s'y engage, à l'instar des autres « happy few », et tout spécialement sa tante Gina, avec cette flamboyante énergie qui, tel le phœnix, renaît des cendres de tous les échecs, toutes les humiliations, toutes les déconvenues. En quête de l'amour après celle de la gloire, le Graal de ce chevalier tardif ne fera que changer d'apparence.

À la guerre, Fabrice n'a survécu que par la grâce et la dévotion des femmes : toutes audacieuses et bien terriennes, la vivandière, la geôlière de B., l'aubergiste de « l'Étrille » à Zonders et ses filles, toutes lui ont sacrifié temps, attention, vivres, habits, soins, papiers et passeports à leurs risques et périls ; pour le sauver, les trois dernières trahissent leur patrie : tout cela devra lui donner l'assurance de sa séduction, s'il était nécessaire. Devenu un homme, notre héros va courir sa chance amoureuse : ce sera pour lui un champ de bataille inattendu, dans lequel lui restera l'omniprésence tutélaire de la Sanseverina. Les aventures sensuelles, pour lui apporter un bonheur passager, l'ancrent dans une vie terrestre insuffisante et le conduisent deux fois vers la chute ; elles sont inévitablement chargées de rivaux, d'intrigues, de rebondissements propres à l'entraîner avec les siens dans une cascade de catastrophes.

« Il faut vivre dangereusement », semble se dire Fabrice un demi-siècle avant Nietzsche ; séparée de lui, sa tante ira d'audace en audace pour le sauver, tandis qu'il obéit à ses pulsions instinctives, sans soucis de toute sécurité. Il s'agit, en temps de paix, de ne pas laisser absorber sa vie par la réalité qui est toujours la banalité même, et pour ce faire, d'apporter son dynamisme dans un monde provincial, courtisan, trop polissé. Pendant cette guerre qui pouvait lui donner l'occasion de s'illustrer, « notre héros » n'a tué qu'un seul Prussien à Waterloo, et avec quel orgueil ; paradoxalement, c'est revenu en Lombardie, et en cela bien Italien comme le veut l'auteur, qu'il a le poignard facile : il se jette l'arme à la main sur le jeune genevois qui le regarde avec insistance, il tue Giletti, et bien qu'il soit en état de légitime défense, il le fait sans hésiter, sans avoir été effleuré par l'idée d'abandonner ce qui n'était qu'une amourette plutôt que la pousser à un gâchis dont il n'envisageait pas, sans doute, les conséquences tragiques, et qui fera de lui un otage ; de même, il croit pouvoir, par vanité, subtiliser la « Fausta », une cantatrice qui l'enchante un moment au comte M., ce qui lui vaut la plus humiliante des chutes : il en vient donc à se défendre, et toujours au couteau, des « buli » gardes du corps de leur maître, à pousser le comte au duel par ses insolences, à le blesser gravement... De chutes en victoires éphémères, dans cette avalanche d'événements périlleux et sanglants, Fabrice n'a pas résisté à la violence comme le lui conseillait l'abbé Blanès ; il lui eût fallu un véritable renoncement à sa bouillante nature, ce que l'oracle lui donnait comme condition d'un grand bonheur comparé à celui de la moyenne des hommes, d'un bonheur tout aussi réel mais plus raisonnable selon le jugement du sage.

La satisfaction du plaisir sensuel agrémenté de vanité n'est donc pas le gibier du héros, dans la continuelle chasse au bonheur. Son acquisition par la violence mène à un enchaînement de catastrophes, d'autant plus qu'elle ne se contente pas d'impliquer le seul intéressé. Fabrice ne manque certes pas d'audace, mais plus encore il en inspire à son entourage, aux femmes surtout, qui semblent avoir pris la relève des petits garnements qu'il entraînait, enfant, dans de folles équipées. Durant la guerre, on a vu ces courageuses personnes s'alarmer, prendre des risques au seul contact d'un jeune étourdi aussi ardent que fragile ; lorsque sa vie amoureuse enchaîne des catastrophes qui vont aboutir à son incarcération, et que, pendant celle-ci, plane et se précise le risque de sa suppression par empoisonnement, la Sanseverina, à sa suite Ludovic, Mosca, Palla, puis la sublime Clélia et à sa suite Grillo et toute la garde qu'elle enivre, vont rivaliser d'audace pour sauver notre héros, avec succès.

Inspirée par Fabrice, dans l'agitation et le trouble de circonstances dramatiques, la personnalité de la Sanseverina prend toute son ampleur : elle rayonne. Folle de lui, comme lui membre éminent de la famille « del Dongo » et inquiète de ne plus l'être dès qu'elle craint d'abandonner un projet, elle aussi a le don d'entraîner son entourage. En premier lieu, elle amène ses conjoints (Piétranera, Mosca) à aimer son neveu, à lui être favorable quoi qu'il puisse leur en coûter. Femme phallique, toujours debout et en mouvement, on la voit bras croisés serrés contre sa poitrine, comme pour ne pas laisser échapper « cette force de persuasion divine que le ciel lui a donné » et qui lui vaut l'admiration de tous : « Quelle femme ! » s'exclame le prince Ernest IV, qui subit ses insolences. L'énergie qu'elle mettra en scène aura pour effet positif de « créer l'événement » dans cette société figée, de rehausser la banalité du monde qui l'entoure, elle qui n'a d'intérêt que pour les paysages, les êtres, les événements exceptionnels : « vous avez trop de feu pour les âmes prosaïques », déclare-t-elle à son neveu qui a, outre son amour, toute son admiration. Mais elle n'est pas maîtresse de ses sensations, comme la plupart des audacieux, et prompte à la vengeance.

Alarmée par la captivité de Fabrice, mise hors d'elle-même par la trahison du prince, la vieille histoire de Judith lui revient terriblement en mémoire ; elle aura la peau de son ennemi et Palla sera son enthousiaste délégué pour accomplir la dangereuse besogne. La violence est contagieuse : elle n'est pas la seule femme à se sentir soulevée par le terrible désir d'en finir avec le tyran. Elle ne peut imaginer alors ce qui germe dans la tête de la sage Clélia se mettant à sa place : « moi, j'irais poignarder le prince comme l'héroïque Charlotte Corday ». Cette résolution passagère et purement fantasmatique sera tout de même l'annonce du sacrifice de son père, eût-il été admirable, au profit de la sauvegarde de celui qu'elle aime passionnément, et entraînera le mariage de pur intérêt de cette jeune fille, modèle d'authenticité.

Blessures, trahisons, malveillances, crimes, seront les fruits de ces désirs amoureux si naturels, et qui ont donné bien du plaisir, fait briller bien des lueurs d'espoir. Mais avoir du plaisir en s'assurant la possession physique et affective d'un être, ou en se donnant la satisfaction de remporter une victoire sur un rival après avoir triomphé de cent périls, pour une âme d'élite, qui, selon Jansenius, aurait reçu « la grâce », est-ce arriver au bout de sa quête et toucher au bonheur désiré ? Parallèlement, nous voyons que les périodes de bonheur paisible : enfance de Fabrice, trois années de vie amoureuse avec Clélia, sont éludées au même titre que les instants d'amour charnel, comme s'ils ne méritaient qu'un simple compte rendu ; n'ont de prix que les époques où éclosent, explosent les événements chargés de tous les dangers qui doivent mettre à l'épreuve la force de l'âme. Stendhal, athée voire anticlérical, semble s'attacher ici à une morale toute chrétienne, à moins qu'il ne la prône qu'en ce qu'elle se confond avec l'idéal de la chevalerie qui le fascinait, ou avec le stoïcisme antique.

Comme dans les œuvres antiques, le destin semble une véritable entité qui sous-tend le fil de l'existence de nos héros, et ce « Destin », qui se faisait parfois transparent à l'abbé Blanès, semble les mener malgré eux, mais avec leur assentiment progressif, d'actes de bravoure en folles audaces, jusqu'au détachement. Les folies milanaises auraient pu se borner à donner à Fabrice une première expérience de sa vie de jeune homme, plus ou moins chanceuse puis décevante et inquiétante : mais il ne se serait « pas élevé plus haut que le vulgaire », ce qu'il redoutait. Aussi, de la mort provoquée d'un histrion sans aucune importance politique, le Destin, tirant les fils compliqués des intrigues de Cour, fait-il de notre héros un prisonnier, ultime « chute » après être « tombé » dans un traquenard, otage dont on prépare la mort par empoisonnement. Là, plus de déguisements, plus de fausse apparence. Dans ce lieu de réclusion à l'abri d'un monde où il faut, pour se protéger, porter différents masques, signes prémonitoires du renoncement à être soi, le prisonnier se trouve dans un lieu où ne se possède plus que la vérité vis-à-vis de soi-même. Terrible épreuve de dépouillement, chance terrible où pourra se manifester, paradoxalement, sa vraie grandeur.

## L'altitude spirituelle au prix du renoncement héroïque

Fabrice n'a pas choisi la prison, mais là est la pièce maîtresse du paradoxe : il choisit d'y rester. Il y restera neuf mois, le temps d'une gestation, le temps de sa métamorphose. L'espace carcéral est exigu, mais pour demeurer dans l'univers du privilège, il ouvre sur de magnifiques panoramas, symboliques de l'envergure que va prendre la vie intérieure du héros.

Paradoxe de la rencontre amoureuse, en même temps qu'elle a lieu, le champ d'action physique, les plaisirs du corps rétrécissent comme une peau de chagrin ; on jouit de l'espace par la vue — les yeux sont dits fenêtres de l'âme —, et par l'imagination, non plus par la totalité du corps ; l'audace viendra essentiellement de l'esprit qui invente d'extraordinaires moyens de communication. À l'inverse de la première partie de sa jeunesse où notre héros vit et fuit à bride abattue, l'épisode de la prison et tout ce qui va suivre sera statique : en échappant au théâtre du monde, Fabrice rencontre un être qui n'aime pas ce monde, semble vivre hors de ce monde, néglige volontairement tout effort pour s'y investir et devrait plutôt effrayer tout homme de sens commun, jeune et vigoureux. Or, par la médiation de Clélia, Fabrice va perdre tout intérêt pour ce qui n'est pas cet autre monde que sa présence lui suggère, épuré de tout ce pour quoi il s'est interrogé, battu, tourmenté, et qui ne l'a conduit qu'à n'être pas même protégé par « ses bas violets », alors que le détachement le mènera, plus tard, dans son habit noir élimé, à une grande audience passionnée avant la retraite finale.

Il n'est rien dit de ce monde si ce n'est qu'on s'y trouve en accord profond et permanent avec l'immensité de la création, dans un état proche de la mystique rousseauiste ; il a ce caractère religieux, au sens étymologique du verbe « religere », lien subtil qui donne le sentiment de s'être libéré de la pesanteur des désirs communs. C'est pourquoi notre héros ne le ressent jamais autant que dans les situations élevées, à proximité du ciel, comme autrefois dans le clocher en compagnie de l'abbé Blanès, essayant déjà de décrypter le mystérieux langage des étoiles.

Dès la rencontre, ou plutôt la « reconnaissance » de Clélia, le réel fait place à une autre forme d'existence, qui se déploie non plus au moyen de conquêtes, mais dans le rayonnement par le regard ou par la voix. Calme et pensive, Clélia est d'abord un regard pour Fabrice littéralement « enchanté » : ce regard a effacé « toute sa vie passée ». Pour lui, la prison est l'aboutissement de la recherche de lui-même et de l'amour, aboutissements qui se confondent, puisque Clélia le révèle à lui-même, lui qui était encore la création de la Sanseverina. Fabrice ne se sent pas prisonnier : double effet miraculeux de l'amour et de la rencontre avec soi-même, l'horreur de sa situation ne l'affecte pas, même l'annonce qu'il risque l'empoisonnement ne le décide pas à s'évader, à quitter cette vie « singulière et délicieuse » qu'il trouve auprès d'elle.

Toujours à l'inverse de l'évidence, l'évasion finalement imposée ne sera pas un envol mais une chute : elle est accomplie comme une cérémonie, où le héros déploie tout son courage, mais il ne fuit plus, on l'arrache du lieu de son salut, il faudrait qu'il se débatte encore avec le monde, alors que son âme se trouve enfin libérée quand son corps est incarcéré. Pourtant, nos héros sont loin d'avoir des corps glorieux ; ceux-ci témoignent du prix de leurs renoncements : la Sanseverina apparaît changée aux yeux de Clélia, vieillie à ceux de Fabrice lorsqu'elle ressent l'éloignement de son cher neveu, le dénuement et la passion désespérée ont décharné Palla, Fabrice porte tous les stigmates de la souffrance sur son visage, et son corps est amaigri sous son habit noir élimé ; Clélia semble inaltérable dans sa beauté, sans doute parce qu'elle est « céleste ».

Céleste, Clélia vit entre ciel et terre, elle en permanence, dans la solitude des hauteurs, n'apparaissant que pour prendre soin d'oiseaux qui ne sont pas en « cage », prisonniers, mais dans une volière en bois précieux garnie de fils dorés, où, à l'abri des prédateurs, ils volent à leur aise, réjouis de sa présence : ils semblent illustrer le sort de Fabrice. Clélia apparaît dans sa vie comme médiatrice d'un monde supérieur au moment où il y aspire sans en être vraiment conscient, après avoir passé par de dures épreuves initiatiques. Il n'en a pas fini, d'ailleurs : il lui faudra, pour communiquer avec Clélia, vaincre constamment d'autres obstacles tels que le cruel abat-jour, qui a l'avantage de créer l'enhardissement et favorise l'ingéniosité, jusqu'à ce que la menace du poison rompe les signes cryptographiques : alors sera rétablie la communication linguistique et décidée l'audacieuse visite de Clélia. Dangers et obstacles toujours vaincus sont les témoins de leur désirs, qui aboutissent à cette première étreinte inattendue en ce lieu, et si discrètement évoquée qu'elle passe inaperçue à l'entendement de bien des lecteurs, tant leurs désirs sont constamment masqués par leur ardeur contemplative. Mais encore une fois, les héros stendhaliens aussi sublimes soient-ils, restent de l'espèce humaine, dotés d'un surcroît de sensibilité, de fragilité.

À partir de son incarcération, tout converge pour que Fabrice vive le bonheur qu'il poursuit depuis son départ de la maison paternelle : réciprocité de l'amour, éloignement d'avec la multitude, (vile, baudelairienne), difficultés à vaincre par l'ingéniosité ludique toujours suivies de victoires, temps illimité de méditation sans que rien ne vienne l'interrompre, beauté sereine et grandiose du paysage, élévation physique entraînant l'élévation mentale : comment ne reconnaîtrait-il pas dans la profonde satisfaction que lui procure enfin la possession des valeurs les plus nobles, réunies en couronne dans le lieu le plus déshérité, qu'il est bien le héros qu'il se promettait d'être ?

Il se détache encore avec Clélia des autres « happy few » ; la Sanseverina et Mosca, toujours pleins d'esprit et plus que jamais d'audace, restent dans l'univers des mondanités, Palla, toujours héroïque et plus que jamais audacieux lui aussi, ne connaît pas l'amour partagé, ce qui en fait un héros stendhalien incomplet : pour l'auteur, être aimé est la condition nécessaire et parfois suffisante de la mise en valeur de la personne, c'est avant tout une épreuve de qualité, de noblesse qui s'adresse aux plus humbles, et ne pas être aimé, c'est déchoir, d'abord à ses propre yeux, c'est ne pas exister vraiment.

Le temps met un point d'orgue sur ce couple sublime puisque, malgré d'humaines inquiétudes, plusieurs instants de jalousie et de crainte, rien ne viendra altérer, diminuer seulement l'ardeur de leur passion amoureuse. La « retombée » dans le monde, le mariage obligé de Clélia, l'état ecclésiastique de Fabrice, autant d'épreuves qui seront dépassées sans laisser de trace, sans influer sur leur trajectoire, jusqu'à la mort de Sandrino où chacun voit le doigt de Dieu, hors de l'échelle des valeurs humaines.

Dans toute œuvre stendhalienne, l'amour est le moteur de l'action, de la plus vile à la plus noble. Il est celui de la Sanseverina qui n'est jamais aussi audacieuse, aussi brillante que lorsqu'il s'agit de sauver ou d'établir Fabrice ; il est celui de Mosca lorsqu'il s'agit de plaire à sa maîtresse, et les belles mains blanches de la Sanseverina font équilibre avec la flamme libérale dans le cœur de Palla. Mais on ne voit chez aucun d'eux cette capacité au renoncement volontaire, si ce n'est, peut-être chez Palla, considéré comme fou. Or, c'est avec l'assentiment de leur volonté que Clélia et Fabrice s'abandonnent à ce grand mouvement qui vient des profondeurs de l'être, et les portera à travers sacrifices et renoncements dans la voie la plus élevée, à l'instar de ces cent quatre-vingts marches qu'il faut gravir pour atteindre le bonheur, dans la tour Farnèse.

Personnage immature, don quichottesque au début de son histoire, Fabrice promettait une existence, une carrière de conquêtes aventureuses dans tous les domaines, auxquelles le temps aurait donné plus de raison, plus de savoir-faire. Cette promesse n'a pas été tenue. Le temps, les accidents, les rencontres, l'ultime rencontre surtout, ont permis à ce bouillant jeune homme d'abandonner ce que sa naissance et la volonté de sa tante avaient fait de lui. Neuf mois de recueillement dans une étroite chrysalide, et ces qualités d'héroïsme se sont intériorisées sous un autre regard tutélaire. Le jeune primitif qui ne savait pas s'exprimer vide les lieux de réjouissance et emplit les églises de fidèles, subjugués par ses fameux sermons. Le jeune vaniteux qui veut tuer du Prussien pour acquérir la gloire prêche la compassion, le libertin léger, prompt au duel, se voue tout entier à l'amour le plus sublime. Un héros inattendu jette loin dans son histoire sa première apparence.

Les aventures militaires, puis milanaises de Fabrice, paraissent appartenir au domaine du réel quelque peu romancé, de même que, malgré leur caractère exceptionnel, nous pouvons croire à l'existence de personnalités comme la Sanseverina, Mosca, voire Palla. Mais les amants sublimes qui portent le roman dans sa dernière partie nous semblent aussi mythiques que « Tristan et Yseult ».

« Il n'y a rien de beau qui ne soit pas », écrit Rousseau, ce dont les romantiques ne manqueront pas de faire un véritable mot d'ordre. L'auteur n'était ni beau, ni noble, ni chanceux : c'est à Fabrice, qu'avant de s'éteindre il délègue le pouvoir d'immortaliser ce qu'il aurait souhaité être, à partir de ses réelles aspirations et sentiments, conscient de sa valeur longtemps méconnue : « Monsieur Beyle est un homme supérieur de notre temps », écrit Balzac en 1840.

Son héros, « notre héros », est d'abord qualifié de « primitif » par le distingué Mosca. Son éducation négligée, il ne cessera de s'instruire, le plus souvent tirant des leçons de philosophie du grand manuel de l'existence ; il ne cessera de se dépasser, d'aller toujours au-delà de ce qu'il est ou croit être, tantôt risquant, tantôt se dépouillant.

Tout en lui est paradoxe, comme la nature même : l'audace est le moteur de ses conquêtes, le renoncement celui de sa conquête suprême : celle de lui-même. Fuir est pour lui un moyen de se trouver, du moins de ne pas se perdre, de préserver son ego : il « se sauve », assailli par la canaille, révélant tout le sens ambigu de ce verbe. La nécessité de se créer des lointains le pousse à vivre dangereusement : puis il se retire, heureux, dans un ultime refuge. Il mène sa vie au grand galop, mais fait un énorme détour, prenant des risques, pour visiter son alter ego végétal : son marronnier. En le soignant avec amour, il supprime une branche basse, desséchée : geste prémonitoire, contrepoint terrestre des oracles célestes de l'abbé Blanès. Le sacrifice de la branche condamnée préfigure la conversion de Fabrice, l'arbre élagué deviendra « plus vigoureux que jamais » ; tel notre héros lorsqu'il accepte un renoncement, l'arbre se trouve « plus élancé, sa membrure commençant plus haut ».

Stendhal, qui n'a aucune tendance, pas même affective, pour le système religieux, adhère passionnément, par la quête d'un bonheur difficile et lointain, à une singulière exigence spirituelle. Aussi, écrit-il à Balzac qu'il s'est senti « conduit comme par la main » à choisir Parme, nom de ville dont Proust, après la lecture de *La Chartreuse*, évoque le paradoxe poétique : lourdeur, associée au parfum des violettes, sachant que le violet symbolise le deuil des joies tectonniennes qui engendre l'élan rimbaldien vers l'ultra-violet, le lointain mystérieux et attractif.

# Un héros mineur

*Michel Borrut*

Comment vivre sous la monarchie du roi-poire quand on a connu l'Empereur, comment oublier les blessures de l'âge, de la laideur ? Les années 1830-1838 sont celles d'une création éclatée, avortée souvent, victime de deux encombrantes figures : Stendhal d'abord engagé dans ses labyrinthes autobiographiques, et Napoléon. Le roman semble plier sous le réel quand, dans les deux derniers mois de 1838, *La Chartreuse de Parme* est écrite. Fabrice apparaît alors comme l'enfant tardif d'un père ébloui ; il fait oublier désillusions et médiocrité, il incarne le passé lointain de la Renaissance italienne et proche de l'épopée française. Héritier du condottiere Farnèse comme du général napoléonien, il est enfin le héros de cœur. De cœur vraiment, car c'est de courage et d'amour que ce roman semble traiter. Or l'image d'un être magnifié par la passion de Gina et de Clélia ne saurait suffire. L'affection de Stendhal pour « notre héros » n'est pas en effet dissociable d'une ironie férocement correctrice, tant l'héroïsme paraît difficile dans un monde trop petit. Que valent de toute façon les modèles : Napoléon lui-même n'a-t-il pas tué Bonaparte ? Quant au miroir-hommage de l'amour féminin, ne cache-t-il pas un hégémonisme infantilisant ?

## Le héros

Le héros est d'abord celui que sa naissance distingue. Dans un monde de conventions, de hiérarchies anciennes et étroites, il incarne la nouveauté absolue et unique comme un enracinement immémorial. De cette force miraculeuse et signifiante dont l'histoire se mêle à l'Histoire, Fabrice est exemplaire. Il apparaît à la rencontre de deux mondes : la France joyeuse, jeune conquérante, de Bonaparte, et l'Italie étouffée, endormie sous l'occupation autrichienne. Il y a quelque chose d'une intervention divine, jupitérienne — sous le signe de l'« aigle » — dans cette descente bonapartiste des montagnes sur Milan. Le héros surgit dans une époque de libération extraordinaire que seul un dieu explique. Mais l'on sait les dieux antiques épris de conquêtes féminines autant que guerrières, soucieux de descendance aussi. Zeus enlevant et fécondant une belle mortelle prend ici l'allure du lieutenant Robert. Sa beauté, sa jeunesse, son aura ne peuvent que séduire la marquise del Dongo. Car les dieux s'allient à des princesses et Stendhal plie la République non encore impériale à la règle mythique. Ainsi ce lieutenant vainqueur, céleste et misérable, féconde-t-il une race autrement dégénérée, condamnée à la mort lente, honteuse que représente la laideur physique et morale du marquis et de son fils aîné. Fabrice — le bâtard lumineux — va paradoxalement redonner sens et lustre à ce nom, ce titre trahis par ses légitimes propriétaires. L'héroïsme est bien une question de sang, reçu avant d'être donné, un sang qui rappelle les valeurs aristocratiques originelles venues ici d'un homme du peuple et d'un étranger. La lâcheté du marquis n'aurait pu engendrer un héros par la seule grâce de la marquise. Celle-ci et l'officier ont de plus relié le peuple à ses vrais maîtres, justifié à nouveau une hiérarchie devenue absurde. Cette république dominante a fait naître un héros aristocratique, dont le sang nouveau, divin, vient du peuple. À condition que cela reste secret, que seule une correspondance avec le désormais « général comte d'A*** » garde trace des origines de Fabrice. Car cela relève encore du mystère héroïque de suivre un destin hermétique à tous sauf à quelques initiés, de se distinguer inexplicablement des autres. Fabrice à Waterloo confirme sa lignée et son rôle symbolique. Fuyant le château prison de Grianta, il est à la recherche du père et d'une mère patrie élargie à l'Europe, au moins à la plaine vague de Waterloo. Le père, comme Napoléon inaccessible, c'est le général croisé sans être connu. Ironie tragique aussi de frôler une vérité et d'en découvrir une autre : le caporal Aubry et ses soldats sont les nouveaux héros. Vingt ans après la campagne d'Italie, Fabrice trouve chez des anonymes ce qu'il croyait être propre à des chefs divins, l'essence d'une nation tragique à laquelle il appartient le jour où elle disparaît. Héros emmêlé à Waterloo, il éclaire une bataille où la revanche du vieux monde est à la gloire du nouveau défait. Fabrice, instrument sinon du destin lui-même, de sa lecture. Fabrice, homme de passion et d'absolu quand — dans une société désormais rétrécie —, il fait vivre quasi seul les qualités du cœur. Si le héros magnifie sa vie en la risquant, si aucune des valeurs communes fondées sur le conformisme, l'accumulation — des ans, des enfants, des biens — ne l'atteint, si son bonheur ne peut être qu'un idéal vécu et son échec une mort acceptée, voire recherchée, méprisée et estimée à la fois, alors le comportement de Fabrice reste héroïque. Car il faut bien de l'imagination et de la force pour résister aux médiocrités quotidiennes, quand le brillant Mosca lui montre l'exemple de l'ancien d'Espagne devenu courtisan d'un État fantôme et fantoche, quand les dieux sont morts ou en exil.

Héros survivant, à l'étroit, capable de mourir pour la fille de son geôlier. Le séjour de Fabrice dans la tour Farnèse paraît en effet illustrer l'héroïsme amoureux. À condition d'accepter ses modifications, voire des inversions des situations classiques : plus de champ de bataille inconnu où tout est possible, mais un lieu clos, une prison trop connue ; pas un état de vainqueur donc mais pas non plus celui d'un évadé extraordinaire. L'héroïsme de Fabrice est dans le fait de disputer sur son terrain, à un général — fût-il Conti — son bien le plus cher, sa fille, au risque de sa vie. Fabrice a-t-il du cœur ? Oui puisqu'il aime et fait preuve de courage en refusant longtemps de s'évader, en nourrissant dans un isolement pur et dangereux une passion incompréhensible à l'extérieur. Héros romantique, heureusement étonné de se découvrir ainsi gai et libre d'esprit, se demandant s'il est « un héros sans [s'] en douter », s'il a « un grand caractère » (327). On peut toujours sourire de ce narcissisme juvénile, on ne saurait ignorer l'introspection et les doutes propres à chaque héros ni l'absence de calcul — cette intelligence des lâches — nécessaire à toute élévation de l'âme. Que Fabrice focalise la haine des médiocres puissants, qu'on n'ose le tuer ouvertement mais qu'on use du poison, qu'un autre cœur pur comme Clélia le reconnaisse, qu'il fasse d'une prison un lieu d'amour et de parole muette, autant de signes d'élection d'un être qui ne semble guère « léger ».

## Le fantasme

Pourtant cette gravité, ce cœur ne sauraient se suffire. Fabrice est un héros que l'on construit plus qu'il ne se construit. Et si les femmes dans les gestes et les tragédies, comme objets de conquête ou source d'exploits, restent soumises au destin exceptionnel, dans *La Chartreuse*, elles ne sont pas tant amoureuses attendues que créatrices d'un héros selon leur cœur. Pour Gina et Clélia, Fabrice doit être ainsi car c'est la seule façon de sublimer un amour interdit. Gina évitera l'inceste. Elle a besoin d'abord d'un héros délégué, par procuration. Quelqu'un qui tienne de ce Robert qui l'étonna si fort enfant et de son mari Pietranera qui lui fit découvrir l'amour. Dans un monde de vieux — le comte, son nouvel époux, le prince — la jeunesse a valeur divine. Non comme gage de futur car quel autre futur y a-t-il que la vieillesse encore et la mort ? — mais comme perpétuation d'un passé éclatant où la comtesse n'approchait pas de la quarantaine. Elle s'aime donc en Fabrice et aime en lui tous les héros disparus. Miroir à la fois plein de vie et inconsciemment mortifère, Fabrice ne subit pas tant la légende dorée des del Dongo, ni simplement l'image lointaine de Napoléon qu'« il aime toujours », que les chers absents, son père et son oncle. Le jeune homme a ainsi en quelque sorte son avenir, ses exploits derrière lui. Peut-on être héros quand on est fils et neveu de héros, quand on est l'héritier et non le fondateur d'une lignée ? Dans le monde grotesque des mâles del Dongo, à Parme, Gina et sa sœur n'ont que lui. L'amour qui lui est voué est aussi faute de mieux ; rôle d'autant plus lourd qu'il ne le comprend pas, qu'il ne s'interroge pas vraiment sur cet amour qu'il croit naturel, sur sa vocation militaire. Si le héros est un modèle, Fabrice est d'abord un enfant qui a des modèles, et Gina est là pour qu'il s'y conforme. Ainsi Waterloo n'a-t-il pu révéler en lui qu'un courage si naturel qu'il ne semble pas s'en apercevoir. Quand l'enfant devient jeune homme, quand son image s'impose au fur et à mesure que s'éloigne celle des pères et que se dégrade celle des rivaux, Gina doit continuer à rendre inaccessible cet amour pour justement aimer en tout idéal et liberté. Transfigurant la passion de la tante pour son neveu, de la femme mûre pour l'adolescent, elle imagine parfois à petites touches, parfois à coup d'audace, une « idole », un héros physiquement interdit. Plus il sera en péril, plus il étonnera, irritera, se créera des ennemis, plus sera justifiée toute manifestation d'amour.

Fort et faible à la fois, puisqu'au moins seul de son espèce, il appellera une passion totale, lumineuse et trouble qui permet à Gina d'être pour lui toutes les femmes, mère, tante, amante sublimée et sublime. Le héros l'autorise à des transgressions virtuelles, délicieuses où la peur qu'il soit pris, ou pis, n'est que le transfert de ses propres angoisses d'enfermement et de mort. Fabrice est sa liberté, sa jeunesse retrouvée, son imaginaire fertile. Veut-il rejoindre Napoléon ? Elle le comprend et est terrorisée. L'emprisonne-t-on ? C'est elle qu'on enferme et veut tuer. Au point que l'on peut se demander si une telle identification amoureuse ne rencontre pas un autre rêve impossible, un autre non-dit : Gina souffre d'être une femme condamnée à des intrigues de petite cour, à des jeux de séduction. Avec Fabrice, elle est une héroïne par délégation, une amoureuse enfin d'elle-même autant que du héros. « [...] [T]oujours le roman ! » (297)

Clélia a d'aussi fortes raisons de faire de Fabrice un héros. Elle expie un parricide indirect puisqu'elle a cru avoir mis son père en danger de mort pour sauver Fabrice. Elle y est préparée depuis l'enfance et la première rencontre quand elle surprit chez les dames del Dongo « des allusions répétées à quelque chose d'héroïque, de hardi, de dangereux au suprême degré qu'il avait fait depuis peu » (112). D'une certaine façon, elle subit l'influence involontaire — on n'oserait dire l'éducation — de Gina ; certains fondent les images héroïques sur des lectures, des représentations de jeunesse, Clélia garde ces paroles mystérieuses, commentaire extérieur des exploits de Fabrice. La seconde raison est l'évidente singularité du jeune homme, de « son air noble » parmi ses gardes : le héros fonctionne par contraste. Ce qui a touché Gina ne pouvait laisser Clélia indifférente. Voir ainsi Fabrice justifie qu'elle l'aide et l'aime — comment ne pas protéger de tous ces courtisans et comploteurs quelqu'un qui fait preuve d'une telle « douceur », d'une telle « sérénité héroïque » (332) ? —, qu'elle l'aime cependant sans espoir — Chimène qui n'accepte pas de jouer l'amant contre le père —, qu'elle l'aime enfin comme seule une héroïne aime un héros : idéalement. L'attitude de la jeune fille s'explique en effet par la culpabilité. La vie à la tour traduit son emprisonnement moral, ses rêves romanesques se nourrissent d'un désir inavoué devant la beauté de Fabrice, des propos libéraux d'un père opportuniste, d'une volonté enfin juvénile et vitale de se dépasser. Peu soucieuse de conformité politique, elle se voit ainsi « poignarder le prince, comme l'héroïque Charlotte Corday. » (332) Son image de Fabrice la montre en fait partagée entre le désir d'être à sa hauteur, de se grandir grâce à lui, et de le mettre hors d'atteinte. Sublimation multipliée, parfois contradictoire qui la rend — malgré sa haine déclarée envers Gina — alliée objective de la duchesse : quand elle participe à l'évasion de Fabrice et conforte le portrait que Gina avait brossé. Un héros a besoin de hérauts et d'héroïnes, d'âmes sœurs. Fabrice les a dans ces deux amantes impossibles, empêchées et condamnées au sublime, par les autres figures masculines, surtout familiales : que Fabrice devienne archevêque de Parme est dès lors dans la logique dévoyée de cet héroïsme paravent. L'idole est devenue image pieuse, le vœu fait par Clélia à la Madone de ne jamais revoir Fabrice semble réalisable. Dans une époque sans guerre, sans espace à conquérir, quand la chair est interdite, qu'y a-t-il de mieux que de laisser conquérir les âmes en chaire ? Le héros divin a trouvé sa place d'homme de Dieu, régnant par la parole sur toutes ces femmes qui lui inventent le passé d'« un des plus braves capitaines de l'armée de Napoléon » (487), sans appartenir à aucune. Gina avait craint un moment qu'il ne soit « libertin », Clélia qu'il n'aime la duchesse. Deux images d'un héros sensuel, donc dégradé, que le choix religieux annule, et un interdit ultime qui paraît préserver Fabrice.

## Le Pantin

Mais peut-on justement parler encore de héros quand il ne s'agit plus de vivre que par le verbe ? quand surtout on sait les rendez-vous nocturnes que donne Clélia à son amant pour ne pas le voir et respecter ainsi littéralement son vœu ? Il n'est même plus un visage et la pure Clélia s'accommode avec la Madone pour réduire l'ancien héros à un corps aveugle. Cette fin dérisoire confirme ce qu'a toujours été Fabrice : un jeune inconscient manipulé, incapable de maîtriser son destin, encore moins de l'imposer aux autres. Si le héros traditionnellement affronte des forces obscures, et parfois est vaincu par elles, il en tire grandeur parce qu'il est lucide. Fabrice donne au contraire l'impression d'être toujours passé à côté des choses, de n'avoir été qu'un long adolescent velléitaire, jouant avec maladresse et fougue un rôle trop lourd. L'héroïsme, en effet, ne supporte ni le partage ni la soumission. « Meurs ou tue » était le cri cornélien, tuer Giletti ne suffit pas à faire de Fabrice un héros, les personnages féminins prennent en outre le pas sur lui, ils ne sont ni de simples objets de conquête, ni des alliées obéissantes. Dans cet État de Parme énervé, exsangue, les hommes porteurs de valeurs nobles ont disparu : Mosca est un habile courtisan, Ernest-Ranuce « un héros guerrier déchu par les crimes que lui fait commettre le “misérable” Rassi[1] ». Tous ont peur. L'ironie transfère en des femmes, en Gina et Clélia, le courage et l'idéal. Ironie cruelle puisque jamais la société, les hommes ne leur permettront de les épanouir — ils les puniront même de les découvrir en elles, de leur renvoyer ainsi le miroir inacceptable de leurs lâchetés. Dès lors, Fabrice est la seule échappatoire aux frustrations, au désespoir. En faire un héros pour ne pas se nier, pour exister, pour que survive — même sur le mode de la manipulation — son incarnation masculine. Il est remarquable que si Fabrice est en danger à Parme, s'il a l'audace de risquer sa vie pour… la sauver en s'évadant, jamais il ne domine vraiment sa relation à autrui ni ses actes. Il est un jouet dans une partie qui le dépasse, qui oppose le tyran libertin et empoisonneur à l'héroïne véritable : la duchesse. Ces cercles de prison — à Fabrice dans la tour correspond la duchesse dans le palais princier, ou à Parme — évoquent d'ailleurs une image mythique inversée : Persée venait délivrer du dragon Andromède ; ici, le jeune

1. Gilbert Durand, *Le Décor mythique de La Chartreuse de Parme*, José Corti, 1990, p. 86.

homme est l'appât tendu par le prince diabolique à l'héroïne virile. Fabrice n'a pas d'ennemis véritables : Mosca, rival de fait, dans la situation de le haïr et de lui nuire, devient une sorte de père fataliste aux limites de la comédie, prêt à le « fai[re] évêque quelque part, puis archevêque ici [...] » (143). Quand Fabrice agace le prince, lors de leur première entrevue, c'est parce que son interlocuteur détecte en lui « l'esprit de la Sanseverina », parce qu'on ne peut « répéter avec plus d'esprit les leçons de la tante » (159). La lutte est autant affaire de pouvoir que de passion déçue entre le prince et la duchesse. Ayant circonvenu le Premier ministre Mosca, celle-ci ne peut pour « sa gloire » avoir comme adversaire que le prince, et comme enjeu que Fabrice, désormais sinon héros impossible, héros mineur puisqu'il a le courage et le goût de l'action. Encore doit-il toujours obéir. Ses résistances passagères quand il refuse de s'évader, surprennent Gina. Elles confirment pourtant le nom donné à la chambre de Fabrice : « obéissance passive. » (323) Ce n'est pas le conquérant à l'assaut de la forteresse pour enlever l'être aimé, mais le charmant papillon prêt à se brûler pour l'approcher. Il reste tant que Clélia l'accepte, il fuit quand elle le lui demande. Fabrice balance d'une autorité féminine à l'autre et son courage physique n'en fait qu'un exécutant fidèle des hautes œuvres de la Sanseverina. Toujours accomplir la geste héroïque imaginée par d'autres. En cela se prolonge la démarche initiée à Waterloo, encore excusable parce qu'il ne s'agissait que d'un très jeune homme. Sauf que le suiveur alors se caractérisait surtout par son incapacité à jouer son rôle de héros que personne ne songeait à lui définir. Que signifie Waterloo sinon la défaite grotesque et sanglante de l'héroïsme, au moins de ses illusions ? Napoléon a succédé à Bonaparte, Waterloo à Marengo, les soldats libérateurs de l'Italie sont devenus les soldats méfiants et traîtres à qui Fabrice doit cacher son italianité. Stendhal avait écrit les *Mémoires de Napoléon* sans évoquer Waterloo, la gloire ternie. Avec Fabrice, il écrira Waterloo en faisant de Napoléon une ombre. Condition peut-être pour que le jeune homme reste préservé. À la différence du lecteur.

L'héroïsme dans *La Chartreuse de Parme* n'est jamais ainsi où on l'attend, où il paraît même s'affirmer dans sa gloire naïve. Si Fabrice l'a frôlé, l'a atteint parfois mais sans lendemain, seule sa séduction a pu faire plus longtemps illusion. Elle ne saurait compenser la viduité du personnage qui après avoir voulu être militaire, se retrouve prélat, après avoir désiré aimer au grand jour Clélia ou mourir, l'aime à la dérobée et provoque sa mort, après avoir rêvé de la France et de l'Europe se retrouve à Parme, dans une tour, dans une chartreuse enfin. Les cercles de l'impuissance rendent compte d'une vie absurde et non tragique, dont aucune force supérieure — dieu ou destin — n'est responsable. La Sanseverina, Jocaste, amazone peut-être, est surtout seule éprise d'absolu pour vivre sa passion jusqu'au crime et au sacrifice, pour nourrir la triste jouissance d'un héroïsme littéralement déplacé et solitaire.

# Le comte Mosca : un anti-héros ?

*Marie-Noëlle Wicker*

## Première rencontre...

Le comte Mosca della Rovere Sorezana apparaît dans la narration au chapitre VI. C'est à travers le regard de Gina que nous le découvrons puisqu'il lui est présenté à la Scala de Milan alors qu'elle s'ennuie et désespère d'avoir des nouvelles de Fabrice.

Les informations qui sont distillées sur lui sont immédiatement paradoxales : il est ministre de la guerre, de la police et des finances du prince de Parme Ernest IV, souverain cruel aux yeux des libéraux, et pourtant il annonce immédiatement à Gina qu'il fait partie de son camp car il a participé à la guerre d'Espagne avec les armées de Napoléon, qu'il y a cherché « la gloire » (mot prononcé deux fois à la page 123) ; s'il aime Milan, c'est qu'y vit « le cœur de votre armée d'Italie ». Le jeu des pronoms personnels est intéressant dans cette page : Gina dit à Mosca « un homme comme vous qui a fait la guerre d'Espagne avec nous ! », plus loin c'est Mosca qui répond par l'expression ci-dessus : l'un et l'autre se sont reconnus de la même famille, celle de la bravoure et du génie. Il lui donne toutes les nouvelles de France qu'il peut recueillir, ce qui représente un engagement dans un monde où l'empereur est l'Ennemi, et ce qui séduit Gina en attente de nouvelles de son neveu.

La description physique de l'homme est sommaire mais nous apprenons qu'il est aimable, simple, homme d'esprit ; pourtant il porte de la poudre dans les cheveux ce qui pour Gina l'apparente aux hommes de la réaction et de l'ennemi que sont Ascagne et le marquis del Dongo.

Il est un homme d'importance, probable futur premier ministre et favori du prince et pourtant c'est sa « desinvoltura » qui enchante Gina. Il n'est ni pédant ni grave et même « elle voyait un homme qui avait honte de la gravité de sa place. » (123) C'est la distance qu'il prend avec sa fonction qui étonne Gina et qui la séduit. Ce trait sera constant chez ce personnage le rendant à la fois sympathique et ambigu.

Qui est le comte Mosca ? Dans ces premières pages le regard de Gina, ses impressions directes sont constamment rapportées à l'opinion d'une *vox populi* qui confirme, complète le portrait et fait du comte un homme apprécié pour sa compétence, même chez les libéraux (ses ennemis politiques) à l'exception de Mme Raversi, libérale mais surtout intrigante. Il est surtout l'homme de confiance du prince car il sait assurer la sécurité du prince tout en veillant à son image de grandeur : il veille aux viles taches de police, à l'enfermement des opposants en conservant au monarque ses mains propres et sa gloire ; ainsi c'est Mosca qui assume la tâche avilissante de regarder sous les lits dans le palais princier, il accepte le ridicule pour en exempter son maître. Ce parfait courtisan a en échange « une grande existence et beaucoup d'argent ».

Toute l'équivoque du personnage de Mosca s'exprime dès ces premières pages : comment un homme ayant vibré à l'idéal révolutionnaire peut-il accepter de réduire sa vie à une position sociale où l'argent est la récompense ? Mais d'autres questions surgissent après cette première rencontre : quelle place donne-t-il à son amour pour Gina ? Dès leur rencontre, il envisage de quitter la politique pour elle, mais il ne le fait pas et à la fin du roman, sa fonction politique est toujours la même. Si les héros stendhaliens sont d'abord des héros de l'amour, lui seul survit à l'amour. Nous percevons qu'il a une fonction psychologique, éthique, romanesque fondamentale mais appartient-il au monde des héros ?

## Mosca et le pouvoir

Si la politique est la comédie du pouvoir,... Mosca est politiquement impeccable, imperturbable[1].

En effet il sait que le maître du jeu dans une monarchie absolue, c'est le souverain : c'est lui qui détermine le bien et le mal, le moral et l'immoral et son principe suprême est la lutte contre les jacobins. Tout l'art de Mosca sera de suivre les ordres du prince et de verrouiller l'accès au pouvoir pour ses adversaires : d'une part il va « sur sa gauche » neutraliser les ambitions du général libéral Fabio Conti en le nommant gouverneur de la citadelle, ce qui le flatte et paralyse ses velléités d'opposants, d'autre part il crée un journal ultra monarchique en veillant de distribuer de l'argent aux rédacteurs pour se dédouaner sur eux de décisions impopulaires.

Comme le dit Michel Crouzet dans la préface de notre édition : « Par lui le roman devient un traité de politique ou Le Prince moderne [...] » Mosca c'est l'homme des espions, des pensions pour acheter le silence mais aussi de l'enfermement injustifié de la Fausta à la citadelle (251), de l'implication de l'innocent chercheur roux dans la même rocambolesque affaire (252) ; il sait user d'intimidations et jouer des intrigues ; c'est pourquoi il est si à l'aise à la cour qui obéit à des lois cryptées :

> Une cour, c'est ridicule [...] mais c'est amusant ; c'est un jeu qui intéresse, mais dont il faut accepter les règles. Qui s'est jamais avisé de se récrier contre le ridicule des règles du whist ? Et pourtant une fois qu'on s'est accoutumé aux règles, il est agréable de faire l'adversaire *chlemm*. (130)

Ce décryptage des intrigues, cette « herméneutique » va prendre tout son sens avec l'arrivée de cet « intrus » qu'est Fabrice car Mosca devra jouer, comme le dit son nom, à « la fine mouche » contre la toile tissée par la Raversi, Conti et Rassi.

1. Michel Guérin, *La Politique de Stendhal : les brigands et le bottier*, PUF, 1982.

Il est intéressant de comparer ici les deux figures du pouvoir que sont Rassi et Mosca. Rassi est caractérisé par sa bassesse : c'est un mouchard qui accepte d'être insulté, ridiculisé par le prince pourvu qu'il soit à ses côtés (270) ; il n'est sensible ni à l'humiliation ni au déshonneur et va profiter de la blessure d'amour-propre du prince lorsque Gina décide de quitter la cour si la sentence contre Fabrice est prononcée (chapitre XIV) pour supplanter Mosca. Mais c'est aussi un homme qui aime l'argent et qui veut purger sa mauvaise image en étant anobli.

Entre les deux hommes la partie est serrée car si Mosca conseille selon la raison, « trop grand seigneur pour descendre à de certains détails » (231), Rassi flatte les passions du prince et se rend ainsi indispensable. Les heurs de l'un expliquent les malheurs de l'autre. La mort de Ranuce-Ernest IV et l'ébauche de révolution révèlent leur différence de « trempe » : le courtisan de la peur est haï par le peuple qui veut le pendre ; il ne doit la vie qu'à Mosca resté fidèle au prince. Révolté par les initiatives des jacobins, par le ralliement peureux du général commandant la garde du prince aux insurgés, Mosca prend la tête de la résistance et défend la statue du roi. Il paie de sa personne, et paradoxalement cet homme qui a jadis été du côté des révolutionnaires avec Bonaparte parachève la réaction, allant même jusqu'à supprimer ensuite la possibilité d'évoquer cette révolte, toutes les traces de celle-ci ayant été effacées : les victimes sont déclarées en voyage, les familles sont payées pour leur silence. Il agit en grand manipulateur de l'histoire. Ses motivations ? la haine des républicains qu'il juge incapables de gouverner et de respecter la liberté (« Sans moi, Parme eût été république pendant deux mois, avec le poète Ferrante Palla pour dictateur », 424) et un certain goût de l'aventure et de l'action : il retrouve « son enthousiasme » de jeunesse en parlant aux soldats et se sent prêt à donner sa vie pour le prince. Pendant quelques jours, il a pu être autre chose que courtisan et homme d'intrigues...

Mais ces moments où l'affectif déborde le raisonnable et le sens du réel sont peu fréquents. Après cet épisode, Mosca avoue que « c'eût été une façon bien bête de finir » et qu'il est « désabusé de tout » (424). Il retrouve alors la « desinvoltura » qui le caractérise. La politique ne vaut aucun sacrifice car elle n'est guidée par aucune valeur transcendante ; dans ce relativisme et cette médiocrité généralisée, le ministre doit vivre pour assurer la paix civile que seul un gouvernement fort peut garantir ; sa récompense est dans le confort moral de ne pas avoir (trop) fait couler le sang. La grande différence entre le ministère de Rassi et celui de Mosca, c'est que dans un cas les prisons se remplissent (485) et dans l'autre elles sont vides (dernière page)...

Le comte fait donc de la politique sans excès ni grandeur ; il sait que le seul qu'il puisse véritablement servir, c'est lui-même :

> Le comte n'avait pas de vertu ; l'on peut même ajouter que ce que les libéraux entendent par vertu (chercher le bonheur du plus grand nombre) lui semblait une duperie ; il se croyait obligé à chercher avant tout le bonheur du comte Mosca della Rovère [...]. (300)

Comme le dit Michel Guérin dans *La Politique de Stendhal* : « Il est l'homme politique qui manifeste ironiquement l'insuffisance de la politique. »

Ce réaliste, pragmatique et désenchanté, va se trouver transformé par la passion amoureuse.

## Mosca et l'amour

Nous avons vu plus haut les sentiments que Gina avait ressenti à sa rencontre avec le comte. Et lui ? Il tombe amoureux fou de Gina dont le charme tient à sa vitalité et à sa spontanéité ; elle n'agit jamais avec prudence et se livre tout entière aux impressions du moment (127). Grâce à cet amour, il retrouve sa jeunesse et l'ardeur de ses vingt ans. À plusieurs occasions, ce ministre sérieux rit et retrouve ce fameux enthousiasme qui manque à cet homme proche de la cinquantaine. Leur amour, né au théâtre, aura toujours cette note de fantaisie et de gaîté, et lorsque l'esprit de sérieux prendra le dessus leur relation sera mal en point.

Mosca introduit Gina à la cour et par respect de convenances qui n'ont que peu de choses à voir avec la morale, il lui donne comme époux le vieux duc Sanseverina-Taxis. Leur vie amoureuse est alors entièrement liée aux intrigues. Gina n'éprouve pas de passion pour le comte mais elle lui est fidèle ; elle a confiance en lui, apprécie son humour mais aussi sa position sociale : elle a besoin de lui pour assurer la réhabilitation de Fabrice.

Toute leur relation se vit à la cour et malgré les invocations répétées d'une retraite possible, leur intimité n'échappera à la vie politique que dans les derniers chapitres du roman. On en sait peu de choses, comme si seule la vie de cour pouvait combler l'absence de passion amoureuse.

Fabrice est au centre de leur relation ; le neveu, possible rival, va rejeter Mosca dans le rôle de l'amant jaloux. À la suite de la lettre anonyme envoyée par le prince, Mosca va suspecter une relation amoureuse entre Fabrice et Gina (chapitre VII) ; nous assistons alors à une véritable crise personnelle : le monologue intérieur des pages 164-165 nous livre Mosca dans toute sa dimension humaine escamotée chez l'homme de pouvoir. Chez le politique, la lucidité frise avec le cynisme, ici elle exacerbe sa sensibilité et le fait souffrir. Son intégrité personnelle, son amour-propre sont atteints car à la fois il hait Fabrice et à la fois il se reproche ce sentiment excessif et bas : la jalousie. Il se sait puissant mais perçoit la limite de cette puissance :

> Ma gaîté n'est-elle pas toujours voisine de l'ironie ? [...] ne laisse-t-elle pas entrevoir, comme chose toute proche, le pouvoir absolu... et la méchanceté ? (165)

Fabrice, lui, a la jeunesse du regard...

Cette confession nous rend Mosca sympathique car il vit sa mesure, sa sagesse, tout ce qui fait de lui un grand politique, comme un manque. Il sait ce qu'est l'enthousiasme, l'héroïsme mais il sait aussi qu'il ne pourra pas vivre à ce niveau. Il a perçu que pour Fabrice « tout est simple parce que tout est vu d'en haut » (167). Mosca, lui, a l'habitude de voir les choses comme un policier, comme un déchiffreur de signes qui comprend soudain que le prince est l'auteur de cette lettre anonyme. Cette révélation fait diversion à cette intense crise affective mais montre aussi l'infirmité fondamentale du comte : il n'est qu'un politique.

Dans la deuxième partie du roman, lorsque Gina fait pression sur le prince pour annuler la sentence contre Fabrice, Mosca omet volontairement une partie de la phrase de l'engagement, interdisant de fait pour une longue période la liberté à Fabrice. C'est le courtisan qui cherche à rattraper la transgression de la duchesse. Dans sa colère, Gina le rabaisse, le traitant de faible : « Cette âme vulgaire n'est point à la hauteur des nôtres. » (296). Elle l'exclut du monde des grandes âmes et lui annonce leur séparation. L'évasion de Fabrice de la tour Farnèse où Mosca n'a pas ménagé ses efforts, son attitude pendant la révolte contre le prince susciteront un retour d'affection chez Gina qui la mène à un mariage en forme de reddition.

Mosca ne découvre qu'*in extremis* l'amour de Fabrice pour Clélia ; il semble imperméable à un sentiment aussi fantasque, n'ayant pendant longtemps interprété la retraite de Fabrice désespéré de ne plus voir Clélia que comme « un chef-d'œuvre de la plus fine politique » (473).

Clélia et Mosca ne sont jamais en contact direct : la femme de l'ombre, de l'amour secret et inconditionnel est l'antithèse du politique efficace et mondain. Le roman semble en faire deux contraires. Clélia va se consumer par amour, Mosca survivra à la tragédie et la remarque sur son immense richesse sonnera comme la mention qu'on ne peut servir deux maîtres : l'idéal et l'argent.

## Mosca et « notre héros »

Dans l'organisation romanesque, Mosca est celui qui, à toutes les occasions, par tous les moyens, va chercher à réintégrer Fabrice dans la réalité sociale ; après l'engagement périlleux auprès de l'empereur, il va lui permettre de se racheter une conduite en entrant dans les ordres, après l'épisode de Marietta et le meurtre de Giletti, après la rocambolesque affaire de la Fausta, c'est par ses intrigues, son sang froid et son sens politique que Fabrice retrouvera une existence légale. Mosca est donc, avec Gina, l'ange gardien de Fabrice.

Mosca se considère comme l'oncle, cherche à entretenir avec lui une certaine familiarité, ne voulant pas qu'il l'appelle Excellence (162) ; il est flatté de l'écoute de Fabrice, ils partagent le goût des antiquités et des fouilles.

Avant que la jalousie ne colore les sentiments de Mosca, il formule un jugement particulièrement lucide sur la personnalité de Fabrice : lorsque Gina envisage pour son neveu la carrière des armes, il lui fait remarquer que « la carrière des armes pour Fabrice, c'est la vie de l'écureuil dans la cage qui tourne : beaucoup de mouvement pour n'avancer en rien. » (143). Fabrice est trop enthousiaste et a trop d'esprit, il doit trouver sa voie dans la carrière ecclésiastique qui lui permettra de renouer avec une tradition familiale et de s'affirmer comme « grand seigneur » même s'il n'est pas un prêtre exemplaire. Avec la clairvoyance du « père », il a perçu la hauteur aristocratique du jeune homme ; il sait aussi que ses qualités lui rendront difficile la vie dans le monde.

La naïveté et l'idéalisme de Fabrice après le vol du cheval (chapitre X) conduisent Mosca à lui donner une leçon de réalisme et d'opportunisme :

> [...] puisque ce valet de chambre tenait votre vie entre ses mains, vous aviez le droit de prendre la sienne. (196)

Ce qui guide Fabrice c'est l'élan, l'enthousiasme personnel, la générosité le mettant en marge des lois, alors que Mosca propose une loi appuyée sur la force. Ces deux principes de vie sont antagonistes. Mosca le sait ; il ne réagira jamais avec agacement aux excès du jeune homme, il usera de son pouvoir pour atténuer les effets de sa fièvre. On peut ajouter que dans la première partie la bienveillance du comte compense sa jalousie et lui offre des occasions de la démentir ; dans la deuxième partie elle le réhabilite aux yeux de Gina. Tout sera bon pour sauver Fabrice. En quelque sorte l'arbitraire va servir l'héroïsme et croit ainsi être acceptable. Tel est le paradoxe de Mosca : aller jusqu'au bout de sa vie de courtisan et vivre l'héroïsme par procuration.

Dans les derniers chapitres, la quiétude du comte et de la comtesse Mosca tranche avec le dépouillement causé par la passion amoureuse chez Fabrice. Cet égocentriste (égotiste ?) opère une décentration de lui-même, restant à la cour qu'il voulait quitter dans l'intérêt de son oncle et de sa tante. (485) Par la grâce de Clélia, il entreprend un cheminement psychologique et spirituel alors que Mosca finira comme il a commencé, premier ministre, insensible aux bouleversements émotionnels des trois héros, Clélia, Gina et Fabrice.

## Conclusion

Mosca est la figure du Pouvoir, un pouvoir qui n'a ni la bassesse et la violence de Rassi, ni la folie et le romantisme de Ferrante Palla, un pouvoir qui se veut appuyé sur la Raison, sur la Finesse et l'Intelligence mais qui n'a pas de grandeur car il ne donne pas sens à la vie. Mosca est un passionné qui ne succombe à la passion ni au sens métaphorique — l'action étant pour lui un remède à l'excès de sentiment — ni au sens propre — il est le seul des personnages principaux à survivre. Du héros il a l'énergie, l'intelligence, le goût du bonheur mais sa lucidité au service d'une politique qu'il méprise en fait un cynique. Il « joue le jeu », à la façon de Stendhal servant, tout en la détestant la Monarchie de Juillet.

L'auteur a mis beaucoup de lui dans son personnage, expression de l'idéalisme révolutionnaire déçu aux prises avec l'hypocrisie du « plus grand nombre ». Le lecteur est bienveillant à l'égard de cet homme si complexe sans jamais pouvoir l'aimer comme Fabrice, Gina ou Clélia.

# L'héroïsme désarçonné

*Franck Evrard*

> Fabrice remarqua qu'en discutant ces gens répétaient trois ou quatre fois toutes les circonstances de son histoire : les soupçons des soldats, le gendarme lui vendant une feuille de route et un uniforme, la façon dont la veille, il s'était trouvé faire partie de l'escorte du maréchal, l'Empereur vu au galop, le cheval *escofié*, etc.
>
> *La Chartreuse de Parme*, Livre I, chapitre IV.

Dans le bestiaire imaginaire des écrivains, le cheval n'est jamais vraiment tout à fait perçu comme une altérité radicale mais dans sa relation de proximité à l'homme, les deux partageant les mêmes épreuves, les mêmes expériences, les mêmes plaisirs et les mêmes souffrances. Reconnaissant une identité essentielle entre lui et la figure hippomorphe, percevant le cheval comme un symbole, un modèle, un reflet des valeurs humaines, l'homme tend à dialoguer avec sa monture. Omniprésent dans l'épisode de la bataille de Waterloo, le cheval (ou plus exactement les chevaux) de Fabrice démythifie le rêve chevaleresque relayé par les romans de chevalerie, l'idéal d'héroïsme propre à l'épopée ainsi que le mythe napoléonien et la vision romantique de l'Histoire qu'il sous-tend. Confrontant à la réalité absurde de la guerre, le cheval ouvre sur une épopée en morceaux. L'expérience décousue et fragmentaire de Fabrice qui ne cesse d'être désarçonné, dépossédé de sa monture, ou à la recherche d'un nouveau cheval, s'accompagne d'une déconstruction du symbolisme héroïque du cheval et induit une représentation anti-romanesque et ironique. Thème et symbole, le cheval travaille aussi l'écriture stendhalienne, infléchissant le point de vue (l'Histoire vue à cheval), nourrissant des relations intertextuelles avec les grands modèles de chevaux héroïques comme Bucéphale, le cheval d'Alexandre ou littéraires comme Rossinante dans *Don Quichotte*, insufflant un rythme « débridé » à la narration de la bataille.

## Le cheval au service du récit

Dans les chapitres II, III, IV, centrés sur la bataille de Waterloo, le récit de *La Chartreuse de Parme* donne une place privilégiée au cheval, ami et soutien logique du guerrier. De Crécy à Verdun, la cavalerie a très souvent joué un rôle décisif dans l'issue des batailles. Indissociable des chevauchées, des courses, des cavalcades, des montées et des chutes, autant de mouvements qui pourraient dessiner une sorte d'itinéraire, de trajet, voire d'épopée, le cheval possède une qualité dynamique qui permet à Stendhal de tisser un fil narratif :

– Dans la seconde partie du chapitre II, à Paris, Fabrice achète « deux beaux chevaux » et loue les services d'un ancien soldat palefrenier. Se mêlant imprudemment aux bivouacs sur la route de Belgique, le jeune homme excite avec ses chevaux la convoitise d'un adjudant sous-officier, ce qui lui vaut un emprisonnement et la confiscation de son bien. S'évadant grâce à la complicité de sa geôlière, déguisé en hussard, Fabrice marche à grand peine à causes de ses « bottes grossières » : il finit par acheter un « méchant cheval » à un paysan (67), continue sa route et dort le soir dans une écurie. Le lendemain matin, il parvient à « faire prendre le trot » (68) à son cheval pour « les préliminaires de Waterloo ».

– Au chapitre III, une cantinière possédant un cheval Cocotte conseille à Fabrice d'abandonner « sa rosse » qui risque de le faire tuer. Elle conclut un marché avec un soldat, un « cheval de général » qui a « du mouvement » (74) contre un napoléon. Fabrice suit une troupe de généraux et de hussards parmi lesquels se trouve le Maréchal Ney. Il franchit des fossés pleins d'eau et des cadavres. Alors qu'il suit l'escorte du général Comte d'A..., ce dernier renversé de son cheval dépossède Fabrice de sa monture. Abandonné sur le champ de bataille et indigné, le héros retrouve la cantinière du matin et s'endort dans la charrette tirée par Cocotte.

– Le chapitre IV ouvre sur la vision de l'armée française en déroute. Fabrice suit le caporal Aubry, tue un Prussien. Il achète un cheval « assez bon » (88) quarante francs et devient ainsi à lui tout seul la « cavalerie ». Lors d'une attaque, il retrouve la cantinière et lui propose avec galanterie son cheval. Puis il vole de force un cheval « magnifique » à un soldat. Dans les combats d'arrière-garde, il lutte contre des hussards rebelles et se fait blesser. Il est conduit à l'auberge du Cheval Blanc.

– Le début du chapitre V clôt l'épisode de Waterloo. À l'auberge du Cheval Blanc, Fabrice dort dans la mangeoire de l'écurie de peur qu'on lui dérobe son cheval. Le lendemain matin, il est réveillé par des hennissements. L'auberge en feu, Fabrice s'enfuit sur son cheval, affaibli par sa blessure.

Au regard du modèle proposé par la sémiotique narrative, le cheval devrait constituer un adjuvant précieux. Objet d'une « noble conquête » selon Buffon, dompté, dressé, le cheval apparaît en effet comme l'auxiliaire privilégié du cavalier, l'aide indispensable à ses chevauchées héroïques auréolées de panache, et le symbole même de son triomphe et de sa gloire militaire ou spirituelle. Rien de tel dans le roman stendhalien. Le cheval de paysan, une « rosse », n'est guère valorisant ni sur le plan social ni sur le plan physique (« un méchant cheval », « pas beau »). D'autre part, dans le feu de la bataille, le cheval de labeur risque de se retourner en opposant par sa lenteur : « [...] mais il avait beau pousser son cheval, il ne pouvait aller plus vite que la charrette de la cantinière. » (69) Incapable d'un galop soutenu, il revient « à son petit trot accoutumé. » (73) Le « cheval d'officier » qui lui succède est plus gratifiant par rapport à la hiérarchie militaire et devrait mettre en valeur la qualification héroïque de Fabrice, bon cavalier (« Fabrice, qui montait fort bien », –74, « [...] vous avez vu que je manie un cheval [...] », –91). Mais rétif, fougueux, « fort animé » (74), le cheval qui ne cesse de se cabrer avec violence n'obéit pas aux ordres de son cavalier. Soumis à son propre vouloir, il constitue une véritable force agissante dans le récit : « Le cheval laissé à lui-même partit ventre à terre et alla rejoindre l'escorte qui suivait les généraux. » (74). Alors que Fabrice est dans ses rêves de gloire historique, le cheval le ramène à une réalité burlesque en éclaboussant un général par un saut trop véhément.

À force d'être confisqué ou volé, le cheval finit par devenir l'objet même de la quête du héros. Ainsi l'objet désiré n'est plus l'accomplissement d'une mission héroïque, une exigence supérieure et transcendante, un idéal abstrait de gloire mais un impératif utilitaire, prosaïque : avoir un cheval et le conserver. Cette exigence réaliste finit par développer un sentiment paranoïaque et une obsession du vol chez le personnage. « Voilà des gens, se dit Fabrice, qui m'ont bien la mine de vouloir m'acheter mon cheval encore moins cher qu'il ne m'a coûté », pense Fabrice au chapitre IV. Cette crainte de perdre l'animal (« [...] mon cheval qui est à l'écurie, s'ennuiera tout seul et s'en ira avec un autre maître. », –101) qui ouvre le chapitre V conduit le personnage à coucher dans l'écurie. Le cheval obsède encore la conscience de Fabrice à l'auberge de l'Étrille : « Quand il avait sa tête à lui, il recommandait qu'on prît soin de son cheval [...] » (102). L'animal devenu une fin en soi lorsqu'il manque au héros, ne cesse de faire l'objet de transactions commerciales. L'insistance sur la valeur matérielle et monétaire du « noble animal » acheté à un soldat contre un napoléon, joue comme un lapsus signifiant. L'univers épique fait place à une économie de l'argent qui réduit les mythes du cheval et de Napoléon à des signes matériels, vides de sens, qui s'équivalent. Cette dévaluation du mythe est liée aussi à la série de substitutions de chevaux au cours des chapitres qui rendent l'animal interchangeable. La monture du héros n'est jamais unique mais entre dans une série presque infinie de substitutions. Le modèle héroïque se dévalue en se multipliant, à l'image de Fabrice ne cessant de se dédoubler en identités multiples puisqu'il voyage en France avec le passeport d'un supposé marchand de baromètres, nommé Vasi, puis sous l'identité empruntée du hussard Boulot, « mort en prison, où l'avait conduit, dit-on, le vol d'une vache et de quelques couverts en argent ».

## La faillite de l'idéal chevaleresque ou l'apprentissage du réel

### Le chevalier mis à pied

Dérouté parfois par cette succession de galops et de trots, d'apparitions et de disparitions de la cavalerie au cours de la bataille, par cette multiplication insensée de chevaux, le lecteur finit par percevoir que la signifiance n'est peut-être pas à chercher dans la relation à la réalité de la guerre mais justement dans l'apparente gratuité des figures hippomorphes du roman stendhalien. Le traitement du cheval dans *La Chartreuse de Parme* révèle une déconstruction du thème de l'homme à cheval, un thème récurrent dans l'histoire et dans la littérature, le plus souvent épique. Le dressage de Bucéphale par Alexandre (cité dans l'incipit de *La Chartreuse de Parme*) qui anticipe le destin glorieux d'Alexandre le Grand dans les *Vies parallèles* de Plutarque est lié à la tradition de l'homme à cheval, du cavalier maître de soi comme des forces adverses, montant un coursier solaire. Épiphanie du vent dans sa course sacrée, le cheval accompagne et soutient le héros qui cherche à transformer le monde et à se construire lui-même. L'épopée homérique, la littérature médiévale dans les chansons de geste (le célèbre cheval Veillantif appartenant à Roland) et les romans de chevalerie qui concilient valeurs chevaleresques et valeurs religieuses, ont donné à l'animal ses lettres de noblesse. Or, désarçonné, dépossédé de son cheval, rendu au statut de « piéton », Fabrice ne parvient pas à ne faire qu'un avec son cheval. d'autant plus que ses montures qui semblent douées d'une volonté propre imposent leur trajet au cavalier : « je n'ai d'autre raison pour faire le service que je fais, que la volonté de mon cheval qui s'est mis à galoper pour suivre des généraux », remarque non sans humour le héros. Alors que, maître de sa monture, fidèle aux engagements pris vis-à-vis de Dieu, du roi, de sa dame, le chevalier s'accomplit dans l'action, se transcende dans le combat, la lutte et la guerre, Fabrice est réduit au statut de spectateur passif, de témoin désengagé de l'Histoire qui se déroule sous ses yeux : « [...] mais réellement, pendant toute la journée, je ne me suis pas battu, j'ai seulement escorté un général ! » (83)

### Chute et mort du cheval

Symbole de la virilité et de l'initiation chevaleresque, le cheval se confond souvent avec une dynamique verticale, ascensionnelle comme dans le mythe solaire de Pégase, à laquelle obéit le scénario héroïque d'un essor, bond ou envol. Le héros de Stendhal ne connaît pas grâce aux chevaux ni l'ivresse et la rapidité du vol, ni la jouissance de l'altitude. Le cheval de paysan tombe à deux reprises dans la boue ; le cheval de général saute dans un canal et éclabousse l'un des généraux qui jure (« Au diable la f... bête ! », 74-75) tandis que les autres chevaux, effrayés, provoquent « un barbotement épouvantable ». Si l'aigle, « l'oiseau de Napoléon » (62) qui vole, symbolise le désir d'élévation héroïque, le cheval, victime de chutes innombrables, représente la revanche du bas matériel sur le haut idéal, la victoire du prosaïque sur le romanesque. Au cours de la bataille de Waterloo, épopée de la lourdeur et de l'écroulement, le rêve de gloire se brise au contact d'une réalité dégradée, matière fangeuse où s'enlisent les êtres humains et l'Histoire. Cet affaissement physique et moral n'épargne pas Fabrice lui-même lorsqu'enivré, il retombe « sur la selle comme un morceau de plomb » (79). Ce thème de la chute est traité sur le registre comique dans *Lucien Leuwen* quand le personnage est jeté de son cheval sous les yeux de sa belle :

> Se relever... Sauter en selle fut, à la vérité, l'affaire d'un instant ; mais l'éclat de rire fut général et bruyant. Lucien remarqua que la dame aux cheveux d'un blond cendré riait encore. (Gallimard, « Folio », p. 98).

Lié au thème de la chute, le motif du cheval mort[1] décrit sur un mode presque baroque, démythifie encore plus la mythologie héroïque du cheval :

> Ce qui lui sembla horrible, ce fut un cheval tout sanglant qui se débattait sur la terre labourée, et engageant ses pieds dans ses propres entrailles ; il voulait suivre les autres : le sang coulait dans la boue. (76)

Chose informe, putréfiée, qui se vide de chair et de sang et évoque la réalité de la charogne, le cheval mort ouvre sur un questionnement. concernant le sens de l'existence. Miroir de la finitude humaine, image de la souffrance humaine, symbole de l'absurdité et de l'atrocité de la guerre, le cheval n'est plus une forme idéale et indestructible qui symbolise la victoire sur l'espace et sur le temps : il renvoie au paysage objectif de la guerre mais aussi au déclin du modèle héroïque et à l'abandon des valeurs morales. Sur le plan symbolique, l'incendie de l'auberge du Cheval Blanc signifie l'échec absolu de l'idéal chevaleresque.

### Le déclin du modèle chevaleresque

Le vol de cheval, pratique quasi institutionnalisée par l'armée (Fabrice victime d'un adjudant puis d'un général), constitue assurément le signe de la perte des valeurs héroïques. Détourné de sa fonction guerrière, belliqueuse, qui est de permettre au cavalier de sabrer l'ennemi, le cheval se dégrade en un moyen de fuir le champ de bataille et connote la lâcheté. Les fuyards sont dévalorisés par la désignation méprisante de « troupeau de moutons » par Fabrice. Le vol de cheval devient le symbole de la lâcheté ou de la trahison :

> Voleurs ! voleurs ! criait-il maintenant en français. Désespéré, bien moins de la perte de son cheval que de la trahison, il se laissa tomber au bord du fossé, fatigué et mourant de faim. Si son beau cheval lui eût été enlevé par l'ennemi, il n'y eût pas songé ; mais se voir trahir et voler par ce maréchal des logis qu'il aimait tant et par ces hussards qu'il regardait comme des frères ! c'est ce qui lui brisait le cœur. [...] Il défaisait un à un tous ses beaux rêves d'amitié chevaleresque et sublime, comme celle des héros de la *Jérusalem délivrée.* (81)

Aux valeurs de gloire militaire, de courage, de solidarité, de fraternité héroïque s'est substituée la loi du « chacun pour soi ». Seuls personnages positifs, le caporal et la vivandière incarnent le courage et la fraternité. Par antithèse, le don de son cheval à la cantinière lors de l'attaque des Cosaques se pose comme un geste courtois et chevaleresque qui s'inscrit dans la tradition des romans de chevalerie.

Les déconvenues, les accrocs du réel rencontrés par le héros au cours de l'épisode, ont une valeur formatrice, en conduisant à une initiation de ce jeune adolescent en terre étrangère qui déchiffre mal les réalités humaines et historiques. Fabrice apprend non seulement la méfiance et la prudence mais aussi une forme de cynisme si bien qu'il finit par adopter lui-même les conduites pragmatiques et immorales de ses contemporains. Au chapitre IV, cédant « au plaisir de jouer un instant le rôle de hussard » (94), il

1. On retrouvera cette vision hallucinatoire du cheval mort au cours de la guerre dans *Les Châtiments* de Victor Hugo où le poète évoque des blessés s'abritant « dans le ventre des chevaux morts » et *La Route des Flandres* (1960) de Claude Simon.

achète de force un cheval à un soldat. La même scène se répétera au chapitre X lorsque, décidé à quitter le territoire autrichien, il dérobe la monture d'un valet de chambre qui passait. Sur le plan psychologique, le héros de *La Chartreuse de Parme* apprend inconsciemment à se défaire des figures paternelles qui le surplombent et le dévirilisent, qu'il s'agisse de l'empereur Napoléon « raté » au cours de la bataille ou de son père naturel, le lieutenant Robert devenu le général qui le désarçonne et le dépossède de sa monture. Cet épisode traumatique peut se lire sur le plan psychanalytique comme une inversion du récit œdipien puisque c'est le fils qui est agressé par son propre père[1].

## Un cheval-texte

### La langue du cheval

À la lecture des chapitres de *La Chartreuse de Parme*, le lecteur est en droit d'avoir l'impression d'entendre une « langue du cheval » tant l'animal se présente comme une étonnante matrice linguistique. Synonymes (« rosse », « bête »), noms propres (« Cocotte », « Cheval Blanc »), particularités anatomiques (la croupe), allures (le trot, le galop), mouvements naturels (« se cabrer », « donner des coups de tête », « partir ventre à terre ») ou imposés par le cavalier (« donner de l'éperon », « rassembler son cheval », « fondre »), objets (le portemanteau, la selle, l'étrier, la bride, le bridon), noms de métiers liés au cheval (le palefrenier, le hussard comme soldat de la cavalerie légère, le dragon) et même clichés populaires ou proverbes (« [...] il se souvint fort à propos d'un mot que répétait le cocher de sa mère : « Quand on a levé le coude, il faut regarder entre les oreilles de son cheval, et faire comme son voisin. », 79) constituent le champ lexical du cheval qui se dissémine dans le texte comme si l'animal dérivait d'une donnée exclusivement verbale, la langue chevaline. Cette langue connue de Fabrice lui vient d'une double éducation, l'une aristocratique donnée par sa tante à travers les représentations des victoires napoléoniennes et l'autre populaire au contact de personnages picaresques : « Bientôt il fut étroitement lié avec les cochers et les hommes des écuries [...] » (50).

### La bibliothèque du cheval

Les grands textes modulant le thème équestre renvoient moins à la vérité d'une réalité extérieure, familière, celle du cheval tel que nous le connaissons, qu'ils ne participent d'un autre texte appartenant à une sorte de bibliothèque du cheval. L'énoncé ne cherche pas à se rapporter à la réalité

1. Fuyant Corinthe à cause de l'oracle qui lui a dit qu'il tuerait son père et épouserait sa mère, Œdipe rencontre un inconnu dans un étroit défilé. Alors qu'une des roues du char écrase son pied, Œdipe fou de rage jette à terre Laïos qui n'est autre que son père. Pris dans les rênes, traîné sur la route par les chevaux, celui-ci meurt, déchiqueté. Selon l'interprétation de Karl Abraham, l'attelage présentant une bivalence sexuelle dans le mythe renverrait au couple parental, Laïos, le père, et Jocaste, la mère d'Œdipe.

du cheval mais s'intéresse aux liens qui l'unissent à d'autres textes. Sans doute faudrait-il parler d'une véritable intertextualité du cheval tant le roman équestre de Stendhal semble s'inscrire dans une mosaïque de textes (d'*hippotextes*[1] dirons-nous pour pasticher la terminologie de Gérard Genette), traités d'équitation, biographies, romans, poèmes, avec laquelle il ne cesse de dialoguer comme si la littérature s'écrivait de cheval en cheval, de texte en texte.

Pour évoquer un cheval merveilleux, dévoué de façon idéale à l'homme, la cantinière fait référence à Bayard, coursier au pouvoir magique qui apparaît dans *Les quatre fils Aymon* ou *Renaud de Montauban*, une chanson de geste épique du XIII^e^ siècle :

> Si la bête est petite, tu en donneras dix francs, et, dans tous les cas, jamais plus de vingt francs quand ce serait le cheval des quatre fils Aymon. (70)

Dans cette œuvre qui met en scène l'opposition des quatre fils du duc Aymes à Charlemagne, Renaud, aidé par le magicien Maugis et Bayard, le cheval merveilleux, cherche à faire la paix avec son suzerain. Au dénouement, le chevalier devient un saint et meurt dans la grâce de Dieu. Vivace, la légende de Renaud fera l'objet de nombreuses versions en France et en Europe avant de réapparaître dans la littérature italienne dans les poèmes de l'Arioste (*Le Roland furieux*, 1502-1532) et Le Tasse (*Renaud*, 1562), auteurs cités par Fabrice (« cette noble amitié des héros du Tasse et de l'Arioste », 80). Les allusions à Bayard figurent aussi dans *Don Quichotte* de Cervantès, livre maternel qui représente pour Stendhal « la plus grande époque de [sa] vie ». Le cheval de *Don Quichotte* de Cervantès, Rossinante dont le nom suggère un mauvais cheval, maigre et poussif tourne en dérision l'image du destrier conquérant donnée par la culture livresque des romans de chevalerie du Moyen Âge et suggère le divorce de l'idéal et du réel. Comme don Quichotte aliéné par sa culture livresque au point de se leurrer sur le monde réel du XVI^e^ siècle et de s'enfermer dans ses chimères, Fabrice lit le réel comme un espace chevaleresque et s'enthousiasme pour une bataille qui s'avère une débâcle historique. Monté sur une « rosse », il rate littéralement Waterloo.

Le cheval héroïque, symbole de la gloire militaire, a fait l'objet de nombreuses représentations littéraires et picturales, qui ont nourri l'imaginaire de Fabrice enfant. « Vous savez que j'avais, dans mon bel appartement du palais Dugnani, les estampes des batailles gagnées par Napoléon : c'est en lisant les légendes de ces gravures que mon neveu apprit à lire », confie la Sanseverina au chanoine (116). Les petits chevaux arabes de Napoléon magnifiés dans les peintures de David, Gérard ou Gros n'ont pas seulement participé à la légende de l'Empereur, ils ont contribué aussi à établir une vision romantique de l'Histoire à cheval. Mythe littéraire, telle est la « statue équestre » de Napoléon aperçue dans le soleil d'Austerlitz dans *Guerre et*

1. Cette idée d'un cheval-texte est développée dans *Le Cheval, mythes et textes* de Franck Evrard et Eric Tenet, Bertrand-Lacoste, 1993.

*Paix* de Tolstoï (1878), la figure animale épousant le destin historique de l'Empereur.

Ainsi, à travers la représentation du cheval, *La Chartreuse de Parme* opère une conversion du récit épique ou du roman de chevalerie, au roman picaresque avec son univers réaliste et ses détails qui transcrivent l'expérience vécue de la guerre, l'instinct de survie sous forme de peur et de faim. Avec les déambulations de Fabrice sur les routes, ses arrêts dans des auberges et des écuries, ses rencontres avec des cavaliers ou des piétons, nous sommes proches du récit picaresque, relation d'une errance qui procède par une juxtaposition et une accumulation des aventures du *picaro*, selon un schéma qui suit la succession temporelle, et s'accompagne d'une interrogation sur le sens à donner à cette succession d'événements. Fabrice possède d'autre part le regard critique et extérieur du marginal qui n'a pas les mêmes préjugés que les autres.

## À bride abattue !

Le motif du cheval fonctionne comme un élément structurel essentiel dans l'économie globale de la séquence de Waterloo qu'il ordonne à la manière d'un leitmotiv. Structurant le récit, il infléchit le point de vue. De même que le monde est vu à cheval dans les *Essais* de Montaigne, la bataille de Waterloo est perçue à travers le regard du cavalier Fabrice. Le lecteur n'a pas une vision panoramique, globale de la guerre, mais un champ de vision restreint et déformé. Il est symptomatique que ce qui empêche Fabrice las et enivré, de distinguer Napoléon, soit les chevaux lancés au galop des généraux et... les « longues crinières pendantes » (79) que portent les dragons à leurs casques.

Métonymie narrative puisque les déplacements du cavalier et de sa monture, les cavalcades frénétiques des hussards ou de la cavalerie prussienne donnent une structure singulière au récit en imposant un temporalité et un espace mais aussi en imprimant un rythme à la narration, le cheval assure non seulement le passage d'un lieu géographique à l'autre (la charrette tirée par Coco, l'écurie d'une auberge), d'un univers thématique à l'autre mais aussi d'une scène ou d'un chapitre à l'autre. Ainsi induit-il la construction romanesque elle-même, en créant des rythmes et des cadences qui ponctuent les phrases et donnent au texte sa respiration. Comme l'écrit Jean-Pierre Richard à propos de Julien Sorel dans *Littérature et sensation* (Seuil, 1954, p. 43) :

> La composition du livre, qui suit le rythme intérieur de l'improvisation stendhalienne, repose sur cette alternance involontaire de repos et de galops, cette respiration profonde de la tension et de la détente, de la vie ramassée et de la vie qui s'étale. Car Julien, cet infatigable cavalier, connaît aussi les bonnes auberges. Il sait pratiquer l'art de la halte.

Le récit de *La Chartreuse de Parme* qui court à bride abattue de Paris à Waterloo, puis ne cesse de bifurquer, obéissant aux impulsions des chevaux de Fabrice sur le champ de bataille, révèle une écriture en liberté, « débridée », animée par la passion du mouvement. Le principe rythmique lié au cheval qui travaille le texte contribue à donner une vision confuse et désordonnée du monde, faite de mouvements décousus et anarchiques qui traduisent la débâcle historique. Cette diction accidentée de l'Histoire s'accorde pourtant au personnage de Fabrice, cultivant son individualisme et affirmant sa liberté en toutes circonstances comme cette allure à contre-temps qui ne se soumet pas à l'ordre militaire. Fabrice, « notre héros, fort humain », qui ne veut pas écraser les cadavres de soldats (« pour que son cheval ne mît les pieds sur aucun habit rouge. », oublie « son devoir de soldat » en galopant **en avant** des généraux. L'histoire ne tient plus dans l'enchaînement chronologique ou logique mais est structurée par des effets de répétition et de symétrie des scènes (la mort du hussard et la mort du cheval, les vols de chevaux) et des thèmes (la chute du cheval) si bien que le récit classique, l'épopée se désarticulent pour privilégier les déambulations erratiques du roman moderne.

Au carrefour du fantasme (la chute, la mort, l'image du Père) et du mythe (les représentations littéraires et picturales du cheval mythique), l'écriture stendhalienne exploite le thème du cheval pour symboliser l'évanouissement de l'Histoire et ses rêves de grandeur, d'élévation, d'héroïsme ainsi que la faillite du modèle héroïque. Se frayant dans la genèse de l'épisode de Waterloo tant dans sa composition, sa thématique que dans son écriture, le cheval donne l'impression d'autoriser tous les passages, tous les transferts sur le plan scriptural comme s'il écrivait et « improvisait » l'œuvre en même temps qu'il la traverse comme thème et symbole. Comment ne pas parler alors d'un « cheval-texte » pour caractériser une partie de l'œuvre où tout se perd en chevauchées du héros et chevauchement de motifs et de structures, où le cheval participe à la logique interne du texte sur le plan du point de vue, du rythme (un rythme verbal fait de liaison, de continuités et de cassures), de la cadence de la phrase et sur celui du matériau comme le lexique. Réserve inépuisable d'images, le cheval et ses virtualités signifiantes, n'a pas fini de parler dans le roman. Au chapitre VI, par exemple, le cheval sous la forme d'un cheval anglais de pur sang, représente la tentation bourgeoise d'une « vie de café » fondée sur l'inauthenticité (le « premier bel adolescent qui débute dans le monde, lui aussi sur un cheval anglais », 145). Au chapitre XIII, la promenade à cheval, mise sur le même plan que le transport amoureux, révèle le glissement de la problématique de l'héroïsme à celle de la quête du bonheur et de la passion amoureuse :

> Parmi les liaisons que le hasard m'a données à Novare ou à Naples, ai-je jamais rencontré de femme dont la présence, même dans les premiers jours, fût pour moi préférable à une promenade sur un joli cheval inconnu ? (237).

Preuve que toute une fortune signifiante se trouve sous les sabots du cheval stendhalien…

# Narration et héroïsme

*Arturo et Carlos Horcajo*

Dans sa *Poétique*, Aristote évoquait déjà l'existence de trois modes distincts selon lesquels l'imitation pouvait s'opérer : par une description des personnages qui tendait à les améliorer sur les plans physique et moral, par une présentation négative proche de la caricature, ou enfin, par une description qui se voulait objective et proche de la réalité.

L'œuvre présentait, selon le mode de description, un modèle positif ou négatif de l'individu que chacun se devait de suivre ou de rejeter.

La terminologie relative à l'héroïsme véhicule une série d'implications qui transforment le rôle du personnage. Cependant, la condition de héros ne peut être effective que si le personnage est valorisé par ses actes et par le regard d'autrui. Ainsi, le héros est tributaire de sa valeur ; or, cette dernière doit être reconnue et partagée par la société dans laquelle il évolue voire par les personnages assumant déjà la fonction de héros. Aussi, le champ des vertus personnelles doit-il s'élargir, passer d'un cadre individuel à un cadre collectif et ce par un processus d'adhésion unilatéral. Le héros devient aussi tributaire du référent qu'il se propose plus ou moins d'imiter ou bien du personnage, antithèse du héros, qui conditionnera, par opposition, sa voie future.

Au niveau de l'implication respective du narrateur et du lecteur, (cette relation pouvant être inclusive ou exclusive) le narrateur doit, par des procédés explicites ou implicites, convaincre le lecteur que le personnage concerné revêt la fonction de « héros ». Les indices dont il va parsemer le texte pour mieux permettre d'en appréhender la réalité et lui donner un sens ne seront pas réduits à de simples « lieu-tenants » qui vont la remplacer ; ils vont constituer au contraire une médiation entre l'être et la réalité ainsi qu'entre les êtres eux-mêmes établissant ainsi des relations entre les personnages tout en les empêchant de se rejoindre de fait. Les consciences respectives du héros et du lecteur ne connaissent à aucun moment une évolution similaire ; en effet, le processus narratif n'est pas réglé selon les variations du champ subjectif ; de plus, le temps propre à la description des actions ne correspond pas au temps concernant les intentions qui les motivent plongeant ainsi, pendant un temps déterminé, le lecteur dans l'expectative ou dans l'ignorance. À ce stade, un rapport d'antériorité ou de postériorité, marqué par un comportement actif du lecteur, s'établit au détriment de la simultanéité. Héros et narrateur ne partagent pas la même intelligence des faits ; il est demandé, parfois proposé, au lecteur un degré de compréhension institué au dessus de celui du « héros » et qui ne saurait se superposer au sien. Le lecteur interprète et réécrit le récit selon la modalité et la signification que le narrateur institue. Avant que d'être présenté comme un « héros » en tant qu'entité individuelle, Fabrice del Dongo apparaît pour la première fois à travers l'expression « notre héros » ; cette formulation exprime deux significations conjointes : d'une part un héros national, caractérisation établie d'emblée par le narrateur et à laquelle le lecteur devra adhérer plus ou moins *a posteriori* et d'autre part le héros du récit dans la fonction de personnage principal. Les reprises ponctuelles de la formulation, les interactions ainsi que les effets en retour représentent autant d'éléments qui loin de renforcer la cohésion textuelle, vont par récurrence stricte, inverser les valeurs lexicales. Le terme « héros », selon l'usage qui en sera fait, recevra sa valeur du contenu posé ou bien présupposé par le biais d'une occurrence antérieure ou bien encore déduit par inférence selon le degré d'implication du narrateur.

Cette dernière, « essentiellement problématique » selon G. Genette, revêt tout au long de l'œuvre différents modes et fonctions parmi lesquels l'ironie à travers « notre héros », l'explication « Café des Servi (à la mode alors) », la simple traduction de terme « i tredici mesi (les treize mois) »... Il n'est pas anodin de constater que parmi les trois exemples donnés, deux présentent des parenthèses ; l'emploi des parenthèses est dans ce cas révélateur du degré d'implication du narrateur. Ces dernières revêtent une importance toute particulière car elles apparaissent à soixante-neuf reprises dans le récit. Elles posent, quoique d'une façon quelque peu distincte, le problème des relations entre le récit et le narrateur, elles présentent le degré d'inscription et d'implication de ce dernier ; enfin, elles attirent l'attention sur le processus énonciatif. Ainsi, l'emploi des parenthèses permet-il de donner une nouvelle « lisibilité » au texte, en fixant et en précisant l'usage réel du mot, sa signification et ses implications.

De même, l'utilisation de certains déterminants, les variations opérées au niveau des temps et l'emploi des pronoms personnels tels que « nous » incluant à la fois le lecteur et le narrateur, conduisent à une certaine complicité (cette relation étant renforcée par le verbe juxtaposé « avouerons » lequel suppose l'émission d'une vérité à laquelle le lecteur doit adhérer). Tous ces éléments créent des effets de rapprochement ou de distanciation ; ils servent de modalisateurs de l'intervention du narrateur et à ce titre expriment un soutien gradué de son énoncé.

Sur le plan structurel, *La Chartreuse de Parme* s'organise autour de deux formes distinctes, le récit et le dialogue. Ce dernier se compose d'un dialogue externe et d'un dialogue interne ou monologue. Le dialogue permet d'offrir une connaissance directe du personnage par la médiation des mots ; le monologue présente une connaissance immédiate du personnage quelquefois en conflit avec lui-même ; en outre, il permet au narrateur de différencier la réalité verbale du dialogue de celle plus profonde de l'univers des pensées. Le récit quant à lui présente un degré moindre d'inscription du narrateur, que ce soit au niveau des pronoms personnels ou des connotations lexicales.

Le dialogue, qu'il soit au style direct, indirect ou indirect libre, établit avec le récit proprement dit une double relation ; d'une part, il présuppose et annonce le récit et d'autre part, de même que les interventions du narrateur, il s'auto-énonce.

Les états d'âme ainsi que les pensées des personnages sont transposés par le narrateur, selon leur situation, soit dans une vision externe, soit dans une vision interne. Les différents personnages, à l'instar des objets et de certaines descriptions, sont perçus et décrits à travers les visions respectives de Fabrice del Dongo, de la comtesse Gina Pietranera, du comte Mosca, de Fabio Conti, de Clélia Conti et du prince Rassi.

Le dialogue interne, qui comprend à la fois le monologue et le dialogue interne (voire quelquefois externe), revêt différentes significations, selon la fonction qui lui est assignée : résumer une partie du récit, permettre au narrateur de déborder le point de vue du personnage, prolonger le récit proprement dit... Pour compléter cette dernière observation, il convient de constater que la ponctuation (absence de guillemets le plus souvent ou d'indicateurs de dialogue) favorise l'intervention du narrateur, sans que cette participation soit clairement définie si ce n'est par la rupture de perspective qu'elle entraîne.

Depuis son départ du domicile paternel, les actes héroïques du protagoniste se composent de pensées, de considérations infantiles ou superstitieuses, de remarques relevant du domaine esthétique, de conversations et de vaines tentatives d'actes militaires. Ces actions, lorsqu'elles ne sont pas guidées par les conseils des femmes rencontrées (sa formation de soldat lui étant même prodiguée par une cantinière « il faut que tu apprennes le métier de soldat »), vont à l'encontre du code et des valeurs militaires ; elles s'inscrivent de plus, dans une relation faisant intervenir simultanément l'action et la non-action, à savoir respectivement les victoires remportées par l'armée française et les périodes de sommeil et d'emprisonnement vécues par le protagoniste. Il en est réduit à tirer le sabre contre des soldats de son propre camp dont il a été incapable de reconnaître l'origine. Et, ce n'est que plongé dans un contexte connu, à savoir la chasse, qu'il parvient à accomplir, non sans efforts, son devoir de soldat en tuant un ennemi.

Dans le récit qui traite de la bataille de Waterloo, le narrateur adopte la perspective interne du simple soldat dépassé systématiquement par tous les événements auxquels il assiste. Les lieux eux-mêmes se présentent comme une alternative à la société : l'être humain n'existe plus par rapport à une typologie déterminée mais, il se trouve confronté à une remise en question des différents éléments intégrants de sa réalité et de son existence ; de même, les composants de la scène ne sont pas perçus en fonction de leur réalité (importance, ordre de présentation, temporalité) mais en étroite relation avec les effets qu'ils produisent sur Fabrice ; ils recréent ainsi au niveau du lecteur l'impression de désordre ressentie par le personnage. Le décalage existant entre la réalité d'une bataille et celle vécue par Fabrice associé aux remarques greffées sur la formule « notre héros » développent un certain comique, une certaine distanciation par rapport au « devoir de soldat ».

Les réflexions relatives à l'intermittence de l'héroïsme :

> Nous avouerons que notre héros était fort peu héros en ce moment. Toutefois la peur ne venait chez lui qu'en seconde ligne ; il était surtout scandalisé de ce bruit qui lui faisait mal aux oreilles. (75)

La commisération dont il fait preuve à l'égard des ennemis blessés :

> Une circonstance lui donna un frisson d'horreur ; il remarqua que beaucoup de ces malheureux habits rouges vivaient encore ; ils criaient évidemment pour demander du secours, et personne ne s'arrêtait pour leur en donner. (75)

Le respect de la vie et de la souffrance d'autrui :

> Notre héros, fort humain, se donnait toutes les peines du monde pour que son cheval ne mît les pieds sur aucun habit rouge. (75-76)

Le manque de discipline dont il fait montre involontairement :

> L'escorte s'arrêta ; Fabrice, qui ne faisait pas assez d'attention à son devoir de soldat, galopait toujours en regardant un malheureux blessé. (76)

La classification des généraux d'après leur embonpoint :

> [...] il vit le plus gros de ces généraux qui parlait à son voisin, général aussi, d'un air d'autorité et presque de réprimande ; il jurait. Fabrice ne put retenir sa curiosité [...] (76)

Le comportement infantile qui conditionne ses actions :

> [...] Fabrice, quoique fort susceptible, ne songea point à se fâcher de l'injure ; il contemplait, perdu dans une admiration enfantine, ce fameux prince de la Moskova, le brave des braves. (76)

Le besoin de reconnaissance militaire (reconnaissance obtenue par l'alcool et par l'argent auprès de ses camarades et non pas par un acte de bravoure) :

> [...] il faut que j'achète la bienveillance de mes camarades les hussards de l'escorte. (78)

> Enfin il n'était plus mal vu de ses compagnons, il y avait liaison entre eux ! (79)

> [...] et, malgré le conseil de ne point parler, à lui donné par son amie la geôlière, il arrangea une petite phrase bien française, bien correcte [...] (76)

Le cumul de tous ces éléments n'ayant pas trait au champ de l'application guerrière produit un effet de dérision. Paradoxalement, ils présentent un personnage sensible et humain, qui ne peut supporter la souffrance inutile d'une personne même lorsqu'il est censé la tuer (action qu'il accomplira par la suite mais dans des conditions de dépersonnalisation du soldat ennemi devenu une simple cible dans un contexte de chasse, annihilant ainsi la notion de culpabilité imperceptible alors pour le héros et le lecteur). La double vision, établie à travers le regard naïf d'un novice qui ne perçoit que des éléments ponctuels et non significatifs et associée à une situation décrite avec suffisamment de détails pour être comprise du lecteur constitue une constante dans l'écriture du roman. Le héros romantique avait besoin de champs de bataille et de situations conflictuelles qui lui permettaient de se révéler sur les plan physique et moral. Fabrice del Dongo ne fait preuve d'aucune prouesse physique ; ses actes de bravoure sont limités et tournés en dérision. Il existe un décalage constant entre l'ardeur dont il fait preuve et sa participation active, sachant que la bataille est loin de ressembler à une parade bien ordonnée dans laquelle chaque élément a une place définie et stable. Cependant, l'expression de ses pensées, de ses états d'âme, de son comportement et de ses actes, modifiés selon le degré d'inscription textuelle du narrateur, révèle une modification du personnage ; de sorte que sur un mode temporel, ce personnage se situe désormais par rapport à Waterloo. La formulation « notre héros », employée très régulièrement tout au long de la description de la bataille (et utilisée à 64 reprises au long de l'ouvrage), caractérise non pas un héros, mais un personnage ; et bien qu'entachée de négativité, elle présente sa formation progressive sur le plan de la pensée : le spectacle des morts ! :

> [...] ne faisait déjà plus autant d'impression [...] le nouveau soldat [...] (78)

Tout concourt à mettre en évidence non pas une réelle modification interne du personnage, mais bien une modification au niveau de la valeur de ses perceptions, pour lesquelles chaque nouvelle expérience réduit le seuil de sensibilité.

Il n'existe pas d'adéquation entre les différentes utilisations du terme « héros ». Les rapports d'intégration de ces dernières sont tributaires du degré d'implication du narrateur ; ce même terme exprimé par différentes « focalisations » (externe, interne fixe et/ou variable) entraîne une communication souterraine propre au narrateur, qui induit un mouvement d'acceptation ou de refus de la part du lecteur, inversant et modifiant ainsi le contenu sémantique du terme employé en faisant appel au concept d'évocation. Tout en limitant le principe de polysémie, chaque degré de focalisation du narrateur redéfinit le sens du mot en lui adjoignant une nouvelle signification. Le « héros » décrit subjectivement est indissociable de ses actions et de la perception de son personnage par le lecteur ; le personnage n'acquiert une certaine valeur qu'à travers l'accumulation de détails, d'interventions et ce quelles que soient les qualités inhérentes au protagoniste lui-même ou la valeur objective de ses actes. Les actions du héros, dans le contexte interne, se réfèrent au jeu des implications non formulées ; ces relations se retrouvent au niveau des choix lexicaux. Le héros voire l'anti-héros (exprimé à travers la formule récurrente « notre héros » à laquelle le narrateur associe avec ostentation soit un mot soit une phrase entachée d'ironie et d'emphase) présente les diverses facettes d'une seule et unique personne.

# La quête du père héroïque

*Michel Bernier*

*À mon père.*

De la naissance de Fabrice au début du roman à celle de *Sandrino* à la fin, le problème de la double paternité traverse l'œuvre et conduit à se questionner sur l'image du père dont la variété dans *La Chartreuse de Parme*, rivalise avec la richesse des personnages féminins, attendue dans un roman d'amour. En fait, dès sa division même en deux parties, le roman souligne la gémellité. Le narrateur lui-même se rapproche-t-il de Stendhal ou du chanoine de Padou dont il est question dans l'avertissement ? Derrière les parallélismes et les oppositions, Stendhal ne simplifie pas la lecture, il se plaît au contraire à surprendre. Tout n'est plus blanc ou noir, ou rouge et noir si cela n'a jamais été. Et les différentes figures de pères qui défilent dans ce roman mettent en évidence cette quête du père comme un thème cher à l'auteur qui va ici plus loin dans sa réflexion et dans sa réponse.

Après avoir analysé l'image du père dans l'ensemble du roman, nous observerons le modèle héroïque lié à cette quête, qui débouche sur l'accomplissement de la paternité chez Fabrice et son sens pour Stendhal.

## Les images du père dans le roman

Fabrice, à sa naissance, reçoit non seulement toutes les qualités, la fortune, la noblesse, la beauté et l'intelligence, ce qui devrait faciliter sa vie, mais en plus on lui découvre deux pères : le marquis del Dongo triste, sévère, lui donne cependant une assise sociale à Parme, dans la vieille noblesse, et le lieutenant Robert, pauvre mais touchant, lui apporte le sang révolutionnaire, deux mondes opposés qui donnent cette surprenante personnalité au héros.

### La double paternité du héros

Le premier à nous être présenté est en fait le père supposé géniteur, le lieutenant Robert qui arrive, avec les troupes de Bonaparte, à Milan, en 1796. Tout laisse supposer sa relation avec la marquise del Dongo lors de son séjour. N'a-t-elle pas conservé, bien des années après, « l'habitude d'écrire deux ou trois fois par an au général comte d'A*** ; c'était le nom actuel du lieutenant Robert » (50) ? Et ne se fait-elle pas des reproches sur l'éducation de son fils en pensant au soldat français comme à quelqu'un à qui elle doit des explications ? « S'il me semble peu instruit, se disait-elle, à moi qui ne sais rien, Robert, qui est si savant, trouverait son éducation absolument manquée [...] » (50). Or Fabrice ignore tout de cette supposée paternité, même s'il se sent attiré par la France napoléonienne, et si son portrait se rapproche plus de celui du lieutenant « jeune réquisitionnaire assez leste » (41), que de celui du marquis.

Les qualités du lieutenant Robert s'opposent à celles du marquis : il n'a pas d'argent quand il apparaît et est bien mal habillé au point d'être gêné par les tenues des domestiques autrement plus élégantes que la sienne. Mais il est sincère et il sait parler, c'est pourquoi il s'exprime à la première personne :

> [...] je me mis à raconter à ces dames ma misère, et ce que nous avions souffert depuis deux ans dans les montagnes du pays de Gênes [...] (43)

Il a le sens de l'humour et celui de la galanterie ; il est courageux, enfin tout ce qui manque au marquis. C'est pourquoi « [l']histoire du lieutenant Robert fut à peu près celles de tous les Français ; au lieu de se moquer de la misère de ces braves soldats, on en eut pitié, et on les aima. » (43)

Or la rencontre fortuite de Fabrice, à Waterloo, avec ce père dont il ignore tout, bouleverse l'appréciation du lecteur sur le personnage. Succédant au maréchal Ney, le général que suit alors notre héros « était grand, mince et avait la figure sèche et l'œil terrible. » (80) Stendhal affirme aussitôt : « Quel bonheur il eût trouvé à voir Fabrice del Dongo. » Plus loin, alors que le général a été renversé et se relève tout couvert de sang, « Fabrice regardait les hussards jetés par terre [...] » (80) Et si à son tour il se retrouve par terre, c'est parce qu'on prend son cheval pour le donner au général qu'il traite alors de voleur : « il était plaisant de courir après des voleurs au milieu d'un champ de bataille. » (81) Mais le héros se sent trahi par ceux qu'il considérait comme des frères d'arme et pleure : « moi qui aime tant l'Empereur et les Français ! » La belle image du lieutenant Robert est devenue plus réaliste.

Par contre l'évolution du rapport de Fabrice au marquis s'inverse. Au départ, l'image est négative :

> Fabrice Valserra, *marchesino* del Dongo [...] se trouvait, par le hasard de la naissance, le second fils de ce marquis del Dongo si grand seigneur, et dont vous connaissez déjà le gros visage blême, le sourire faux et la haine sans bornes pour les idées nouvelles. (46)

Ce père, « contrarié de tant de gaieté », fuit la présence française en abandonnant les dames pour se réfugier dans son château de Grianta où « il était moins tourmenté par la peur qu'à Milan. » (44) De plus, « il joignait une avarice sordide à une foule d'autres belles qualités. » (47) Il ne s'exprime jamais au style direct dans tout le roman et laisse son fils aîné « le digne portrait de son père » (46), à la grosse figure blafarde et aux cheveux poudrés, dénoncer Fabrice à la police de Milan quand celui-ci rentre de France.

Quand Fabrice se rend à Grianta quelques temps avant son arrestation pour rencontrer le vieux curé Blanès, il apprend par celui-ci que « le marquis del Dongo s'affaiblit » et qu'il « abhorre son fils Ascagne » (183).

Fabrice alors retrouve le goût pour la beauté et les paysages de son enfance face au château qui symbolisait avant « les sévérités du père et surtout la dénonciation de son frère Ascagne. » L'image évolue : « l'idée de ce père arrivant aux bornes de la vie changeait tous ses sentiments. » (185) Le souvenir de « cet homme sévère et qui ne l'avait jamais aimé » (185) l'émeut jusqu'aux larmes. C'est en prison que trois juges lui annoncent le décès de ce père. Cette troisième approche indirecte du marquis fait surgir la complexité de la relation établie : « les juges sortis, Fabrice pleura encore beaucoup, puis il se dit : suis-je hypocrite ? Il me semblait que je ne l'aimais point. » (369)

La réalité s'impose au rêve et donc à Fabrice ; ainsi del Dongo l'emporte-t-il sur Robert.

### Les autres figures de pères

Un autre père important traverse le roman, celui de l'héroïne Clélia, le général Fabio Conti. À sa première apparition et à sa première rencontre avec Fabrice, dans le chapitre cinq, ils sont confondus et dans le jeu des inversions, Fabrice devient le père de sa tante alors qu'il n'a que seize ans. La double association, du général Conti avec Fabrice d'une part, et de Clélia avec la comtesse d'autre part, annonce la suite : d'un côté, ceux qui dirigent le cœur de Clélia et de l'autre, celles qui dominent le cœur de Fabrice. Le père de Clélia, futur gouverneur de la prison de Parme, montre son autorité sur sa fille dès cette première intervention. Ce « grand homme sec qui affectait des airs de dignité comme un préfet suivant une procession » (109) apparaît comme un ambitieux qui, conscient de la beauté de sa fille, voudra en tirer un profit égoïste. Face à lui, sa fille est un modèle d'amour filial. Son amour pour Fabrice la conduit à des trahisons envers son père, elle se les reproche et sacrifie son bonheur pour respecter les volontés du père. Elle accepte ainsi d'épouser le marquis de Crescenzi, une des plus grosses fortunes de Parme pour redonner vie à son père « malade de désespoir. Depuis plusieurs mois il n'avait paru dans aucune cour. » (470). La fidélité de Clélia à ce monstre d'égoïsme, prêt à empoisonner Fabrice par esprit de vengeance, donne une dimension héroïque à ce respect filial. À cette figure de père trop pesant et trop présent, les figures absentes des pères de Fabrice semblent préférables.

Une remarque du comte Mosca à son sujet, éclaire le côté négatif du personnage : « Figurez-vous un original qui a été à la guerre un jour peut-être en sa vie » (137). L'absence d'héroïsme de Conti associée à son absence d'esprit, en fait un contre-exemple de père. Par opposition au retrait du père chez Fabrice, qui conduit à un manque et donc à une quête insatisfaite, la trop pesante présence du père étouffe Clélia qui cherche à fuir, dans la religion puis dans l'amour, mais cette fuite s'accompagne d'un sentiment de culpabilité qui la ramène à se soumettre au père. Si dans ce cas, Conti n'est ni homme d'action ni homme d'esprit, sa fille, par contre, peut le remplacer ; elle a la qualité de l'esprit qui raisonne mais ne montre rien, « Je parierais, disait le comte, qu'elle a assez d'esprit pour avoir honte de son père » (141) ; et elle possède aussi le courage de l'action dans l'aide apportée à Fabrice lors de son évasion, ainsi que les émotions qui soutiennent l'action, d'où ses élans mystiques et amoureux. Remplaçant le modèle paternel défaillant, Clélia ne peut que séduire Fabrice.

L'influence du père, appréciée à travers les enfants, transparaît plusieurs fois dans le récit. Ainsi celui du comte Mosca, « homme d'imagination », encourage l'héroïsme de son fils parti se battre en Espagne aux côtés des Français. Mais, mauvais homme d'action, il gaspille l'héritage du fils (123). Ce dernier réunit à la fois l'esprit et l'action, et peut devenir ainsi un modèle pour Fabrice. Le père du duc Sanseverina-Taxis, second époux de la tante du héros, avait aussi de l'esprit pour s'imposer comme ambassadeur, et les qualités de l'homme d'action qui réussit tout ce qu'il se propose. Or le duc voudrait bien être digne d'un tel modèle récompensé par « le grand cordon qui ornait le portrait de son père ; l'absence de ce cordon le faisait dépérir. » (132) Le fils est un peureux, signe qu'il n'est pas un homme d'action. Le comte dépassait son père, le duc, à l'inverse, est loin derrière. Dernière image d'un père perçu par rapport au fils : le prince de Parme, Ranuce-Ernest IV. Si le fils « ne manque point d'esprit » (424), selon Mosca, qui souligne la différence, « le feu prince était méchant et envieux, mais il avait fait la guerre et commandé des corps d'armée, ce qui lui avait donné de la tenue, on trouvait en lui l'étoffe d'un prince. » (425) L'héritier se comporte comme un enfant et ne supporte pas qu'on le lui dise. Il acceptera finalement que le comte prenne la place du père disparu.

Une autre figure de père se manifeste en indépendant, celle du conspirateur Ferrante Palla : « je meurs de faim ainsi que mes cinq enfants » (378). Homme d'action, il réussit l'empoisonnement du prince et annonce son départ pour l'Amérique. De plus il est homme d'esprit reconnu grand poète. Mais ce modèle de père est au service de la république et s'oppose donc aux exemples de la réussite aristocratique.

Deux modèles s'imposent donc : l'homme d'action, essentiellement militaire, qui cultive ses émotions, et d'autre part, l'homme d'esprit, favorable aux idées des Lumières, qui sait se dominer. Ceux qui marient les deux comportements sont ceux qui réussissent, du moins dans le monde aristocratique, après la fin de Napoléon.

## Les modèles héroïques

Fabrice, malgré la sévérité et l'absence d'amour du marquis del Dongo, ne rencontre pas un modèle de père dans cette figure plutôt absente de sa vie soumise aux femmes. Aussi le sentiment d'un manque d'exemple pour sa conduite le pousse-t-il à chercher des substituts, autant de choix possibles qu'il essaie successivement.

### Les substituts du père

Fabrice, rêveur, retient d'abord des exemples littéraires : les héros du Tasse et de l'Arioste (80), des personnages de la mythologie comme Hippolyte et Thésée. Mais une place exceptionnelle doit être faite, parmi ses lectures, à « un magnifique volume orné de plus de cent gravures, chef-d'œuvre des artistes du XVII$^{e}$ siècle ; c'était la généalogie latine des Valserra, marquis del Dongo publiée en 1650 par Fabrice del Dongo, archevêque de Parme. » (48) L'ouvrage, réunissant les modèles militaires et les personnalités religieuses, fut imposé par son père qui cédait ainsi sa place à ses aïeux pour la formation du cadet. « Ce livre plaisait fort au jeune Fabrice. » (48) Leurs exemples lui reviennent au cours de sa vie : le septième aïeul, à son retour de France (106), l'archevêque Ascagne del Dongo, à son retour de Naples (156), et dans sa conversation avec le comte Mosca, il cite « l'histoire de celui de nos ancêtres qui bâtit le château de Grianta » (197). Ces aïeux illustrent respectivement les valeurs de l'homme d'action et de l'homme d'esprit, religieux et politique.

Son intérêt pour l'Empereur viendrait « des estampes des batailles gagnées par Napoléon » qui ornaient l'appartement de sa tante ; « c'est en lisant les légendes de ces gravures que mon neveu apprit à lire. » (116) L'exemple de l'homme d'action militaire attire donc plus volontiers les regards de l'enfant.

À côté des lectures, ses études lui font connaître les modèles antiques : « À Naples, il s'était pris d'un goût très vif pour l'étude de l'antiquité ; il faisait des fouilles. » (155) Sa découverte d'un buste de Tibère est symbolique de cette recherche du modèle paternel ; Tibère, en effet, est surtout le fils adoptif du grand empereur César Auguste, comme Fabrice se voudrait fils de Napoléon.

Mais les humains qu'il fréquente deviennent ses conseillers et ses guides. Ainsi le caporal Aubry, formant presque un couple parental avec la cantinière de Waterloo, lui apprend à devenir adulte en regardant la réalité en face et en affrontant ses ennemis (chapitre IV).

Bien évidemment, ses rivaux auprès de sa tante lui servent aussi de références. C'est le cas du premier mari, le comte Pietranera, « partisan fougueux des idées nouvelles » et sous-lieutenant dans la légion italienne, qui va transmettre sa fervente admiration pour Napoléon à son neveu (117). Aussi quand les Autrichiens reviennent en 1813, Fabrice refuse-t-il la place de cadet dans leur armée (54). Puis c'est le comte Mosca qui prend la relève, quand sa jalousie le lui permet. « C'était le premier homme supérieur qui eut daigné lui parler sans comédie ; d'ailleurs ils avaient un goût commun, celui des antiquités et des fouilles. » (162) Au chapitre XXVII, Fabrice, prenant peu à peu conscience du rôle du comte dans sa vie, s'impose « de lui mander avec exactitude ce qui se passait à la cour » (484) Le neveu se veut aussi fin politique que son modèle. L'équilibre entre l'homme d'action et l'homme d'esprit fait du comte le modèle de la réussite sociale et politique.

Mais quand Fabrice aborde cette nouvelle voie, il s'est déjà engagé dans d'autres démarches qui vont s'avérer plus déterminantes.

### Les deux voies

Derrière l'homme d'action et le militaire, c'est la figure mythique de Napoléon qui devient le modèle du père héroïque aux yeux du jeune Fabrice :

> Et moi, me suis-je dit, fils encore inconnu de cette mère malheureuse, je partirai, j'irai mourir ou vaincre avec cet homme marqué par le destin [...] (62)

Fabrice ne meurt pas mais il n'approche pas son grand homme ni à Paris, ni à Waterloo où il ne voit pas « celui qui n'avait pas d'habit brodé » (79). Mais le bonheur de faire « réellement la guerre à la suite de ce héros » disparaît quand il découvre la trahison au sein de la fraternité, grâce au caporal Aubry :

> [...] tout le monde trahit dans cette guerre. Les écailles tombèrent des yeux de Fabrice ; il comprit pour la première fois qu'il avait tort dans tout ce qui lui arrivait depuis deux mois. (91)

Le jour de la défaite, il faut reconnaître que le moment est mal choisi pour s'engager dans la voie héroïque. Cet échec s'inscrit comme un rêve brisé dans l'adolescence de Fabrice. L'amour patriotique qui le conduit lui fait découvrir son premier séjour en prison, le plus court, mais le plus humiliant à ses yeux, car, s'il y a un espion, ce n'est pas lui mais son frère Ascagne auprès des Autrichiens, son double négatif. Cette époque héroïque est à associer aussi au soldat inconnu mais ennemi, qu'il tue pour se défendre, épreuve initiatique qui ne le marque pas vraiment.

Face à l'illusion héroïque, le jeune héros cherche alors un nouveau modèle qui le dirige plus vers l'amour humain et la réussite sociale. Les idées révolutionnaires vont se glisser sous les idées religieuses et politiques. L'esprit et la raison viennent prendre place à côté de l'action dans un équilibre que réussit l'éducation des Jésuites de Naples. L'illusion sociale explique son goût pour les rôles convenus : futur évêque, courtisan ; mais le jeu amoureux souligne les contradictions de sa conduite. Sans amour il tue non plus un inconnu mais son double auprès de Marietta, dont le métier est de jouer du théâtre. Fabrice a le mauvais rôle. Il retourne en prison, et la découverte de l'amour véritable lui fait alors accepter ce lieu et son sort.

La première figure religieuse à s'occuper de lui, c'est « le bon abbé Blanès, curé de Grianta » chargé de lui enseigner le latin qu'il connaît à peine. Mais cet homme d'église, paradoxalement, « était fou d'astrologie ». Il ouvre à Fabrice cet abîme de l'esprit en l'introduisant dans son clocher. Si l'esprit saint souffle peu, l'enfant y découvre l'esprit et la communion avec la nature, l'annonce en fait de ce qu'il éprouvera dans la tour Farnèse. « Si tu ne deviens pas hypocrite, lui disait-il, peut-être tu seras un homme » (52). Cette ambition plus modérée le conduira vers le renoncement total de la fin. Avant son arrestation Fabrice revient à Grianta, dans son indécision amoureuse ; il retrouve, de nuit, en haut du clocher, celui qu'il appelle

« mon père » et qui lui répond « mon enfant ». Arrivé à la fin de sa vie, le curé Blanès lui révèle son avenir, l'épreuve de la prison :

> [...] tu mourras comme moi, mon fils, assis sur un siège de bois, loin de tout luxe, et détrompé du luxe, et comme moi n'ayant à te faire aucun reproche grave. (182)

La chartreuse, annoncée par le titre, prend forme alors. De plus, le curé est rattaché au marquis del Dongo. Il apprend à son fils l'affaiblissement de celui-ci. Fabrice, bouleversé aux larmes, prend conscience de la mort qui rapproche ces deux figures du père.

La seconde figure, après l'enseignement des Jésuites, qui lui ouvre la voie religieuse, le père Landriani, n'est pas aussi humble que la précédente. Ce dernier qui ne fait pas partie de l'aristocratie, admire la noblesse de Fabrice et va lui témoigner une fidélité à toute épreuve, tant après son crime, qu'après son évasion. En suivant le chemin de l'archevêque, Fabrice va connaître le succès, surtout comme prédicateur, mais cette voie l'éloigne trop de la simplicité qu'il recherche et dont il témoigne dans ses vêtements.

En prison, Clélia, elle, dispose du double de son père, son oncle « l'un des prêtres les plus respectables de la ville » (280). Fabrice profitera de sa protection. Comme l'abbé Blanès, l'aumônier don Cesare saura renoncer à sa place quand il trouve que son frère va trop loin.

Fabrice manifeste une seule fois sa piété, alors qu'il est en compagnie de Ludovic, qui le protège comme un frère, double positif du mécréant Ascagne, peu après la mort de Giletti : « Fabrice passa plus d'une heure dans cet attendrissement en présence de l'immense bonté de Dieu. » (222) Stendhal insiste trop pour que la vision ne soit pas ironique. Fabrice joue encore un rôle. L'homme d'esprit qu'il devient doit oublier les jeux mondains pour être en harmonie avec l'homme sans hypocrisie.

Sa retraite à la chartreuse, réduite à une année, n'a droit à aucun commentaire. Lieu de solitude et de silence, lieu de renoncement à l'humain, il est choisi volontairement par Fabrice et correspond au deux prisons précédentes. Autre correspondance : les morts provoqués directement par Fabrice et la mort indirecte de Sandrino et de Clélia. Le mythe du héros à taille humaine est remplacé par des notions plus vagues : la nature, les astres, l'esprit pur, et peut-être Dieu. Pas à pas, la quête de Fabrice, ce voyage forcé, l'a rapproché de la chartreuse, dernière étape vers ce qui serait le père éternel.

## L'accomplissement de la paternité

### Fabrice père

La quête du père conduit Fabrice à son application. Or il reproduit sa propre situation puisque, comme lui, Sandrino a deux pères : le marquis de Crescenzi et lui-même. Dans ce cas les deux pères manifestent leur amour : Sandrino « était toujours avec elle [sa mère] ou sur les genoux du marquis de Crescenzi ; Fabrice au contraire ne le voyait presque jamais ; il ne voulut pas qu'il s'accoutumât à chérir un autre père. » (504) C'est ainsi qu'il envisage la fausse mort de l'enfant, malgré les craintes de Clélia qui a peur de « la colère céleste ». Dans le système duel du livre, l'enfant ne peut que mourir une seconde fois, une fois pour chaque père, mais cette seconde fois est la vraie. Pour convaincre Clélia, Fabrice pousse un cri d'amour : « je veux qu'il habitent avec moi [...] ; je veux du moins avoir auprès de moi un être qui te rappelle à mon cœur [...] » (506). Ce cri d'amour de Fabrice, c'est celui qui n'a pas été dit par ses pères et c'est aussi celui qui n'a pas été entendu par Stendhal. Dans *La Vie de Henry Brulard*, proche de l'autobiographie, l'auteur précise : « là fit naufrage la très petite amitié que j'avais pour mon père » (p. 47, Folio).

Dans son premier roman, *Le Rouge et le Noir*, Stendhal propose une situation très proche. Le jeune Julien Sorel ne s'entend pas avec son père et il diffère de ses frères, mais la mère est peu présente. Le héros est aussi fasciné par Napoléon ; cela s'explique puisqu'il est d'origine modeste et que pour s'élever dans la société, il va affronter l'aristocratie. Fabrice poursuit un chemin contraire, puisqu'il est aristocrate. Napoléon participe donc à sa marche vers le renoncement final. On comprend alors l'intérêt de Fabrice pour les gens d'origine modeste, comme les paysans qui le protègent après Waterloo, ou les amis de Ludovic qui le reçoivent après la mort de Giletti.

### La quête de Stendhal ?

La quête du père héroïque se réduit en fait au renoncement, à une prise de distance et au silence.

Le renoncement de Fabrice est annoncé par celui du curé Blanès acceptant douloureusement de se séparer de lui : « la mort [...] n'aura rien d'aussi pénible que cette séparation » (189). C'est ce qui permet de comprendre le renoncement du marquis del Dongo qui remet au fils aîné qu'il abhorre, sa fortune. Cette marche vers le renoncement n'est-elle pas celle de Stendhal qui termine si rapidement son roman ?

Le renoncement conduit au silence : Fabrice a crié son amour humain et ses sermons bouleversants d'émotion montrent la maîtrise qu'il a de la parole séductrice, mais si peu en accord alors avec son « petit habit noir râpé » (473). La chartreuse lui permet d'échapper à ce dernier jeu mondain. Et le silence s'associe à la mort des personnages et au vieillissement de l'auteur.

# Imaginaire héroïque et féminité
# Psychanalyse de *La Chartreuse de Parme*

*Paul-Laurent Assoun*

> L'ancien régime moderne n'est plus que le comédien d'un ordre du monde dont les héros véritables sont morts.
>
> [...] sa grande inquiétude était de savoir si réellement il avait assisté à la bataille, et dans le cas du oui, s'il pouvait dire s'être battu [...]

La mise en écho du propos de ce « clinicien de l'histoire » nommé Karl Marx[1] et du problème que se pose le héros stendhalien pourrait bien donner la clé du moment de la subjectivité historique qui trouve à s'exprimer dans *La Chartreuse de Parme.* Avènement d'un rapport héroï-comique à l'« ordre du monde », incarné par la figure de Fabrice del Dongo, *héros perplexe.* Étrange héros en effet que celui qui ne cesse de se demander s'il n'aura fait que rêver ses prouesses. Le héros stendhalien ne serait-il que le comédien d'un monde dont les héros véritables sont morts — ou viennent de disparaître ?

Ce que Stendhal relate, c'est bien un trajet héroïque — « notre héros », dit-il régulièrement. Terme révélateur — quoique dans une lettre à Balzac, il le réduise à un simple procédé rhétorique, destiné à faire allusion à Fabrice sans le re-nommer à chaque fois. Mais ce « héros de notre temps », pour paraphraser le titre d'un roman de Lermontoff qui précisément épingle cette métamorphose — juste à la même époque (1841) —, est pris dans une contradiction qu'il incarne en quelque sorte : d'une part, il est mu par l'envie de grandes actions ; d'autre part, il va expérimenter que le temps des héros est passé. Fabrice del Dongo devient le héros d'une répétition dérisoire, sinon « comique », du tragique héroïque, faisant là encore écho à l'idée marxienne que les personnages et événements historiques se produisent d'abord comme « tragédie », puis comme « farce[2] ».

Cette métamorphose du héros réel en héros imaginaire ouvre précisément la question de l'imaginaire héroïque. Celui-ci trouve son éclairage dans la signification inconsciente de la position héroïque — telle que la psychanalyse aide à la repérer. Une lecture psychanalytique[3] de *La*

---

1. Cette phrase se trouve dans la *Critique de la philosophie du droit de Hegel,* publiée en 1842, peu après *La Chartreuse de Parme* (1839).
2. P.-L. Assoun, *Marx et la répétition historique,* PUF, 1978 ; rééd. « Quadrige », 1999, notamment la préface « Marx clinicien de l'histoire ».
3. Selon la problématique définie dans notre ouvrage *Littérature et psychanalyse,* Ellipses, 1996.

*Chartreuse de Parme* est ici requise, pour repérer en quoi la signification structurale inconsciente se met en scène, en ce moment singulier.

Ce drame inconscient se joue en trois actes : généalogique — dans l'origine et la filiation du héros ; désirante — celle de l'élection maternelle et du lien aux femmes — et symbolique — passion du père et accomplissement de l'acte.

## Le mythe du héros et sa réécriture : généalogie

### Le cadet héroïque : le soupçon d'illégitimité

La vocation du héros se signale par sa position familiale. Il se trouve être le second fils du marquis del Dongo. En soulignant que l'aîné, Ascanio, est « le digne portrait de son père », au « gros visage blême », le narrateur semble l'opposer à la beauté, au charme et à la finesse du cadet. Comme Fabrice est « né après l'entrée des Français, vers 98 » en Italie (118), on fait plus que soupçonner une secrète bâtardise. Ce n'est pas un hasard si d'emblée la naissance illégitime de Fabrice del Dongo inaugure et scelle le destin du personnage.

Le lieutenant Robert est désigné implicitement comme le père putatif du héros : pourquoi autrement la marquise aurait-elle « conservé l'habitude d'écrire deux ou trois fois » à ce militaire français ? Mais le fils ne veut rien en savoir, il se cantonne dans une ignorance qui effraie sa mère, mais qui pourrait être le moteur de son destin d'exception, jusqu'en ses déboires, car c'est cette réaffiliation qu'il va chercher d'autant plus ardemment.

C'est bel et bien un cadet, comme le souligne le curé, mais là où lui diagnostique (en « psychanalyste sauvage » !) que c'est « un cadet mécontent de n'être pas aîné» (119), on peut soupçonner que c'est cette exclusion qui fonde sa vocation héroïque. Car si l'aîné est l'héritier légitime du père, condamné à en être la copie conforme, le cadet peut révéler une vocation héroïque dissidente.

Un moment particulièrement significatif est celui où Fabrice, au chapitre X, se fait passer pour son frère :

> Au reste, dit-il en riant, mon nom n'est point un secret ; je suis le Marchesino Ascanio del Dongo, mon château est tout près d'ici [...] (194)

C'est ce frère aussi dont il dit avec amertume qu'il serait bien « digne » de lui d'avoir fait couper son arbre (*infra*). Dans le contexte inconscient, le « cadet » est fréquemment identifié à cette position héroïque[1].

### Le préféré de la mère ou le sacre phallique

Fabrice est bel et bien en revanche nommé le « fils bien-aimé » (175) de sa mère, dont il est dit qu'elle l'« adorait ».

---

1. Sur ce point, cf. notre ouvrage *Leçons psychanalytiques sur Frères et sœurs*, Anthropos/Economica, 1997.

Dans la galaxie familiale, on distingue clairement deux ensembles : le duo du père et du fils aîné — qu'on se représente enfermés dans le cabinet du père — d'une part, le groupe des femmes (mère et sœurs) aggloméré au frère cadet, jouissant des « caresses passionnées de sa mère et de ses sœurs ». Il y a donc d'un côté le fils du père, de l'autre le fils de la mère, préféré de la famille et désigné comme cause du désir maternel et sororal.

Un détail exprime de façon remarquable ce lien entre origine maternelle et identification phallique. Stendhal note que le héros « faisait un énorme détour pour aller voir *son arbre* » (191). Et de préciser :

> Le lecteur se souvient peut-être de l'amour que Fabrice portait à un marronnier planté par sa mère vingt-trois ans auparavant.

Le héros, lui, s'en souvient comme s'il s'y jouait quelque chose d'essentiel de son origine et de son destin. Comme si, en cet arbre érigé par la mère — et qu'il soupçonne son frère de l'avoir « fait couper » —, s'implantait la vocation héroïque. Cette espèce de pèlerinage a pour fonction de recharger en quelque sorte ses « batteries » narcissiques. C'est dans cette identification phallique qu'il puise son énergie potentielle de conquérant.

Mais voilà la catastrophe :

> Deux heures plus tard, son regard fut consterné ; des méchants ou un orage avaient rompu l'une des principales branches du jeune arbre, qui pendait desséchée.

Image déprimante de la détumescence phallique. Avec l'arbre foudroyé ou démoli, voilà ébranlée la présomption. D'où un rituel de réparation :

> Fabrice la coupa avec respect, à l'aide de son poignard, et *tailla bien net la coupure*, afin que l'eau ne pût pas s'introduire dans le tronc. (souligné par nous)

On ne peut exprimer plus clairement la thématique de la castration. Si Fabrice passe tant de temps à « bêcher la terre autour de l'arbre chéri », c'est qu'il procède à une sorte de liturgie. Ces « folies » prennent un sens de revigoration, dont on appréciera la précision si l'on y entend la thématique phallique :

> Au total, il n'était point triste, l'arbre était d'une belle venue, plus vigoureux que jamais, et, en cinq ans, il avait presque doublé.

Le héros a opéré une « bouture salutaire » :

> La branche n'était qu'un accident sans conséquence ; une fois coupée, elle ne nuisait plus à l'arbre, et même il serait plus élancé, *sa membrure commençant plus haut*. (souligné par nous)

Notons que Freud devine « dans les mots cassés une branche » en français « une allusion à l'onanisme[1] ». C'est avec cette ré-érection triomphale de son arbre — généalogique — et ayant rechargé sa puissance phallique imaginaire, que le héros éperonne sa monture vers le lac Majeur, avec de l'énergie à revendre…

1. S. Freud, « Sur les souvenirs écrans », 1899, in *Névrose, psychose et perversion*, PUF, 1973, p. 116.

### La chronique héroïque

Reste à camper le décor de l'action héroïque. L'écriture littéraire moderne du mythe héroïque s'appuie sur un (pré)texte historique, livré par une chronique. Or, on sait que Stendhal a puisé la trame de son roman dans les chroniques italiennes des XVI$^e$ et XVII$^e$ siècles, notamment l'*Origine delle graneze della famiglia Farnese.* On y trouve l'histoire d'Alexandre Franèse, qui fit carrière par l'intermédiaire de sa tante Vandozza, maîtresse du cardinal Rodéric et eut lui-même, devenu pape, pour maîtresse une dame du nom de Cléria, — avant de finir sa vie de façon édifiante.

Transposé fortement — en un autre temps et en un tout autre univers — avec ce signifiant porteur de Farnese, qui est le nom donné à la tour dont on sait l'importance —, ce premier scénario révèle des invariants, qui confirment remarquablement, outre la séquence générale, les enjeux structuraux du mythe du héros moderne : notamment ce que nous pouvons désigner comme marrainage symbolique par les femmes.

### L'enfant héroïque

Il apparaît que Fabrice est, depuis son enfance, dans le gynécée entre mère, tante et sœurs — l'enfant chéri des femmes. Mais c'est d'abord à une nourrice qu'il a affaire, ce qui révèle son statut infantile.

Un épisode révélateur en est sa prise en charge par la vivandière, sur le champ de la bataille. On voit le contraste : le héros qui cherche là son baptême du feu est pris en charge par une maman. Cette femme, présente là pour vendre aux soldats des vivres et des boissons, fait office de nourrice pour ce petit soldat. De même, sa geôlière le prendra sous son aile.

Fabrice porte dans son apparence même, par cette finesse qui en fait l'enfant chéri des femmes, la trace de cette identification virile, à la fois effective et fragile. Il trouve toujours une femme qui le protège.

## Le héros et les femmes

### Le héros et la mère adoptive

Un élément décisif confirme la trame héroïque de l'histoire de Fabrice. Il se trouve parrainé ou « marrainé », pour mieux dire — par une femme — la comtesse Pietranera devenue la duchesse Sanseverina, qui le protège et dont l'amour ne finit pas de ne pas se déclarer…

L'accusation du chanoine (« La voilà qui fait l'amour avec son neveu », 117), pour être délirante, n'en porte pas moins à l'expression le fonds incestueux effectif de cet attachement : « S'il eût parlé d'amour, elle l'eût aimé » (121).

Quant à Fabrice, il est bien pris dans un lien inavouable, mais qu'il ne réalise que subrepticement, notamment dans les moments d'éloignement :

> C'était avec une tendresse infinie que le souvenir de la duchesse se présentait maintenant à lui ; il lui semblait que *de loin il prenait pour elle cet amour qu'il n'avait jamais éprouvé pour aucune femme.* (175) (souligné par nous)

Autrement dit : en présence de sa tante, il peut se cacher le sentiment d'amour incestueux, qui lui devient sensible et irrécusable quand elle vient à lui manquer, comme une femme désirée.

Cela se confirme par le fait que c'est au moment où, enfermé, il reçoit l'appel inespéré (« Gina pense à toi ») qu'il peut lâcher *en toutes lettres* — c'est le cas de le dire — l'aveu autrement impossible : « FABRICE T'AIME » (355).

Pourtant, la fonction si importante de la tante consiste dans une alternative et une suppléance à ce qui n'est pas venu du père :

> Que devenais-je [...] si cette tante se fut trouvée n'avoir qu'une âme sèche et commune au lieu de cette âme tendre et passionnée et qui m'aime avec une sorte d'enthousiasme qui m'étonne ? où en serais-je maintenant si la duchesse avait eu l'âme de son frère le marquis del Dongo ? (179)

C'est cette conviction d'être aimée — par la sœur du père — qui alimente l'énergie du héros, celle qui précisément n'est pas venue du père même.

Pourtant, s'il est vrai que la liberté et le bonheur de la vie amoureuse n'est possible pour un homme, selon la suggestion freudienne, que par dépassement de l'investissement incestueux sur mère et sœur[1], il lui faut trouver sa voie vers une autre femme, ce qu'il exprime non sans violence. Ainsi, quand Fabrice vint à penser à sa tante, il s'avère « étonné », ayant peine à reconnaître : « son image, le souvenir qu'il conservait d'elle avait totalement changé ; pour lui, à cette heure, elle avait cinquante ans » (335). L'indication de l'âge sonne chez Stendhal comme un verdict. C'est en fait le signe qu'il peut lâcher l'investissement incestueux pour passer à un désir à lui : c'est une telle promesse que contient Clélia.

### Clélia ou le signifiant amoureux

Fabrice del Dongo est pris entre cette femme (mère) dont il est l'*objet* de désir et cette jeune fille qui est l'objet de *son* désir.

Le rapport à cette femme, qui semble le grand amour de sa vie, présente pourtant des singularités. On peut noter le contraste entre la complexité des sentiments (et de « l'approche ») et le passage à l'acte sexuel, que Stendhal semble avoir voulu réduire à sa forme la plus dépouillée :

> Elle était si belle, à demi vêtue et dans cet état d'extrême passion, que Fabrice ne put résister à un mouvement presque involontaire. Aucune résistance ne fut opposée. (453)

Ce n'est pas par simple pudeur que le narrateur ne s'attarde pas sur l'acte, dont on ne peut échapper à l'impression qu'il est « bâclé ». En tout cas, la jouissance amoureuse atteint son sommet, justement quand les amants sont séparés : soit dans la tour, soit après le mariage de l'aimée.

Les deux éléments qui intensifient la relation sont les *signes* et le *regard*. Les « alphabets » utilisés pour communiquer avec le prisonnier portent à

1. S. Freud, *Contributions de psychologie amoureuse.*

l'expression cette communication où le prénom de l'émettrice s'épelle. Suggestion que l'amour tient au *pouvoir de la lettre* :

> Il voulait correspondre avec elle au moyen de caractères qu'il traçait sur sa main avec un morceau de charbon [...] il aurait formé les mots *lettre à lettre, successivement.* (souligné par nous) (336)

De même, le *jeu de regards* fait culminer la jouissance — depuis le chassé-croisé de la tour Farnèse jusqu'à l'extraordinaire rencontre, sous l'égide de l'obscurité, des deux amants, qui permet à Clélia de déjouer son interdit de voir l'amant. Véritable Eurydice formulant à l'usage de son Orphée un interdit-de-regard :

> Je veux bien que tu saches que, si jamais tu me forçais à te regarder en plein jour, tout serait fini entre nous. (504)

Ces deux éléments contiennent une intuition profonde que la psychanalyse de l'amour confirme : l'amour tient au regard et à tout signe, qui vienne suppléer l'« impossible du rapport sexuel ». À ces deux données, il faut ajouter la *voix*, celle dont le héros, devenu éloquent, fait usage pour s'adresser, à mots couverts, à son aimée[1].

### L'entre-deux femmes : le désir du héros

Si d'un côté, il se sent aimé par cette première femme pour laquelle il éprouve un amour tendre, c'est une seconde femme qu'il aime. C'est au nom de Clélia qu'il cherche à accomplir son destin héroïque : elle est en quelque sorte la Dame aux pieds desquels il veut déposer ses prouesses. Modèle homologue à celui du héros de *Le Rouge et le noir*, Julien se trouvant pris entre Mme de Rênal et Mathilde — ce qui pourrait pointer un fantasme stendhalien central : un homme pris entre une femme qui *tient lieu* de mère et une femme dont il *fait* une mère.

Mais la comtesse Sanseverina a une fonction plus profonde encore : elle occupe la fonction de la mère incestueuse qui distingue le fils, lui accorde sa préférence et noue sa vocation, conformément à l'idée freudienne que le héros est « le préféré de la mère, celui qu'elle avait protégé de la jalousie paternelle[2] ».

La Sanseverina est à Fabrice, le héros moderne, ce que la déesse protectrice (Athéna) est au héros antique (Achille)[3]. À bien regarder, elle le protège contre la jalousie paternelle potentielle — celle de ses persécuteurs, parmi lesquels émerge l'ambiguë figure du comte Mosca. Lui éprouve une indéniable jalousie envers le fils-amant, favori de la femme qu'il aime, mais il va accepter de s'en faire, par stratégie, le sauveur — au nom de cet amour. Mosca, c'est une figure « libidinale », père ambigu.

1. Sur l'importance de ces dimensions, cf. nos *Leçons psychanalytiques sur le regard et la voix*, Anthropos/Economica, 1996.
2. S. Freud, *Psychologie collective et analyse du moi*, chap. XII.
3. Cf. notre contribution « La prouesse et la faille, le complexe d'Achille à l'épreuve de la psychanalyse », « Analyses et Réflexions » sur l'*Iliade* d'Homère, Ellipses, 2000.

### Le héros prisonnier : le fantasme masochiste

Il est clair que la réclusion de Fabrice dans la tour Farnèse est le moment où culminent son histoire et son lien aux femmes. Moment dramatique où la liberté lui est ravie, mais où il trouve l'amour et surtout la révélation de son désir. Jusque là, l'être désirant du héros, pris entre l'amour équivoque de sa tante et une série de succès amoureux plutôt anodins, reste des plus flous. C'est là, dans cet enclos, que se cristallise sa conviction de pouvoir aimer. Clélia n'est pas seulement pour Fabrice un objet de désir amoureux, c'est ce qui l'arrime à un ordre de l'amour et du désir : elle lui démontre qu'il est possible d'aimer.

Or tout se passe comme si le héros devait être enfermé pour connaître cette épreuve initiatique. La tour, dont l'aspect vertical est fortement souligné, devient l'emblème phallique de son propre trajet.

Aux mains de ses ennemis, le héros se retrouve aussi bien à la merci d'une femme, Clélia, dont dépend son sort. Au-delà de l'inconfort de la situation, il y a là indéniablement une jouissance. S'évader de cet enfermement, c'est aussi bien compromettre cette jouissance. Jamais Fabrice n'est plus libre dans l'expression de ses sentiments que lorsqu'il est, si l'on ose dire, entre quatre murs — l'enceinte le contenant en même temps que l'objet aimé. Et l'on comprend le geste si déraisonnable de retourner dans la tour comme la pulsion de se remettre à cette place. On sent percer les délices masochistes dans cette position : enfermement ravissant.

Dans ce rôle de « pauvre prisonnier », le héros révèle son destin, de dépendre de deux femmes, qui, rivales, se trouvent en position de collaborer pour le sauver. Là se révèle que le héros stendhalien est une sorte d'« homme-objet ».

Dans le schéma chevaleresque, c'est la Dame qui est enfermée par le « méchant » dans quelque tour d'où le héros doit la faire échapper. Remarquons que, par une inversion des plus révélatrices, c'est le héros qui est enfermé et qui, là, devient lui-même prisonnier d'une délicieuse geôlière et dont une femme — encore — le fait s'évader. Être prisonnier, c'est être dans les mains de geôliers — et le fantasme d'être sauvé en quelque sorte par la fille du geôlier table sur une solide tradition.

## Le héros, le père et l'acte

### Les appartenances du héros : la femme et le père

Mais Fabrice est pris dans une autre passion, plus souterraine : la passion du père (Napoléon) le dispute à la passion de la femme (Clélia).

Cette admiration pour le vainqueur d'Iéna qu'il partage avec son temps pourrait de plus prendre ses racines dans le « roman familial » de Fabrice. C'est ainsi que Freud appelle l'activité fantasmatique des enfants qui, sous forme de « rêves éveillés » cherchent à vivre le contentieux avec leurs parents. Il s'agit de se débarrasser des parents, désormais dédaignés pour leur en substituer d'autres, en général d'un rang social plus élevé[1]. Freud souligne plus loin que :

> Une variante intéressante de ce roman familial est celle où le héros, auteur de la fiction, tout en éliminant de cette manière les autres frères et sœurs comme illégitimes, fait retour, quant à lui, à la légitimité.

Comme dans *l'interprétation des rêves*, il apparaît que « dans les rêves d'empereur et d'impératrice, ces personnages signifient le père et la mère ».

Enfant illégitime, d'après la suggestion de Stendhal, le héros pourrait bien être en quête d'une relégitimation, voire d'une légitimité d'exception. L'*imago napoléonienne* est bien faite pour polariser cette quête.

### L'épreuve de vérité : le héros et son Waterloo

On comprend en quel sens Fabrice incarne l'imaginaire héroïque. C'est sur le champ de bataille de Waterloo, ou plutôt à côté, qu'il va expérimenter, dès l'orée de son histoire, sa forme d'héroïsme, comme rendez-vous avec l'Histoire. Cet épisode justement célèbre pourrait être relu en ce sens : la participation, « sur le bord », à la bataille décisive qui décide du destin napoléonien, symbolise le drame du héros stendhalien : il répond à l'appel héroïque, mais vient en quelque sorte « après la bataille », ou du moins alors que tout est joué. Il n'en est qu'un acteur de second rang, mais c'est dans ce rôle de figurant, saisi à l'âge de dix-sept ans, qu'il va draper son imaginaire héroïque, pour le reste de sa vie.

C'est là qu'est formulé explicitement le drame de la répétition ratée de la saga héroïque. Rencontrant les hussards de l'escorte de l'Empereur, il éprouve une exaltation héroïque d'effusion virile :

> [...] il commençait à se croire l'ami intime de tous les soldats avec lesquels il galopait depuis plusieurs heures. Il voyait entre eux et lui cette noble amitié des héros du Tasse et de l'Arioste. (80)

On voit que la vocation du héros Fabrice del Dongo se noue autour d'une identification *littéraire*.

Stendhal fait ici allusion aux deux épopées majeures de la littérature italienne, le *Roland Furieux* de Ludovico Ariosto, plus connu sous le nom de l'Arioste (1515-1532) et *La Jérusalem délivrée* de Torquato Tasso ou Le Tasse (1575-1581). Ce qui est décrit est le combat des héros chrétiens, respectivement sous la bannière de Charlemagne et sous l'égide de Geoffroy de Bouillon, chef de la Croisade. Autour de cette cause sacrée, se noue entre héros — dotés chacun d'une forte personnalité charismatique — un lien fraternel. C'est d'une telle effusion virile que rêve del Dongo : mais, en lieu et place d'amis, ce Roland ou Tancrède moderne ne rencontre que des « faux frères » et le dégrisement de son espoir de gloire...

Car voilà la réponse de la réalité : les nobles amis espérés se transforment en voleurs de chevaux et les vainqueurs s'avèrent les représentants d'une armée en déroute. Déroute aussi de l'idéal héroïque :

---

1. S. Freud, *Le roman familial des névrosés*, 1909. Sur cette notion et ses résonances littéraires, cf. notre *Littérature et psychanalyse*, *op. cit.*, p. 64 et sq.

> [...] il se mit à pleurer à chaudes larmes. Il défaisait un à un tous ses beaux rêves d'amitié chevaleresque et sublime, comme celle des héros de *La Jérusalem délivrée*. (81)

Moment décisif où se formule le projet du texte : Stendhal sera l'Arioste ou le Tasse de ce Roland-Tancrède moderne qu'est Fabrice del Dongo — ce qui éclaire le choix du décor, l'Italie épique transposée en son cadre « postnapoléonien ». Jérusalem ne sera pas délivrée, et le héros connaît, avec la dernière bataille du héros moderne, son propre Waterloo. Comme Don Quichotte confondant la réalité avec les romans de chevalerie, il confond le texte avec la réalité. Du moins découvre-t-il, à cette occasion, la portée épique du texte. On passe ainsi de l'épopée au roman.

### Le baptême du feu et la « rencontre » du père

Mais il y a plus symbolique encore : sur la route de Waterloo, il croise son père putatif. Ce général qu'il suit, le comte d'A., « ne serait autre que le lieutenant Robert du 15 mai 1796 ». En une espèce de réplique d'Œdipe, le fils croise la route du père sans le reconnaître. Mais ici, plutôt qu'une tragédie, il s'agit d'une occasion manquée... Il y a bien un petit Waterloo symbolique personnel de Fabrice.

De ce baptême du feu, le héros éprouve une métamorphose des plus ambiguës :

> [...] Fabrice devint un autre homme, tant il fit de profondes réflexions sur les choses qui venaient de lui arriver. Il n'était resté enfant que sur un point : ce qu'il avait vu, était-ce une bataille, et en second lieu cette bataille était-elle Waterloo ? (105)

Question en quelque sorte surréaliste : le héros aura participé à un événement qu'il ne sait pas nommer et dont il cherche la réalité, par recoupement avec sa mise en écrit :

> Pour la première fois de sa vie il trouva du plaisir à lire ; il espérait toujours trouver dans les journaux, ou dans les récits de la bataille, quelque description qui lui permettrait de reconnaître les lieux qu'il avait parcourus [...]

Ainsi, pour dire qu'« il y était », encore faut-il déterminer où s'est produit l'événement.

On conçoit la problématique d'un héros qui épris d'action, et dédaignant à ce titre la lecture, cherche erratiquement, dans l'écrit, la trace et la preuve de son acte impossible...

### Les mots et les actes : le héros bavard et la déclaration d'amour

À l'écrit, il faut joindre la parole : tout se passe en effet comme si l'impossible de l'acte rendait le sujet éloquent. Comme l'auteur des *Confessions*, Fabrice a « la fureur de parler ».

Au début du roman, Fabrice est un héros bavard, puis il devient un homme éloquent — passant par l'épreuve du silence, qui aura le dernier mot...

Fabrice ne cesse de parler, du moins jusqu'à la claustration silencieuse, dans ce lieu qui donne son titre au roman. Cela implique un décalage permanent entre la parole et l'acte. Cela exprime à la fois son envie touchante de se faire entendre et l'impuissance à l'acte qui l'accule à la prouesse verbale. Il y a chez Fabrice une réelle éloquence, mais celle-ci porte à l'expression cette vérité, que l'héroïsme moderne se réduit à un bavardage.

On peut apporter un éclairage psychanalytique à cette tendance repérée par la critique[1]. À qui s'adresse d'abord cette demande ? À Napoléon. Fabrice, de fait, n'a accédé à nulle transmission effective du côté de son père. Il ne peut que s'accommoder de son supposé géniteur. Ce n'est un del Dongo que par convention, on a vu le soupçon d'illégitimité qui accompagne sa naissance et de fait, il est pris en mains par les femmes. L'Empereur, au-delà de l'admiration politique et historique, et à travers elle, représente ce signifiant paternel, « signifiant impérial », au sens littéral[2]. En la figure déjà mythique de l'Empereur, le héros cherche une réidentification liée à son propre trouble de filiation.

Ce qui rend Fabrice bavard et éloquent, c'est la désillusion amoureuse. Là, le héros stendhalien donne toute sa mesure. Le Fabrice qui enthousiasme les foules, leur arrache des sanglots et de véritables transes, puise les ressources suggestives de son éloquence dans son hystérie intime. S'il « brûle les planches », c'est qu'il se donne en spectacle et contamine les foules avec son propre affect — conformément au pathétique, qui veut que l'orateur doive être contaminé par son propre affect. D'une part, feignant de s'adresser au public, il ne songe qu'à Clélia et n'a d'yeux que pour elle : « En ayant l'air de s'adresser au public, il ne parlait qu'à la marquise » (503). D'autre part, il érotise son auditoire par sa parole hypnotique. On reconnaît le don hystérique d'émouvoir en faisant passer sa propre scène pathétique sur un théâtre et de trouver des ressources rhétoriques irrésistibles dans cette invocation de l'Autre de l'amour — assez bien incarné par cette « Madone de pitié » inventée par Stendhal à cet effet. C'est sous l'égide de la Déesse-mère que s'opère cette invocation. L'éloquence fournit son héroïsme à la « déclaration d'amour ».

Il faut bien comprendre que c'est par le truchement de cette parole anonyme que l'amoureux s'adresse le plus intimement à l'objet aimé. À croire qu'il faut passer par le détour de l'Autre de l'amour pour atteindre la bien-aimée, si difficile à atteindre « en direct »…

## Le sacre du héros imaginaire

Il y a plus précis encore : sous le masque de la fiction, le héros dérisoire de Waterloo obtient son brevet grâce aux femmes captivées par son éloquence de prédicateur :

> Elles inventèrent qu'il avait été un des plus braves capitaines de l'armée de Napoléon. Bientôt ce fait absurde fut hors de doute. (487)

Détail savoureux et révélateur : c'est par les femmes et l'effet de séduction qu'il exerce sur elles que le « héros » se trouve inventé. C'est par la grâce des

1. Shoshana Felman, *La « folie » dans l'oeuvre romanesque de Stendhal*, Librairie José Corti, 1971.
2. Cf. notre contribution « Le signifiant impérial : écriture de soi et passion du père » in *Analyses et réflexions sur Marguerite Yourcenar, Mémoires d'Hadrien*, Ellipses, 1996, p. 16-26.

femmes que le héros « prend du grade » ! Tout se passe comme s'il parvenait, par le détour de sa défaite et de sa séduction, à obtenir une reconnaissance pour des « hauts faits » imaginaires. Est réputé héros celui que les femmes disent être tel... Fabrice gagne donc, par le pouvoir des mots, le renom et la renommée qui lui auront été refusés par le pouvoir des armes. Moment décisif du sacre imaginaire du héros ou du sacre du héros imaginaire — en quoi « la boucle est bouclée ».

### De la mort de l'enfant à l'héroïsme romanesque

On doit revenir à l'énoncé freudien majeur : le héros est celui supposé accomplir seul l'exploit de la fratrie, soit le triomphe sur le père, ce qu'il accomplit avec la « bénédiction » maternelle. Ce que montrent les mésaventures du héros stendhalien, c'est que c'est là mission impossible...

On l'a vu au bout de ce drame en trois actes : origine de glorieuse bâtardise, élection par les femmes, retour au père par l'acte. Après vient le silence...

Un moment décisif est avec la mort de son propre enfant, celle de l'enfant héroïque. Quand il devient père — illégitime, notons-le — et qu'il revendique la propriété de son propre fils Sandrino, il y a à parier que cet enfant l'incarne à son tour. Autrement dit, Sandrino n'est autre que Fabrice réincarné comme enfant. Sa mort tragique marque la fin du fantasme d'immortalité de l'enfant qui marque de son sceau le destin héroïque. Le héros dès lors quitte la scène du monde, devenant l'habitant de la Chartreuse...

Fabrice prend place entre l'Eugène Onéguine de Pouchkine et Petchourine, de Lermontoff, dans cette galerie des « héros de notre temps », pris entre un imaginaire de dandy byronien et une avidité de réalité, entre une soif de gloire et une sorte de paresse ontologique. Superflu à l'ordre du monde, le dandy héroïque oppose à l'avènement triomphant de l'Esprit napoléonien, son style propre.

En cela, il est une fiction littéraire privilégiée : car là où son héros échoue, l'« aède »-romancier Stendhal triomphe : Freud situe l'écrivain du côté du fantasme, incitant à identifier le héros au sujet du fantasme : « sa majesté le moi, le héros de tous les rêveries comme de tous les romans[1] ». La défaite du héros devient sa victoire : l'art de Stendhal aura permis au lecteur de s'identifier à ce ratage en en tirant une jouissance imaginaire...

---

1. S. Freud, *L'écrivain et le fantasmer*, G.W. VII, 220.

## Troisième partie
# La quête du bonheur

Loin d'être déterminé par la situation sociale et politique, le personnage stendhalien même soumis aux contingences de la vie sociale, affirme son exigence de bonheur individuel et l'autonomie, l'unicité et la singularité de son Moi, contre une société coercitive et desséchante qui cherche à lui imposer des carcans ou des modèles d'existence. Refusant l'intrigue, l'argent et l'ambition, indifférent à une société utilitariste et matérialiste qui a le culte du dollar, le personnage part en quête de son moi, soucieux d'approfondir la vérité intime de son être et d'adhérer à lui-même. *La Chartreuse de Parme* est un roman du bonheur qui laisse s'épanouir dans sa plénitude la trajectoire accidentée d'un héros exemplaire. Pour Fabrice qui se moque de l'opinion d'autrui et méprise les compromissions sociales, la société moderne apparaît comme un vaste champ de possibles où l'être ne subit pas sa condition comme destin.

Collectif ou privé, le bonheur ne présente pas un visage unique. Il peut s'éprouver dans l'instant, un temps en suspens, arrêté dans une éternité euphorique, qui correspond le plus souvent à un retour au foyer, ou au contraire dans l'enthousiasme du mouvement, dans la fièvre du désir qui s'achève par l'insatisfaction et la catastrophe de la mort. L'initiation au bonheur et à son héroïsme actif passe évidemment par l'amour, le souci unique de ces êtres de cœur authentiques que sont Fabrice, la duchesse Sanseverina, le comte Mosca, Clélia, tous sensibles à la magie de la cristallisation amoureuse et épris de vérité. Loin d'être une entité abstraite, le bonheur a une couleur et une lumière (celle du Corrège), une musique (Mozart) et une géographie. Le lac de Côme, espace intemporel et musical où l'être s'abandonne au plaisir de l'instant et à la jouissance d'être soi, les lieux élevés et silencieux, propices à la méditation silencieuse, comme le clocher ou la tour Farnèse qui traduisent sur le plan spatial le désir d'élévation spirituelle et intérieure, les espaces carcéraux changés paradoxalement en lieux d'amour, d'élévation, de vérité, de liberté et de bonheur, l'Italie, espace matriciel et originaire, lieu décentré et excentrique, creuset des différences, constituent une topographie euphorique où l'être apprend à lire le monde, à déchiffrer les signes et où il se convertit à l'amour en découvrant la vérité pour être soi. Ce lieu imaginaire et romantique où peuvent s'accomplir la passion et l'énergie, Julien Gracq l'a appelé la Stendhalie : « Stendhal fonde à l'écart pour ses vrais lecteurs une seconde patrie habitable, un ermitage suspendu hors du temps, non vraiment situé, non vraiment daté, un refuge fait pour les dimanches de la vie où l'air est plus sec, plus tonifiant, où la vie coule plus désinvolte et plus fraîche — un Eden des passions en liberté, irrigué par le bonheur de vivre. »

*Franck Evrard*

# *La Chartreuse de Parme* : roman de l'enthousiasme et de la passion

*Franck Bellucci*

Rien de grand n'a jamais pu être réalisé sans enthousiasme.

R.W. Emerson, *Cercles*.

Rien de grand n'a jamais été accompli ni ne saurait s'accomplir dans le monde sans passion.

Hegel, *Introduction à la philosophie de l'Histoire*.

Roman raisonnable, *La Chartreuse de Parme* ne l'est assurément pas. Ce chef-d'œuvre semble bien au contraire obéir à une fièvre qui anime son auteur, son héros et partant son lecteur. Le texte stendhalien fascine en effet par la pluralité des personnages qu'il met en scène, par l'abondance des événements qu'il narre, par la diversité des sujets qu'il aborde. Rien d'étonnant donc à ce que l'enthousiasme et la passion soient au cœur de cette fresque. Peut-être faut-il d'ailleurs voir dans l'omniprésence de ces deux concepts le fil directeur capable de donner une unité profonde à un roman pourtant protéiforme et foisonnant.

## Des protagonistes enthousiastes

La *Chartreuse* présente des protagonistes dont l'enthousiasme est un trait dominant.

### Les marques et les manifestations du caractère enthousiaste

Le caractère enthousiaste se définit par la présence de certaines propriétés et attitudes. Nul doute du reste que l'Italien, être passionné par excellence, cristallise nombre de ces particularités. Ainsi, lorsqu'il se jette soudainement sur un jeune garçon coupable de le regarder avec insistance, Fabrice incarne la fougue italienne et atteste son appartenance à la race des exaltés. Mais l'individu passionné se définit surtout et avant tout par sa fascinante propension au bonheur. Les pages liminaires du roman témoignent d'emblée de ce goût particulier pour l'euphorie : enfin délivrés de la domination autrichienne grâce à l'arrivée des Français le 14 mai 1796, les Lombards retrouvent un élan vital et l'expriment par des scènes de liesse généralisée. Or, en bon allié de ces Milanais auxquels il s'identifie, Fabrice possède aussi « cette disposition naïve à se trouver heureux de tout ce qui rempli[t] sa vie » (235) et va même jusqu'à se croire « fait pour être plus heureux qu'un autre » (119). Son appétit du bonheur est d'autant plus marquant qu'il s'intensifie dans les moments d'épreuve. Alors qu'il est enfermé dans la tour Farnèse, Fabrice « oubli[e] complètement d'être malheureux » (282) et se sent saisi « d'une secrète joie [...] au fond de son âme » (325). Un tel comportement paradoxal peut bien sûr dérouter, voire inquiéter. Mosca voit par exemple en cet insouciant del Dongo un être primitif qui devient un rival d'autant plus dangereux qu'il « respire le bonheur facile de la première jeunesse, et [...] le fait naître » (165). Le personnage épris de liberté que met en scène Stendhal dévoile donc une âme hautement romanesque[1]. En fait, sa passion repose essentiellement sur un rapport au monde décalé, car fondé sur l'imaginaire. Fabrice rêve sa vie. Le célèbre épisode de la bataille de Waterloo démontre bien qu'il se fait du réel une représentation fantasmagorique. En décrivant la scène à travers le prisme subjectif de son héros[2], l'écrivain prouve que celui-ci assimile la guerre à un jeu au cours duquel « il [est] plaisant de courir » (81). C'est alors en toute logique que « notre héros se croi[t] à la chasse » (85) bien qu'il ait tué un cavalier ennemi. Le premier contact avec un cadavre (71) et le terrible spectacle de l'amputation d'un « cuirassier, beau jeune homme » (78) semblent donc avoir pour fonction de mettre à l'épreuve l'enthousiasme naïf de Fabrice tout à coup contraint de voir la réalité en face et d'en mesurer le caractère décevant. Apparaît au même moment la forte sensibilité propre au personnage passionné. Stendhal ne cesse de suggérer l'hyperémotivité de Fabrice[3]. Celui-ci pleure en effet souvent faisant des larmes une manifestation récurrente de son enthousiasme paroxystique. Il convient du reste de noter que Gina et Clélia partagent avec Fabrice ce goût pour les larmes apparaissant alors elles-aussi comme des héroïnes enthousiastes et passionnées[4]. Aux pleurs se joignent parfois les évanouissements. Dès qu'un trouble intense les envahit, Fabrice, Clélia et Gina perdent connaissance[5]. Toutefois, l'être enthousiaste tel qu'il est décrit par Stendhal se distingue surtout par son amour des hauteurs, lesquelles lui permettent d'échapper à la médiocrité du monde, à la trivialité du réel. Fabrice del Dongo doit incontestablement être considéré comme un héros des sommets. Cette passion pour les lieux élevés apparaît d'abord au chapitre IX lorsqu'il se réfugie pendant une nuit et une journée dans le clocher de l'abbé Blanès. Elle s'affirme bien évidemment dans la seconde partie avec l'emprisonnement dans la tour Farnèse où

1. Stendhal évoque « la partie romanesque de son caractère » (102) et ajoute : « comme on voit, Fabrice était un de ces malheureux tourmentés par leur imagination ; c'est assez le défaut des gens d'esprit en Italie » (212).
2. Presque tout l'épisode est narré en focalisation interne, le lecteur découvrant ainsi les faits à travers le regard et l'émotion de Fabrice.
3. Le lexique de la sensibilité est omniprésent dans la narration ou le discours du héros au début du roman. L'emploi des termes « effusion », « émotion », « souffle » (61) et « transport » (62) permet de parler d'une rhétorique de la passion.
4. Clélia pleure notamment quand elle écoute Fabrice prêcher en l'église de la Visitation (chap. XXVIII).
5. Voir l'évanouissement de Fabrice après son évasion de la tour Farnèse (404) ou celui de Gina au chapitre XXV (460).

Fabrice s'éprend de Clélia elle-même associée à l'air et à la hauteur[1]. Par l'élan, la fougue et le feu[2] qui les habitent, les enthousiastes se distinguent donc des médiocres. L'appétit de vie et d'amour de Fabrice, Gina, Clélia, l'abbé Blanès ou encore Ferrante Palla s'oppose catégoriquement au sérieux, au conformisme triste de Rassi, Mosca, Ascagne (frère aîné de Fabrice), Giletti, Ernest Ranuce V. Philippe Berthier se plaît du reste à voir d'un côté « ceux qui en sont (de la fratrie minoritaire des Ardents) et de l'autre ceux qui n'en sont pas (la clique très majoritaire des Éteints)[3] ». S'instaure ainsi dans le roman un antagonisme entre les « âmes prosaïques » dénoncées par Gina (63) et les héros enthousiastes ; entre les esprits vulgaires et ceux-là même que Stendhal aime à baptiser les « happy few ».

### L'enthousiasme comme action et réaction

Ce qui caractérise également les happy few n'est autre que cette volonté de donner libre cours à leur énergie. Fabrice est enthousiaste, passionné parce qu'il recherche toujours l'action. Il répond ainsi à la définition traditionnelle de l'héroïsme. Il y a en fait chez lui un dynamisme incroyable, une impulsivité fascinante. Le héros de *La Chartreuse* multiplie les fuites, les voyages, les courses et la première partie du roman rappelle à cet égard la littérature picaresque des siècles passés. À ses côtés évolue Gina, elle-même femme active s'il en est (donc profondément moderne !) capable de préparer l'évasion de l'homme qu'elle aime, de donner des bals fastueux, d'organiser un régicide, enfin de se marier à trois reprises. Ce personnage féminin haut en couleur incarne le génie de l'improvisation, s'adonne à un mouvement permanent autorisant ainsi Philippe Berthier à écrire :

> Gina est éruption permanente, geyser d'initiatives et de désirs, principe actif et dévorant qui ne connaît aucune retombée et que semblent alimenter d'inépuisables réserves d'énergie en fusion. [...] Gina n'est jamais en repos. C'est une âme mobile, emportée, qui, pour se sentir exister, a besoin de se fouetter par l'excitation d'une vie écumeuse, à l'état naissant[4].

Mais, parce qu'ils consacrent leur existence à l'énergie, Fabrice et Gina n'apparaissent guère comme des cérébraux. Pour Pierre-Louis Rey, Fabrice del Dongo est « conçu comme un être instinctif plus qu'intellectuel[5] ». De même, sa tante n'a qu'une connaissance empirique de la vie et de l'amour. Cette naïveté (au sens noble du terme) des héros stendhaliens va néanmoins de pair avec une opposition quasi systématique aux normes et aux conformismes sociaux. Adeptes de l'action, Fabrice et Gina sont aussi partisans de la ré-action et ne peuvent alors être qu'en inadéquation avec la cour parmesane dont ils rejettent les codes. À la stabilité sentimentale, politique, religieuse, financière même, ils préfèrent la passion laquelle ne se conçoit que dans et par la résistance. Aussi, *La Chartreuse* décline un enthousiasme

1. Ne prend-elle pas soin d'oiseaux ?
2. Il convient d'apprécier l'image du feu souvent utilisée pour désigner le regard de Fabrice, voir p. 62, p. 112.
3. Philippe Berthier, *La Chartreuse de Parme*, Gallimard, « Foliothèque », n° 49, 1995, p. 80.
4. *Ibid.*, p. 88.
5. Pierre-Louis Rey, *La Chartreuse de Parme*, Hatier, « Profil d'une œuvre », n° 44, 1997, p. 68.

asocial. Peut-être est-ce d'ailleurs ce jaillissement réactionnaire qui définit le mieux la « folie » ou encore la « virtù » si chères à Stendhal.

### La passion amoureuse comme principe et finalité de l'enthousiasme

L'enthousiasme dépend aussi étroitement de la passion amoureuse. Le personnage exalté est avant tout un être aimé et aimant. L'amour devient en quelque sorte le moteur et l'aboutissement de son ardeur, le seul enjeu de son existence. Au départ, le jeune Fabrice rêve de rencontrer l'amour[1]. Il s'interroge même sur le sens à donner à cet étrange sentiment qui lui reste inconnu :

> Ce qu'on appelle amour, ajoutait-il, serait-ce donc encore un mensonge ? [...] Serait-ce cette propension quelque peu vulgaire dont ces menteurs auraient fait l'amour d'Othello, l'amour de Tancrède ? (237)

Puis, il fait l'apprentissage de l'amour, comprend qu'« il n'avait jamais aimé avant d'avoir vu Clélia » (364) et connaît « cette joie suprême et peu espérée d'être aimé par l'être divin qui occupait toutes ses pensées » (365). Enfin, dans le dernier mouvement du roman, il met tout en œuvre pour retrouver la jeune fille qu'il adore et dont il est séparé depuis qu'il a été contraint de s'évader de la tour Farnèse. Les multiples aventures vécues par Fabrice del Dongo sont donc bel et bien régies par la force de l'amour exactement comme la fièvre courageuse de Ferrante Palla est générée par la vénération que celui-ci voue à la Sanseverina. À en croire *La Chartreuse de Parme*, seul l'amour peut par conséquent insuffler l'énergie, l'enthousiasme, en déterminer l'existence, voire le degré d'intensité.

## Formes et significations de l'enthousiasme

En mettant en avant dans son œuvre des protagonistes passionnés, Stendhal en vient à décrire les manifestations diverses et parfois contradictoires de l'enthousiasme.

### Les langages particuliers de l'enthousiasme

Manière d'être particulière, l'enthousiasme requiert des modes d'expression eux-mêmes particuliers. Ce qui frappe d'emblée le lecteur est la faconde du héros stendhalien. Dans la première partie du livre, Fabrice aime parler et saisit la moindre occasion pour entreprendre de longs discours même au cœur de la bataille de Waterloo où il parle « de l'Empereur et de la liberté dans les termes du plus vif enthousiasme » (65). Cet art du verbe se retrouve chez Gina sa tante ainsi présentée par le narrateur :

> [...] la duchesse était sémillante, pétillante d'esprit et de malice, s'attachant avec passion, si l'on peut parler ainsi, à tous les sujets que le courant de la conversation amenait devant les yeux de son âme [...] (283)

1. Stendhal écrit au chapitre XIII : « Fabrice n'était plus retenu que par un reste d'espoir d'arriver à sentir ce qu'on appelle *de l'amour*, mais souvent il s'ennuyait » (241).

Bien évidemment, les discours spontanés, presque lyriques des « happy few » s'opposent au langage raisonné, raisonnable des médiocres[1]. Néanmoins, bien qu'ils l'emploient abondamment, les enthousiastes reconnaissent au verbe des limites et se voient ainsi obligés d'inventer de nouveaux langages seuls capables d'exprimer l'intensité de leurs sentiments. Le roman multiplie les références à des expérimentations langagières diverses ou à des modes de communication novateurs, voire fantaisistes : enfermé dans la tour Farnèse, Fabrice invente des langages codés pour correspondre avec Clélia. Tantôt il emploie des « caractères qu'il trac[e] sur sa main avec un morceau de charbon et dont il [a] fait la précieuse découverte dans son poële » (336), tantôt il élabore un alphabet à partir des feuillets arrachés à un bréviaire (348). Puis, quand la distance devient trop grande, le héros n'hésite pas à utiliser un langage masqué en adressant à Clélia les mots d'un autre, notamment un sonnet de Pétrarque imprimé sur un mouchoir (chap. XXIII). Enfin, c'est encore par un message crypté qu'il renoue avec la femme qu'il aime en mêlant à son sermon « une sorte de prière tendre et passionnée » (488) à elle seule adressée. Il est en outre à noter que ce thème des communications extra-linguistiques et obliques apparaît déjà avec les prémonitions de l'abbé Blanès ou les signaux lumineux envoyés par Gina au prisonnier Fabrice. Pourtant, c'est à la musique et au chant que recourent les héros enthousiastes du roman quand leur émotion est si forte qu'aucun mode d'expression ne suffit à en rendre compte. Ils confirment ainsi l'opinion de Madame de Staël qui écrivait déjà dans *De l'Allemagne* :

> Y a-t-il de la musique pour ceux qui ne sont pas capables d'enthousiasme[2] ?

Chacun sait que l'art musical est au cœur des préoccupations de Stendhal, donc de son œuvre. Du reste, musique et chant s'épanouissent particulièrement en Italie, contrée qui cultive le goût du Beau. Rien d'étonnant alors à ce que les protagonistes de *La Chartreuse de Parme* aiment et pratiquent ces disciplines. Fabrice s'éprend de la Fausta F*** parce qu'elle est « sans contredit l'une des premières chanteuse de notre époque » (239) et il doit à son talent « des sensations de bonheur suprême » (239) ; il s'émeut en entendant la musique donnée à l'occasion d'une fête organisée par le général Conti (343) ; il savoure le récitatif d'opéra que lui offre Clélia (345) ; il chante lui-même en s'accompagnant d'une guitare (450) ; enfin il apaise sa mélancolie en écoutant madame P*** interpréter un air de Pergolèse ou de Cimarosa (475). Aussi Stendhal présente-t-il la musique comme le langage privilégié de la passion. Il n'en néglige pas pour autant les vertus du silence. En effet, celui-ci joue un rôle de plus en plus important au fur et à mesure que progresse l'intrigue. L'abondance verbale des héros, l'utilisation qu'ils font de langages codés, leurs activités mélomanes mêmes cèdent petit à petit la place à un silence lourd et hautement signifiant. Fabrice devient dans la dernière partie de l'œuvre un être de silence. Une fois libéré de la tour

1. Voir notamment la déclaration d'amour du prince à la Sanseverina dont il est dit avec ironie : « Le prince l'avait sans doute arrangée longtemps à l'avance, car il y avait des choses raisonnables » (456).
2. Madame de Staël, *De l'Allemagne*, GF Flammarion, 1998, p. 313.

Farnèse, il s'enferme dans un mutisme symptomatique de sa douleur. Le narrateur peut alors préciser au chapitre XXIII :

> On peut se faire quelque idée maintenant de l'agrément des entretiens de Fabrice avec la duchesse : un silence morne régnait presque toujours entre eux. (414)

Quelques pages après, il est indiqué « Fabrice s'était voué au silence » (472) parce qu'« il avait horreur de parler » (474). De même, le chapitre XXVII évoque « le silence habituel que, par ennui de la vie, Fabrice gardait partout » (487). Le silence s'affirme alors comme l'envers de l'enthousiasme, ou la marque d'un enthousiasme brisé. Toutefois, l'œuvre ne présente pas une vision forcément négative de ce silence. Ce dernier peut apparaître comme une forme particulière d'expression, plus authentique. Lorsque Fabrice retrouve Clélia après plusieurs années de séparation, les deux héros décident par exemple de communiquer par un simple regard, unique moyen susceptible d'exprimer l'indicible. Les langages traditionnels peuvent donc ne pas suffire à l'enthousiasme et à la passion qui choisiront de s'éterniser dans des moments d'échange silencieux.

## Les paradoxes et écueils de l'enthousiasme

Les héros du roman évoluent dans leur rapport à l'enthousiasme. Ce concept étant fluctuant, complexe, Stendhal refuse en effet d'en faire une présentation trop uniforme ou simpliste. Ainsi, alors que la tradition philosophique condamne souvent la passion censée empêcher la compréhension du Vrai, le texte stendhalien met en scène un personnage qui va justement découvrir la Vérité, sa Vérité, grâce à l'amour et à l'exaltation qui en découle. Malgré tout, force est de constater que l'enthousiasme peut aussi tromper. *La Chartreuse de Parme* mériterait probablement d'être lue et interprétée dans une optique pascalienne[1]. Toute la première partie correspondrait alors à l'époque du divertissement concrétisé par des déplacements innombrables, des aventures rocambolesques et un souci constant de remplir l'espace et le temps. Le jeune Fabrice se divertirait donc en cherchant l'amour et la gloire dans le seul but (conscient ou inconscient) de mieux fuir la réalité de l'existence. Or, ironie du sort, il trouve ce qu'il cherchait frénétiquement par son agitation à partir du moment où il est enfermé. Patrick Laudet insiste bien sur cet aspect inattendu du parcours de Fabrice en écrivant :

> Paradoxalement, la libération de l'âme s'opère quand le corps est incarcéré, ce qui était impossible tant qu'il était aux prises avec les aventures et en proie au monde[2].

Une observation attentive du lexique employé par l'écrivain semble du reste confirmer cette analyse. Le premier mouvement du roman privilégie les verbes d'action ; au contraire, le second mouvement fait apparaître une terminologie beaucoup plus contemplative apte à traduire le nouvel état du

1. Voir *Les Pensées* de Pascal et notamment le fragment consacré au divertissement, activité qui pour l'auteur détourne l'homme de la pensée et de la méditation sur la mort (n° 139).
2. Patrick Laudet, *La Chartreuse de Parme*, Nathan, « Balises », 1991, p. 61.

héros[1]. Une fois sorti de la tourmente divertissante de la société et cloîtré dans sa tour, Fabrice se trouve contraint de réfléchir. Après l'action enivrante mais trompeuse, Stendhal décrit une phase de recueillement grâce à laquelle son personnage découvre l'amour tout en se découvrant lui-même. Le roman raconte donc le passage de la conquête du monde extérieur à la conquête d'un monde intérieur. Le texte de Stendhal connaît une incontestable métamorphose qui le conduit de la fureur de la guerre à la paix de la tour Farnèse donc de l'épique au mystique. Une fois faite l'expérience des passions, Fabrice embrasse la Passion[2]. Cet itinéraire est parfaitement décrit par Philippe Berthier qui affirme :

> [Fabrice] n'a plus rien à voir avec celui qu'il fut : il est passé au feu de l'épreuve, la souffrance a exsudé de lui toutes les scories, il ne lui reste que la quintessence : il n'est plus qu'Amour[3].

Le héros de l'horizontalité accumulant les pérégrinations dans l'espace évolue ainsi en héros de la verticalité occupant l'axe ascendant du haut de sa tour. Les neuf mois d'emprisonnement, qui ne sont pas sans rappeler la durée d'une gestation, constituent par conséquent le temps nécessaire pour une re-naissance, pour le renoncement à l'enthousiasme, pour la recherche d'une unité reposante. Aussi l'enthousiasme peut-il être considéré comme le symptôme d'un certain malaise, d'une dispersion de l'identité[4] qu'il faudra dépasser.

### L'enthousiasme et la mort

L'enthousiasme n'est pas une fin en soi, il ne constitue qu'une étape de tout un cheminement[5]. En fait, seule la mort peut sublimer l'enthousiasme dont elle est l'aboutissement logique ; seule la mort peut donner un sens à l'enthousiasme. Clélia est l'exemple même du personnage qui contient au début sa passion, l'accepte ensuite, pour enfin la surpasser, la pérenniser dans la mort, devenant par là même une héroïne touchante et tragique[6]. Les dernières pages du roman ne sauraient par conséquent être interprétées comme une condamnation morale de la passion. Certes, tous les héros enthousiastes meurent (Clélia, Fabrice, Gina), mais il faut voir dans leur mort l'apothéose de leur ivresse. Le mot enthousiasme retrouve alors avec le dénouement son sens premier puisqu'il signifie en grec « transport divin[7] ». Par la mort, les personnages atteignent cet idéal tant convoité. Les vivants

1. Voir l'emploi des mots « rêverie profonde » et « solitude » page 404.
2. Voir sur ce sujet la dialectique passions/mysticisme représentée par le couple Gina/Clélia. Cette antithèse apparaissait déjà dans *Le Rouge et le Noir* avec le couple Madame de Rênal/Mathilde.
3. *Op. cit*, p.119.
4. La dispersion de l'identité est d'ailleurs symbolisée par les nombreux déguisements empruntés par Fabrice au cours de ses aventures.
5. Cette idée de cheminement du héros permet d'assimiler *La Chartreuse de Parme* à un roman d'apprentissage, de formation.
6. P. Laudet voit en Clélia « une âme d'exception, dans la grande tradition cornélienne », *op. cit.*, p. 67. Le dilemme qui oppose sa raison à sa passion, son obéissance filiale à sa fougue amoureuse pourrait presque rappeler aussi certaines héroïnes raciniennes.
7. Madame de Staël n'écrivait-elle pas déjà dans le chapitre X de *De l'Allemagne* : « Quand l'existence de l'homme est expansive elle a quelque chose de divin » ? *op. cit.*, p. 301.

sont quant à eux condamnés à rester dépendants des contingences terrestres, à se contenter d'un bonheur bassement matériel qui n'est bien sûr qu'une illusion[1].

## Conclusion : une écriture enthousiaste et passionnée

Il est dorénavant connu que *La Chartreuse de Parme* a été rédigée en cinquante trois jours, soit sept semaines, de novembre à décembre 1838. Cloîtré avec un secrétaire dans son appartement du 8, rue Caumartin, Stendhal a dicté son œuvre avec une rapidité et une spontanéité déconcertantes[2]. À l'importance du thème de l'enthousiasme dans le livre correspond donc une élaboration elle-même enthousiaste. Cet enthousiasme littéraire est également traduit par l'intensité dramatique du texte. L'histoire multiplie les événements, les rebondissements et opte pour une allure volontairement soutenue. Cet entrain permet d'ailleurs de rapprocher le rythme de l'intrigue à la musique[3]. *La Chartreuse de Parme* est écrite et construite comme un roman musical ou une symphonie romanesque. Tel un compositeur, Stendhal varie, alterne les cadences pour surprendre son lecteur-auditeur. En effet, les accélérations du récit engendrent un rythme « allegro », voire « presto[4] » ; les épisodes narrés en temps réel relèvent de « l'andante[5] » ; enfin les pauses ou les ralentis sonnent comme un « adagio » mélancolique[6]. De même, certaines scènes de l'œuvre peuvent être considérées comme des refrains. Le thème de la réclusion ou encore celui de l'envol reviennent par exemple régulièrement et structurent le roman. Avec Stendhal, l'écriture se veut donc énergétique[7] et « le régime du moteur romanesque ne faiblit pas[8] ». *La Chartreuse de Parme* obéit à un mouvement propulsif, à un élan impulsif. De toute évidence, une écriture aussi enthousiaste ne peut que générer l'enthousiasme d'un lecteur toujours surpris, jamais indifférent. Le bonheur du texte est un bonheur contagieux.

1. C'est ainsi qu'il faut comprendre l'ultime référence à l'aisance financière de Mosca : « Le comte [était] immensément riche » (509). À propos du dénouement, P. Berthier écrit : « Mosca reste imperturbable, increvable — hélas ! Cette survie apparaît comme la plus féroce des sanctions, comme si Mosca devait rester jusqu'au bout excepté d'une région sublime où les trois autres trouvent leur épanouissement spontané, mais où il n'a pas sa place, où il n'est pas *attendu* », *op. cit.*, p. 67.
2. Un parallèle semble s'imposer : tout comme Fabrice rencontre le bonheur alors qu'il est emprisonné dans la tour Farnèse, son créateur Stendhal rencontre le bonheur de la création littéraire dans le huis clos de son appartement.
3. Certains critiques ont même comparé *La Chartreuse de Parme* à la musique de jazz.
4. Tel est le cas du rythme soutenu des pages liminaires.
5. Comme l'épisode de Waterloo par exemple.
6. La méditation de Fabrice au bord du lac de Côme peut être appréciée comme un adagio (chap. VIII).
7. C'est ce que J. Gracq appréciait particulièrement dans *La Chartreuse de Parme*.
8. Philippe Berthier, *op. cit.*, p. 154.

# L'héroïsme du bonheur

*Christine Bétis*

> – Te vois-tu au *Corso* de Florence ou de Naples, disait la duchesse, avec des chevaux anglais de pur sang ! Pour le soir, une voiture, un joli appartement, etc. Elle insistait avec délices sur la description de ce bonheur vulgaire qu'elle voyait Fabrice repousser avec dédain. C'est un héros, pensait-elle. (145)

Dans sa *Correspondance*, dans son *Journal*, et à travers les réflexions du Comte Mosca dans *La Chartreuse*, Stendhal s'attache à définir les conditions du bonheur : « être un homme habile », « qui sait vivre », « connaître le monde » et « croire à peu de choses » ; « avoir un jugement froid et un esprit averti ». L'homme heureux est ainsi un esthète raisonnable, un épicurien formé au goût « italien ». Pour Mosca, le bonheur est un « heur », un hasard fragile et savoureux qu'il faut savoir saisir sur l'« heure », à l'instant. Il puise sa saveur dans le manque, dans les crises amoureuses ou politiques substituant « à l'illusion d'une détermination unique et imitatrice du réel celle du possible à chaque instant [comme] plus véritable[1] » : « Ah ! si je raisonnais comme Mosca ! » se dit Fabrice. Mais les héros stendhaliens ne suivent pas ce modèle : Octave de Malivert, Julien Sorel, Lucien Leuwen, Fabrice del Dongo sont des êtres absolus et méprisent les habiletés qui permettent de vivre. Fabrice surgit des récits de l'Italie de la Renaissance, raffinée et barbare, où domine la figure du *condottiere*[2] : la *virtù*, l'énergie pure qui s'exalte dans le risque :

> Les cœurs italiens sont, beaucoup plus que les nôtres, tourmentés par les soupçons et les idées folles que leur présente une imagination ardente.

Il y a pourtant du bonheur à toutes les pages de ce roman, pas le bonheur avec lequel la duchesse taquine Fabrice, ni celui, pragmatique, de Mosca ; le bonheur que l'héritier du *condottiere* va exiger de lui-même comme sa propre excellence. Si l'héroïsme est une élévation de soi par sacrifice de ses

---

1. Paul Valéry à propos de Stendhal in *Œuvres complètes*, Gallimard, « Pléiade », t. I, p. 146-7.
2. André Suarès, *Le Voyage du condottiere*, éd. Granite, p. 10 : description de la statue équestre en bronze représentant le Condottiere Bartolomeo Colleoni à Venise, Piazza san Zanipollo : « Avec une soif immortelle de l'objet, là est la véritable aspiration au calme. La force qui a trouvé le lieu de son désir, se possède enfin elle-même. Et dût-elle s'y consumer, son feu brûle dans la sérénité. Il est lumière, ce feu qui cherche le lieu pur. [...] Qu'il est ardu, le chemin qui mène à ce sommet ! Peu y touchent. Mais c'est la vie d'un héros, que d'y conduire ses pas et ses chutes, et de ne jamais renoncer à y atteindre. » et Michel Onfray, *La Sculpture de soi*, Livre de Poche, « Biblio Essais » : « Bartolomeo Colleoni n'est pas le soudard que l'on dit... Le Condottiere est avant tout une figure d'excellence, un emblème de la Renaissance qui associe le calme et la force, la quiétude et la détermination, le tempérament artiste et la volonté de régner sur soi avant toute autre forme d'empire [...] une authentique théorie des passions destinée à produire une belle individualité, une nature artiste dont les aspirations seraient l'héroïsme, ou la sainteté que permet un monde sans Dieu, désespérément athée, vide de tout, hormis des potentialités et des décisions qui les font s'épanouir. »

intérêts, au service d'une valeur supérieure, invisible et impérative, dans le roman, pour certains personnages tels Fabrice, Gina, Ferrante Palla et Clélia, cette élévation est un destin intime. Telle a d'ailleurs été la prophétie de l'Abbé Blanès : « Ton âme peut se préparer à une autre prison, bien autrement dure, bien plus terrible ! » mais le même Blanès y associait un autre destin : celui du « bonheur », « Ta vie sera très heureuse aux yeux des hommes... et raisonnablement heureuse aux yeux du sage. » **Le jeune homme découvre ainsi au même moment le bonheur tragique d'avoir un destin[1] et les conditions de ce bonheur : l'intériorisation, le sacrifice héroïque de tout ce qui fait obstacle à cette spiritualité.**

> Dans l'enthousiasme de générosité et de vertu qui faisait sa félicité en ce moment [...] Tous ces souvenirs de choses si simples inondèrent d'émotions l'âme de Fabrice et la remplirent de bonheur. (177-180)

La vocation de Fabrice au bonheur intérieur passe donc par ce que Stendhal appelle « l'âme », « le cœur » ou « la conscience » : « Un homme tel que toi, dont la force sera un jour dans sa conscience », lui prédit Blanès. Après avoir d'ailleurs goûté à ce « bonheur » difficile, Fabrice se sent

> beaucoup plus malheureux dans cet appartement magnifique, avec dix laquais portant sa livrée, qu'il n'avait été dans sa chambre de bois de la tour Farnèse, environné de hideux geôliers, et craignant toujours pour sa vie. (464)

Notons enfin que seul ce type exceptionnel de bonheur importe au narrateur de *La Chartreuse* puisqu'il censure tous les autres : « Après ces deux années de folie et de bonheur [...] Nous glissons sur dix années de progrès et de bonheur [...] » (47) ; « Après ces trois années de bonheur divin [...] » (504)

C'est que l'écriture du roman elle-même porte la marque de cet accord entre héroïsme et bonheur. Stendhal a écrit à Balzac comment il avait composé *La Chartreuse* :

> Je parlais de choses que j'adore et je n'avais jamais songé à l'art de faire un roman [...] en écrivant des plans, je me glace [...] j'ai dicté ce livre en soixante ou soixante-dix jours, j'étais pressé par les idées, je ne me doutais pas des règles [...]

Autorité du texte sur l'écrivain, spontanéité de l'inspiration, effacement du narrateur, déni désinvolte de compétence technique : le modèle de Balzac engagé dans l'entreprise de la *Comédie Humaine*, le romancier « démiurge », voilà ce que semble, d'après ses aveux, avoir refusé Stendhal. À tout moment, le narrateur, par le procédé du monologue intérieur, donne au lecteur l'illusion que le texte lui échappe, qu'il s'efface devant une autre voix conductrice du récit. Ainsi, par un jeu de mise en « abyme », lors de sa première rencontre avec Clélia (I,5), Fabrice anticipe pour lui-même tout le déroulement du roman : « Ce serait une charmante compagne de prison, quelle pensée profonde sous ce front ! elle saurait aimer. » Pour suivre un tel narrateur désinvolte, ironique, dans le bonheur du texte, pour être un des « happy few » auxquels il le dédie, il faut donc souffrir quelque

---

1. Une étoile, c'est-à-dire se savoir voué à la mort : « Penser à cette croyance [l'astrologie] c'était sentir, c'était un bonheur », (178).

peu et renoncer aux exigences traditionnelles du lecteur, à son désir de maîtriser le sens du livre. Ce pacte de lecture difficile redouble et signale le lien secret entre bonheur et héroïsme dans le roman, par lequel le lecteur, au même titre que les personnages, doit passer sous peine d'être exclu... « L'art de Stendhal ne cesse d'excéder et peut-être de récuser l'idée même de littérature[1]. » Ce lecteur, comme le précise ironiquement l'*Avertissement*, est français « et les personnages étant Italiens, l'intéresseront peut-être moins, les cœurs de ce pays-là diffèrent assez des cœurs français. »

Dans sa *Correspondance*, Stendhal donne un indice important pour comprendre la genèse du livre : « Je pensais à la mort du petit Sandrino, cela seul me fit entreprendre le roman. » Le processus du romancier a donc consisté à partir de la mort, de la nuit et du silence de la fin du roman pour remonter peu à peu vers la lumière et le bruit qui rythment les premières pages : on comprend ainsi comment, peu à peu, la quête du bonheur s'éloigne du modèle exaltant de l'héroïsme bonapartiste, celui des Lumières et de la raison libératrice. Il se sublime en bonheur héroïque du silence, de l'effacement et de la mort. Fabrice mène une quête mystique d'un amour mortel mis en lieu et place de la transcendance divine. « Fabrice amoureux, c'est déjà Fabrice chartreux[2] ». Le bonheur est **ascèse de l'amour**, passion de l'obstacle, héritier à la fois de l'amour courtois et du *condottiere* évoqué plus haut. Une ascèse à laquelle tantôt avec douleur, tantôt avec humour, le narrateur convie le lecteur :

> Le silence universel n'était troublé, à intervalles égaux, que par la petite lame du lac qui venait expirer sur la grève. Fabrice avait un cœur italien ; j'en demande pardon pour lui : ce défaut, qui le rendra moins aimable, consistait surtout en ceci : il n'avait de vanité que par accès, et l'aspect seul de la beauté sublime le portait à l'attendrissement [...] (176)

Mais cette ascèse demande du temps, celui d'accomplir les prédictions nocturnes de l'abbé Blanès :

> [...] ma vie ayant trouvé son complément de bonheur, s'éteindra [...] tu mourras comme moi, mon fils, assis sur un siège de bois, loin de tout luxe [...] (181-182)

Le temps également d'une vie et d'une écriture, car c'est seulement à l'étape tardive de *La Chartreuse*, dit Stendhal, qu'il a pu parler du bonheur :

> Il faut écrire comme la musique joue, comme la peinture peint, comme la sculpture sculpte, comme la danse danse. Ce qui veut dire comme la parole parle, et comme l'écriture, si elle est libre, écrit. Question de temps[3].

Le bonheur dans *La Chartreuse* se construit donc progressivement comme l'indiquent les nombreuses ellipses du texte. Voici quelques relais sur ce chemin :

### 1. La lignée héroïque :

> Il venait justement de se donner la peine de naître lorsque les Français furent chassés, et se trouvait, par le hasard de la naissance le second fils de ce marquis del Dongo [...]

---

1. G. Genette, « Stendhal », *Figure II*, Le Seuil, 1969.
2. Alain, *Stendhal et autres textes*, PUF, « Quadrige », 1935, p. 176.
3. Stendhal, Journal, Gallimard, « Pléiade », p. 870.

**La naissance de Fabrice, sur le plan de la fiction, est « héroïque »**, puisqu'elle correspond à l'euphorie de la libération du Milanais par les « héros » de la Campagne d'Italie. « Fabrice est le fils de Milan en fête[1]. » Le texte efface la paternité véritable, celle du lieutenant Robert au profit du père officiel, le Marquis del Dongo si bien que, dans cette enfance, « le clair-obscur de Robert, allusif et passager, subvertit la platitude familiale », [...] « A***[2], c'est l'"Autre", que nous lecteurs, savons mais n'éprouvons pas, que Fabrice ignore absolument[3] »... Cet héritage intérieur anime pourtant inconsciemment le jeune homme : « Je me compare toujours à un modèle parfait et qui ne peut exister » (190) dans un rêve d'héroïsme sans contenu, non situé politiquement, un héroïsme gratuit — ce qui le différencie du rêve héroïque de Ferrante Palla — : « Il aimait Napoléon par suite de sa folie, pour ce qui est souverainement beau[4]. » Si Fabrice n'apprend pas le latin, il se passionne pour les exploits de ses ancêtres et les batailles de Napoléon que lui montre sur des estampes son oncle, le comte Pietranera, « partisan fougueux des idées nouvelles » (45). **Tel est le bonheur « primitif » dont Fabrice fait l'expérience et qui le conduit à Waterloo.** Cette équipée est un essai manqué pour retrouver les circonstances de ce « bonheur héroïque » qui a nourri ses rêves, (« Nous avouerons que notre héros était fort peu héros en ce moment », 75), mais elle lui permet d'approcher la subtilité de la notion : non un plaisir dont on jouit, mais « la fête qu'on fait au bonheur dès qu'on le sait possible[5] » :

> Sur le midi, la pluie à verse continuant toujours, Fabrice entendit le bruit du canon ; ce bonheur lui fit oublier tout à fait les affreux moments de désespoir.

### 2. La Sanseverina ou l'éducation à l'héroïsme actif du bonheur :

> Il y avait deux choses dans le caractère de la duchesse, elle voulait toujours ce qu'elle avait voulu une fois ; elle ne remettait jamais en délibération ce qui avait été une fois décidé. (386)

Son énergie, mise au service de la passion impétueuse qu'elle éprouve pour Fabrice et de son honneur personnel, rayonne autour d'elle sous forme de bonheur : telle est la tonalité de cette relation privilégiée entre la tante et le neveu qui rend jaloux le malheureux Mosca :

> À l'aspect de l'intimité tendre qui régnait entre ces deux êtres, et de la joie naïve de la duchesse, une affreuse difficulté s'éleva devant les yeux du Comte, et à l'improviste ! [...] comment cacher sa jalousie ? [...] Avec quel ravissement elle semble écouter les charmantes saillies de cet esprit si jeune [...] ! (166-167)

**Gina est en effet une initiatrice au bonheur possible pour Fabrice** : il lui doit « le seul bonheur... éprouvé par des sentiments tendres » ; elle lui enseigne la force, l'étendue d'une passion amoureuse et unique. Gina n'aime aucun homme comme elle aime son neveu et ne s'en cache pas : « Enfin, s'il n'est heureux, je ne puis être heureuse. » La Cour parle

1. Michel Guérin, *La Politique de Stendhal*, PUF, p. 187.
2. « Ce général n'était autre que le comte d'A***, le lieutenant Robert du 15 mai 1796. Quel bonheur il eût trouvé à voir Fabrice del Dongo. » (80).
3. M. Guérin, *op. cit.*, p. 188.
4. Correction de la main de Stendhal pour l'édition Chaper.
5. M. Guérin, *op. cit.*, p. 192.

d'inceste. En réalité la vie amoureuse de la Pietranera métamorphosée en Sanseverina puis en marquise Crescenzi pour mieux vivre sa complicité avec Mosca, c'est l'histoire du sacrifice heureux et héroïque d'une femme amoureuse. Quand Fabrice lui annonce qu'il va « rejoindre l'Empereur [...] La comtesse pleurait de joie et d'angoisse. » (61) Éducatrice à l'héroïsme, signe d'amour à l'horizon de la vie de son neveu, elle ne tient pas la place de l'aimée, mais, avec l'aide exigeante de Mosca, grande dame adulée de tous les hommes, elle fait le deuil heureux de son unique passion amoureuse et suit Fabrice dans la mort. **Gina est donc le modèle du bonheur héroïque intérieur, du mépris de la mort et du plaisir du sacrifice de soi-même.**

**3. Héroïsme et légèreté** :

Dans ce Milanais qui a connu « dix années de progrès et de bonheur », à partir de la bataille de Waterloo, la réaction, ses signes pesants comme le passeport, la police, l'intrigue, la peur ont succédé à l'allégresse musicale de l'« ouverture » du roman. « La haine inexorable dirigée contre tout ce qui est intelligent, vers tout ce qui "a de l'esprit" est l'un des thèmes principaux de *La Chartreuse*[1]. » et Mosca déconseille à Fabrice tout usage de la raison des Lumières : « Crois ou ne crois pas à ce qu'on t'enseignera, *mais ne fais jamais aucune objection.* » (147) Le jeune homme, idéaliste et conformiste à la fois, ne s'annonce pas comme un dangereux subversif : il porte néanmoins en lui un germe bien plus redoutable : il est un naïf enthousiaste. C'est pourquoi il est aimable, et aimé ; sa naïveté le sauve de la fausseté, de « l'hypocrite imitation des autres », de la gravité du réel. « Il avait », dit Stendhal, « cet air naïf et tendre et cet œil souriant qui promettent tant de bonheur » (165) (cf. Ferrante Palla : « ses yeux respiraient le feu d'une âme ardente » (377). **Cette naïveté enthousiaste est une forme d'héroïsme spontané, puisque cet idéalisme, cette ferveur se moquent de la mort et défient l'ordre établi. C'est donc une composante du bonheur, fondée sur un sacrifice irréfléchi qui ne coûte pas au personnage.** À la vie de parasite (ou d'évêque) qu'on lui offre, Fabrice oppose la nouveauté (= naïf) d'une absence totale de stratégie d'intérêt : lors de sa première incarcération à la tour Farnèse, accablé de menaces, il joue comme un enfant avec le petit chien du geôlier : « Dans la situation d'esprit où il était, il trouvait son bonheur à jouer avec ce chien. Par une bizarrerie à laquelle il ne réfléchissait point, une secrète joie régnait au fond de son âme. » Mosca juge Fabrice « vraiment primitif » parce qu'il obéit aux impératifs immédiats de la vie : désir, aspiration, vouloir. Homme d'impulsion et non de culture comme le prouve l'épisode où il manque de tuer un jeune Genevois qui le regardait de « façon singulière, « le croyant fou [...] en ce moment de passion, Fabrice oubliait tout ce qu'il avait appris sur les règles de l'honneur et revenait à l'instinct, ou pour mieux dire, aux souvenirs de la première enfance. » Inversement au chapitre IX, au moment de tuer un témoin dangereux, comme ce dernier « chante très bien un air délicieux de

1. Richard N. Coe, « Portrait d'une réaction » in Klincksieck, « Parcours critique », 1996.

Mercadante, alors à la mode en Lombardie », Fabrice suspend son geste. C'est que la « folie » est légère, quasi musicale : « Vous avez trop de feu pour les âmes prosaïques » lui dit Gina et ce « fou » trouve dans la prison sa véritable patrie, le lieu où il peut accéder à ce qu'il y a de plus profond en lui. Précédant Michel Foucault dans son *Histoire de la folie* : « l'homme de nos jours n'a de vérité que dans l'énigme du fou qu'il est et qu'il n'est pas », Fabrice regarde le monde comme un tableau du Corrège : « son art fut de peindre comme le lointain même les figures du premier plan[1] » : il cherche l'objet inaccessible dans ces lointains vaporeux où se perdent les regards. Stendhal affirmait dans sa Préface à *De l'Amour* :

> Toute cette préface n'est faite que pour crier que ce livre-ci a le malheur de ne pouvoir être compris que par des gens qui se sont trouvé le loisir de faire des folies.

Légèreté, enthousiasme, esprit, « folie », autant de signes de la distance héroïque, autant de signes du bonheur.

**4. *I luoghi ameni* ou la transcendance inaccessible** :
« Le langage de ces lieux ravissants [...] rendit à la comtesse son cœur de seize ans. » (58) Comme le lac de Côme, les lieux « italiens » sont des espaces « sensibles » plus que précis : ils rappellent la possibilité du bonheur, mais le repoussent en même temps dans l'évanescence. **Ce sont donc des lieux de sacrifice puisqu'ils refusent à ceux qui les contemplent le plaisir immédiat de les maîtriser** : « Dès qu'une figure est signe, elle ne tend plus à se rapprocher de la réalité, mais de la clarté comme signe[2]. » **Ce sont aussi des lieux dangereux puisqu'ils procurent un bonheur aigu en même temps qu'ils ouvrent à la mort : Waterloo, lac de Côme, tour Farnèse.** L'épisode de Waterloo comme les intrigues amoureuses sont des simulacres de la vraie guerre et du vrai amour : « ai-je réellement assisté à cette bataille ? Il lui semblait que oui, et il eût été au comble du bonheur s'il en eût été certain. » C'est pour aller au-delà de ces ébauches de son destin que Fabrice retourne ensuite, de nuit et dangereusement, à ses sources : au lac de Côme, à son marronnier et au clocher de l'abbé Blanès.

> Qu'il eût été heureux en ce moment de faire une lieue sur ce beau lac si tranquille et qui réfléchissait si bien la profondeur des cieux.

Notons que c'est à Belgirate, au bord du lac, que Gina découvre plus tard avec douleur que Fabrice qu'elle vient de faire évader, lui échappe désormais. Le malentendu entre ces deux êtres, si liés jusque-là, se dit dans le silence : pour Gina, il aime ailleurs, elle doit désormais se « sacrifier ». Et le narrateur d'expliquer malicieusement le paradoxe :

> Le sentiment profond par lui caché avec beaucoup de soin était assez bizarre, ce n'était rien moins que ceci : il était au désespoir d'être hors de prison.

**Dans ces lieux se révèle donc, avec délices et douleur, l'absence que chacun poursuit** : Clélia, objet de la quête de Fabrice est elle-même en quête d'« une chimère absente ». Il ne s'agit pas d'une intériorité qui per-

1. *Histoire de la peinture en Italie,* Divan, I.
2. *Histoire de la peinture en Italie,* Divan, I.

mettrait au personnage de déserter l'enjeu romanesque : Clélia « désigne » mieux que les autres personnages un Ailleurs qui ne se laisse pas atteindre. Fabrice, longtemps, jusqu'à la prison, espère vivre un héroïsme explicite, une sublimation folle et rieuse de l'Histoire, mais Clélia porte en elle les lignes de fuite vers quelque chose d'autre qui n'est pas métaphysique, une sorte de *sfumato* du Corrège, un lointain de « beauté céleste ». Regard de Clélia « plein de profondeur » que Fabrice cherche fiévreusement à rejoindre lorsque, de la tour, il contemple la vue et espère être seul avec elle à en goûter la sublimité.

**Ces lieux signalent donc que le bonheur n'existe que sur un fond de tristesse et de renoncement** : lieu indéchiffrable du champ de bataille où le sens espéré se déconstruit ; lieu immobile, maternel et mortifère du lac ; lieu terrifiant de la tour « qui se transmue par une géniale inversion en bonheur secret ; car elle soustrait au regard, à l'ordre, elle opère un rapt *ravissant*, la capture par l'amour inconnu. Là, la prison devient labyrinthe, lieu magique de la *descente*, et lieu aérien de la contemplation, c'est-à-dire encore du *détachement*[1]. »

Dans *La Chartreuse*, **la transcendance est une conquête inaccessible. Le bonheur advient dans le sacrifice héroïque de l'espoir de cette conquête : au bonheur d'être un héros, rêve révolu, se substitue le bonheur d'avoir héroïquement renoncé à être un héros.** Fabrice, au chapitre XXVII coadjuteur, est assailli d'hommages mondains et féminins qui voient en lui le héros de Waterloo : il leur préfère l'obscurité difficile de ses échanges avec Clélia :

> [...] peu après, la marquise entra [...] Fabrice crut qu'il suffoquerait de joie ; il sentait des mouvements si extraordinaires, qu'il se dit : Peut-être je vais mourir ! Quelle façon charmante de finir cette vie si triste ! (489)

Le narrateur se désintéresse de ses héros lorsque ceux-ci peuvent se rencontrer : « Ici, nous demandons la permission de passer, sans en dire un seul mot, sur un espace de trois années » (504). En revanche, entre les amants séparés, il multiplie les procédés de communication indirecte, signifiant par là l'enjeu de son projet littéraire. De même que Fabrice ou Gina ou encore Clélia découvrent le bonheur dans le silence du sacrifice héroïque de leur désir immédiat, de même le narrateur de *La Chartreuse* renonce à la gloire héroïque d'une écriture de la passion : « Décrire le bonheur, c'est l'affaiblir. » Il préfère dans les jeux compliqués du silence et de la distance instaurer une communication secrète entre les personnages, entre le texte et son lecteur. Le bonheur héroïque se nourrit de sa propre frustration et seule l'illusion de s'approprier l'objet de la quête peut le détruire : c'est ce qui se passe lorsque Fabrice exige d'« avoir » son fils. Dès lors, en quelques lignes, la « poussière d'or[2] » du long roman se ternit, la mort s'engouffre et rompt le pacte fragile entre bonheur et héroïsme. La fin précipitée du roman évoque l'effondrement brutal d'un sortilège.

1. Michel Crouzet, *Préface* de l'édition GF Flammarion, 1964.
2. Expression de Stendhal citée par J. Gracq in *En lisant, en écrivant*, Corti, p. 55-56.

# La scène de jalousie
# Étude littéraire du chapitre VII

*Alain-Gabriel Monot*

## De « Il s'était juré de ne pas aller chez la duchesse ce soir-là, » (166) à « il faut éviter le sang, se dit-il » (168)

« Le comte avait atteint la cinquantaine ». Fabrice, « cet heureux mortel n'a, dit-on, que vingt-trois ans ». « Or nous autres femmes, nous faisons grand cas de cette fraîcheur de la jeunesse, surtout quand nous avons passé la trentaine ». Si l'on se souvient que les chiffres et les chronologies de Stendhal dans *La Chartreuse de Parme* sont presque toujours fantaisistes, il n'en demeure pas moins que le chapitre VII du Livre Premier accorde, lui, une extrême importance à l'âge des trois personnages. Au vrai, l'âge y est même considéré comme *un principe*, le principe essentiel des pensées et des actes. Au-delà, c'est encore un principe de déroulement de *La Chartreuse*, son ordonnancement temporel qui mérite ici d'être examiné et questionné

Ainsi, la terrible scène de jalousie muette qui est donnée à lire au cœur de ce chapitre s'inscrit aussi bien dans la prise de conscience par le comte Mosca de son (grand) âge et de ceux des autres protagonistes de la scène (lesquels viennent de lui être très cruellement rappelés par une lettre anonyme qui justement « fait mouche ») *que* dans la présence même de Fabrice. Il est vrai que ce dernier est désormais aux yeux de sa tante, la belle duchesse, « l'un des plus jolis hommes de l'Italie ». Son retour de Naples, ses études de théologie terminées, son physique gracieux, parfaitement harmonieux, achèvent de consacrer ce jeune héros en une façon « d'ange » aux yeux de sa parente, désormais « entre deux âges », trentenaire.

C'est bien d'un moment romanesque en apparence fort traditionnel qu'il s'agit dans cette scène, mais théâtralisé à outrance. Aux yeux de ses lecteurs devenus spectateurs, Stendhal met en *jeu* les trois personnages incontournables d'une scène de genre, de *ce* genre. Une femme troublante et deux hommes, l'un très jeune, l'autre vieilli, transforment par leur présence, les propos qu'ils échangent, et leur silence, la chambre où se donne l'action en antichambre de l'art dramatique. Mais surtout, l'on peut à juste titre s'émerveiller de l'art tout à fait magistral de Stendhal, ayant à cœur d'échapper à tout le ridicule possible d'une pareille situation convenue et fuyant absolument la fatalité du boulevard.

L'ensemble de cette scène peut aisément se partager en trois moments décisifs : l'arrivée du comte et les réflexions qu'immédiatement il se fait au sujet de Fabrice, la ferveur jalouse de l'amant malheureux qui se hausse jusqu'à l'idée du crime, la « prise sur soi » enfin, laquelle mène au départ — la sortie de scène du comte.

Il s'agit donc d'un mouvement ascendant d'abord qui culmine dans une colère énorme et, paradoxalement, parfaitement muette ; d'un mouvement descendant ensuite vers un soupçon, qui n'ayant voulu se dire, cherchera plus tard sa résolution dans la somme d'argent donnée à la femme de chambre. Ceci, dans un moment de puissance pure — « Si jamais la duchesse se doute de cet entretien, dit-il [...], j'enverrai votre prétendu passer vingt ans à la forteresse et vous ne le reverrez qu'en cheveux blancs » — qui encadre absolument la scène et produit un écho douloureux, ironique et pourtant risible à la phrase du prince, dictant plus haut dans l'ouvrage sa lettre anonyme : « Le silence absolu envers tout le monde ou bien la plus humide des basses fosses à la citadelle ».

Ce sont ici les hommes puissants qui souffrent, c'est donc du point de vue seul du comte Mosca et de sa souffrance progressive-pensive d'abord, hallucinée ensuite, amère enfin qu'il nous convient de bien lire cette scène.

L'arrivée du comte, son entrée en scène sont fondées sur un *prétexte*, et moins encore hélas qu'un prétexte, un mensonge. Ces deux mots disent assez l'extrême faiblesse morale de celui qui, dès l'ouverture, fait figure de troisième et d'importun. il est l'homme en trop, dans un double mouvement souligné comme à plaisir cruel par le romancier, d'une part à ses propres yeux, d'autre part aux yeux, et aux oreilles, des deux autres protagonistes. C'est que le jeu politique de Mosca est devenu subitement, presque d'une minute à 1'autre, sans valeur. Contraste très rude puisqu'il fondait jusque là la plénitude de ses relations avec la duchesse comme en témoignait encore la très belle chute du chapitre précédent :

> Tout cela à cause d'une idée bien imprudente qui m'est venue ! disait-elle au comte. Je serais plus libre sans doute à Rome ou à Naples, mais y trouverais-je un jeu aussi attachant ? Non, en vérité, mon cher comte, et vous faites mon bonheur.

Ce jeu subtil d'intrigues, de places, de pouvoir, est désormais par la seule grâce atroce du retour de Fabrice nul et non avenu. Devenu de mauvais aloi, il ne rencontre maintenant que la surdité de la duchesse.

Ces propos singulièrement et soudainement dévalorisés du comte Mosca sont marqués comme tels par le surprenant « etc. » que Stendhal introduit ici, comme si le romancier lui-même appréhendait (au double sens de ce terme) tout à coup la très fastidieuse geste politique qui fonde toute l'existence et l'ascension de Mosca. Ce faisant, il la condamne à cette énumération tronquée, frappée de dédain, méprisée. C'est pourtant elle qui mènera Mosca jusqu'au terme du roman, puisque ses deux cadets étant morts, il sera seul — « immensément riche ».

La scène ici s'ouvre en un renversement décisif de toutes les logiques attendues. La duchesse n'écoute absolument plus le comte, parce que son cœur bat ailleurs, tout près, et Fabrice écoute, parce que de retour de

Naples il est parfaitement policé — il vient d'ailleurs d'impressionner à ce sujet grandement le prince — mais aussi parce que son cœur ne bat pas : « La nature m'a privé de cette sorte de folie sublime ».

La conscience de cette adversité nouvelle débouche sur une délectation morose et un jeu teinté de masochisme qui consiste à lire les impressions. Celle-ci trouve sa naissance dans un autre jeu teinté de masochisme : la lecture des impressions qui se donnent à lire sur le visage même de Fabrice. Ce travail de la douleur qui poigne s'exprime en un jeu complet, tragique, excessif, d'exclamations sourdes et d'interrogations lourdes :

> Grand Dieu ! comment combattre un tel ennemi ? Et après tout, qu'est-ce que la vie sans l'amour de Gina ? Avec quel ravissement elle semble écouter les charmantes saillies de cet esprit si jeune, et qui, pour une femme, doit sembler unique au monde !

Cette alternance d'exclamations et d'interrogations prête à Mosca une nouvelle dimension, fondée sur une sorte de « sentimentalité épique », inattendue ; — encore qu'un lecteur attentif ait déjà pu en concevoir quelques rapides soupçons lors de la scène préalable de l'horloge à la Scala.

L'incertitude du comte à propos des sentiments de la duchesse, son incapacité toute masculine à sonder la vérité de ce cœur qui tout à coup lui fait défaut, lui échappe, peuvent surprendre. Elles ne sont pourtant que le constat même de l'impuissance du stratège à aimer véritablement comme à être certain d'être aimé. Ce mur opaque tout à coup entre l'homme pourtant expérimenté, et la femme qui se dérobe, n'exprime pas autre chose dans son impénétrabilité que l'angoisse toute stendhalienne du temps et du vide. Ces pensées confuses d'une mouche prise au piège que l'auteur de *La Chartreuse de Parme* prête au comte, révèlent en un parallélisme douloureux l'homme blessé, vieilli de la *Vie d'Henry Brulard*.

Ce désarroi, cette ombre épaisse, ne peuvent trouver de résolution acceptable que dans la violence, non dans la réalité qui impose ses censures, mais dans le cadre fictif de la chronique romanesque : « Une idée atroce saisit le comte comme une crampe : le poignarder là devant elle, et me tuer après ? ». Ce n'est pas seulement ici l'extrême violence qui culmine et qui offre à la scène la couleur rouge-sang des théâtres, c'est l'affirmation par le biais de la forme imaginée et pourtant historiquement située du roman, du fantasme d'une mise à jour, à nu si l'on préfère, de tout ce qui fait obstacle. Faut-il dire cependant que l'on n'y croit guère ? Le suspens que Stendhal fait mine encore d'installer précisément dans le paragraphe suivant — cette longue description de la préparation du meurtre suivi du suicide — est inopérant. Tout ici est « chose mentale » dont on ne peut croire un seul instant qu'elle saurait devenir réalité brute. À l'évidence cruelle, l'intérêt est ailleurs, dans l'inattention redoublée de la duchesse placée au centre du paragraphe, et qui confirme le comte dans son rôle de comparse inexistant : « il dit qu'il allait donner un ordre à son laquais, on ne l'entendit même pas. » Le simulacre de violence qui feint de se dérouler autour du thème du poignard perd alors toute crédibilité. Ce couteau ne perce que le cœur de celui qui le porte, puisque par ailleurs — et dans le même temps — les amoureux sont absolument seuls au monde : « la duchesse riait tendrement d'un mot que Fabrice venait de lui adresser ».

Cette morose rêverie, cette « chose mentale » sont encore attestées de la manière la plus laconique à l'ouverture du paragraphe suivant : « il devenait fou ». La jalousie y culmine, et s'achève dans une vision impensable : « Il lui sembla qu'en se penchant ils se donnaient des baisers, là, sous ses yeux ». Paradoxalement cette scène imaginée, et scandaleuse, par son outrance même, met un terme à la plus haute douleur. Le comte peut alors, l'acte étant à ses yeux accompli et nié dans un même mouvement, redevenir ce raisonneur, ce « stratège » que nous connaissons. Philippe Berthier le montre bien dans son commentaire de la *Chartreuse de Parme* :

> Au fond, il n'y a que Mosca qui, au long de *La Chartreuse*, ne change pas : tel il était, tel il est, tel il sera, et c'est peut-être cette immuabilité, signe incontestable de force, qui est aussi sa plus grande faiblesse en tant qu'instance romanesque, susceptible de cristalliser sur elle des projections, des identifications, des attachements ou des complicités. Peut-être tout simplement parce que la fiction le prend en charge « tout à fait en quelque sorte, quand il est trop âgé pour changer.

Le fin raisonnement politique auquel le lecteur est habitué est ici transmué — mais c'est la même chose, absolument — en discours de stratégie amoureuse. Ce calcul est annoncé par la phrase (« Si j'ai des manières rudes, la duchesse est capable, par simple pique de vanité de le suivre à Belgirate ») dont l'humour latent — songeons que cet homme vient de penser à commettre un crime et à se suicider — indique parfaitement le retour au réel. Le comte redevient bien à froid une « fine mouche » qui suppute, ne laisse rien au hasard, déjoue les pièges possibles de l'avenir proche :

> et là, ou pendant le voyage, le hasard peut amener un mot qui donnera un nom à ce qu'ils sentent l'un pour l'autre ; et après, en un instant, toutes les conséquences.

*Exit* donc le tragédien, demeure le diplomate. Le discours, haché de violence à l'instant, redevient ce à quoi Stendhal nous a habitué à propos de Mosca, un langage qui révèle un être fondamentalement lucide, retors, habile, qui seul sortira du roman vivant.

À l'impérieuse fureur homicide et suicidaire succèdent donc immédiatement la rouerie, le plan, le projet, la stratégie, la manœuvre et la manigance. Pourtant, la hantise de l'âge, de la vieillesse ingrate et laide, demeure constitutive du personnage : « et si [...] je vais montrer ma figure vieille et soucieuse à Belgirate, quel rôle jouerai-je au milieu de ces gens fous de bonheur ? ». Elle parvient à s'effacer toutefois, ou du moins à être compensée par le souci de tenue, de respectabilité, de raison propre à l'âge mûr.

La scène de violence est bien close, achevée avant son déroulement même, et il s'agit ici, maintenant, de sortir, de quitter au plus vite, ventre à terre, ce « rôle exécrable » que Stendhal a *failli* faire jouer à son personnage, en subvertissant jusqu'au bout la tradition boulevardière de la comédie du jaloux. Celle-ci est pourtant marquée (moquée ?) dans son authenticité italienne (s'agit-il de l'influence du pays, du climat, du *tempérament* des habitants ?) que suggère l'expression, deux fois répétée, « terzo incomodo ». Ironie d'ailleurs ici encore dans le jeu des parenthèses didactiques qui « prennent en charge » l'explication de cette formule pourtant limpide :

« (cette belle langue italienne est toute faite pour l'amour) ! », « (un tiers présent qui incommode) ! ». Deux explications donc, l'une par la bouche de « l'anti-héros », personnage de papier et de songe, ici délirant en un dernier spasme d'une colère nécessairement rentrée, l'autre par *l'intervention* de Stendhal lui-même au sein de cette fureur improbable. Celle-ci se décline d'ailleurs maintenant, et de manière infiniment plus vraisemblable, en douleur, la « décomposition » remplaçant le goût du meurtre, la tentation des sangs versés.

On aimera alors le tour exquis (« il prit la fuite en criant d'un air bon et intime ») qui concentre en deux adjectifs de bienveillance cette scène risible et terrible, ce détournement de la trivialité d'une scène de jalousie en une *fausse, et pourtant vraie*, sortie, tranquillement, terriblement, chargée de sens.

Demeure alors cette exclamation, ce mot terrible, glacé, en même temps qu'il est révélation ultime de la force de caractère, un instant divisée, inquiète, du comte Mosca : « Adieu, vous autres ! ». Adieu, au revoir sans revoir, sans retour, pour toujours, couple qui n'êtes pas moi, qui êtes cette double singularité coupable, et trop intimement liée à mes yeux de jaloux ; « autres » qui disent tout l'éloignement des êtres qui s'enfuient, s'évaporent, semblent soudain ne plus nous connaître, nous reconnaître — et nous disloquent. On pense alors au magnifique texte de Roland Barthes dans ses *Fragments d'un discours amoureux*, publiés au Seuil en 1977.

> Comme jaloux, je souffre quatre fois : parce que je suis jaloux, parce que je me reproche de l'être, parce que je crains que ma jalousie ne blesse l'autre, parce que je me laisse assujettir à une banalité : je souffre d'être exclu, d'être agressif, d'être fou et d'être commun.

Ou dans le paragraphe qui précède :

> [...] et si je me forçais à n'être plus jaloux, par honte de l'être ? C'est laid, c'est bourgeois, la jalousie : c'est un affairement indigne, un *zèle* — et c'est ce zèle que nous refusons.

Pour refuser l'évidence publique de ce « zèle » qui lui répugne, le comte Mosca va porter plus loin, ailleurs, dans la nuit, dans une *autre nuit*, « les affreux transports de la plus cruelle jalousie », sur laquelle nous, lecteurs, ne saurons rien de plus. Il suffit que la scène qui fait l'objet de notre étude se soit terminée par « il faut éviter le sang, se dit-il ». Dès lors nous sommes renseignés sur cette envie dévorante, cet énorme chagrin haineux qui ne pourra plus trouver sa consolation que dans les traverses hasardeuses. De celles-ci, nous ne savons pas encore si elles seront animosités, menées obliques pour contrecarrer Fabrice ou émulation, besoin de rivaliser noble et douloureux à la fois.

Si Mosca « ne change pas » (Philippe Berthier), le cœur humain connaît tout de même, au gré des circonstances, des événements heureux ou fâcheux, des métamorphoses. Les changements, les imprévus font découvrir et prédominer d'autres fibres, jusque-là inconnues, tapies dans l'ombre, et qui disent la singularité des personnages. La faiblesse jalouse de Mosca humanise le stratège, en même temps qu'elle confirme le roman de Stendhal en tant qu'épopée des volontés. L'histoire narrée n'en devient que plus *vraie*, vivante, véritable trompe-l'œil jusque dans ses détails les moins crédibles.

Et l'on repense encore à l'écho des *Fragments d'un discours amoureux*, à la page des « Nuages » :

> Telle est la mauvaise humeur — c'est un signe grossier, un chantage honteux. Il est cependant des nuages plus subtils ; toutes les ombres ténues, de cause rapide, incertaine, qui passent sur la relation, changent la lumière, le relief ; c'est tout à coup un autre paysage, un légère ivresse noire. Le nuage alors n'est plus que ceci : *quelque chose me manque*.

Ainsi, *La Chartreuse de Parme*, roman moderne, s'efforce de manière saisissante de représenter toute la complexité des êtres et ne prolonge pas une littérature entièrement préoccupée de descriptions de portraits intemporels, soumise à la tyrannie des conventions académiques ou arbitraires. Stendhal, bien au contraire, s'en affranchit. Pour autant, sa façon n'apparaît pas davantage comme la traduction directe d'un réalisme (d'une réalité) qui serait offert, mis à la portée des lecteurs. Plus que de l'existence fade, les fictions du romancier paraissent s'inspirer d'autres fictions. Ainsi, il décrit les états d'âme les plus communs, les plus indéfinissables, avec ce *charme* unique dont on n'a peut-être pas encore entièrement percé à jour, ramené à la vive lumière, l'inépuisable intensité, l'opulence presque impitoyable.

> Dans *La Chartreuse de Parme*, écrit Francine Marill-Alberes (in *Stendhal*, classiques du XX^e^ siècle,éditions universitaires, 1970), quatre personnages au moins sont ces êtres chers au cœur de Stendhal, sensibles et capables d'ambition, amateurs d'intrigues, mais cœurs passionnés prêts à tout sacrifier. Des figures de proue dominant une époque historique de l'esprit du cœur et du caractère, s'affirment dans un monde qui les contredit.

Le comte Mosca n'est pas autre chose que ce cœur altier, soumis à des affres, les « affres de l'humiliation », pour reprendre la formule de Georges Bernanos, et qui défient en lui, dans une perspective déchirante, les attributs jusque-là incontestés de « l'honnête homme ».

Balzac considérait avant tout *La Chartreuse de Parme* comme un grand roman historique. Il écrivait dans son très long article de *La Revue Parisienne* du 25 septembre 1840 :

> [...] après avoir lu le livre, il est impossible de ne pas reconnaître, dans le comte Mosca, le plus remarquable portrait qu'on puisse jamais faire du prince de Metternich, mais transporté de la grande chancellerie de l'Empire d'Autriche dans le modeste état de Parme.

L'auteur de *La Comédie Humaine* n'avait pas tort, même si la critique postérieure de Stendhal a bien souvent négligé cette piste et cette clef. Il serait bien faux et bien insuffisant toutefois de vouloir se persuader que le personnage du comte Mosca que nous avons découvert confronté à sa douleur, à la vivacité atroce du dépit, à la tentation de la vengeance, du crime et de l'annulation de soi, n'est que le double (la doublure romanesque, et ici théâtralisée) d'une figure historiquement située et repérable dans le gouffre de l'histoire.

Quête du bonheur avant tout, et ne dérogeant pas à cette règle énergique, le roman de Stendhal est, selon la formule du critique Victor Del Litto, dans l'introduction du « Livre de Poche », « tout pénétré d'une lumière claire ». Mieux que tout modèle historique, c'est cette lumière et cette clarté qui permettent de saisir — un peu — le secret des personnages d'Henri Beyle dans leur volonté avide de communion avec l'aimé(e), leur exigence difficile d'altruisme, la recherche émouvante de la satisfaction durable de leurs inclinations.

# L'italianité

*Bernard Laurent*

> Une certaine intensité, une sorte de densité de la création romanesque semblent être l'apanage de ces romanciers — dont est Stendhal — [...] Le consul Stendhal fait son roman, non comme le pommier les pommes, saison après saison, mais quand toute une vie a laissé germer, croître, se nourrir en eux, une matière qu'il ne leur reste plus qu'à mettre en forme[1].

Lorsque Stendhal écrit *La Chartreuse de Parme*, entre le 4 novembre et le 26 décembre 1838, ce n'est que la mise en forme d'une gestation de matière de près de trente ans, dont l'italianité serait l'un des plus beaux fleurons. Lorsque le jeune admirateur de Bonaparte entre en effet dans Milan le 18 juin 1800, la capitale de la Lombardie le rend immédiatement « fou de bonheur ». La révélation de la grandeur et de l'héroïsme lors de son baptême du feu au Fort de Bard quelques jours plus tôt, mais aussi la découverte de la musique de Cimarosa, et de son amour pour la belle milanaise Angela Pietragrua conditionnent cette quête du bonheur qu'il appellera « la beauté parfaite ». Dès lors, chacune des étapes de sa vie reprend inlassablement cette matière, la travaille et la polit comme une pierre précieuse. En 1811, il retourne à Milan, et visite, lors de ce séjour Bologne, Florence, Naples. Ce périple italien est à l'origine de l'un de ses premiers livres : *Histoire de la peinture en Italie.* Et désormais, ni ses séjours de fonctionnaire impérial en Allemagne, ni la campagne de Russie ou l'abdication de Napoléon ne l'éloignent de sa « patrie idéale ». En juillet 1814, il rejoint Milan où il séjourne jusqu'en 1821, longue période pendant laquelle il publie deux nouveaux livres, *Histoire de la peinture en Italie* et *Rome, Naples et Florence* (1817), où pour la première fois il signe de son pseudonyme — Stendhal. De retour à Paris, sous la Restauration, il publie de nombreux ouvrages, dont une *Vie de Rossini* (1824) et les *Promenades dans Rome* (1829) qui fécondent, une nouvelle fois, ce long processus de maturation de la matière. Avec la révolution de juillet, Stendhal obtient un poste de Consul de France, d'abord à Trieste, ensuite à Civita Veccia, au nord de Rome. Il y écrit les *Souvenirs d'Égotisme* (1832), *Lucien Leuwen* (1834-35), *La Vie d'Henri Brulard* (1835), mais ne publie aucun de ces ouvrages, considérant que la littérature est incompatible avec ses fonctions publiques. Lors d'un congé, obtenu en 1836 et renouvelé ensuite, il publie alors, dans la hâte, *La Chartreuse de Parme*, mais aussi *Les Chroniques italiennes* et *Les Mémoires d'un Touriste* (1839).

1. Claude Roy, *Stendhal par lui-même*, Le Seuil, p. 41.

L'Italie rythme donc la vie et la production littéraire de Stendhal. Elle en est la matière même. Mais comment alors définir cette italianité de Stendhal ? Non comme le simple caractère, la qualité de ce qui est italien, de ce qui rappelle ou évoque l'Italie, comme nous y inciterait une lecture superficielle du suffixe de ce néologisme — suffixe « -ité », du latin *itatum* : la qualité de. Loin, en effet, de toute forme de dépaysement facile, ou de motifs décoratifs, l'italianité engagerait métaphoriquement le style même de l'auteur, tant à la fois la Beauté et l'Éblouissement, les réminiscences de la Scala, empreinte de la musicalité du bel Canto et des conversations avec l'intelligentsia milanaise, l'intériorité du moi stendhalien face à son œuvre en gestation.

## Onomastique de l'italianité : vers une idéalisation des noms de lieux et des noms propres

Les circonstances de la composition de la Chartreuse nous renseignent davantage encore sur la matière, quasi ontologique que sont l'italianité *chez* et *de* Stendhal. Jean Prévost, dans *La Création chez Stendhal. Essai sur le métier d'écrire et la psychologie de l'écrivain*, suppose que l'auteur, avant d'écrire la *Chartreuse*, avait relu l'Arioste et le Tasse. En outre, la source directe de l'œuvre — bien connue — est l'histoire de Vandozza Farnèse et de son neveu Alexandre. Mais « cela ne pouvait donner qu'une nouvelle. Le projet fut tout à coup renouvelé et fécondé, quand Stendhal songea à transporter cette intrigue au XIXe siècle. Pour mieux dire, l'histoire de Vandozza entra tout d'un coup dans sa vie : c'était son ancienne maîtresse Angela Pietragrua[1] ». Vandozza et la Pietragrua se confondirent bientôt en une Angela Pietranera, qui devait devenir au cours des péripéties du roman la duchesse Sanseverina, puis la comtesse Mosca. L'onomastique permet ici, au Consul en congé à Paris, de retrouver l'ivresse de son premier contact avec l'Italie et de trouver une transposition romanesque pour ce souvenir conservé intact.

De même, l'incipit du roman représente non seulement l'admiration de Stendhal pour Napoléon, mais aussi et surtout, au moment de la rédaction de l'œuvre, la nostalgie du bonheur de la jeunesse. Au moment où Stendhal écrit la *Chartreuse*, le mouvement des nationalités et l'idée libérale se confondent en Italie. Bonaparte devient donc, *a posteriori*, le libérateur d'une Italie enchaînée par l'Autriche, pour lequel s'enthousiasme Fabrice, qui y voit celui qui veut lui donner une patrie. Ainsi, l'image de Bonaparte, le nom de ce Bonaparte idéalisé, reste indissociable de l'allégresse retrouvée du peuple italien. Surgit-il en Italie qu'instantanément « une masse de bonheur et de plaisir » fait immédiatement irruption avec lui et les qualités du jeune général entraînent « l'oubli de tous les sentiments tristes[2] ». Mais

1. Jean Prévost, *La Création chez Stendhal*, Gallimard, « Idées », 1974, p. 428.
2. Voir Pierre Barberis, *Napoléon : structures et significations d'un mythe littéraire*, Revue d'Histoire Littéraire de la France, n° 5/6, septembre 1970, p 1031, 1058.

le marquis del Dongo, le père de Fabrice, réagit tout autrement à l'entrée des Français dans Milan, dans lesquels il ne voit que les successeurs des Lumières à qui il voue une haine féroce. Il se réfugie alors dans son château fortifié de Grianta, près de Côme. Or, Stendhal, grand connaisseur de l'histoire italienne, n'ignore pas que cette ville de Côme est un ancien castrum romain que les Milanais ont détruit au début du XII^e^ siècle. De même, lorsque les troupes autrichiennes reprennent Milan après la chute de Napoléon, il occupe un poste important au gouvernement, mais très rapidement, il est remercié et se réfugie à nouveau sur les hauteurs de Côme. Il reproduirait par là une rivalité multiséculaire entre les deux cités. Ainsi, les noms de lieux et de personnages s'associent et correspondent à travers l'Histoire et l'histoire du roman.

D'autres formes d'associations, plus complexes certainement, permettraient un rapprochement entre la couleur « parme » — adjectif créé par métonymie pour désigner les violettes de la ville de Parme — la carrière ecclésiastique d'Alessandro Farnèse, futur Pape sous le nom de Paul III, et Fabrice del Dongo, coadjuteur de l'archevêque qui porte cette couleur. Cette suggestion, élaborée à partir des noms propres, inciterait alors à une lecture symbolique.

> Le violet, sur l'horizon du cercle vital, se situe à l'opposé du vert, il signifierait non le passage printanier de la mort à la vie, c'est-à-dire l'évolution, mais le passage automnal de la vie à la mort, l'involution. Couleur qui avale et éteint les lumières, le violet est la couleur du secret, derrière lequel s'accomplit toute transformation[1].

Ainsi, les métamorphoses de la comtesse Pietranera, les signaux lumineux entre Fabrice et sa tante, comme les messages chiffrés que le marquis del Dongo écrit à Vienne, envelopperaient d'un voile symbolique ce choix onomastique initial.

Les noms propres ravissent — au sens propre — Stendhal ; ils le transportent dans un univers rêvé, que seules des consonances italiennes peuvent susciter. Mais cette puissance évocatoire des noms trouve des échos plus subtils encore dans les mots mêmes de l'œuvre, dans sa structure syntaxique et dans la musicalité de sa phrase.

## Musicalité de l'italianité

> La *Chartreuse* a son style propre ; je veux dire que le *Rouge* et *Lamiel*, écrits avant et après ce livre, se ressemblent entre eux par leur style, bien plus qu'ils ne ressemblent à la *Chartreuse*[2].

Jean Prévost a en effet remarqué l'abondance des adjectifs hyperboliques comme « sublime », « affreux », « délicieux » etc., en particulier dans les passages fondamentaux de l'œuvre. Ainsi, Fabrice enfermé dans la tour Farnèse, découvre à son réveil « une sensation pleine de nouveauté [...] il écoutait avec ravissement les petits gazouillements interrompus et si vifs par

1. Jean Chevalier, Alain Gheerbrant, *Dictionnaire des symboles*, Laffont, 1996, p. 1048.
2. Jean Prévost, *La Création chez Stendhal*, *op. cit.*, p. 458.

lesquels ses voisins les oiseaux saluaient le jour » (chapitre XVIII), ou la Sanseverina aux prises avec les tourments de la jalousie, dont « l'âme était ailleurs. On faisait souvent quatre ou cinq lieux sur ce lac sublime sans se dire une parole » (chapitre XXII). Ces adjectifs ne constituent pas, à proprement parler, des éléments de l'analyse, mais ils se situent au seuil de celle-ci, ils ouvrent le récit de faits décisifs, comme l'on parlerait d'ouverture musicale, pour donner le ton de ce qui va suivre, comme on écrit *allegro* ou *andante* au début d'une phrase de musique. De telles marques ne sont pas la musique elle-même, mais des notations qui l'annoncent. La phrase de la *Chartreuse*, que l'on a souvent confrontée et opposée à celle du *Rouge* — encore très empreinte de l'ironie voltairienne — procède d'une construction ample et développée.

> Avilie, atterrée, par ce plus grand des chagrins possibles, la duchesse se disait quelquefois : si le ciel voulait que Ferrante fût devenu tout à fait fou ou manquât de courage, il me semble que je serais moins malheureuse. (chapitre XXII)

La phrase « complexe[1] » aux développements circonstanciels multiples se substitue à la proposition indépendante et aux phrases « simples ». De même, l'utilisation d'une image est souvent le prétexte de tels développements.

> Quand son chevet avait une épine (il s'agit du portrait du comte Mosca), il était obligé de la briser et de l'user à force d'y piquer ses membres palpitants. Je demande pardon pour cette phrase traduite de l'italien [...] reprend-il.

Mais est-ce réellement le personnage qui parle ? Est-ce Stendhal, qui dans une notation de métadiscours commente cet aspect de l'italianité qui ce veut ici italianisme ? La reproduction quasi mimétique de tours italiens et idiomatismes participe de cet élan. C'est l'Italie qui les lui dicte, et Stendhal, en transposant une histoire, transpose également les sons enchanteurs qui la portent. Il s'en explique au demeurant lui-même dans sa *Correspondance* (1840) où il répond au long article élogieux de Balzac, saluant certes la parution de la *Chartreuse*, mais lui reprochant « un style négligé et incorrect ». À la cohérence organisée de Balzac, Stendhal oppose la spontanéité, le plaisir des temps heureux de sa jeunesse, et encore une fois, l'allégresse du ton propre à l'Italie.

> Faire un plan me glace [...]. Je vous avouerais que bien des pages de la Chartreuse ont été imprimées sous la dictée, je croyais par là être simple, non contourné[2].

Dès lors, la fluidité du style n'engage d'autre principe que celui de la simplicité :

> n'allez pas croire que ce soit excès d'orgueil. Je ne voit qu'une règle : le style ne saurait être trop clair, trop simple.

Ainsi, de même que les toponymes ou les noms de personnages recèlent des secrets, les mots de l'Italie s'inscrivent dans une quête où se confondent ressourcement et quête du bonheur. Cette démarche caractérise pleinement

1. Les termes de « simples » et de « complexes » renvoient à des classements grammaticaux, non à des jugements de valeur.
2. Compliqué.

le moi stendhalien et même avant de devenir « romancier », son *Histoire de la Peinture en Italie* plaçait déjà le souci constant du théoricien face à un paradoxe étonnant :

> comment l'oubli, la perte ou l'abandon de l'intérêt immédiat, de l'intérêt personnel peut-il constituer une expérience du délice suprême[1] ?

Cette énigme constante éclaire non seulement la genèse de l'œuvre, mais surtout son écriture. La spontanéité de l'écriture, l'improvisation sont la méthode de Stendhal pour exprimer ce bonheur du mouvement, ces états d'âme passionnés, qui dans l'esprit du créateur, comme dans celui du public, définissent « l'âme italienne ». Les différentes retouches, suscitées, comme on l'a dit plus haut, par l'article de Balzac (exemplaire Chaper), ou simplement voulues par l'auteur (exemplaire Hazard) affectent respectivement le sens ou l'ajout de détails historiques. Mais que Stendhal revienne sur le style de l'original, qu'« il essaye de joindre une érudition étrangère, des raccords faits à froid, l'œuvre y perd autant qu'elle y gagne ; l'unité de ton, l'harmonie en souffrent[2]. » L'étude d'autres œuvres de Stendhal montrerait des emprunts aux locutions grenobloises dans le *Journal*, des traces du jargon militaire, ou encore des anglicismes — dont les célèbres « touriste » et « égotisme », qui après lui passeront dans la langue —, mais l'essentiel n'est pas là, pas plus au demeurant que dans le commentaire ponctuel, donc nécessairement réducteur, de tel ou tel emploi de l'adjectif ou du substantif. Ce qui définit au fond ici cet aspect essentiel de l'italianité reste la préférence accordée à l'esprit plutôt qu'à la lettre, l'esthétique du langage et du Beau plutôt que le respect de l'orthodoxie rhétorique. Stendhal décrit ainsi le monde dans le mouvement d'une pensée à la fois agile et précise, laquelle voit le jour spontanément... après des décennies de maturation.

L'italianité ne saurait donc se réduire à une définition unique, exclusive de toutes autres. Point de convergence de souvenirs sans cesse remaniés, harmonie de sentiments et de la beauté, musicalité des évocations intérieures, elle possède des facettes en permanence renouvelables. Mais si, comme l'écrit Jean Prévost, dans les dernières lignes de son étude, « le prosateur ne se donne qu'un outil qui est lui-même, il puise dans son cœur sans cesse fouillé, pétri par lui et repétri. Art d'écrire, art de vivre, art de penser, se fondent en une seule création[3]. » Et au fond, si Stendhal, dans l'*avertissement* de la *Chartreuse* présente comme un inconvénient, pour le lecteur, des personnages italiens dont les cœurs diffèrent assez des cœurs français — les italiens sont sincères, bonnes gens, et non effarouchés, disent ce qu'ils pensent — le lecteur contemporain le lira moins comme une précaution que comme une incitation à suivre cette écriture passionnée.

---

1. Voir à ce sujet l'article de Yuichi Kasuya « Illusion parfaite », « sympathie » et « sublime » chez Stendhal, in *Studies and Essays, Language and Litterature* n° 17, Université de Kanazawa, 1997.
2. Jean Prévost, *La Création chez Stendhal*, *op. cit.*, p. 426.
3. *Ibid.*, p. 506.

Quatrième partie

# La communication entre proximité et distance

Dans l'univers stendhalien, la propension à se laisser emporter par les chimères, l'amour, « la mélancolie romanesque et l'imagination du bonheur » s'accompagne d'une exigence de réalité et du désir d'accéder à la vérité grâce à la clairvoyance, l'analyse et la logique. Or la conscience de soi passe par un jeu de distanciation ludique par rapport à soi-même qui implique masques et déguisements renvoyant à une pluralité d'existences, jeu entre réalité et théâtre, résistance au rêve, regard distancié et ironique par rapport au romanesque. La pensée évolue de façon dynamique mais non synthétique entre des pôles antithétiques comme la France et l'Italie, la démocratie et l'aristocratie, la passion et l'ironie, la sécheresse et la tendresse, en présentant un mixte ambigu de sérieux et de plaisanterie.

*La Chartreuse de Parme* révèle une crise du langage, une ambiguïté de la parole sentie à la fois comme nécessaire et trompeuse. Source de malentendus, instrument du mensonge et de la duplicité à la cour, le langage est souvent objet de suspicion. D'autre part, en raison du divorce entre l'ordre du dire et celui de l'être, du doute qui pèse sur la signification véritable de mots comme « bataille » ou « amour », le langage est menacé d'inauthenticité et d'insignifiance. La vérité de la communication ne peut donc être atteinte que par une initiation à la communication indirecte ou non verbale comme l'échange réciproque de regards, la langue secrète et religieuse du silence, le langage corporel des larmes, la parole indicible de la vibration musicale. L'échange amoureux se nourrit de distance, se développe dans la séparation (écrans, obstacles, exils), et s'accomplit au-delà des mots dans le silence et le glissement dans la mort. À la relation transparente et immédiate, la création stendhalienne préfère la communication indirecte, médiatisée, différée, comme le révèlent par exemple l'élision des événements principaux, des temps forts ou les glissements du monologue intérieur des personnages à l'intervention ironique de l'auteur, qui rendent problématique la narration et conduisent à une ouverture infinie du sens.

En raison du choix de l'oblique et d'un langage à double fond, *La Chartreuse de Parme* ne peut être décrypté que par quelques *happy few*, petit cercle de lecteurs sympathiques et ironistes capables de déchiffrer les sens cachés de l'œuvre, d'apprécier la diction paradoxale et contradictoire de soi et du monde et de goûter la poésie qui se dégage de la liberté et de la fluidité romanesques.

*Franck Evrard*

# Le charme dans *La Chartreuse de Parme*

*Pierre Cambou*

Parler de charme, à propos de *La Chartreuse de Parme*, suppose l'étude de d'un plaisir de lecture qui va du simple attrait au ravissement et qui dépend pour une large part de la psychologie du héros. Fabrice, en effet, à force de distraction réelle et assumée, en arrive à s'abstraire de la vie ordinaire, à ne vivre que des moments ou des sentiments exaltés, en des lieux marqués du sceau du sublime. Paralogisme ou logique d'excellence ? Les deux, sans doute, et la question qui se pose est de savoir comment la narration parvient à exprimer et à résoudre cette équivoque qui problématise l'identification romanesque, la rend distrayante et envoûtante à la fois puisque le lecteur s'étonne de tant d'impertinence[1], s'émerveille des plans et arrière-plans qui s'ouvrent sur la vie intérieure du héros, des lointains et des ciels où s'élève et s'abolit l'action.

## Charme et distraction

« Comment ! ce ne sont pas là des ennemis ? dit Fabrice d'un air naïf qui rendait charmante sa belle figure grave et pâle », et la vivandière de traiter de « bête » ce « pauvre petit ». Le charme de Fabrice vient d'abord de ses airs de Pierrot lunaire qui ne comprend « rien à rien », va à la bataille comme au bal et tue son Prussien comme « à l'espère ». Les italiques marquent typographiquement, en une sorte de hors-texte, le **décalage** du personnage. Cette aptitude à être ailleurs plutôt qu'ici lui donne une authentique « dis-traction », et c'est elle qui place Fabrice sous la tutelle de la rugueuse vivandière : « Raccourcis-moi les étriers », lui enjoint-elle, en un délicieux renversement des rôles qui le ravale au rang de valet. Ainsi la geôlière, sa mère et ses sœurs, Aniken, Gina prennent l'adolescent sous leur aile (non sans le faire descendre du piédestal où, normalement, il aurait sa place). La comtesse ne l'aide-t-elle pas, de façon toute symbolique, à sortir de la citadelle, au bout de sa corde, après neuf mois d'enfermement, inconscient et titubant comme un être qui (re)vient au monde ?

L'attrait qu'exerce Fabrice est un effet purement romanesque qui provient d' un mouvement de sympathie compliqué d'un sentiment contraire d'altérité : comment peut-il être si constamment au-delà ou en deçà, en tout cas à côté de ce qu'il est convenu de faire ? Fabrice s'est installé dans le

1. Au sens classique d'attitude déplacée, d'inadéquation.

paradoxe et vit parallèlement aux autres, ce que le lecteur — à l'exemple des personnages féminins — ressent comme une faiblesse et une originalité.

La narration porte la marque de ce constant décalage. Les rôles qu'on donne à Fabrice, ou qu'il se donne, ont une traduction linguistique, qui est le **monologue intérieur** : « Il faut bien me rappeler que je m'appelle Boulot », se dit-il avec une émouvante bonne volonté... Mais comment se mettre, au pied levé, dans la peau d'un mort ? Sa situation est telle qu'il faut un temps d'adaptation, et la question que la cantinière lui pose sur son identité le plonge dans un abîme de réflexions, qui fait digression dans le récit. Le personnage s'abstrait de l'histoire et met au point, en son for intérieur, l'attitude la plus appropriée : « le gouvernement voudra savoir qui je suis, et gare la prison si [...] », et le narrateur d'abonder dans son sens : « Fabrice savait toute l'importance qu'il faut accorder à un passeport. » Bien qu'ils disent la même chose, discours et récit se scindent et suscitent une discrète polyphonie qui trace une ligne de partage entre une voix autorisée, celle du narrateur, qui est « ici », explicitement, et une voix moins assurée, venue d'« ailleurs » ou reléguée au second plan par le procédé théâtral du monologue, celle du personnage qui s'interroge sur son propre rôle.

Grâce à ces pauses et à ces arrière-plans Stendhal obtient une **profondeur de champ narratif**, un effet de distance, parfois vertigineuse, entre lecteur et personnage. C'est particulièrement le cas lors de l'évasion de la tour Farnèse. L'épisode parvient au lecteur à travers **deux écrans**, le **point de vue** de Fabrice et ses **discours rapportés**. La médiation est maintes fois mentionnée : « Il croit même qu'il lâcha [...] Peut-être, dit-il, il se retint [...] », comme s'il s'agissait d'authentifier l'événement. En fait elle travaille à le déréaliser, et avec une efficacité d'autant plus grande que la vision de Fabrice était fragmentaire, intermittente et approximative. De plus, les multiples modalisations, « peut-être [...] il crut être atteint [...] », disent assez la réticence du narrateur et les hésitations de l'intéressé ; et l'ensemble explique l'extrême ralentissement de l'action, la quasi dédramatisation. Une pause narrative qui va jusqu'à l'ellipse : « Il s'endormit quelques minutes au point de ne plus savoir où il était. »

Le sommeil comme ellipse achève de mettre en doute la réalité de l'événement puisque le réveil ramène le lecteur dans la chambre, avant l'évasion, comme si elle ne s'était jamais déroulée :

> En se réveillant il ne pouvait comprendre comment, se trouvant dans sa chambre, il voyait des arbres. Enfin la terrible réalité revint à sa mémoire.

L'espace d'un instant le récit entier a été oblitéré. C'est ainsi que s'exprime, jusqu'à hypothéquer l'histoire elle-même, la distraction de Fabrice. Un détachement que la prise d'alcool — il a bu « le peu d'eau de vie qui lui restait » — permettrait de qualifier d'état second et qui imposerait une seconde lecture, parallèle à la première, sur les traces de ce personnage lunaire marchant au bord de l'abîme ou glissant, pendaison blême, parallèle lui aussi à la muraille. La narration par discours rapportés, par focalisation interne à la suite d'un être si évanescent suppose donc une

**logique onirique** qui attire le lecteur dans un ailleurs, concomitant de l'action principale. Ce dédoublement est l'expression dans le texte d'un personnage qui ne se communique qu'en se prêtant, sur les modes extrêmes et contradictoires du lyrisme ou de la réticence.

Mais un tel détachement évoque parfois une **distance humoristique**. Fabrice sait faire le diable ou le Petit Poucet, indifféremment, en jetant des sequins aux baïonnettes ou en les semant sur la terrasse de la tour Farnèse. Il faut voir avec quelle intrépidité il frôle les gardes, dévide sa corde sur le sol pour la démêler. On hésite entre inconscience et provocation, défi à soi plus qu'aux autres. « Suis-je un héros ? » se demande-t-il en découvrant la prison, étonné non seulement de ne pas craindre la prison mais encore d'en jouir, contre toute attente. Le paradoxe de la situation lui échappe si peu qu'il en goûte la singularité. En somme, il intériorise la distance dont nous disions qu'elle le séparait du lecteur et qui en faisait un objet digne d'intérêt. Il se donne en spectacle à lui-même. Le charme est aussi à usage personnel.

De là naît un **solipsisme heureux**, qui est une forme particulière d'égotisme : Fabrice cultive son bonheur comme une plante rare ; mais ce bonheur à lui seul ne saurait le satisfaire et, de même qu'il désire que Clélia le voie en train de la voir, de même il faut qu'il se voit heureux. La narration porte la marque de cette réflexivité, une coexistence de récit et de discours voire de **discours sur le discours**, en une sorte de mise en abyme de la vie intérieure :

> Mais, à propos, se dit Fabrice étonné en interrompant tout à coup le cours de sa pensée, j'oublie d'être en colère ! serait-ce un de ces grands courages [...] ?

Un plaisir narcissique — d'aucuns diraient suffisant — ressort du commentaire concomitant dont il accompagne ses sentiments et ses pensées. Fabrice est décidément un sujet romanesque bien intéressant dont il n'épuise pas les possibles : « ma foi, j'en reviens à ma supposition, peut-être que j'ai un grand caractère ! » La narration-énonciation fonctionne comme un jeu de miroirs qui se renvoient à l'infini des images aussi flatteuses les unes que les autres.

Il semble pourtant que le héros hésite à se reconnaître en ces reflets avantageux. Il n'adhère jamais aux modèles qu'il se donne ou qu'on lui donne : le « Me voici un vrai militaire » de la folle équipée de Waterloo est contredit par son incompréhension de l'ensemble ou par les regards sceptiques du maréchal des logis auquel il essaie de donner le change. Ce n'est que l'alcool, déjà, qui lui donne l'illusion de « s'incorporer » à l'escorte de l'Empereur et de s'identifier aux « héros du Tasse et de l'Arioste ». Ce **flottement entre personne et personnage** est certainement constitutif de Fabrice qui, en fuyant de la tour Farnèse, attend encore l'avènement en lui du héros : « Combien je suis différent, se dit-il, du Fabrice léger et libertin qui rentra ici il y a neuf mois » ; mais cette inadéquation ne fait-elle pas vraiment de lui un héros, puisqu'il est **au-delà de toute catégorie littéraire**, hors pair en quelque sorte ? La quête, non de l'exploit, mais du statut romanesque fait son absolue singularité, et le lecteur lui sait gré d'être le héros atypique qui fait le diable sur les toits, qui se déclare mûri au bord du gouffre, tandis que le narrateur se moque de lui et le compare à un chevalier de la pure tradition, puis, sans transition aucune, à un parieur au bout de sa corde.

Mais si la problématique d'identification du lecteur au personnage et du personnage à lui-même motive la sympathie, elle ne dit pas comment elle se réalise. La réponse réside sans doute dans le **jeu sur la distance narrative** qui tantôt s'annule, tantôt se creuse. Le charme de *La Chartreuse de Parme* vient de la modulation des deux approches qui rend ou non le héros familier, fait éprouver ou non le plaisir d'un contact ou le sentiment d'une privation.

Dans le premier cas, l'histoire baigne dans un sentiment de sympathie généralisée. Une sorte d'empathie qui émane en fait d'une **écriture simultanée**[1]. C'est le cas, au chapitre III : la cantinière brode un roman d'amour pour trouver une explication au déguisement de Fabrice, lequel « convint de tout » ; « il avoua de bonne grâce », également, qu'il avait dix-sept ans ; il « avoua » encore qu'elle avait deviné juste en affirmant qu'il ne savait pas déchirer une cartouche... autant d'aveux — ou de confessions — qui affectent une narration univoque et la transparence des cœurs. Or il n'en est rien. Fabrice ment comme un diable et entre opportunément dans le roman qu'échafaude la romanesque vivandière. Le mensonge ne compromet en rien l'impression de familiarité : c'est qu'elle vient de l'artifice d'écriture qui met sur le même plan les propos en discours direct de la brave femme, le récit omniscient qui dévoile sans ambages les pensées de Fabrice et le monologue intérieur de ce dernier qui nous est rendu, de surcroît, en discours direct ou immédiat : « Si je ne me fais pas guider par quelqu'un [se dit-il], je parviendrai encore à me faire jeter en prison ». Par conséquent, toutes les voix remontent à la surface de la narration en une sorte de discours polyphonique concordant, auquel le narrateur participe lui-même activement. Pareille unanimité agit nécessairement sur le lecteur qui se met au diapason des personnages.

Il arrive même que, pour faciliter la communication entre protagoniste et lecteur, le narrateur s'entremette. Ainsi, à la vue du maréchal Ney dont la physionomie n'a rien d'italien, Fabrice s'attriste : « Jamais, moi qui suis si pâle [...] je ne serai comme ça », et le narrateur de renchérir : « Pour lui ces paroles voulaient dire : jamais je ne serai un héros. » On parlera non pas d'instance mais d'assistance narrative qui, à l'instar de la sollicitude d'une Gina, d'une geôlière, d'une vivandière, permet à Fabrice de formuler son idée. Elle traduit en clair ce qui, chez l'adolescent, est chiffré par la naïveté. Et l'effort de compréhension, de la part du narrateur, est tel qu'il parle dans la voix du personnage, à la première personne : « Jamais je ne serai [...] »

1. Par analogie avec le discours immédiat, tel que l'analyse V. Jouve (*Poétique du roman*, SEDES, 1997, p. 31).

Inversement, et à la faveur du discours indirect libre, les pensées de Fabrice se coulent dans la diégèse[1], s'incorporent à elle :

> Fabrice eut grande envie de galoper après l'escorte de l'Empereur. Quel bonheur de faire réellement la guerre à la suite de ce héros ! C'est pour cela qu'il était venu en France.

Les barrières entre narrateur et personnage tombent et la narration paraît univoque. Or le malentendu est à son comble et l'on voit, sur un extrait plus étendu, que le narrateur fait varier son point de vue, tantôt interne, et c'est la myopie de Fabrice qui n'aperçoit que des généraux au lieu d'un empereur, tantôt omniscient jusqu'à l'**intrusion d'auteur**, quand il est dit qu'« il commençait à se croire l'ami intime de tous les soldats. » Modalisations et exagérations introduisent le ver de l'ironie dan la pomme d'or de l'enthousiasme de Fabrice. À nouveau, la narration se dédouble, tiraillée entre un ici et un ailleurs quelque peu chimérique. C'est bien évidemment dans cet au-delà héroïque que nous rejoindrions Fabrice, s'il parvenait à y vivre.

Il y a, dans ce roman, **deux plans d'existence** plus ou moins lointains, sur lesquels se déplace la narration et que dépeignent bien la métaphore militaire selon laquelle « la peur ne venait chez lui qu'en seconde ligne ». Le charme opère lorsque le jeu sur la distance narrative fait passer le lecteur du premier au second plan, d'une impression de sympathie, toute de surface, à un sentiment d'altérité plus profond.

Mais ces plans délimitent aussi **deux ordres de valeur** très différents. Stendhal utilise une autre image spatiale : Fabrice vient de remarquer le vol des « petits fragments noirs » dont il ignore encore qu'ils sont soulevés par le boulet, « puis sa pensée se remit à songer à la gloire du maréchal. » Phrase étrange qui signale, au-dessus de la pensée proprement dite, une aptitude au « songe » ! Le maréchal vit en Fabrice d'une vie supérieure, réelle, tandis que les boulets ne sont qu'épiphénomènes. La « distraction » du héros est d'inspiration platonicienne ; elle renverse notre vision du monde en établissant la réalité des Idées, et en jetant le doute sur les données immédiates de la conscience. Pourtant, si Fabrice s'évade du monde matériel, les idées à leur tour lui échappent. Nous en voulons pour preuve l'image fugace de l'empereur et celle du lieutenant Robert qui ne voit pas son fils, dont il enfourche d'ailleurs le cheval. Le héros, c'est lui. Le père naturel vole la vedette, la vraie vie, au fils qui se contente de compensations imaginaires et de costumes d'emprunt.

Tant de joie, et de difficulté à être au monde orientent le lecteur vers l'enfance. Fabrice, en effet, est à la croisée de tant d'influences — et d'influences si distantes — qu'il est l'enfant de personne et de trop de personnes à la fois. Fils naturel du lieutenant Robert qui hante, à force d'absence, le début du roman, fils officiel d'un noble rétrograde qui l'exile dans un collège, il se donne l'abbé Blanès pour père spirituel, après que Gina l'a adopté. L'emblème de ces identités de circonstances est sans doute

1. Est diégétique ce « qui se rapporte ou appartient à l'histoire », aux événements : G. Genette, *Figures du récit*, Seuil, 1972, p. 280.

l'uniforme dans lequel sa tante le fait poser dans son salon et qui préfigure les dépouilles dont l'affublent geôlière et vivandière. La question que Fabrice se pose très vite de son aptitude à l'héroïsme, et de son statut romanesque, est dans le droit fil de ces **filiations successives.**

La personnalité des parents prétendus aggrave encore la difficulté qu'éprouve l'enfant à se situer : si Gina est folle de lui, elle-même est parfois chimérique. Les succès mondains, l'italianité ont beau gazer la chose, elle n'en met pas moins Fabrice dans des situations fausses. Elle en fait un héros de collège, alors qu'il est ignorant ; un hussard alors qu'il n'a que douze ans... il y a entre la réalité et la fiction un gouffre que seul un roman comblerait. Et c'est ce qui adviendra, grâce au feu que cette femme lui a communiqué. Le marquis del Dongo, par contre, n'a pas cette excuse. Il offre un exemple de déphasage total : exilé dans son propre pays, dans son château, dans la chambre même de ce château, il communique par chiffres avec le monde extérieur. Reclus, exclu volontaire, il entretient une relation absolument chimérique avec le pouvoir viennois, puisque les informations qu'il livre sur l'Italie sont fausses et que le destinataire s'accommode de ce mensonge. Le comte vit ainsi dans une illusion d'autant plus grave quelle se pare des apparences de la réalité. La folie affleure quand on apprend que le marquis ne revêt son habit de chambellan qu'en présence de son fils aîné auquel il dicte des dépêches chiffrées. Elle réside dans la monomanie du personnage, dans le confinement de sa vie et le gauchissement de son rapport au monde.

Retraite misanthropique du père, vie mondaine et extrême fantaisie de la tante... deux **influences contraires** se partageraient l'enfant si, en définitive, elles ne se combinaient. Le château de Grianta, dont les hauteurs préfigurent toutes les tours qui jalonnent l'œuvre, en est l'emblème : « position peut-être unique au monde » au-dessus d'un lac sublime, c'est là que Gina qui « se croyait arrivée au moment de la retraite » à trente et un ans rêve de repos, qu'elle retrouve avec « ravissement » et en compagnie de Fabrice, les lieux « enchanteurs » de sa jeunesse ; c'est là que le marquis s'est claquemuré pendant quatorze ans dans l'attente chimérique de la chute imminente de l'Empire. Le château est le signe d'une **clôture absurde ou exaltée**, sans nuances. Étant paternelle, elle génère pour le fils d'autres solitudes, ou d'autres enfermements : dans un collège de jésuites d'où il sort tellement asocial que sa mère s'en effraie ; dans une éducation latine qui évite les grands auteurs républicains et se cantonne dans la « généalogie latine des Valserra, marquis del Dongo, publiée en 1650 par Fabrice del Dongo, archevêque de Parme. » Un repliement culturel qui rappelle la monomanie du père, dont Fabrice héritera mais que l'influence des femmes corrigera, pour en faire un charme. On sait que Gina obtient qu'il passe du collège à la cour, ou dans son salon. Infraction significative à la règle d'exclusion implicitement dictée par le père misanthrope. Elle le trouve ignorant, mais « ignorant à plaisir ». D'un défaut elle fait un « plaisir » qu'elle propose au monde comme un divertissement, Fabrice « ne déparant point trop le salon d'une femme à la mode. » Telle est la façon paradoxale choisie par Stendhal pour communiquer son héros au public : une extrême singularité qui le condamne aux impairs les plus « plaisants ».

### Le pouvoir de s'abstraire

Mais une troisième influence intervient, en la personne de l'abbé Blanès, qui développe et détourne à la fois celle de la famille. Le marquis lui a confié la culture « généalogique » de l'enfant. Il ne la contrariera pas vraiment puisque Fabrice fera une carrière ecclésiastique après avoir sacrifié au culte familial, à son retour de Naples, en se recueillant sur le tombeau de l'archevêque Ascagne del Dongo ; mais il l'attire dans son clocher et l'ouvre à la passion des chiffres astraux. La solitude est ainsi sublimée en connaissance et contemplation de l'univers. Le langage chiffré, appliqué au dialogue des âmes, métamorphosera la tour Farnèse en prison d'amour, en fera le centre d'une communication quasiment poétique avec Clélia, la Sanseverina, le monde ambiant. La crainte, la haine ou le mépris avaient fait le vide autour de Blanès le « magicien » qui passait ses nuits en « stations dans son clocher ». Mais son âme « primitive » s'accordait à celle « naïve » de son élève, et il lui « avait inoculé une confiance illimitée dans les signes qui peuvent prédire l'avenir ». C'est pourquoi Fabrice promène sur les champs dévastés ou sur les cimes des airs inspirés. Sa **distraction** est une façon de s'abstraire du monde et des mots usuels, une **vertu poétique** : Blanès a fait un charme, un sens divinatoire, des chimères de la tante et de la manie paternelle des chiffres.

La sublimation n'est pourtant pas complète et reste entachée d'une extravagance réelle : Fabrice, à bien des égards, est le produit d'un caprice de femme, de circonstances, d'auteur. Il y a de la **gageure** dans cette création : de même que sa tante « le crée d'autorité » officier de hussards, de même Clélia décide de l'aimer sans le voir (chap. XXVIII). La ligne de partage entre vraisemblance et invraisemblance est tout aussi « mobile » pour reprendre un adjectif que Stendhal applique à l'âme de Gina (chap. II), que celle qui sépare le licite de l'illicite. La casuistique religieuse passe dans le domaine amoureux et déplace la norme morale, délimite d'autres sphères d'activité : Clélia ne connaîtra Fabrice que dans le noir, et le problème sera grand de soigner Sandrino, l'enfant de l'ombre, sans croiser le regard de l'autre. Arbitrairement, elle a transporté leur relation dans le **domaine de l'impossible**, entre un « vœu à la Madone », un interdit qu'elle s'est fait à elle-même, et une interdiction qu'elle oppose à son amant : « Si jamais tu me forçais à te regarder en plein jour, tout serait fini entre nous ». L'invite que sa « voix » lui adresse, « Entre ici, ami de mon cœur », opère comme une formule magique, un Sésame, qui introduit le héros dans le monde secret de l'Italienne, derrière « une fenêtre fortement grillée et élevée », où l'adultère le cède à un « bonheur divin » qui durera trois années : « Si tu ne deviens pas hypocrite, [disait Blanès à Fabrice], peut-être tu seras un homme. » C'est dans cet au-delà de la faute et dans cet absolu de l'amour que Fabrice devient héros.

Différence radicale de mœurs. En passant les Alpes, le lecteur entre dans un autre ordre sentimental dont le narrateur définit bien la qualité, la vertu, lorsqu'il décrit l'intrigue qu'utilise Gina pour venger la mort de son mari :

> Pour rendre ce plan de vengeance intelligible en France, je dirai qu'à Milan, pays fort éloigné du nôtre, on est encore au désespoir par amour.

*La Chartreuse de Parme* tire son charme de ce dépaysement moral car, si la folie de Gina est le signe manifeste pour les Milanais d'une logique passionnelle, elle est pour nous une énigme que Stendhal, nouveau Blanès, chiffre et déchiffre inlassablement. Son **roman** est, à l'instar de tous les lieux sublimes où se retire et s'exalte Fabrice, un **univers mental** ou une sphère spirituelle dans laquelle chaque lecteur est invité à s'abstraire pour comprendre par contagion (l'abbé « inocule » bien la passion des chiffres à Fabrice) l'excellence de l'âme italienne.

L'excellence, ici, désigne une élévation et une aptitude à s'élever au dessus des contraintes et des contingences matérielles. C'est un thème dramatique et, pour cette raison, central dans le roman. **L'emblème des lieux où l'être se sublime** est la tour Farnèse puisqu'elle est une prison et son contraire, enfermement et ouverture, solitude et communication, menace de mort et promesse de bonheur.

La citadelle, en effet, est le produit d'un jeu de construction qui procède par empilements successifs et qui figure, au bout du compte, une chose composite et laide que la métaphore animalière du chameau surmonté de sa bosse caricature bien. Il y a aussi de la surenchère dans cette architecture, un zèle de petit despote qui ajoute de la prison à la prison. Cette manie culmine dans l'emboîtement de la cellule de bois à l'intérieur de la tour Farnèse proprement dite. Une caisse de résonance, censée retentir au moindre mouvement du prisonnier. Mais ce luxe de précautions se retourne contre l'inventeur : « ceci est-il une prison ? » s'étonne Fabrice. Puis le mépris prend le relais : devant les crânes et les os en sautoir de la chapelle de marbre noir, il a un mouvement de recul. Il ne peut entrer dans cette logique de mort. La description qui obéit alors à son point de vue est d'un macabre et d'une symbolique tellement affectés qu'ils en sont déplacés. L'esprit de Fabrice consiste à se déprendre de tant de pesanteur. Un jugement, désormais, s'interpose entre le monde et lui, qui explique son détachement.

Le panorama que le lecteur découvre du haut de la tour en donne les raisons : la lune se lève d'un côté tandis que le soleil se couche de l'autre. Fabrice est prisonnier, mais son regard accompagne la lente migration des astres, d'une extrémité de l'espace à l'autre, comme s'il fallait **ajouter de l'espace à l'espace**, des plans à d'autres plans, mais virtuels, de Nice au mont Cenis. La description, désormais, s'abstrait puisque le narrateur relaie son personnage et dit ce qu'il pourrait voir au-delà de l'horizon matériel ; elle permet aussi de figurer sa psychologie en termes esthétiques de perspective picturale et de lyrisme : de même que sur la plaine de Waterloo « la peur ne venait chez lui qu'en seconde ligne », de même les Alpes à ses yeux s'étagent indéfiniment.

Le charme de cette page vient d'un **état de grâce** qui « ravit » le héros à sa condition, et la métamorphose. Ironie parfaitement involontaire — naïveté, eût dit Blanès — et magie à la fois : la matière entassée par le tyran se déréalise et se spiritualise, devient une terrasse aérienne qui porte un belvédère, un lieu d'extase et de contemplation. La cellule elle-même, toute de bois construite, devient cage, semblable aux cages qui ornent la fenêtre de l'aimée et sur lesquelles « plonge » le regard de Fabrice. Son âme toute platonicienne se libère de la prison corporelle et vole vers celle de Clélia que symbolisent peut-être ses oiseaux[1]. Autre chiffre, amoureux celui-ci, qui rappelle le signe de l'aigle, « l'oiseau de Napoléon », apparu « à une hauteur immense », ou les signes astraux observés du haut du clocher de Blanès... tous **les motifs antérieurs sont repris et sublimés** : Fabrice « est ravi par [le] spectacle sublime » qui l'entoure parce que « c'est dans ce monde ravissant que vit Clélia Conti » et qu'en conséquence « cet horizon parlait à son âme ».

L'action romanesque se réfugie en ces lieux d'excellence qui s'épurent encore et se réduisent à un lien verbal, fait d'un réseau d'affinités ou de connivences, de signes détournés, codés, confisqués qui permettent de réunir quelques élus, de respirer à une autre hauteur. Il y a, dans ce roman, **un langage dans le langage** — présages de Blanès, signal lancé par les « lignes dormantes » sur le lac de Grianta, vol de l'aigle, alphabet lumineux utilisé de tour à tour entre Gina et le prisonnier, alphabet des oiseaux avec Clélia, gestuelle obscène ou « séditieuse » du barreau limé du doigt, bouquet de fleurs sur l'allée préférée, et jusqu'à Sandrino que Fabrice s'approprie comme une vivante image de sa mère[2] — qui assure parallèlement à l'action matérielle, une **fonction poétique**. Le charme est donc inhérent à la narration qui se dédouble entre un ici et un ailleurs, où communiquent les âmes sœurs et le lecteur qui les y rejoint. Peu importe, en effet, que l'autre ne soit pas présent : depuis le début, l'action romanesque tend vers ces points de rencontre — ou de fusion — entre êtres animés de la même énergie et qui ne s'accommodent pas des lieux communs ; le négatif en est peut-être le champ de Waterloo qui est, d'un point de vue linguistique, un champ sémantique dévasté, tellement exposé au non-sens que Fabrice serre la main d'un mort pour s'assurer de sa réalité, tandis que le héros de référence, Napoléon, susceptible de donner un sens à la scène et à la vie de Fabrice passe, tel un mirage. Sans doute l'épisode fonctionne-t-il comme un acte manqué ou un manque initial, digne d'un conte et qui motiverait une quête merveilleuse. Fabrice retiendra la leçon : à chaque fois il s'inventera un système de signes pour nouer une relation privilégiée, du nébieu qui lui vaut l'immédiate sympathie des geôliers de la citadelle

1. Voir M. Nerlich selon lequel « le roman de Stendhal est une variation du mythe de Psyché et d'Éros. », Colloque du bicentenaire, P.U.G., 1984.
2. L'amour de Fabrice est d'essence platonicienne. En s'épurant il se consacre au culte d'une image et se destine à la mort. Cf. M. Guérin, *La Politique de Stendhal*, P.U.F.

(« Tous recueillirent religieusement dans leur pensée le mot en faveur du vin d'Asti ») et permet à toutes sortes de messages de lui parvenir, jusqu'au bonheur de trois ans que Stendhal choisit de taire. Il donne ce **silence à entendre** comme une ultime communication infralinguistique, autrement intime, secrète et charmante par conséquent. Peut-être y a-t-il dans ce blanc inscrit dans le roman, un absolu de l'amour, un pur ravissement. Par cette parenthèse ouverte dans la trame de la narration comme la trappe dans le volet de la prison, les âmes de Fabrice et Clélia se sont enfuies[1]. L'**ellipse** est la **dernière sphère poétique** qu'isole le récit, la plus abstraite. Ultime expression de la distraction du héros, de son inadaptation au réel et de son aptitude à le transcender, elle ne sera ensuite vécue que dans la séparation et la nostalgie : enlèvement — et non plus ravissement — du fils ; clôture de la chartreuse de Parme : le bonheur de substitution et l'ascèse sont les formes dégradées d'un idéalisme d'inspiration platonicienne. Ensuite, les héros peuvent mourir, puisque leur âme, à force d'exaltation, les a quittés.

L'**aporie** qui constitue le dénouement fait donc aboutir une logique à l'œuvre dans l'ensemble du roman et qui ménage, à côté d'espaces où l'on respire autrement, des moments privilégiés où la **durée narrative** se dilate au mépris du temps chronologique. Tout un éventail de traitements est offert au lecteur, des pauses grâce auxquelles Fabrice, en pleine action, *prend* le temps de la réflexion, à l'ellipse du bonheur de trois ans, en passant par le roman dans le roman que constitue l'épisode presque dédramatisé de la tour Farnèse — une tour où l'on retourne — et dont la durée se voudrait, sinon infinie, du moins, répétitive. Il y a aussi la digression de l'épisode du lac Majeur, proche de la prétérition, si grands sont les scrupules du narrateur :

> L'objet de cette course et les sentiments qui agitèrent notre héros pendant les cinquante heures qu'elle dura sont tellement absurdes que sans doute, dans l'intérêt du récit, il eût mieux valu les supprimer.

Autant de *réticences*, sans doute affectées, mais qui anticipent sur le silence de trois ans, sur le non-dit qui entoure Sandrino, et le recueillement de la chartreuse qui donne *à juste titre* son nom au roman. L'épisode du lac est absurde parce qu'il est paradoxal et marginal. Fabrice est en effet rejeté aux marges de l'action par la triple jalousie du comte Mosca, de Giletti et du tyran de Parme. Victime d'une intrigue et d'une situation pour lui indéchiffrables puisqu'elles remontent à la lettre supposée du tyran, il se retire à Belgirate. Là, autre relégation : sa mère étant occupée des noces de sa fille aînée, il fait retraite encore plus loin, vers Grianta et les lieux inspirés de l'enfance, auprès du père spirituel. Tout est mis en œuvre pour faire de la séquence un détour narratif et un instant marqué du sceau de l'intemporalité : matériellement, grâce à la clandestinité, à l'exterritorialité, à la nuit, à la clôture du lac, au silence ; moralement, grâce au caractère intense et momentané, quasiment jaculatoire, de son enthousiasme. C'est là qu'inter-

1. « Âmes sensibles » et happy few sont pour Stendhal une seule et même chose (Lettre à Crozet du 28 septembre 1816).

vient l'aspect paradoxal : Stendhal met sur le compte de l'italianité l'exaltation de Fabrice. S'il est si sensible au sublime des lieux et de l'instant, il ne l'est qu'à « l'aspect seul » : le sublime est suspect de superficialité ; le narrateur, du reste, le déplore et précise même qu'il goûte ces délices « à bon compte ». L'excès d'affectivité dépend d'un tempérament qui réagit par accès au milieu, ce qui expliquerait que l'intensité de l'amour qu'il éprouve « en ce moment » pour Gina ait pour corollaire l'impossibilité de ce même amour, ou sa précarité. C'est pourquoi la halte au lac Majeur fait figure de digression et de temps fort, puisque la durée y est intensément vécue et dramatisée, contrairement au temps romanesque général.

Si le charme du récit émane de **moments** qui ont été de la sorte **soustraits à l'intrigue**, ils peuvent à l'inverse en être le produit. L'action romanesque consiste alors à fabriquer des îlots de silence et d'intimité, des retraites sentimentales où jouir en secret de ce que la vie refuse. Ainsi du huis-clos sentimental dans lequel s'enferment, au chapitre VII, Fabrice et Gina, tandis que Mosca rôde comme une bête furieuse ; du prêche de l'église de la Visitation qui n'est prononcé qu'à l'adresse de Clélia ; du *caprice de tendresse* surtout : Fabrice qui est prisonnier de l'état ecclésiastique, met tout en œuvre pour s'approprier Sandrino, qui est la vivante image de la beauté maternelle, et la durée « divine » des trois ans de bonheur dont il est le fruit. Cette durée digressive deviendrait son roman. Mais il faut feindre une maladie mortelle. Une intrigue si détournée a quelque chose d'extrême et de tragique, car Sandrino n'est pas une fin de l'amour, mais son moyen, un des multiples liens symboliques dont a usé Fabrice pour ravir imaginairement les êtres qu'il désirait — citadelle où vivre près de l'aimée, paysages alpins où rejoindre son âme, cabane de bois en guise de cage d'oiseau, bouquet posé sur l'allée préférée, pénombre du parloir, vis-à-vis de la chaire et du fauteuil au sein de l'assemblée recueillie... — c'est pourquoi l'artifice de la mort, puis la mort réelle de l'enfant subliment l'amour et le sanctionnent à la fois, le transportent dans l'absolu du regret et signifient son impossibilité. À cause de ce petit cadavre — ou grâce à lui — l'âme se libère vraiment de la gangue corporelle et l'on comprend que cette passion sombre et fatale, italienne[1], achève de se « consumer » dans la chartreuse de Parme : « L'état que le hasard m'a donné [...] et mon amour m'obligent à une solitude éternelle » disait Fabrice à Clélia.

Le charme de Fabrice cachait, en définitive, l'âme d'un chartreux. À force de distance et de détachement, à trop rêver et chanter la plus haute tour, Fabrice s'est abstrait des communs élans et s'est fait une âme platonicienne. C'est cet état de grâce, dramatisé jusqu'au tragique — et non exempt d'humour — qui explique le charme du héros. Mais comment dire un être évanescent qui échappe aux prises du lecteur, à la claire conscience de l'intéressé lui-même et à toutes les catégories littéraires, sinon en imaginant

1. « À Milan [...] on est encore au désespoir par amour », dit le narrateur pour expliquer le plan de vengeance de Gina.

une forme narrative elle-même décalée ? C'est ainsi que le lecteur est conduit à entrer, au-dessus et dans une certaine mesure contre l'histoire événementielle, dans une durée narrative étrange qui obéit à une logique de l'écart ou du sublime, qui s'invente des moments privilégiés, des lieux d'excellence, des affinités électives, élabore des langages, des rites. Lire *La Chartreuse de Parme* c'est résoudre un problème d'identification romanesque en adoptant la psychologie du héros, en passant de la première à la « seconde ligne » pour changer d'ordre, écouter une histoire autre, un « carmen » douloureux et tendre, un chant, un charme.

# Héroïsme et ironie

*Marie-Hélène Prouteau*

Ah ! Dieu que la guerre est jolie
Apollinaire[1]

Il existe incontestablement chez Stendhal un rêve personnel d'héroïsme inséparable de cet aristocratisme qui est le fond du beylisme, comme de sa vision mythique de l'Italie, patrie des passions heureuses et de l'énergie si présente dans toute son œuvre. De la vie personnelle de l'écrivain à l'œuvre se retrouve une remarquable continuité : Fabrice en entrant en prison s'interroge :

> Serais-je un de ces grands courages comme l'antiquité en a montré quelques exemples au monde ? Suis-je un héros sans m'en douter ? (327)

Son questionnement fait écho à ce qu'écrivait Stendhal trente-cinq ans plus tôt : « Le vrai héros fait sa belle action sans se douter qu'elle est belle[2] ». L'héroïsme est chez Stendhal la manifestation d'une distinction naturelle de l'être.

Mais peut-on encore parler d'héroïsme de la guerre ou de l'exploit individuel alors que tout, dans cette Europe d'après Waterloo et de la Sainte Alliance, parle le langage de la médiocrité, de la trahison, du désenchantement ? La question est d'abord politique : le canon de Waterloo a-t-il sonné le glas des élans lyriques du républicain Stendhal ? La libération des peuples a fait place à la guerre de conquêtes, le général Bonaparte s'est mué en Empereur et, avec la retraite de Russie, la vision de l'histoire de Stendhal s'est nettement teintée de tragique et s'est accompagnée de doutes comme le montre la nouvelle *Mina de Vanghel*[3]. 1796-1815 : il nous semble qu'entre ces deux dates-clés du roman, l'on passe de l'héroïsme mi-réel, mi-imaginé à la démystification du rêve héroïque.

La dimension politique de la question n'est pas séparable de sa dimension esthétique : comment représenter l'héroïsme si, comme Stendhal, l'on récuse la grandiloquence et l'emphase de la littérature épique ? Devant la réalité, sa vulgarité, son aspect « odieux » parfois, Stendhal qui fut longtemps tenté par l'écriture de comédies choisit de ne pas renforcer le sérieux mais de l'alléger : « Glissons, n'appuyons pas », telle est la formule de la *Vie de Rossini*. C'est le parti-pris stendhalien d'échappée dans la poésie et

1. « L'adieu du cavalier », *Calligrammes*.
2. Stendhal, *Pensées. Filosofia Nova*, Le Divan, 1931, p. 153.
3. Celle-ci met en scène un officier prussien engagé dans la campagne de France qui s'interroge sur le droit d'un peuple à imposer ses idéaux.

l'imaginaire, l'invention de ce qu'il appelle la « poésie comique », mélange de complicité, de tendresse et d'ironie que nous allons analyser.

## Des va-nu-pieds et des brigands héroïques

Pour évoquer les temps héroïques des campagnes d'Italie, Stendhal déploie toutes les ressources de la gaieté, cette tonalité qui lui est si propre. L'intitulé du premier chapitre « Milan en 1796 » est significatif : l'Histoire s'est arrêtée alors en un lieu et en un temps « sublimes ». Nous ne sommes pas dans l'Histoire mais dans l'imaginaire. Et c'est ce mélange de tendresse et de sérieux, présent dans l'opéra bouffe si prisé de Stendhal, qui imprègne l'évocation de l'armée française dépenaillée et du lieutenant Robert. La poésie tendre naît spontanément de la séduction de l'Italie, comme le suggère l'épigraphe empruntée à l'Arioste, et du charme d'une époque bénie, celle de la jeunesse de l'écrivain enflammée par le nouveau cours de l'histoire. Si la figure de Bonaparte en gloire, entrant dans la ville conquise, rayonne dès l'incipit dans un rythme martial, la tonalité épique si étrangère à Stendhal — le mot entendu à Wagram « un combat de géants » lui paraissait ridicule — ne déborde pas la première phrase. L'héroïsme des soldats, lui, est traité sur le mode du lyrisme plein d'allégresse mais maîtrisé. « Les miracles de bravoure et de génie dont l'Italie fut témoin en quelques jours réveillèrent un peuple endormi » (39), la flamme héroïque de cette « jeune armée » est perceptible dans le rythme sobre et dynamique de la phrase. C'est ce que J. Gracq appelle le ton de « la guerre en dentelles ».

Le récit glisse sur les enjeux de vie et de mort, la victoire de Lodi n'est que citée pour réapparaître de façon comique avec les semelles du lieutenant Robert faites de dépouilles prises sur le champ de bataille, les victoires d'Arcole et de Lonato (45) sont escamotées. Nous nous attendions à des combats, des morts, nous découvrons un monde de bonheur, la référence stendhalienne par excellence (« la masse de bonheur » ; « cette époque de bonheur », 41). Tous les signes de la guerre semblent effacés, le lecteur ne voit pas les soldats (le mot n'apparaît que deux fois dans ces trois pages), il en perçoit la jeunesse : « Ces soldats français riaient et chantaient toute la journée » (41). Dans cette transfiguration lyrique, tout se passe comme si la guerre était une fête. L'écriture stendhalienne se fond dans un lyrisme tendre et nostalgique, celui d'un héroïsme mi-réel, mi-rêvé.

Le texte enchaîne ensuite sur le contrepoint de l'ironie et de la satire : « un peuple tout entier s'aperçut le 15 mai 1796 [...] ridicule et odieux » (39). Il s'agit de vaincre par le rire les puissances de l'« odieux », symbole du négatif pour Stendhal. Il fustige de façon acerbe les « mœurs efféminées » des Italiens anesthésiés par une torpeur voluptueuse : « la grande affaire c'était d'imprimer des sonnets » (39). La « grande affaire » contraste ironiquement avec les « miracles de bravoure » des Français. En insistant sur le 15 mai 1796, Stendhal évoque avec légèreté l'extrême rapidité du sursaut patriotique cisalpin, engendré par l'identification héroïque aux soldats qui défilent. Dans cette reconstruction imaginaire, l'héroïsme est expansion communicative, circulation entre les peuples avec une touche d'humour pour évoquer le patriotisme italien ramené à une mode :

> exposer sa vie devint à la mode [...] il fallait chercher les actions héroïques.

Le thème si important dans les deux premiers chapitres de la « bravoure » associée à l'idéal généreux de la République est traité avec légèreté : l'*Encyclopédie* est évoquée de façon indirecte par la propagande des moines, la « patrie en danger » apparaît dans les croyances naïves de Fabrice qui se croit encore en 1792 (64).

Le thème des brigands se déploie de façon oblique à travers le discours mensonger des journaux autrichiens qui assimilent les Français à « un ramassis de brigands habitués à fuir toujours les troupes de Sa Majesté Impériale et Royale ». L'odieux est stigmatisé ici dans l'enflure grotesque des majuscules. Apparaît ainsi malicieusement la version italianisante de l'héroïsme selon Stendhal, celle de ces brigands du XVI^e^, pleins de *virtu*, justiciers prêts à assassiner le tyran, auxquels il rattache le brigand des bois de Sacca, Ferrante Palla, « jeune », aussi « mal vêtu » que le lieutenant Robert.

L'histoire du lieutenant Robert, si peu individualisé qu'il a pour nom un prénom, représentatif selon le narrateur de ces soldats de « moins de vingt-cinq ans », commence sur le ton de la désinvolture picaresque. Il est l'incarnation héroïque des va-nu-pieds de Valmy. La malice de Stendhal consiste à le mettre au centre d'une aventure romanesque digne d'un roman libertin du XVIII^e^ ou d'un récit de *Jacques le Fataliste.* Il s'est fabriqué des semelles en morceaux de chapeau. Invité par la marquise del Dongo, le bel officier, qui cherche peut-être chaussure à son pied, en est réduit à teindre les ficelles, ce qui donne lieu à une véritable scène de comédie où il se retrouve devant la marquise incapable de marcher. Façon bien peu sérieuse de traiter le futur père de Fabrice !

## Privilège de la naissance et modèles héroïques

Par son origine franco-italienne, par les circonstances de sa naissance, Fabrice est l'enfant du bonheur, de la liberté, donc de la passion, ce qui le place virtuellement dans le monde stendhalien des *happy few*. Mais, derrière le fait divers de cette bâtardise, le lecteur pressent que Stendhal orchestre malicieusement l'ironie du sort et tire les ficelles de la comédie et de la fantaisie : l'aristocrate plein de haine pour les Lumières se voit ironiquement affublé d'un rejeton qui ne rêve que de Napoléon tandis que le jeune noble épris des privilèges de sa classe « Fabrice Valserra, *marchesino* del Dongo » (90) ignore qu'il est le fils d'un obscur républicain croisé à son insu à Waterloo. Stendhal aborde sur le mode facétieux la naissance de Fabrice puisque la reprise parodique du mot d'esprit de Figaro contre les privilèges de la naissance est intégrée de façon masquée dans le récit :

> Vous vous êtes donné la peine de naître et rien de plus. (Beaumarchais, *Le Mariage de Figaro*, V,3)

Le portrait du marquis del Dongo est placé sous le signe du grotesque. Par son avarice, sa servilité à l'égard des Autrichiens, son esprit de vengeance, sa peur, il incarne la dégradation des valeurs aristocratiques, le dépérissement de l'énergie qui affecte pour Stendhal les peuples comme les individus. Il n'a plus guère d'énergie que pour professer « une haine vigoureuse pour les lumières » (51). L'idéal héroïque des Valserra « dont la fortune [était] surtout militaire » est devenu lettre morte, figé dans les décorations « des belles actions de ses ancêtres » sur son tombeau. Son château de Grianta où il vit apeuré n'est plus « château fort » qu'en apparence avec ses « ponts-levis et ses fossés profonds, à la vérité privés d'eau » (44). Parce qu'il a cessé d'être noble, le noble cherche à se distinguer dans le paraître. Stendhal raille de façon acerbe cette figure ignoble et use du trait du caricaturiste, un peu à la manière du peintre Gros (40).

Les modèles héroïques qui emplissent la tête de Fabrice viennent des poètes épiques italiens du cinquecinto : Le Tasse, auteur de *La Jérusalem délivrée* et l'Arioste, créateur du *Roland furieux*, parodie du poème chevaleresque où se fondent le merveilleux et le vérisme plein d'humour, mélange de fantaisie qu'affectionnait tant Stendhal. En pleine bataille de Waterloo, ces références ont quelque chose de décalé. Avec l'échappée solitaire de Fabrice pour rejoindre l'Empereur en 1815, Stendhal reprend sur un mode comique un *topos* de cette littérature, celui de l'appel quasi religieux du héros dévoyé avec humour dans la référence aux « yeux d'où jaillissaient des flammes » (62). Le discours enflammé pour la noble cause est un exercice obligé du genre : « Je partirai [...] joindre l'Empereur [...] s'il le faut, j'irai à pied » (61) mais la chute triviale de la phrase fait rire car elle est en rupture avec l'attaque du début. L'hilarité du lecteur se prolonge avec l'envolée pompeuse de Fabrice : « Fils encore inconnu de cette mère malheureuse » car le sens littéral nous ramène à la filiation de Fabrice où l'inconnu n'est pas le fils mais bien le père !

## Le bonheur... à Waterloo

Avec Fabrice à Waterloo, Stendhal innove en faisant entrer dans la littérature le point de vue du soldat de base qui est aussi celui d'un enfant. Fabrice c'est Fanfan-La-Tulipe, c'est le Petit-Poucet contre l'ogre et ce changement de perspective et de proportions, contraire à la tradition du grandissement épique, prête déjà à sourire car la « restriction de champ » focalisée sur la conscience d'un enfant plonge le lecteur au cœur de l'ingénuité enfantine. Fabrice semble avoir à peine grandi depuis qu'à douze ans il endossait l'uniforme de hussard ; la guerre est pour lui un « jeu héroïque » selon la formule de Henri de Régnier.

La bataille représente pour Fabrice le rêve d'enfance devenu enfin réalité et qui prolonge ces expéditions nocturnes où « Fabrice commandait en chef » les petits paysans (52). Le jeu d'hier, le réel d'aujourd'hui se mêlent dans une poésie et une grâce de l'enfance. Le motif du bonheur court à travers ces pages (67, 74 et 80 et les mots « joyeux », « enchantement », 85). Entendre le son du canon, voir passer le maréchal Ney est un bonheur. Le nom enchanteur de « prince de la Moskova » le plonge dans une véritable extase. Mais le comique n'est pas loin : il en oublie son cheval qui éclabousse un des généraux, c'est le gag qui dégonfle les rêves de grandeur. Pour le lecteur qui connaît l'issue de la bataille, ce rêve dissonant de bonheur à Waterloo est comique.

Le bonheur, c'est de se battre et Fabrice est prêt à en découdre. Or le premier soldat rencontré est un mort. Le saisissement de l'enfant est signifié par la répétition du mot « horreur » mais le tragique est revisité par le comique : le détail, sans importance et incongru ici, de la saleté des pieds introduit une atténuation de l'horreur. Le défi de la poignée de main au cadavre lancé par la vivandière constitue un contrepoint comique renforcé par le langage de la « blague » découvert par Stendhal dans les campagnes.

## Inexpérience et ironie

L'ironie stendhalienne ne se définit pas aisément ; elle ne se loge pas dans la catégorie classique de l'antiphrase qui fait entendre le contraire de ce qui est signifié. La visée ironique est avant tout chez lui récusation du caractère sérieux du réel. Pour reprendre une de ses expressions, il s'agit de « komiker » les situations même les plus tragiques. Elle est ce mélange ambigu de sérieux et de plaisanterie, nous l'avons vu, proche aussi de l'ironie romantique qu'il découvre chez le théoricien allemand Schlegel. En jetant dans la confusion de la bataille un Candide, un soldat de comédie, Stendhal se permet toutes les ressources de l'ironie : l'exploit héroïque se trouve mis en pièces par une série de détails dissonants ou intégré dans une situation ironique. Waterloo s'avère pour Fabrice le lieu du quiproquo, de l'ironie du sort. Les événements semblent se jouer de lui : il rêve de lutter pour la liberté, il se retrouve en prison ; sa motivation est de se battre mais on le croit espion ou amoureux de la femme du capitaine ; il veut voir l'Empereur mais il le rate à cause de « maudits verres d'eau-de-vie » ; il s'endort quand le sort de la bataille se joue ; il tue un Prussien mais comme à la chasse ; pour avoir dit crûment que les fuyards étaient des moutons, il se fait traiter de « blanc-bec »…

La restriction de champ dans la mesure où elle place le lecteur à la fois au centre de la vision et au dessus — ce qui lui permet d'en savoir plus que le héros — produit un décalage de portée ironique. Le premier assaut guerrier de Fabrice (72) donne lieu à un quiproquo comique : il prend « les nôtres » pour des ennemis. Le lecteur, averti par le narrateur de l'identité des soldats, ne peut que rire car le geste martial du héros s'avère sans objet et la formule pompeuse « Je vais voir si je suis un lâche » est cocasse dans une situation sans danger. Il y a peut-être là un rappel burlesque de Don

Quichotte dont le héros perdu lui aussi dans ses souvenirs chevaleresques se trompe de cible en attaquant des moulins à vent. Surprises et déconvenues n'ont pourtant pas pour effet d'altérer le code moral du héros qui ne déroge pas aux valeurs qui sont les siennes. Noblesse oblige ! Il prend bien soin d'éviter à cheval les blessés et Stendhal insiste sur son étonnement :

> [...] il remarqua que beaucoup de ces malheureux habits rouges vivaient encore [...] personne ne s'arrêtait pour leur donner [du secours]. (75)

L'ironie de l'auteur à l'égard de « notre héros, fort humain » n'en fait pas un fantoche ridicule ; sa conduite chevaleresque de respect du combattant comme de protection de la femme (il donne son cheval à la cantinière) s'avère obsolète non pas en elle-même mais du fait des conditions de la guerre moderne. Un autre manquement au code l'honneur étonne Fabrice, la trahison :

> Tous vendus aux Bourbons et trahissant l'Empereur. Fabrice écoutait avec saisissement cette affreuse accusation. (86)

L'adjectif « affreuse », à valeur intensive traite avec légèreté le sérieux de l'honneur, façon oblique de le valoriser en faisant ressortir l'ignominie des chefs.

L'ingénuité de Fabrice est sans cesse moquée avec tendresse par l'auteur. Tantôt il sollicite malicieusement le discours des autres personnages : « Il ne sait même pas charger son arme [...]. Quels soldats on nous donne maintenant » (84) dit le caporal Aubry. Ce ton familier et convenu nous avertit indirectement de la totale inexpérience de Fabrice. Tantôt la restriction de champ permet habilement de dissocier l'impression première, naïve, du moment où Fabrice comprend enfin ce que le lecteur sait. Un saule pulvérisé par les boulets (74), la terre « labourée de façon singulière » suscitent sa curiosité. Fabrice assimile la puissance mécanique de destruction du canon inconnue de lui à ce qu'il connaît, un « coup de faux » ou le labourage (76-80), activités de temps de paix. Ce décalage guerre/paix incongru ici produit un effet ironique.

Le mouvement est le même quand il s'agit des relations du héros avec ses compagnons d'arme perçus dans un rêve de fraternité chevaleresque (cf. les modèles du Tasse, *supra*). Puis Fabrice se fait voler son cheval et c'est la dure retombée dans la réalité. Stendhal prend soin de souligner avec tendresse que, si son héros pleure, c'est sur la bassesse des hommes car la fidélité héroïque est maintenue, même sur le mode plaisant :

> Voir arriver la mort n'était rien, entouré d'âmes héroïques. (81)

L'annonce de la charge des cosaques illustre ce jeu de l'inexpérience et de l'ironie. Le lecteur sait leur réputation de guerriers redoutables et saisit l'enjeu avant Fabrice trop ignorant du danger pour interpréter les signes autour de lui. C'est une situation de double vision comme au théâtre ou avec Charlot incapable de voir le policeman derrière lui. Mais dans le fond, il est le seul à ne pas fuir. Il ne manque d'ailleurs pas de courage, il défend le pont de l'auberge du Cheval Blanc contre les fuyards (99). Stendhal déplore « par malheur » que Fabrice atteigne le hussard et se réjouit « par bonheur » que le coup dévie. S'il défend le pont c'est autant par la volonté de son cheval qui « semblait prendre plaisir » que par volonté héroïque, s'il est blessé c'est légèrement, ce qui revient à ne pas prendre trop au sérieux l'héroïsme. L'héroïsme semble tenir du hasard ou du malentendu et se loger dans les petits actes sans éclats.

L'ironie de Stendhal démystifie un certain rêve héroïque chevaleresque. Si les intrusions d'auteur (« nous avouerons que notre héros était fort peu héros en ce moment ») témoignent d'une complicité entre le lecteur et l'auteur, l'ironie est rire de sympathie à l'égard du personnage. Elle ne s'attaque pas à l'intégrité morale de celui-ci. Par bien des aspects, Fabrice est un antihéros, il illustre le fait qu'un certain modèle héroïque est condamné par la guerre moderne mais il ne tombe pas dans l'absurde comme certains antihéros contemporains. Il maintient ses valeurs et ne s'aligne pas sur la vulgarité générale. Stendhal conteste l'héroïsme aristocratique mais au nom d'une aristocratie des âmes, pas au nom de la médiocrité.

Fabrice en réalité révèle Waterloo : sa myopie sur l'événement n'est pas due seulement à la discontinuité d'une perception fragmentaire (la fumée, l'alcool, la fatigue) elle est inscrite dans la grande bataille moderne où le soldat de base n'a plus aucune prise sur son action ni sur celle de ses compagnons. Fabrice cherchant où est le feu, où est l'ennemi, n'est-ce pas déjà le poilu de 14-18 incapable de se retrouver entre les lignes ? L'affrontement guerrier n'est plus un face-à-face individualisé avec un ennemi repérable, il se disloque dans l'anonymat. Fabrice ne peut que manquer la globalité de la bataille : « ce qu'il avait vu était-ce une bataille ? » Et s'« il ne comprenait rien », c'est peut-être qu'il est devenu impossible de comprendre le combat moderne dès lors, comme le montre R. Aron, qu'il présente le

> caractère impitoyable, hyperbolique, des guerres révolutionnaires à la différence des guerres en dentelles menées par les cabinets européens au milieu de l'indifférence populaire [...]. Les événements de 1789 à 1815 ne modifièrent pas de manière substantielle l'armement des troupes [...]. En revanche, le coefficient de mobilisation, donc les effectifs des armées, les rapports entre gouvernants et peuples [...] furent profondément modifiés par la Révolution. (*Sur Clausewitz*)

Ainsi, Fabrice avec son habit « trop grand » (67 et 103), son « sabre trop lourd » (98), n'est pas à la taille de ce qui se joue autour de lui ; il est dépassé au sens propre par le cours de l'histoire et de la guerre de masse.

## L'héroïsme dégradé en anti-exploit

L'évasion de la tour Farnèse (395) tient de l'héroïsme de cape et d'épée et démystifie le schéma romanesque habituel où le héros accomplit l'exploit pour rejoindre la femme aimée, alors que Fabrice quitte à contrecœur Clélia et la prison heureuse. L'héroïsation se fait ici sur le mode du merveilleux teinté de burlesque : d'un côté, sont évoquées l'incroyable cécité des sentinelles, la « force surnaturelle » de Fabrice, l'absence du héros à lui-même proche de l'onirisme (« il agit mécaniquement », « il s'endort », « il s'évanouit » dans les bras de la duchesse). De l'autre, les conversations des soldats, le héros pris pour le diable, la malice de la comparaison avec « un héros des temps de la chevalerie » désavouent l'héroïsme dans un contrepoint burlesque. Le récit mené avec le recul de la légende semble aller dans le sens de l'amplification épique qui est en même temps infirmée par l'opéra bouffe : l'illumination de Sacca, les quatre-vingt-neuf tonneaux de vin (401) sont la dérision de la révolution. L'histoire en Italie se termine toujours par des sonnets (411) ! Il s'agit d'un anti-exploit et l'idéal a désormais disparu. À Waterloo est mort « l'élan d'âmes aimantes de la gloire qu'il s'était figuré d'après les proclamations de Napoléon » (82). En perdant son sang, Fabrice a perdu la « partie romanesque de son individu » (102), façon désinvolte de congédier l'Arioste et Napoléon.

Chez Ferrante Palla, tribun sans peuple, l'idéal de la République demeure passion vivante. Mais sa grande action, le meurtre de Ranuce IV en une éclipse de comédie (419) s'avère vaine puisque le fils du tyran prolonge l'absolutisme du père, et pathétique car l'accomplissement solitaire de l'exploit sanctionne le deuil de toute cause collective. Mourir pour des idées, mourir pour une femme, cette double passion impossible résume par son équivalence fantasque l'approche stendhalienne des « illusions perdues ». La même dérision se retrouve dans l'évocation de la sédition de Parme (432) ou l'enlèvement du nouveau prince par des brigands (508). « Comment faire une république sans républicains ? » écrit Ferrante à la duchesse (434). Terrible constat fait par Stendhal lui-même qui préfère en rire en égratignant cette « grande lettre ridicule » de Ferrante prêt à partir pour l'Amérique. L'héroïsme congédié par l'histoire, reste l'exil pour l'un, la comédie du roman pour l'autre.

## De Stendhal à Tolstoï

En conclusion, il nous semble éclairant d'aborder l'héroïsation dans les récits de bataille peints par Tolstoï. Nous n'évoquerons que brièvement Hugo. Les cinquante pages consacrées à Waterloo dans *Les Misérables* (1862) sont un morceau de bravoure où domine l'emphase épique. Hugo adopte le point de vue totalisant analogue à « l'œil de Dieu » : vaste panorama reconstitué, mention heure par heure des principaux événements, déroulement objectif opposé au point de vue subjectif de Stendhal. L'héroïsme des cuirassiers, le sacrifice de la garde, la présence de Dieu, la déroute, tout est grandissement épique :

> C'étaient des hommes géants sur des chevaux colosses.

Dans *Guerre et Paix*, Tolstoï combine les points de vue diamétralement opposés de Hugo et de Stendhal. Dans son récit de la bataille de Borodino, il brosse une vaste évocation de la guerre de 1812, épopée nationale avec la défaite et l'abandon de Moscou. Ainsi cette bataille est-elle retranscrite sur un double plan, celui de l'ampleur grandiose et surplombante, et celui morcelé, déconstruit jusqu'au détail des multiples points de vue : Napoléon, le prince André, Pierre Bezoukhov, le général en chef Koutouzov.

Ce qui frappe chez Tolstoï, c'est que le soldat comme le général en chef sont dans la même situation de ne rien prévoir et de rien pouvoir car la guerre n'échappe pas à sa philosophie fataliste de l'histoire et s'inscrit dans une sorte de loi cosmique qui est le mouvement même de la nécessité. Dans l'*Épilogue*, il s'interroge sur les raisons « d'un événement où des millions d'individus se sont entre-tués, qui a entraîné la mort de 500 000 hommes », phénomène de masses en mouvement qui frappa précisément Clausewitz dans son ouvrage *De la guerre*.

Pierre, aussi myope sur l'événement que Fabrice n'a pas conscience d'être sur le champ de bataille, il ne voit lui aussi que la fumée blanche des détonations sans distinguer les morts ni les blessés. Puis il parvient à la redoute de Raïevsky où, coiffé de son chapeau blanc, il reste assis tranquillement, spectateur passif d'une histoire à laquelle il ne comprend rien et qu'il vit comme un épisode insignifiant. De son côté, Nicolas Rostov mobilisé en Pologne a capturé un officier français et ce qui le trouble c'est qu'il a « un visage ordinaire, quotidien, non pas celui de l'ennemi ». Décoré pour cet acte, il fait l'expérience déconcertante de la confusion des valeurs, ce qui est encensé par la hiérarchie militaire n'a rien d'un exploit pour celui qui reste sensible à l'humanité de l'autre et à l'amour de la vie si fort chez Tolstoï :

> Alors ce qu'on appelle héroïsme, ce n'est donc que cela ? Et on m'a donné la croix de Saint Georges... Je ne comprends rien à rien[1].

L'impressionnisme de Tolstoï s'attache à tous les faits, petits ou grands : l'aspect terrifiant du champ de bataille, l'amputation d'Anatole, le rival du Prince André pour qui il a un élan de pitié et d'amour, la mort héroïque du jeune Petia. Cette attention à ce qui est moléculaire, fragmentaire, Tolstoï l'avait trouvée chez Stendhal pour lequel il avait une grande admiration :

> Pour tout ce que je sais de la guerre, mon premier maître c'est Stendhal.

1. Livre troisième, 1re p. XV.

# Silence et langage

*Catherine Cazaban*

Considérons le titre et entrons en « stendhalie[1] ». *La Chartreuse de Parme* inscrit le récit dans une double topographie : d'un côté un monastère, de l'autre la ville italienne.

Au monastère, on associe volontiers l'idée de clôture, de contemplation et de silence. C'est aussi un lieu « asexué » : le chartreux laisse derrière lui le monde de la chair pour se dévouer corps et âme à la seule célébration de l'amour divin. En un mot, la chartreuse a tout du « non-lieu » romanesque ; le récit, d'ailleurs, ne s'y attarde pas, la chartreuse n'est pas décrite, mais seulement localisée géographiquement, et l'on ne sait rien de ce qui s'est passé pendant l'année du séjour de Fabrice. Lieu de la mort du héros — c'est *son* lieu comme le désignent les dernières lignes du roman, « *sa* Chartreuse » —, c'est donc surtout le lieu de la fin du langage romanesque. La chartreuse atteinte, tout retourne au silence.

Parme incarne l'Italie mythique de Stendhal : patrie du verbe, du langage des mains, du théâtre, de l'Opéra et de l'amour ; en un mot, l'Italie est le lieu de tous les langages[2], du pays des sens où tout peut faire sens. Mais elle est incarnée par sa cour, classiquement présentée comme un monde en représentation, lieu de toutes les vanités ; de fait, elle n'est décrite qu'au travers des espaces mondains que sont les salons, les théâtres et même les églises — où l'on va comme au spectacle, installé dans de confortables fauteuils. Genette évoque le « babilanisme[3] » de Parme illustré par le flux de lettres, de sonnets satiriques, d'épigrammes, de propos de toutes sortes au service de la rumeur : la plupart du temps, les lettres accompagnent l'intrigue politique. Les connotations associées à Parme peuvent donc être tout à fait négatives et se démarquer de l'amour que porte Stendhal à sa patrie d'élection, l'Italie.

C'est ainsi que le langage de la cour de Parme est souvent l'expression de rapports hiérarchiques biaisés, un moyen d'éviter la communication directe tout en imposant sa marque. Il est figé, à l'image des enveloppes prérédigées du Prince qui « avait dans son bureau une collection d'enveloppes avec les adresses de la plupart des gens de cour, de la main de ce même soldat qui passait pour ne pas savoir écrire, et n'écrivait jamais même ses

1. Le mot est de Julien Gracq, *En lisant, en écrivant*, Corti, 1981, p. 28.
2. Le narrateur a d'ailleurs parfois recours à l'italien, là où le français est trop pauvre : « Ici même que suis-je autre chose que le *terzo incommodo* (cette belle langue italienne est toute faite pour l'amour) ! », s'exclame, par exemple, le comte Mosca (168).
3. G. Genette, *Figure II*, Le Seuil, 1969.

rapports de police. » (163). Les paroles de salon sont des répliques d'une pièce écrite d'avance. Ainsi le courtisan, Gonzo, « n'était à son aise et heureux que lorsqu'il se trouvait dans le salon de quelque grand personnage qui lui dît de temps à autre : *Taisez-vous, Gonzo, vous n'êtes qu'un sot* » (495), c'est-à-dire lorsqu'une réplique, toujours la même, le fait exister en tant que personnage du jeu social ; et il lui importe peu que ce rôle soit en dessous de ses qualités, « Gonzo [ayant] presque toujours plus d'esprit que le grand personnage. » Vis-à-vis de ce langage, Stendhal n'a que mépris, comme en témoignent les très nombreuses occurrences de « etc.[1] » qui marquent l'ineptie et le ressassement du propos[2]. Après que la duchesse eut annoncé au marquis Crescenzi le projet d'empoisonnement de Fabrice, « le marquis pâlit, et sa physionomie, loin d'être animée par ces mots, peignit l'embarras le plus plat ; il ne pouvait croire à un crime si épouvantable dans une ville aussi morale que Parme, et où régnait un si grand prince, etc. ; et encore, ces platitudes, il les disait lentement. » (455)

Dans ce contexte de verbiage social, le silence est à l'opposé de celui de l'ascète dans sa chartreuse, c'est un moyen d'action et non de contemplation. Il est d'abord un moyen concret de protection — en parlant, Fabrice risque de se démasquer à Waterloo — ; il accompagne souvent les tractations secrètes : « Le silence absolu envers tout le monde, ou la plus humide des basses fosses » (163) ordonne le Prince à son homme de main. Mêmes propos tenus à Rassi au moment de rendre la sentence : « – Signez cela, dit le prince, et surtout bouche close, quoi que vous puissiez entendre annoncer par la ville. [...] Derechef, silence, et bonsoir. » (271) Plus généralement, il est la façade de l'homme en société s'il veut survivre dans l'imbroglio des intrigues. C'est d'ailleurs une des règles sociales exposées par la duchesse à Fabrice : « Crois ou ne crois pas à ce qu'on t'enseignera, *mais ne fais jamais aucune objection*. Figure-toi qu'on t'enseigne les règles du jeu du whist ; est-ce que tu ferais des objections au jeu de whist ? » et plus loin : « S'il te vient une raison brillante, une réplique victorieuse qui change le cours de la conversation, ne cède point à la tentation de briller, garde le silence. » (147).

Dans le contexte amoureux, le silence est là, encore, un masque permettant de ne surtout pas dévoiler son intimité. C'est ainsi que le malheureux Mosca se demande s'il doit faire éclater sa jalousie :

> Si je me tais, on ne se cachera pas de moi. [...] Ne disant mot de mon martyre, on ne se cache point de moi et je vois tout ce qui peut se passer. [...] Puisque je suis aveuglé par l'excessive douleur, suivons cette règle, approuvée de tous les gens sages, qu'on appelle prudence. D'ailleurs, une fois prononcé le mot fatal *jalousie*, mon rôle est tracé à tout jamais. Au contraire, ne disant rien aujourd'hui, je puis parler demain, je reste maître de tout. (164-165)

Mêmes hésitations chez Fabrice, qui ne parvient pas à dire à la duchesse ses véritables sentiments :

---

1. Pour un relevé lexicographique, le site Internet ABU propose la version en ligne de *La Chartreuse de Parme*. Il suffit d'entrer un mot-clé pour obtenir un relevé exhaustif.
2. Équivalent linguistique du « *ad libitum* » en musique.

> [...] ce fut en vain qu'il chercha dans son cœur le courage de parler avec cette sincérité sublime qui lui semblait si facile la nuit qu'il passa aux rives du lac de Côme. Je vais fâcher la personne que j'aime le mieux au monde ; si je parle j'aurai l'air d'un mauvais comédien. (202)

Ainsi le titre superpose-t-il au moins deux univers, apparemment antithétiques : le premier, associé à Parme, à un langage tournant à vide, et à une communication biaisée, le second, associé à la chartreuse et à son silence.

Dans l'entre-deux de la cour de Parme et d'une chartreuse aux contours à peine esquissés, le lecteur adopte une dynamique particulière : en effet, dans la mesure où le récit le conduit dans l'espace intime et silencieux d'un monastère, il ne devrait pas s'étonner du processus de raréfaction du langage. Il y a, pour ainsi dire, « réduction », au sens culinaire du terme : au bouillonnement d'un langage, associé aux bruits du monde extérieur, fait écho le silence intérieur du recueillement. C'est d'ailleurs en ces termes que Julien Gracq rend compte du rythme du roman :

> *La Chartreuse* embraye sur trois vitesses successives : celle du visiteur de Waterloo, dont l'œil myope s'englue à chaque instant dans les détails — celle du corps du récit, beaucoup plus rapide — celle de la dernière partie, simple résumé certes signé, mais qui s'impatiente et qui court la poste « en sautant » autant qu'il peut. La souple accélération donne au livre un *legato* assez convaincant, mais un lecteur qui passerait sans transition de la retraite de Belgique à l'épisode, *boulé* à toute allure, d'Anetta Marini, se persuaderait difficilement d'avoir feuilleté un seul et même ouvrage. La précision fouillée de l'épisode de Waterloo en fait un long prologue qui ne réussit pas à se souder parfaitement au reste du récit : c'est un hors-d'œuvre, qu'il faut prendre au meilleur sens du mot : apéritif et gastronomique[1].

Le récit est comme un fil tendu entre le langage et le silence, entre le pôle épique que constitue cette ouverture, au sens musical du terme, et la tonalité plus lyrique de la seconde partie. Plus l'on s'approche de la fin, plus le récit s'accélère, c'est-à-dire moins il y a de mots pour conduire au dénouement : ellipses et sommaire se multiplient, à tel point que l'on a souvent noté la rapidité désinvolte avec laquelle Stendhal achève son récit[2] ; c'est un « *allegro furioso* » qui nous mène à la mort de Sandrino, à celle de Clélia, de Fabrice, puis de la comtesse Mosca comme en témoigne la fameuse ellipse de « trois années. » (504) En revanche, les occurrences sur le silence de Fabrice sont nombreuses et préfigurent sa retraite à la Chartreuse[3] :

> Lorsque la cérémonie du mariage eut lieu, il y avait huit jours entiers que Fabrice s'était voué au silence. (472)

> Le monde où il passait sa vie lui déplaisait mortellement [...] Il eut été doux de vivre tout à ses pensées, et de n'entendre plus la voix humaine que dans l'exercice officiel de ses fonctions. (485)

> Le silence habituel que, par ennui de la vie, Fabrice gardait partout, excepté dans l'exercice de ses fonctions et à la cour, joint à la pureté parfaite de ses mœurs, l'avait mis dans une vénération si extraordinaire qu'il se décida enfin à obéir aux conseils de sa tante. (487)

1. J. Gracq, *En lisant, en écrivant*, *op. cit.*, p. 68.
2. Cf. les nombreux commentaires de J. Gracq sur la question.
3. Elles s'opposent aussi au silence imposé et impossible à maintenir de Fabrice en Belgique. Deux attitudes antithétiques qui peuvent conduire à lire *La Chartreuse* comme un parcours initiatique.

Bien qu'antithétiques et donnant le ton des deux parties du roman, ces fils sont étroitement emmêlés : on peut taire l'essentiel en parlant, comme on peut parler en se taisant. La fréquence des monologues intérieurs et l'emploi de l'indirect libre permettent à Stendhal de jouer sur l'ambivalence du silence : lorsque Clélia rencontre Fabrice pour la seconde fois, elle se tait, mais le récit se charge de nous faire entendre son discours intérieur :

> Clélia rougit et fut tellement interdite qu'elle ne trouva aucune parole pour répondre. Quel air noble au milieu de ces êtres grossiers ! se disait-elle au moment où Fabrice lui adressa la parole. La profonde pitié, et nous dirons presque l'attendrissement où elle était plongée, lui ôtèrent la présence d'esprit nécessaire pour trouver un mot quelconque, elle s'aperçut de son silence et rougit encore davantage. (281)

Dans la plupart des cas, et plus particulièrement lorsqu'il s'agit d'amour, plus le monde extérieur impose un langage social, plus les personnages composent : silence à l'extérieur, ou paroles convenues, bouleversement à l'intérieur et jeu de regards permettant aux « *happy few* » de décrypter le message. La duchesse, étonnée de la flamme qu'elle lit dans les yeux de Clélia, conjecture : « Jamais Clélia n'a été aussi belle, et l'on peut dire aussi touchante : son cœur aurait-il parlé ? » (286) Autre exemple de « dissociation », la partie de whist avec le Prince — on se souvient de la métaphore du jeu de whist employée par la duchesse : un Fabrice qui « ce jour là avait horreur de parler » (474), une Clélia « forcée par son mari » (477), et un cercle de courtisans. Le récit s'attache alors à mêler les monologues intérieurs des deux amoureux et les propos dits à haute voix pour masquer le trouble, l'analepse permettant de suivre d'abord les pensées de Fabrice lorsqu'il découvre la marquise Crescenzi, puis, en écho celles de Clélia, à la manière d'un duo d'opéra. Au travers de ces quelques occurrences, on voit bien que le récit nous offre toujours les moyens de décrypter le silence et de le transformer en langage. Ce « feuilletage » dynamique interdit toute tentative de fixité du sens, nous sommes dans un entrelacs de motifs traités comme une partition musicale.

Sur ce point, la lecture que fait Balzac de *La Chartreuse de Parme* est probablement ce qu'il ne faut pas faire : en l'occurrence, il la limite à la seule peinture historique de l'Italie, à tel point que pour lui le roman aurait dû s'achever au moment où la grande comédie de la cour se termine : « [...] en dépit du titre, l'ouvrage est terminé quand le comte et la comtesse Mosca rentrent à Parme et que Fabrice est archevêque ». (105) Ainsi, il refuse le versant du roman menant à la chartreuse, c'est-à-dire au silence. Mais voilà Stendhal qui lui répond :

> *Je veux* parler de ce qui se passe au **fond** de l'âme de Mosca, de la duchesse, de Clélia. C'est **un pays**[1] où ne pénètre guère le regard des enrichis [...]*le regard des épiciers, des* bons pères de famille, etc., etc.[2]

Là où Balzac ne souhaiterait lire que le feuilletage historique — la reprise amplifiée des chroniques italiennes — Stendhal répond donc en termes de

1. C'est moi qui souligne.
2. *Études sur Stendhal et la* Chartreuse, suivies de la réponse de Stendhal, Slatkine Reprints, Genève, 1997, p. 131.

géographie intime. L'écriture est là pour révéler l'intériorité des êtres au-delà des apparences, au-delà de leur rôle social, ce qui présuppose en même temps que l'on sera capable de la percevoir. Cet œil capable de déchiffrer les signes est ce qui confère au langage artistique sa supériorité sur un langage commun, peu apte à l'élaboration d'un sens.

Stendhal tient visiblement à cette idée puisqu'elle apparaît dans l'épigraphe de Ronsard, du chapitre II[1], qui souligne la difficulté de cette révélation. Les hommes n'entendent pas souvent l'éloquence du silence ; empêtrés dans « la terre », ils ne savent pas lire. La lecture étant un décryptage, un moyen d'ordonner le silence du monde et de se mettre en relation avec le monde supérieur de la spiritualité.

Remarquons que cette épigraphe n'occupe pas la place attendue, au chapitre I, retardé par la description de Milan en 1796, qui est d'ailleurs elle-même comme décalée dans l'horizon d'attente d'un lecteur, orienté par le titre vers la piste de Parme. C'est le même mouvement de resserrement que l'on trouve dans l'énumération de Stendhal dans sa réponse à Balzac : Mosca, d'abord, parce qu'englobant tous les niveaux — historique et intime —, la duchesse, ensuite, à la fois centre brillant de la cour de Parme, dès qu'elle y apparaît, et femme de l'ombre et de la confusion des sentiments, Clélia, pensionnaire volontaire de la tour Farnèse, solitaire et rêveuse et... Fabrice, l'absent silencieux. Sans doute faut-il voir ici la traduction, en amont et au sein même du roman, de cette difficulté à dire l'intimité, inhérente au langage lui-même. Aussi le récit procède-t-il par cercles concentriques, du plus large au plus étroit, du plus superficiel jusqu'au plus profond, vers la révélation d'un sens, conçu comme le noyau dur de l'indicible, le silence de la retraite. Même mouvement de rétrécissement et concentration du lieu historique — que représenterait la cour de Parme, et plus généralement l'Italie — à l'espace intérieur de l'être, dans la désignation finale des « *happy few* ». Tout se passe comme si en même temps que de l'Italie émerge la « Chartreuse ». C'est du roman que surgit la figure de destinataires idéaux[2]. Comme si l'espace-temps du roman élaborait, à mesure qu'il se déroulait, ses propres valeurs, dont l'explicitation ne pouvait se révéler qu'à la fin d'un parcours qui souligne paradoxalement le triomphe du silence sur le langage.

Il est évident, en effet, que Stendhal a une attitude extrêmement ambiguë par rapport au langage : d'un côté, il l'utilise sans cesse et partout, de l'autre, la parole humaine est donnée à l'homme pour « cacher sa pensée[3]. » Genette évoque le goût du romancier pour « le fétichisme épigraphique[4] »

1. « Car lui [Dieu], du fond des cieux regardant un humain,
Parfois mû de pitié, lui montre le chemin ;
Par les astres du ciel qui sont ses caractères,
Les choses nous prédit et bonnes et contraires ;
Mais les hommes, chargés de terre et de trépas,
Méprisent tel écrit, et ne le lisent pas. »
2. La place attendue de la dédicace étant à l'initiale.
3. Cette phrase se trouve dans *Le Rouge et le Noir* et dans *Armance*.
4. G. Genette, *Figure II*, *op. cit.*, p. 167.

qui le fait écrire sur n'importe quel support (ceinture, bretelles, papiers, marges des manuscrits) et dont on trouve un écho chez Fabrice qui écrit sur sa montre ; il souligne, en outre, « la prolifération pseudonymique[1] » d'un auteur qui n'a pas moins d'une centaine de sobriquets et deux pseudonymes littéraires. Nul doute que les mots sont le souci principal de l'homme et que la communication est le désir majeur du romancier. Le thème est central dans ses romans, non seulement au niveau de l'intrigue entre les personnages — d'où la prolifération des lettres, des correspondances chiffrées dans *La Chartreuse* —, et au niveau de la conduite du récit où c'est le souci constant du narrateur qui fait de son héros, « notre héros ». Beyle et Stendhal vivent assurément par, pour et dans le langage.

Et pourtant, tout s'oppose à la communication : les principaux protagonistes sont souvent éloignés les uns des autres, les jeux de cour interdisent l'expression directe des sentiments, un mot ou une lettre peuvent vous faire bannir, emprisonner ou même mourir. Certains personnages expriment d'ailleurs cette méfiance à l'égard du langage ; c'est le cas de l'abbé Blanès, présenté comme un « personnage d'une honnêteté et d'une vertu *primitives* » (51) qui, méprisant l'étude des langues, passe ses journées à contempler, en silence, les signes célestes :

> Que sais-je de plus sur un cheval, disait-il à Fabrice, depuis qu'on m'a appris qu'en latin il s'appelait *equus* ? (52)

Lui seul détient le pouvoir de déchiffrer la magie des signes envoyés des cieux et c'est de lui que Fabrice héritera d'« une confiance illimitée dans les signes » (53). Même méfiance dans le commentaire des sonnets de Ludovic :

> [Il] profita de ces longs moments de loisir pour réciter à Fabrice plusieurs de ses sonnets. Les sentiments étaient assez justes, mais comme émoussés par l'expression, et ne valaient pas la peine d'être écrits ; le singulier, c'est que cet ex-cocher avait des passions et des façons de voir pittoresques ; il devenait froid et commun dès qu'il écrivait. C'est le contraire de ce que nous voyons dans le monde, se dit Fabrice ; l'on sait maintenant tout exprimer avec grâce, mais les cœurs n'ont rien à dire. (220)

Méfiance maladive, allant jusqu'à l'angoisse chez le comte Mosca qui se voit emprisonné dans les filets de sonnets satiriques et d'épigrammes acerbes, en d'autres termes, mort sous la vindicte publique. Ainsi faut-il chercher ailleurs que dans la parole écrite ou parlée les modalités d'une communication véritable. *La Chartreuse* est, à ce titre, un véritable voyage dans les langages alternatifs, la plupart du temps silencieux.

Dans ce contexte, on ne peut dissocier le langage amoureux du langage social. L'amour de Fabrice et de Clélia, que Balzac aurait mieux vu comme sujet d'un autre roman, en est la matière même. En tant que manifestation de la part la plus intime de l'être, il est le moyen de questionner le langage : comment, en effet, par-delà les discours convenus, exprimer l'individu, dans sa manifestation la plus intime ? De ce fait, l'amour et la peinture de la

1. *Ibid.*, p. 159.

société parmesane sont une manière, non seulement d'interroger le langage mais encore d'en montrer les limites.

D'abord parce que cet amour est associé à un lieu ambivalent, la tour Farnèse. Elle domine Parme et son nom fait écho au projet initial de relater la vie de l'illustre famille italienne ; en ce sens, elle recèle une partie des secrets de la ville et de sa politique. Mais Stendhal détourne sa fonction première et révèle son « double fond » : dans le secret de ses murs, elle va pendant « neuf mois » abriter le langage de l'amour. En outre, elle est la préfiguration de la « Chartreuse » à venir mais aussi de l'attitude que vont adopter Fabrice et Clélia dans le monde, celle du secret et du silence. D'ailleurs, le lecteur pourrait penser que *La Chartreuse de Parme* est une périphrase désignant cette même tour Farnèse. Ce qui frappe Fabrice à son arrivée c'est, en effet, « le vaste silence qui régnait à cette hauteur » (326), seulement troublé par le chant des oiseaux[1]. Si le langage est connoté négativement, nous l'avons vu, le silence, en revanche, lorsqu'il s'accompagne de solitude, est toujours valorisé : que ce soit sur les bords du lac de Côme, où il offre à Fabrice « les moments les plus heureux qu'il eût goûtés depuis longtemps. » (176), dans le clocher de Grianta ou dans la cellule de la tour Farnèse.

Ensuite, parce que l'amour est, pour Stendhal le seul langage qui peut tendre vers la communication idéale et sacrée, connue des seuls initiés : dans son article « Le rapport voix/passion dans l'œuvre de Stendhal[2] » Françoise Coulont-Henderson, citant Michel Crouzet, *Stendhal et le langage*, fait remarquer que « le langage n'est pas seulement un moyen médiocre de représenter la réalité, c'est aussi un pâle reflet de nous-même. Par lui nous nous exposons aux jugements des autres. La parole nous livre à la merci de notre interlocuteur et de sa compréhension. L'idéal serait d'être reçu tel qu'on se donne, de « se faire entendre, de guider imperceptiblement et dans la pénombre des suggestions d'autrui vers la compréhension intuitive et même prophétique » de soi-même. ». En ce sens, le langage est une prison mais c'est paradoxalement la prison réelle qui va libérer Fabrice de la contrainte d'avoir à s'exprimer par des mots. En effet, la tour Farnèse devient le creuset dans lequel l'alchimie amoureuse va créer un langage idéal, une parole d'or.

> Fabrice va se recréer en prison, et l'efficacité de cette recréation va être intimement liée à l'invention d'une écriture qui permettra une communication supérieure dans un langage purifié[3].

Nombreuses sont les études qui ont analysé l'élaboration progressive de la communication entre Fabrice et Clélia, mettant en avant le silence comme principe même de cristallisation. Chez Stendhal, il est la condition première de la communication véritable. En l'absence de toute possibilité de communiquer par les mots — distance séparant les deux fenêtres,

1. On connaît les connotations religieuses du langage des oiseaux.
2. *Stendhal Club*, 15 octobre 1989, p. 24.
3. P. Brooks, « L'invention de l'écriture (et du langage) dans *La Chartreuse de Parme* », *Stendhal Club*, n° 78, 15 janvier 1978, p. 183.

présence de l'abat-jour, situation familiale de Clélia —, les amoureux vont inventer, au sens propre et au figuré, un autre alphabet, celui des yeux, des gestes, de la musique. Certains critiques ont vu là l'influence de Rousseau et de son *Essai sur l'origine des langues*, « où la peur préside à la première nomination, et où ce n'est pas le besoin mais la passion qui fait éclater la voix, ces premiers cris qui vont ensuite servir de base au langage articulé. Et, tout comme chez Rousseau le langage est à l'origine chant, la première réponse de Clélia à Fabrice est un récitatif d'opéra[1]. » Ainsi, les deux jeunes gens redécouvrent cette sorte de langage naturel, préexistant au langage articulé. Et le récit nous dit que cela ne peut se faire que loin du regard des hommes. Le choix de la tour Farnèse, des vœux faits à la Madone qui entravent, de la nuit protégeant les rencontres à venir, et plus tard celui de la Chartreuse, signifie, en effet, que pour exprimer l'amour « il faut le soustraire à sa représentation qui domine alors la société, puisque pour reconquérir son intériorité, il faut faire taire son discours codifié qui s'établit partout. C'est pour cette raison que la relation de Clélia et de Fabrice invente un nouveau discours amoureux, mais plus significativement un nouveau langage dont l'apprentissage et la complexité vont avec ceux des sentiments[2]. »

Ainsi, le langage amoureux qui s'élabore sous nos yeux ne peut être compris que sur le fond du mauvais langage de Parme, qui joue en contrepoint : d'un côté le langage naturel qui n'a presque pas besoin de mots, de l'autre, le langage artificiel et perverti de la cour. Durant la période de l'emprisonnement, les codes et les chiffres de la duchesse « jouent le jeu parmesan du détournement du langage, et elle est à jamais bannie de l'intimité vibrante du couple qui a passé par l'ascèse du silence pour atteindre enfin la parole pleine[3]. » si bien que « Fabrice [qui] devait à la duchesse l'histoire des neufs mois passés dans une horrible prison [...] n'avait à dire que des paroles brèves et incomplètes. » (405) Les deux amoureux résonnent à l'unisson, comme les cordes d'un même instrument et le langage qu'ils ont enfanté leur permet de « se parler à l'âme » : leur communication est poétique et religieuse :

> Le paradoxe du romanesque, c'est qu'il débouche sur le secret mystique et le lyrisme le plus intime, il est obligé de décrire ce secret de l'intimité, ou bien alors de se contenter de jubiler, de chanter la joie de l'intimité, mais dans ce cas la littérature glisse du romanesque au lyrisme poétique[4].

Mais à Parme, il leur faudra trouver d'autres langages.

Attardons-nous sur deux de ces manifestations du langage amoureux, greffé sur le langage social, et associé à une conception religieuse du silence vers laquelle, nous l'avons vu, nous conduit le récit. L'amour sublime le silence et donne aux amoureux le pouvoir de déchiffrer les signes. Il s'exprime par le biais d'un second langage, d'une « communication crypto-

1. P. Brooks, « L'invention de l'écriture (et du langage) dans *La Chartreuse de Parme* », *op. cit.*, p. 185.
2. F. Landry, *La Chartreuse de Parme*, Lettera, L'Âge d'homme, 1982, p. 319.
3. P. Brooks, *op. cit.*, p. 189.
4. G. Durand, *Décor mythique*, Corti, Paris, 1961, p. 210.

graphique[1] » qui prend appui, comme pour en souligner la pureté, sur un langage religieux.

La première concerne l'exemplaire in-folio des œuvres de saint Jérôme sur lequel Fabrice écrit le journal de sa captivité, *a priori* sans autre destinataire que lui-même :

> les grands événements n'étaient autre chose que des extases *d'amour* ***divin***[2] (ce mot divin en remplaçait un autre qu'on osait écrire). [...] don César n'avait fait qu'y jeter un coup d'œil en replaçant dans sa bibliothèque le volume de **Saint Jérôme**. S'il en avait suivi les marges, il aurait vu qu'un jour le prisonnier, se croyant empoisonné, se **félicitait** de mourir à moins de quarante pas de distance de ce qu'il avait aimé le mieux dans ce monde [...] Cette belle idée : *Mourir près de ce qu'on aime* ! exprimée de cent façons différentes, était suivie d'un sonnet où l'on voyait que **l'âme** séparée, après des tourments atroces, de ce corps fragile qu'elle avait habité pendant vingt-trois ans, poussée par cet instinct de bonheur naturel à tout ce qui exista une fois, ne remonterait pas au **ciel** se mêler aux chœurs des **anges** aussitôt qu'elle serait libre et dans le cas où le **jugement** terrible lui accorderait le pardon de ses **péchés** ; mais que, plus heureuse après la mort qu'elle n'avait été durant la vie, elle irait à quelques pas de la prison, où si longtemps elle avait gémi, se réunir à tout ce qu'elle avait aimé au monde. Et ainsi, disait le dernier vers du sonnet, j'aurai trouvé mon **paradis sur terre**. (407)

Pour le narrateur, ce journal est puéril, comme en témoigne la tonalité ironique utilisée, pour don César, il n'est rien, mais pour Clélia, il est tout : elle chantera chaque jour ce sonnet, dont nous ne connaîtrons jamais les vers et qu'elle sait par cœur dès le premier jour.

Même double niveau de communication dans le sermon de Fabrice et même compréhension immédiate du sens caché par l'intéressée :

> Tout en lisant le papier écrit, Fabrice trouva deux ou trois idées sur l'état de l'homme malheureux pour lequel il venait solliciter les prières des fidèles. Bientôt les pensées lui vinrent en foule. En ayant l'air de s'adresser au public, il ne parlait qu'à la marquise [...] Clélia, à peine eût-elle entendu les dix premières lignes de la prière lue par Fabrice, qu'elle regarda comme un crime atroce d'avoir pu passer quatorze mois sans se voir. (503)

Par deux fois donc, l'amour est véhiculé au travers d'un langage religieux comme un palimpseste. Tout se passe comme si le langage véritable était celui qui recèle nécessairement un double fond : un sens de surface, et un sens secret, lisible seulement pour le destinataire caché, à l'image de ce ciel plein de « caractères » de l'épigraphe de Ronsard, des cartes de l'abbé Blanès, ou comme le roman de Stendhal, seulement décryptable pour quelques « happy few ».

Car le roman est aussi à double fond, à l'image du double destinataire, apparent et caché, de *La Chartreuse* :

> Tout en s'adressant ouvertement à un lecteur hostile, Stendhal a besoin d'un lecteur sympathique, un « ironiste » qui puisse déchiffrer le sens caché des phrases. En effet, le discours ironique est oblique et cryptographique : Stendhal transmet un secret compris seulement par lui et par le destinataire « idéal ». C'est par la lecture attentive et sensible du texte, plutôt que par des conventions préétablies, que le lecteur acquiert les clés de ce code secret, qu'il s'initie à la confrérie stendhalienne, qu'il se range parmi les happy few[3].

1. J. Berg, « Cryptographie et communication dans *La Chartreuse de Parme* », *Stendhal Club*, n° 78, 15 janvier 1978.
2. C'est moi qui souligne.
3. J. Berg, « Cryptographie et communication », *op. cit.*, p. 177.

De cette manière, il entend créer avec son lecteur, la même relation harmonique qui règne entre Fabrice et Clélia. Écrire et lire seraient alors des actes d'amour, entre un auteur et un cercle d'élus, mais aussi entre l'artiste et *son* langage, *sa* chartreuse à lui. Et le poète Ferrante, qui agit, écrit, respire par amour, pourrait bien révéler, au fond, le visage de l'artiste Stendhal. De ce fait, nous ne pourrions terminer notre étude sans dire quelques mots sur le langage du roman. Le lecteur n'aura, en effet, pas manqué de remarquer, dans le silence de sa lecture, l'aspect « tracé » des signes qu'il parcourt : en lisant le manuscrit de *La Chartreuse*, on prend conscience d'ailleurs que les reliefs du texte ne sont que de pâles reflets de ce que nous lisons ; et on se prend alors à rêver d'entendre, par-delà le silence des mots, la voix de Stendhal dictant, dans un souffle long de cinquante-deux semaines, le récit des aventures de Fabrice, dont le nom résonne comme le son de cloche d'un pays merveilleux que nous n'aurons jamais fini de sillonner, la « Stendhalie ».

# Le choix de l'oblique

*Guy Renotte*

De façon générale, tout, dans les relations humaines au sein de l'univers stendhalien, est affaire de signe. Dans *La Chartreuse de Parme* en particulier, la réalité n'est que rarement atteinte telle qu'en soi, et les êtres eux-mêmes ne se rejoignent jamais réellement. Au contraire, il y a toujours, entre l'homme et le monde, comme entre les hommes eux-mêmes, médiation par le signe.

Tout le roman est ainsi constellé de signes, signes indicatifs qui n'ont valeur que d'allusion. Les mots renvoient non à la chose elle-même, mais à une certaine image de la chose, qui redouble la valeur substitutive d'un langage cherchant dans son irréductible ambiguïté et dans ses changements, à formuler une évidence qui se refuse. Il faut se souvenir ici de la confidence faite par la duchesse de Sanseverina au comte Mosca, dans une salle pleine de gens :

> – Vous me grondez toujours quand je dis des secrets inutilement. C'est par moi que fut appelé au trône Ernest V ; il s'agissait de venger Fabrice, que j'aimais alors bien plus qu'aujourd'hui, quoique toujours fort innocemment. (433)

Ce qui signifie implicitement : « C'est moi qui ai fait tuer Ernest Ranuce ».

L'expression est ainsi le sens premier, latéral, celui qui fuse entre les mots, qui naît à chaque parole en quoi se crée un nouvel état du langage selon lequel pour que l'intention de signifier se réalise, il faut qu'elle ne se réalise pas tout à fait ; pour qu'une chose soit dite, il faut qu'elle ne soit pas dite absolument, qu'elle soit toujours à la fois dite et non-dite, sinon le langage disparaîtrait au profit de la « chose même », comme un vêtement devenu inutile.

Dès lors, l'écriture dans *La Chartreuse de Parme* renvoie bien à cette « obsession de la distance interposée[1] » dont la *Voie oblique* a révélé les procédés. Ainsi s'amorce notre propos : si Stendhal, dont la pensée ne cessa de se nourrir de la philosophie linguistique des lumières, a incontestablement eu, par le canal d'Helvétius et de Condillac, l'intuition de la coïncidence de l'homme et de son langage, il semble d'autre part que dans la lignée des idéologues et des sensualistes, il aurait eu une intuition « structuraliste » du langage.

---

1. Selon la très juste expression de Jean Rousset dans son intéressant article « La communication à distance dans *La Chartreuse de Parme* », cf. Pierre Louis Rey, *Stendhal, La Chartreuse de Parme*, Klincksieck, « Parcours critique », 1996, p. 117-123.

Une question fondamentale serait à la base de cette *communication indirecte* que Stendhal choisit d'adopter dans *La Chartreuse de Parme :* comment le roman parvient-il à cerner la spécificité du langage parmi les formes symboliques comme l'art, qu'il ne peut plus se contenter d'opposer au langage qui serait direct, puisqu'il est de l'essence même du langage, de tout langage, d'être indirect ?

C'est que le langage, seul parmi les formes symboliques, serait visée explicite de totalisation, de reprise sur soi. Mais comment concilier cette visée avec la « précarité » des moyens du langage, puisque le langage a aussi un aspect constitué, un aspect-chose ? C'était déjà le problème de Kant, celui dont il chercha la solution dans le sensible *a priori* qu'est le temps, saisi et produit à la fois par l'imagination transcendantale.

Nous arrivons alors au point le plus délicat, là où l'ambiguïté de l'écriture stendhalienne dans *La Chartreuse de Parme* est la plus manifeste, et traduit une incompatibilité entre des présupposés « métaphysiques » et l'émergence d'une pensée déjà « structurale ». Comment le langage se saisirait-il en avant de lui-même, si ce qui le fait être langage est précisément le sursis indéfiniment reporté de la transparence du signe, si le signe, ne signifie jamais que par son renvoi latéral aux autres signes ?

Ou le langage est *Logos*, Histoire, découlant d'une origine de sens toujours visée, toujours présomptive ; ou le langage comme expression nous renvoie au silence de l'art, que la rationalité ne saurait déchirer.

La lecture de *La Chartreuse* semble bien révéler chez Stendhal le paradoxe d'une pensée « structurale » avant la lettre, qui l'oblige à rejeter toute téléologie d'un langage transparent, téléologie incluse dans les concepts de vérité, d'intentionnalité, de Temps, d'Histoire, et d'autre part, le souci d'assurer au langage le privilège de viser la vérité.

## La visée présomptive du langage indirect

D'une part en effet, le langage ne saurait être « direct ». La notion même de langage « direct » est métaphorique : parce que la « chose même » est métaphore, elle n'est que par ce qu'elle est portée au langage. Le propre du langage, c'est cette allure oblique, cette manière d'aller toujours de biais, de lui-même à lui-même.

Le meilleur exemple susceptible d'illustrer cet aspect « oblique » du langage restent évidemment les conversations de la tour Farnèse entre Fabrice et Clélia. C'est ainsi que Fabrice, dans un de ses soliloques, hésite sur le sens à donner à certains signes venant de Clélia :

> Tous ses gestes volontaires disent non, mais ce qui est involontaire dans le mouvement de ses yeux semble avouer qu'elle prend de l'amitié pour moi. (336)

À travers cet exemple, la présence de la chose « même », le propre, n'est jamais sans distance, sans la profondeur d'où seule elle peut surgir. Le langage n'est que par cette distance, puisque ce qui définit l'expression, c'est d'être inachevable. Toute pensée est déjà signe et se détache sur un fond d'impensé que la réflexion ne récupère jamais tout à fait, puisqu'elle aussi est toujours déjà signifiante.

De même, la figure d'un Stendhal sémiologue se laisse deviner dans l'énigme de la prégnance du sens dans le langage, celui que parle Fabrice, celui que Clélia comprend chez lui :

> Sur un seul sujet elle ne faisait jamais de réponse, et même, dans les grandes occasions, prenait la fuite, et quelquefois disparaissait pour une journée entière ; c'était lorsque les signes de Fabrice indiquaient des sentiments dont il était trop difficile de ne pas comprendre l'aveu : elle était inexorable sur ce point. (336)

C'est la clôture du langage qui lui permet de se saisir et de se dire à lui-même : ainsi en est-il du signe (extra ou intra-diégétique) de n'offrir pas matière à interprétation et de se trouver clos sur lui-même. Si la science du langage se ramenait à une pure description objective des signes, elle conduirait au scepticisme. C'est l'intuition « structurale » de Stendhal dans *La Chartreuse* qui nous en délivre : ainsi, le langage non-verbal de Fabrice avec Clélia n'est jamais la somme de ses signes, mais le système de discrimination des signes. Et cette discrimination est inscrite au cœur même du signifiant. C'est de cette manière que se réalise le paradoxe du langage : faire dire du neuf au moyen du connu, du reconnu. L'événement du langage c'est qu'il a un intérieur, c'est-à-dire qu'il est une forme. Le nouveau s'exprime dans une certaine généralité, un style qui le rend communicable. Quand l'expression est achevée, on peut dire, au sens strict, qu'il n'y a plus langage. La structure de tout langage, comme de tout geste, est ce moment d'un procès qui va d'équilibre en équilibre. Lorsque Fabrice se trouve emprisonné à la tour Farnèse, il cherche à communiquer avec Clélia grâce à des signes : dans cette intention, il lui fait comprendre sa volonté de scier l'abat-jour[1] ; le jour suivant, il passe un fil de fer à travers un trou de cet abat-jour et lui fait signe[2] ; enfin, il réussit à en enlever un morceau et à communiquer par le regard avec elle[3].

Car pour Fabrice la communication est à l'opposé d'une parole mythique qui dirait la « chose même », à l'opposé d'une « béance » que son langage viendrait « remplir ». C'est pourquoi « même lorsque la parole est possible, le langage des signes institue une communication seconde qui corrobore ou contredit l'échange verbal[4]. » La communication verbale, c'est peut-être ce leurre de pouvoir forcer la métaphore, de ne pas voir qu'elle est tout entière

---

1. « Deux ou trois fois, pendant le cours de cette visite, Fabrice eut l'impatience de chercher à ébranler l'abat-jour ; il lui semblait qu'il n'était pas heureux tant qu'il ne pouvait pas témoigner à Clélia qu'il la voyait. » (333)
2. « pendant qu'elle regardait tristement l'immense abat-jour, il parvint à faire passer un petit morceau de fil de fer par l'ouverture que la croix de fer avait pratiquée, et il lui fit des signes qu'elle comprit évidemment, du moins dans un sens qu'ils voulaient dire : je suis là et je vous vois. » (333)
3. « ce jour-là il n'avait encore donné aucun signe de présence : tout à coup un petit morceau d'abat-jour, plus grand que la main, fut retiré par lui ; il la regarda d'un air gai, et elle vit ses yeux qui la saluaient. » (334)
4. Selon l'expression de Yves-Alain Favre dans son article « Signes et symboles dans *La Chartreuse de Parme* », cf. Pierre Louis Rey, *Stendhal, La Chartreuse de Parme*, Klincksieck, « Parcours critique », 1996, p. 101.

suspendue à la possibilité de l'aveu, ce sensible par excellence, ce qui peut *ne pas apparaître*, ce qui ne se donne que toujours manqué, par ellipses[1].

Les conversations de la tour Farnèse montrent bien que si le mot et la phrase signifient quelque chose, c'est parce que le système diacritique des signes est un geste signifiant ; à moins d'avoir recours à des significations préexistantes « sans » langage... Sans doute les sons ne veulent rien dire par eux-mêmes, mais pour cette raison ils représentent la forme originaire du signifier, ils sont la case vide, l'écart, l'espace de jeu qui fait lever le sens (la direction) du langage, et c'est ce dont la communication nocturne par signaux lumineux entre Fabrice et Gina témoigne amplement[2].

Il n'y a ni finalité ni genèse du langage qui soit hors de lui. Le pouvoir expressif du signe tient à ce qu'il fait partie du système, qu'il coexiste avec d'autres signes. Le pouvoir de transcender de la parole tient à l'organisation des signes, tout comme la perception : je vois quelque chose parce que je distingue certains contours *sur un fond.*

L'expression, en ce sens, doit être comprise comme le cœur du langage :

> Clélia n'eut pas le triste courage de lui montrer une dureté qui n'était pas dans son cœur, elle passa une heure et demie à la volière, regarda tous ses signes, et souvent lui répondit, au moins par l'expression de l'intérêt le plus vif et le plus sincère. (335)

L'illusion des langages « purs » est rendue possible par ce qui fonde précisément toute espèce de communication : l'ouverture du langage au sein de lui-même, ce par quoi il est signifiant et paraît engendrer des significations indépendantes de leurs formes d'expression. Il ne saurait y avoir de langage totalement transparent, car ce serait la négation pure et simple du langage : il ne communiquerait que ce que chacun possède déjà, rien n'y passerait. Si quelque chose *passe* c'est d'abord parce que le signifiant secrète un autre de lui-même :

> Sa coquetterie de femme sentait bien vivement l'imperfection du langage employé : si l'on se fût parlé, de combien de façons différentes n'eût-elle pas pu chercher à deviner quelle était précisément la nature des sentiments que Fabrice avait pour la duchesse ! (335)

Ce qu'on appelle langage pur, c'est donc un langage dérivé du premier qui seul est parlant ; ramener le langage à un code, ce serait donc tomber dans la contradiction d'un langage sans langage, ce serait oublier qu'il n'y a pas de désignation sans signe, que l'idée pure ne peut apparaître que sur fond de clair-obscur, de dé-voilement :

> Sur ce salut, la jeune fille resta immobile et baissa les yeux ; puis Fabrice les lui vit relever fort lentement ; et évidemment, en faisant effort sur elle-même, elle salua le prisonnier avec le mouvement le plus grave et le plus *distant*, mais elle ne put imposer silence à ses yeux ; sans qu'elle le sût probablement, ils exprimèrent un instant la pitié la plus vive. (329)

1. « Clélia espérait bien ne jamais arriver à un aveu, et c'est pour éloigner ce péril qu'elle avait repoussé, avec une colère excessive, une prière que Fabrice lui avait adressée plusieurs fois. » (336)
2. « Tout à coup il remarqua que cette lueur paraissait et disparaissait à des intervalles fort rapprochés. C'est quelque jeune fille qui parle à son amant du village voisin. Il compta neuf apparitions successives : Ceci est un I, dit-il ; en effet, l'I est la neuvième lettre de l'alphabet. Il y eut ensuite, après un repos, quatorze apparitions : Ceci est un N ; puis, encore après un repos, une seule apparition : c'est un A ; le mot est Ina. » (355)

En effet, toute forme est totalisation, présence du tout dans les parties, et donc, en ce sens récupération totale d'elle-même dans chacun de ses états, tout comme chaque parole renvoie à tout le langage. Comme l'écrit Gérald Rannaud[1] :

> S'il est vrai que le roman est sa propre métaphore et qu'il narre par les aventures de son héros les propres mésaventures de son projet, il convient que La Chartreuse, lieu de clôture et lieu privilégié, ferme l'horizon du livre en le recueillant dans sa propre image.

Tout langage repose ainsi sur une structuration, un devenir du sens, un « bougé », qui n'est autre que le dépassement continuel de la structure par rapport à elle-même. La vérité est ainsi toujours à distance : elle ne se donne qu'à distance, comme *pré-somption*. Cette idée d'une vérité *présomptive* se révèle à travers la lecture que fait Clélia d'un exemplaire in-folio des œuvres de saint Jérôme dans les marges duquel Fabrice avait, en prison, écrit « un journal de tout ce qui lui arrivait » et y faisait part de « cette belle idée : *Mourir près de ce qu'on aime* ». La visée présomptive d'une vérité, cachée sous le double langage, qui se révèle indirectement aux yeux d'une lectrice qui n'était pas destinataire au moment de la rédaction, est symbolique de cette communication à distance, qui donne l'impression de « saut », de « mouvement violent » par lequel le langage se débarrasse de ses propres moyens, se fait oublier comme signe, dépassant toutes les significations déjà données :

> Comment dire son ravissement au milieu de la sombre tristesse où l'absence de Fabrice l'avait plongée, lorsqu'elle trouva sur les marges de l'ancien saint Jérôme le sonnet dont nous avons parlé, et les mémoires, jour par jour, de l'amour qu'on avait senti pour elle ! (408)

Pourtant, si le langage découle d'une origine de sens toujours visée, toujours présomptive, il est dépassement vers ce qu'il signifie. Mais alors, comment le langage pourrait-il se dépasser, s'il n'est lui-même essentiellement opacité, distance à soi, non-transparence ?

Si le langage *dit* alors que les voix de l'art sont silencieuses, c'est qu'ici Stendhal a fait volte-face : ce n'est plus l'expression qui est l'essence du langage, mais on revient à une distinction, plus classique, entre un langage direct et un langage indirect. La parole prétend dévoiler la chose même, donc le langage n'est qu'un pis-aller, la déchéance du sens dans le sensible.

## Les voix du silence

Le langage chez Stendhal, particulièrement dans *La Chartreuse de Parme*, semble dès lors habité par une tension, tiraillé entre ce qui le constitue comme langage, sa densité, et le fait qu'il viserait toujours à se supprimer au profit de ce qu'il veut dire.

Le choix de *l'oblique* chez Stendhal prendrait alors une nouvelle signification : celle qui consisterait à cerner, à circonvenir une présence ineffable.

---

1. Dans son article « *La Chartreuse de Parme*, roman de l'ambiguïté », cf. Pierre-Louis-Rey, *Stendhal, La Chartreuse de Parme*, Klincksieck, « Parcours critique », 1996, p. 70.

Pour reprendre la formule de Gérald Rannaud, le langage serait « la forme accessible du silence[1] ». C'est pourquoi nous nous proposerons d'examiner le sens de ces expressions qui, dans *La Chartreuse*, renvoient à une transparence rêvée où le langage est ce qui devrait disparaître au profit d'une vérité sans voiles.

Deux figures fondamentales sont particulièrement intéressantes quand il s'agit d'examiner cette écriture du silence qui culmine dans une *métaphysique*, c'est-à-dire un absolu de lumière et d'apparaître, dont le caché demeure malgré tout la promesse : *le sublime* et *les larmes*.

Il revient sans doute à Stendhal d'être l'écrivain qui, à travers le sentiment du sublime[2], a particulièrement insisté sur la question de l'extase. De fait le sublime, à travers tout son lexique (ravissement, ivresse, transport hors de soi, joie ou félicité, etc.) est au centre de *La Chartreuse* et l'on peut lire ce roman comme une tentative pour rendre compte de cette expérience de l'ineffable.

Le concept stendhalien de sublime est équivoque et son ambiguïté réside en ce qu'il désigne une double expérience : celle de l'extase. L'extase indique d'abord la sortie hors de soi, l'arrachement de l'être dans l'oubli de soi face au spectacle de la nature, éblouissement enthousiaste qui fait soudainement irruption dans le tissu continu de la vie :

> Les eaux et le ciel étaient d'une tranquillité profonde ; l'âme de Fabrice ne put résister à cette beauté sublime ; il s'arrêta, puis s'assit sur un rocher qui s'avançait dans le lac, formant comme un petit promontoire. (176)

Stendhal, d'autre part, fait état d'un autre type d'expérience, renvoyant non pas à un instant déchirant mais à une durée (ainsi le temps passé par Fabrice dans la prison de la tour Farnèse), pendant laquelle l'âme resserrée en elle-même et circonscrite en ses limites jouit de la perception pure de son existence dans un présent sans succession :

> Il courut aux fenêtres ; la vue qu'on avait de ces fenêtres grillées était sublime. (323)

Ces deux approches du sublime trouvent leur unité dans l'idée de l'immédiat, c'est-à-dire dans l'idée d'une présence sans réserve, présence donnée dans l'immédiateté d'une fusion « mystique », ou présence immédiate à soi.

Le sublime est ainsi l'expression de cet absolu sans ombre, sans épaisseur et donc sans langage. La vérité du langage est ici ce qui lui permet de figurer sa propre disparition. C'est pourquoi le choix de l'oblique chez Stendhal se heurte à la contrainte générale pesant sur l'immédiateté et qui fait que le sentiment de la présence se dérobe au moment même où celle-ci est à son comble, si bien que l'immédiat est, selon l'expression de Maurice Blanchot, « la présence à laquelle on ne peut être présent[3]. » L'immédiat de l'expérience du sublime est cette présence qui, par son excès même, se convertit

1. Gérald Rannaud, *op. cit.*, p. 70.
2. Cf. l'article de Serge Serodes « Le sublime dans *La Chartreuse de Parme* », cf. Pierre-Louis Rey, *Stendhal, La Chartreuse de Parme*, Klincksieck, « Parcours critique », 1996, p. 124-131.
3. Maurice Blanchot, *L'Entretien infini*, Gallimard, p. 15.

en impossibilité de la présence ; la proximité absolue est éloignement parce que le sujet, totalement immergé dans le « tout-à-fait » proche ne peut pas envelopper ce qui lui arrive, ne dispose pas de la distance nécessaire pour qu'il lui arrive quelque chose.

L'immédiat veut la non-séparation, exige qu'il n'y ait aucun écart, mais, précisément parce que toute distance est abolie, l'immédiat, privant le sujet de cette possibilité de l'écartement, le prive du même coup de la possibilité de s'y rapporter, « d'y advenir », dirait Blanchot, — d'en faire l'expérience. Pour sortir de la logique de cette non-expérience, la communication indirecte est certainement cette tentative pour faire qu'il y ait et qu'il n'y ait pas la distance au cœur même de l'écriture.

Ainsi, Clélia souhaiterait que Fabrice lui révèle par des mots (et pas seulement des signes) la nature exacte de ses sentiments, mais elle pressent en même temps que cette révélation l'expose à un danger qu'elle préfère éviter :

> Ainsi, chaque jour, elle sentait plus cruellement l'affreux malheur d'avoir une rivale dans le cœur de Fabrice, et chaque jour elle osait moins s'exposer au danger de lui donner l'occasion de dire toute la vérité sur ce qui se passait dans son cœur. Mais quel charme cependant de l'entendre faire l'aveu de ses sentiments vrais ! quel bonheur pour Clélia de pouvoir éclaircir les soupçons affreux qui empoisonnaient sa vie ! (340)

De la sorte, le sublime, qui représente le désir de fusion dans l'immédiateté, consacre la dissolution d'un langage privé de mots pour dire la transparence, signe de l 'évidence. Au-delà de cette disparition du langage qui serait prétexte recherché par les amants eux-mêmes pour alimenter leur passion, la distance spatiale qui constamment croît et décroît entre Fabrice et Clélia, est une figure de cette séparation, comme si la distance qui est au cœur de la proximité devait *s'étaler*, s'exhiber dans l'aggravation de l'éloignement, et ouvrir ainsi l'espace de *l'oblique* qui, à travers les méthodes indirectes de transmission et de signification, témoigne de l'espoir d'une présence toujours promise et jamais offerte dans sa plénitude.

De la même manière, les larmes de Clélia ou celles de Fabrice, sont aussi révélatrices de l'impossibilité de l'immédiat dans la présence à soi ou dans la fusion mystique :

> Clélia ne put répondre, elle le regarda et fondit en larmes. S'il eût pu lui adresser la parole de près, peut-être eût-il obtenu l'aveu de sentiments dont l'incertitude le plongeait souvent dans un profond découragement ; il sentait vivement que la vie, sans l'amour de Clélia, ne pouvait être pour lui qu'une suite de chagrins amers ou d'ennuis insupportables. (356-357)

Car la passion amoureuse est la passion de la séparation : regrettant l'aveu que Fabrice ne fait pas, Clélia regrette la proximité absolue dans la fusion amoureuse, c'est-à-dire l'impossible. De ce fait, en rendant Clélia et Fabrice étrangers l'un à l'autre dans la plus grande familiarité, *le langage oblique* se charge d'accomplir leur passion. Ils deviennent, par messages interposés, inaccessibles l'un à l'autre, manifestant par là le fond secret de leur rapport, ce secret qui rend les personnages du roman secrets à eux-mêmes.

Que la communion (la présence immédiate comme dissolution du langage dans la parousie d'un *Logos* toujours déjà apparu) soit impossible, voilà ce que finalement ni Fabrice ni Clélia ne manqueront pas d'éprouver et de s'écrire :

> Vous dites que vous avez de l'amitié pour moi : songez d'abord que des obstacles insurmontables s'opposent à ce que ce sentiment prenne jamais une certaine fixité entre nous. (357)

Car *La Chartreuse de Parme* est aussi le roman de cette impossibilité où se donnera à lire un perpétuel balancement, jamais achevé, entre l'élaboration d'une union et l'échec de cette construction qui à chaque fois vient se heurter à la séparation.

Cette séparation, le langage l'accomplit. Il achève la perception muette, dont il ne se sépare pourtant jamais. C'est pourquoi le réel et le vrai ne peuvent se trouver qu'au-delà du langage. Pour reprendre la formule de Gérald Rannaud :

> Sans doute le langage est-il nécessaire, mais encore ne doit-il être que préalable, préparatoire à la vérité qui est de l'ordre du silence, du « sublime[1] ».

On comprend dès lors comment la conception romantique du langage dont Stendhal est l'héritier se trouve confrontée à cet ébranlement qui force les limites de l'homme : « ni tout dire, ni ne rien dire[2]. »

Nous voudrions terminer cet article en replaçant le paradoxe que soulèvent les méthodes obliques de transmission et de signification dans *La Chartreuse de Parme* dans une problématique plus générale contemporaine d'un ébranlement du langage.

## De Rousseau à Nietzsche : Stendhal dans la crise du langage

Nous avons montré jusque là comment le choix de l'oblique dans *La Chartreuse* a conduit Stendhal à envisager que le sens se libère à chaque fois de son expression, comme s'il la rejetait momentanément, comme un vêtement apparu un instant inutile, tout en s'ingéniant paradoxalement à montrer que le sens est absolument lié au temps et à l'expression, que l'expression *est* sens, que c'est le mot qui « a » un sens !

La tension inhérente à la *communication indirecte* fait donc de Stendhal le contemporain d'un *ébranlement* du langage. Le débat sur le langage est à l'époque un débat philosophique : faut-il avoir foi dans la parole, révélatrice de la condition humaine, ou au contraire, considérer que les mots nous éloignent du monde et de la réalité ?

De Rousseau, on pouvait retirer l'idée que le langage ne doit pas être cherché dans la nécessité des besoins mais dans la passion qui par essence cherche à se communiquer : « toutes les passions rapprochent les

1. Gérald Rannaud, *op. cit.*, p. 67.
2. Selon l'expression de Michel Crouzet dans son ouvrage *Stendhal et le langage*, Gallimard, 1981. Voir en particulier le chapitre IV « Stendhal dans la crise du langage ».

hommes ». L'état de nature (la présence immédiate à soi) est l'état de silence et d'isolement alors que le lien social s'ouvre par les passions qui « arrachèrent les premières voix ». La voix s'arrache et déchire le silence des hommes dispersés c'est-à-dire extérieurs à tout lien puisque l'union *et* la séparation ne peuvent avoir de sens qu'à partir d'un rapport. La voix *entame* d'emblée le rapport humain et, en son irruption, marque l'instant où l'homme est tiré hors de soi dans l'interpellation de l'autre.

Dès lors, Stendhal hérite de Rousseau, d'Helvétius et aussi de Condillac, l'idée que l'homme est ce que le langage le fait. C'est toute une tradition venue de la philosophie linguistique des Lumières qui l'affirme avec force :

> Il me suffit de vous avoir montré les effets généraux des signes, [...] ; de vous avoir fait sentir leurs avantages, leurs inconvénients, et qu'ils sont également cause des progrès de notre intelligence et de ses écarts ; à quoi il faut ajouter cette réflexion, que c'est par leur influence et par la communication des idées, dont ils sont l'unique moyen, qu'il arrive que, quoique toutes nos idées nous viennent par les sens et soient élaborées par nos facultés, la perfection des sens et même celle de nos facultés est cependant bien loin d'être la mesure de la capacité des esprits, comme elle le serait dans des individus isolés, et qu'au contraire nous sommes presque entièrement les ouvrages des circonstances qui nous environnent[1].

Le revers de cette théorie du langage qui passe pour optimiste trouve sa critique la plus virulente chez Nietzsche. On connaît les déclarations du philosophe allemand sur l'assujettissement de notre pensée au langage qui prennent comme point de départ l'inefficacité du langage à représenter la réalité. Plus précisément, il s'agit chez Nietzsche d'une critique du langage de la philosophie et des prétentions de la philosophie d'atteindre la vérité à travers le langage. « Qu'est-ce donc que la vérité ? » demande Nietzsche, et répond par cette définition souvent citée :

> Une multitude mouvante de métaphores, de métonymies, d'anthropomorphismes, bref une somme de relations humaines qui ont été rehaussées, transposées, et ornées par la poésie et par la rhétorique, et qui après un long usage paraissent établies, canoniques et contraignantes aux yeux d'un peuple : les vérités sont des illusions dont on a oublié qu'elles le sont, des métaphores usées qui ont perdu leur force sensible, des pièces de monnaie qui ont perdu leur effigie et qu'on ne considère plus désormais comme telles mais seulement comme du métal[2].

Cette perception négative du langage nous renvoie immédiatement à Stendhal et à ce passage de *La Chartreuse* où Mosca, jaloux, s'inquiète des relations entre Fabrice et la duchesse et craint que le mot *crée* son être, l'oriente du dedans et d'une manière définitive : « D'ailleurs, une fois que j'ai prononcé le mot fatal *jalousie*, mon rôle est tracé à tout jamais. » (165)

Et en même temps, Mosca plus qu'un autre perçoit cette ambiguïté d'un langage à la fois appui et obstacle : « Faut-il laisser deviner la jalousie qui me dévore, ou ne pas en parler ? » (164) se dit-il à lui-même.

---

1. Destutt de Tracy, *Éléments d'idéologie*, Paris, chez Mme Lévi, 1827, 5 volumes, vol. I, Idéologie, chap. XVII, « Des autres effets des signes », p. 271.
2. Friedrich Nietzsche, « Vérité et mensonge au sens extramoral », in : Friedrich Nietzsche, *Œuvres philosophiques complètes*, tome 1, II : *Écrits posthumes 1870-1873*. Textes et variantes établis par G. Colli et M. Montinari. Traduits de l'allemand par Jean-Louis Backès, Michel Haar et Marc B. de Launay, Paris, Gallimard, 1975, p. 282.

Cette dualité d'une parole, à la fois nécessaire et trompeuse, est le signe de ce malaise du langage qui, sans cesse, oscille entre deux *postulations* : l'intérieur et l'extérieur, comme s'il fallait que le langage soit ceci ou cela, et non ceci et cela. C'est cette dualité que Stendhal refuse comme l'indique si clairement Michel Crouzet dans son *Stendhal et le langage* :

> Le refus de la dualité la rend inexpiable et l'exaspère. L'aventure du révolté en ce qui concerne le langage est égale à elle-même : on y retrouve les apories du dehors et du dedans, du social et de l'individuel, du réel et du désir, du faux et du vrai. Et le même malaise d'être un corps, de n'être qu'un corps, et de l'habiter, malaise qui s'évade vers la même ambiguïté d'un idéalisme pur et d'un matérialisme pur[1].

Cette crise du langage, Stendhal la surmontera en se portant au-delà, vers la poétique, le *style*, l'*esthétique*. Le style sera cette façon pour le langage d'être le dedans de son dehors, en se révélant être l'émersion du sens. C'est de cette manière que les signes et les symboles institueront à l'intérieur du roman tout un système d'échos généralisés qui feront du récit un véritable texte, c'est-à-dire un tissage de fils entrecroisés.

Le langage de l'oblique dans *La Chartreuse de Parme* inclut ainsi inséparablement la proximité et la distance. La communication indirecte comme structure est l'ouverture de ce qui toujours se referme sur soi, en un bougé indéfini, identité inachevable, toujours à distance.

L'oblique est donc l'autre nom de l'écart, c'est-à-dire le thème propre du langage, qui nous dit avant toute chose, son émergence du silence et que l'Être est l'Être des lointains.

*La Chartreuse de Parme* est-elle l'épopée du langage ou son exténuation ? Nous dirons plutôt, la règle de passage de l'un à l'autre.

---

1. Michel Crouzet, *Stendhal et le langage*, *op. cit.*, p. 121.

# *La Chartreuse de Parme* Film de Christian-Jacque

*Enrique Seknadje-Askénazi*

Nombreux sont les cinéastes qui considèrent *La Chartreuse de Parme* comme un chef-d'œuvre romanesque indépassable. Christian-Jaque est le seul qui ait eu l'opportunité, peut-être le courage, de s'attaquer à ce *monument* de la littérature. C'est son film, tourné en 1947 et le travail d'adaptation effectué à partir du roman, qui solliciteront notre attention.

## Sur les modifications effectuées à travers l'adaptation

Christian-Jaque et ses scénaristes ont fait passer *La Chartreuse de Parme* sur le lit de Procuste. Les modifications qu'ils ont apportées au roman sont fort nombreuses et vont la plupart du temps dans le sens de la réduction quantitative des faits, de l'élimination de personnages secondaires[1], des monologues intérieurs et des longues lettres que s'échangent les protagonistes, dans le sens de la simplification des psychologies individuelles. Énumérons quelques unes d'entre ces transformations.

Quasiment tous les événements racontés dans les six premiers chapitres du roman ont été escamotés. Il n'est donc pas question directement de la jeunesse de Fabrice — présenté d'ailleurs à l'écran comme un orphelin — et on ne voit donc pas le héros lors de la bataille de Waterloo. L'action est principalement concentrée à Parme. On n'assiste pas à la *conquête du courage* du protagoniste et à ses actes à la fois téméraires et vaillants qui signent son baptême du feu. C'est à travers les dialogues qu'il sera fait mention au cours du récit de la participation de Fabrice à la célèbre bataille. Lors de la cérémonie d'anniversaire du Prince, celui-ci lance à l'adresse du jeune del Dongo : « Voilà donc le héros de Waterloo ». Gina qui est présente renchérit : « Il s'est battu comme un lion ». Fabrice rétorque alors : « Tu exagères, j'en suis encore à me demander si j'ai vraiment assisté à une bataille ». Il s'agit de donner une indication concernant le fort tempérament de Fabrice, de montrer la réputation apparemment glorieuse qui a précédé son arrivée à Parme. Il s'agit peut-être aussi de donner à peu de frais un signe d'une partie manquante du texte que certains spectateurs sont censés connaître, en rappelant cette manière fragmentaire, très particulière, qu'a

1. Parmi les plus importants : la marquise Raversi, l'abbé Blanes, l'archevêque Landriani, le geôlier Barbone.

Stendhal de raconter la bataille — manière qui a, sur le plan critique, fait une grande partie de la fortune du roman.

À l'écran, la rencontre entre Fabrice et Clélia ne se déroule pas comme elle a lieu dans le cinquième chapitre du roman, mais au moment où le jeune homme est emprisonné dans la tour Farnèse — ce qui est narré dans le quinzième chapitre. Certes, Clélia avait déjà vu le héros, mais lors de la cérémonie d'anniversaire du Prince ; et de loin, sans que le jeune homme, lui, l'aperçoive. Pas de contact physique immédiat, donc. On ajoutera que dans le film, lorsque Fabrice est emprisonné à la tour Farnèse, les deux héros ne communiquent pas grâce à un alphabet dessiné sur des morceaux de papiers — Fabrice n'a pas non plus l'occasion de recevoir des messages de la duchesse à travers des signaux lumineux. La représentation de ce type d'événement à l'écran eût sans doute été laborieuse ou difficile à mettre en place. Mais en conséquence, l'idée de l'intimité vécue dans la distance est altérée dans le film — même si certains plans rapprochés sur le visage du prisonnier ou de la fille Conti peuvent donner parfois l'impression que cette distance est virtuellement annihilée.

Christian-Jaque a placé l'épisode concernant la Fausta et son amant avant celui mettant en scène Marietta et Giletti : comme le remarque Jean Desternes, l'arrestation de Fabrice suit ainsi directement l'assassinat de l'acteur[1], et ce fait confère peut-être un peu plus de cohérence au récit.

Le réalisateur et ses collaborateurs ont modifié l'épisode concernant les tentatives d'empoisonnement de Fabrice par Barbone, par Rassi et Ernest IV, par la marquise Raversi. Ce n'est pas Barbone mais Rassi, le chef de la Police, qui a affaire au héros à son arrivée en prison et qui est frappé au visage. Et c'est Rassi qui décide de lui-même, sans accord avec le Prince, d'empoisonner Fabrice. Pour Ernest IV, celui-ci doit rester vivant, car alors le Prince peut espérer obtenir les faveurs de Gina. Pour Rassi, si Fabrice disparaît, Mosca est évincé et lui, Rassi, peut prendre sa place. Le chef de la Police convainc alors le geôlier Grillo de jouer du poison. Grillo a été par le passé sacristain, et il a abusé d'une enfant avant de l'assassiner. Rassi a enterré le dossier, mais il pourrait le ressortir…

Le personnage de Grillo est différent dans le film et dans le roman. Il est, à l'écran, tout à fait ambivalent, à la fois monstrueux et touchant. Il joue son rôle de geôlier avec zèle mais vient en aide aux amoureux en leur permettant de se rencontrer. Il admire leur passion, hanté qu'il est par le souvenir de l'enfant dont il était lui aussi follement épris et dont il avait fait son innocente victime. Grillo sera châtié par quelques femmes du peuple lors de la révolte qui suit l'assassinat du Prince[2]. Dans le roman, c'est Barbone qui subit la vengeance plébéienne.

Les événements du récit filmique qui font suite à l'évasion de Fabrice de la tour Farnèse composent un ensemble plus simple que celui du récit litté-

1. J. Desternes, « De adaptatione – *La Chartreuse de Parme* », in *La Revue du cinéma*, n° 16, août 1948, p. 34. Dans leur scénario de départ de *La Chartreuse de Parme*, les auteurs avaient même prévu de ne pas faire apparaître l'épisode concernant la Fausta et son amant jaloux.
2. Les auteurs du film ne laissent donc pas impuni l'infanticide !

raire, lisible à partir du chapitre XXIII. Fabrice rôde autour de la propriété des Conti et revoit Clélia. Le père de celle-ci fait arrêter le jeune homme. Gina se donne à Ernest IV pour que le jeune héros soit libéré. Alors que la duchesse s'apprête à quitter Parme pour Naples, où le comte Mosca la rejoindra bientôt, Ferrante Palla assassine le Prince[1]. Le peuple se rebelle. Le chef de la Police est nommé Premier ministre par la Princesse à la place du comte Mosca, et prévoit de mater la révolte populaire. Clélia et Fabrice se rencontrent une dernière fois et se disent adieu : leurs chemins se séparent malgré l'amour qui les unit. La jeune femme rejoint Crescenzi, son époux, à Bologne, et Fabrice part pour s'enfermer dans la Chartreuse de Parme... L'issue du récit n'a donc pas, dans le film, le caractère tragique qu'elle a dans le roman avec les morts de Clélia, Gina et Fabrice. L'élimination du personnage de l'abbé Blanès, qui prédit l'avenir du héros, participe de cette volonté de gommer du récit la présence d'une certaine fatalité.

## L'héroïsme de Fabrice del Dongo

Fabrice del Dongo apparaît dans le film comme un personnage vaillant et déterminé. Son arrivée à Parme est montrée à travers plusieurs plans comme une cavalcade effrénée. Le héros est habillé d'une cape et d'un chapeau noirs. Il y a une référence évidente aux films *de cape et d'épée*, voire pourquoi pas au personnage de Zorro, même si les auteurs se sont avant tout inspirés des vêtements portés par certains ecclésiastiques à l'époque durant laquelle se situe l'action.

La fougue de Fabrice est due à une certaine inexpérience de la vie ; sa témérité peut lui nuire. Gina dit de lui qu'il est « imprudent » et « sans méfiance ». Et Mosca, en faisant la connaissance du jeune homme, constate d'emblée que sa franchise, son refus du compromis, son esprit railleur l'empêcheront de réussir à la Cour. Fabrice ne cherche pas spécialement à briller en société mais ses désirs seront contrecarrés : son amour avec Clélia sera malheureux et sa liberté parfois entravée.

Fabrice n'a jamais froid aux yeux. À son arrivée à Parme, tout au début du récit, il rencontre le bandit Ferrante Palla qui lui réclame un jaunet : il n'est aucunement effrayé ou contrarié. La rencontre se déroule sur un ton d'ironie et de courtoisie[2]. Le Prince n'intimide pas Fabrice, non plus que les juges du Tribunal d'Exception ou Rassi.

Fabrice provoque en duel l'amant de la Fausta après que celui-ci l'a piqué cruellement au vif, l'a ridiculisé[3]. Les auteurs du film créent un léger suspense sur l'issue du duel. Le rival de Fabrice est persuadé qu'il va rapi-

---

1. Dans le film, le geste et le destin de Palla sont plus spectaculaires que dans le roman ; la dimension révolutionnaire du personnage est soulignée : il poignarde le Prince et meurt sur l'autel de la liberté, transpercé par les baïonnettes des soldats.
2. À l'écran, la rencontre entre Ferrante Palla et Gina se produit à Parme et non dans une forêt environnante... Elle a lieu dans le présent de la narration ; elle n'est pas relatée à travers un retour en arrière.
3. Chez Christian-Jaque, Fabrice rencontre la Fausta à Parme et non à Bologne ; il la *retrouve*, en fait, car il l'avait déjà fréquentée lors de son séjour à Naples...

dement venir à bout de celui-ci. Mais le jeune garçon à la lame assurée et il donnera une correction à l'imprudent. Fabrice n'hésite pas non plus à affronter Giletti quand, fou de rage de le voir avec Marietta, l'acteur veut le tuer.

Fabrice revendique son appartenance à l'aristocratie et ses faits d'armes. Cette conscience affirmée frôle parfois la naïve vanité et peut rendre le personnage irritant[1]. Lorsque l'amant de la Fausta s'apprête à le ridiculiser, Fabrice se rengorge : « Vous ne savez pas à qui vous avez affaire ». Lors de son emprisonnement, il ne cache pas son mépris pour le méchant Rassi : « Je ne m'abaisserai pas à discuter avec un policier ». Fabrice se sert de sa position sociale pour obtenir ce qu'il veut. Et lors de son arrivée à la tour Farnèse, il demande à ce qu'on lui enlève ses menottes : « [...] Je compte demander si on passe les menottes à un del Dongo [...] On m'a traité indignement et j'en informerai le Premier Ministre ». Fabio Conti, le directeur de la prison, s'exécute car cela lui permet ainsi de s'opposer à Rassi.

Mais Fabrice sait aussi ironiser sur sa position comme lorsqu'il fricote avec la roturière Marietta — au grand dam de Gina, d'ailleurs, qui considère que son cousin se « déclasse ». Pris dans une situation vaudevillesque, Fabrice doit à un moment fuir le domicile de l'actrice car Giletti est en vue. Il lance alors : « C'est bien la première fois qu'un del Dongo s'en va par une fenêtre ».

## Ernest IV et sa Cour

Ernest IV est l'antithèse de Fabrice. C'est un tyran, pleutre et paranoïaque. Gina aura l'occasion de le qualifier de « lâche » et Fabrice, semble-t-il, de personne « abjecte ». Il est méprisant envers ses sujets, et notamment envers Rassi qu'il traite facilement d'« imbécile » ou de « crétin ». Comme tout homme de son rang, il est mégalomane, ainsi que l'on peut s'en rendre compte en voyant son bureau. Un espace luxueux et gigantesque, une galerie sans fin au fond de laquelle trône un immense tableau représentant le maître des lieux. Un tableau qui voudrait donner au personnage une taille à la mesure de la pièce dans laquelle il se trouve. Mais le modèle, lui, reste tout petit, ridiculement petit...

Incarné par le truculent Louis Salou, le personnage du Prince a une dimension réellement comique. Il n'a rien de l'image d'un grand monarque qu'il veut se donner. Il est risible quand il est à quatre pattes pour vérifier si personne n'est sous son lit, quand il sursaute en apercevant un sbire de Rassi dans son placard ou encore quand il tente vainement de se donner des airs de grand seigneur en imitant une pose altière de Louis XIV immortalisée sur une toile accrochée à l'un des murs de son bureau. Ernest IV est un

1. On sait que Stendhal n'hésitait pas à présenter au lecteur ce qu'il considérait comme les défauts et faiblesses de son héros, et notamment une certaine conduite jésuitique, le fait qu'il cède sans scrupules au péché de simonie [Cf. chapitre XII].

homme pincé, qui a du mal à cacher ses viles manigances et ses désirs concupiscents pour Gina.

Comme l'a noté Jean Desternes, le Prince du film est le produit d'une synthèse entre les deux Princes du roman, le IV et le V[1]. Gina se donne à lui pour que Fabrice soit libéré de prison (cela concerne Ernest V dans le roman) puis elle semble le faire assassiner par Palla (cela concerne Ernest IV chez Stendhal).

Les personnages qui gravitent autour du Prince sont méprisables, mis à part Gina, Mosca et Clélia, mais aussi Crescenzi. Ils sont pour celle-ci synonymes de mort, comme pour la Sanseverina qui voit en eux des « fantômes ». Le Comte, lui, les juge « dérisoires » ; à ses yeux la Cour qu'ils forment est « petite » et « misérable ». Ce sont des arrivistes qui s'aplatissent devant le Prince et qui exercent violemment leurs prérogatives à l'encontre de ceux qui sont au-dessous d'eux sur l'échelle sociale ou dans la hiérarchie des pouvoirs. Ils sont friands d'intrigues et de mauvais coups à jouer à leurs rivaux.

Avec son œil torve, Rassi est fourbe et machiavélique : son désir est de devenir baron et Premier ministre et tous les moyens sont bons. Fabio Conti ne pense qu'à lui, qu'à sa carrière. Les prisonniers qui peuplent la tour Farnèse ne sont à ses yeux que des criminels indignes de toute considération. Son souhait est de marier sa fille au richissime Crescenzi et les sentiments qu'elle peut ressentir ne l'importent aucunement. Clélia en arrivera à cracher au visage de son père tout le dégoût qu'il lui inspire quand elle apprendra l'arrestation de Fabrice qui rôdait autour de leur propriété.

Le jeune del Dongo a l'occasion de constater que les sujets du Prince sont des « marionnettes[2] ». C'est vrai, Ernest IV fait d'eux ce qu'il veut, attisant les haines pour mieux régner. Et ils sont les jouets de leur désir de pouvoir, de reconnaissance sociale et d'argent. De ce point de vue, la présence d'un petit théâtre de Commedia dell'arte à Parme est significative. Cet espace ne sert pas seulement au auteurs du film à *mettre en scène* les comédiens Giletti et Marietta. Il leur permet de montrer le duché comme un univers où se joue une comédie de pantins et de se moquer de la jalousie de certains d'entre eux — et notamment de Giletti[3].

## La passion amoureuse

L'aventure de Fabrice del Dongo est bien celle, dans le film, d'un jouvenceau qui croit être à l'abri de la passion amoureuse et qui, malgré lui, y succombe. Fabrice fait l'apprentissage de l'Amour avec un A majuscule. À Ferrante Palla, il a l'occasion de dire : « J'ai personnellement connu pas mal

---

1. J. Desternes, « De adaptatione – *La Chartreuse de Parme* », *op. cit.*, p. 38.
2. Les auteurs du scénario susmentionné présentent les courtisans comme des « mannequins sournois, des têtes de cire ». D'ailleurs, lors du soulèvement du peuple, une sorte d'épouvantail représentant Rassi sera brûlé…
3. Sur scène, Giletti-Pierrot bastonne Arlequin et fait une scène de jalousie à Marietta-Colombine.

de jolies femmes, mais je préfère encore une promenade sur un joli cheval[1]. » À Gina, il compare une déclaration d'amour à une « fadaise » et considère qu'à Naples il n'a été qu'« amusé » par la Fausta. La fréquentation des femmes est pour Fabrice avant tout un jeu[2]. Clélia va lui ouvrir grand le cœur. Dès lors, il se bat pour pouvoir vivre sa passion avec la jeune Conti. Mais son caractère revêche, les inimitiés qu'il n'a pas manqué de faire naître au Duché, et la folle dévotion religieuse de Clélia vont séparer les deux tourtereaux.

L'amour fou qui anime Fabrice et Clélia est synonyme de fraîche innocence, de pleine vitalité. Plus encore : de liberté et de bonheur absolus. Des valeurs authentiques qui s'opposent à celles, frelatées et toutes relatives, qui prévalent au Duché de Parme, à la Cour du Prince Ernest IV. Cet amour est un équivalent de l'idéal religieux.

Fabrice et Clélia ne peuvent vivre leur passion qu'à l'écart du monde, reclus ; pas seulement parce que l'univers parmesan est hostile mais parce qu'il n'est simplement pas le lieu où peut être réalisé un quelconque idéal. C'est en prison que Fabrice découvre l'amour. Recouvrir la liberté signifie pour lui perdre de vue Clélia. Le paradoxe peut donc se déployer dans le film comme dans le roman : « Tu passes ta vie à me sauver malgré moi... Ton amour est la pire des prisons », assène Fabrice à Gina. « Je ne voulais pas m'enfuir... Dans mon cachot, j'étais heureux !... Je la voyais... Et maintenant... », trouve-t-on placé dans la bouche du héros, dans le scénario écrit du film.

Après son séjour en prison, c'est dans une Chartreuse que Fabrice finira probablement sa vie comme pour compenser sa désillusion. Le héros est enfermé en lui-même, il ne peut se détacher de l'inaccessible objet de son désir, ainsi que le remarque Gina à travers une phrase introduite par les auteurs du film : « On peut sauver les gens de la prison, mais on ne peut pas les sauver d'eux-mêmes ; la prison où ils s'enferment eux-mêmes ».

Quant à Clélia, la dévote solitaire, elle travaille clairement à son malheur. Au-delà des raisons manifestes pour lesquelles elle fait vœu de *chasteté visuelle* à la Madone et renonce à Fabrice, on peut considérer qu'elle se punit elle-même d'éprouver un désir pour un être de chair[3]. Clélia choisit elle aussi la *prison*, loin de l'élu de son cœur, en acceptant le mariage avec Crescenzi[4]. Au moment où elle annonce sa décision à celui-ci, une ombre se projette sur son buste, celle de la cage dans laquelle se trouve son oiseau.

1. La phrase correspondante, dans le chapitre XIII du roman, est : « Parmi les liaisons que le hasard m'a données [...], ai-je jamais rencontré de femme dont la présence, même dans les premiers jours, fut pour moi préférable à une promenade sur un joli cheval inconnu ? »
2. Remarquons cependant que Christian-Jaque et ses scénaristes ne restituent pas totalement le caractère « léger » et « libertin » qui est celui de Fabrice dans le roman (le héros s'amourachant de Chékina lorsqu'il est avec la duchesse ou de Bettina lorsqu'il est avec la Fausta).
3. On notera encore une différence entre le roman et le film : le vœu de la Clélia de Stendhal concerne directement la trahison envers son père dont elle se sent coupable. Chez Christian-Jaque, la fille Conti jure de ne plus *voir* Fabrice si celui-ci est sauvé ; son amour pour lui n'en apparaît que plus évident...
4. Au départ, lorsqu'elle refusait de se marier avec Crescenzi, par amour pour Fabrice, son père la condamnait au couvent... C'est pour pouvoir faire évader le jeune héros qu'elle s'engage dans une voie qui va la mener à l'union avec le richissime parmesan.

Notons que si, à travers lui, Clélia prouve son amour pour Fabrice, l'emprisonnement n'est cependant pas pour elle un « paradis sur terre ».

L'éloignement est peut-être la seule manière pour les amants de croire à leur passion, de la faire vivre dans l'espace où tout est possible, l'Imaginaire et le Spirituel[1].

**Nota Bene :**

• Luchino Visconti a, semble-t-il, rêvé d'adapter le roman de Stendhal qu'il admirait profondément. Il a cherché à restituer dans son film *Senso* (1954), au moment où il représente la participation du protagoniste Franz Mahler à la bataille de Custozza (les Italiens livrent bataille aux Autrichiens qui occupent la Vénétie, en 1866), la façon *distante* dont Fabrice participe à la bataille de Waterloo[2].

• Le poète Robert Desnos a rédigé un projet et un résumé de scénario pour une éventuelle transposition à l'écran de *La Chartreuse de Parme*[3]. Le poète *voyait* Jean-Louis Barrault en Fabrice et Edwige Feuillère en duchesse Sanseverina. Ne prenant pas significativement en compte les nombreux monologues intérieurs qui en émaillent le déroulement, il considérait que le sujet du roman est « proprement cinématographique ». Il ajoutait que l'adaptateur pourra s'autoriser à « alléger le récit » mais devra refuser tout ajout ou modification substantielle.

• Dans *Prima della Rivoluzione* (1963), Bernardo Bertolucci se réfère à l'œuvre de Stendhal dont il a d'ailleurs affirmé qu'elle constituait « le plus grand roman jamais écrit[4] » : les personnages principaux se nomment Fabrizio, Gina et Clélia ; l'action se déroule au XX^e^ siècle, mais à Parme. Un des aspects du récit concerne la relation incestueuse qui lie Fabrizio, jeune bourgeois parmesan attiré par le combat révolutionnaire, et Gina, sa tante milanaise.

---

1. Pour le Grillo du film aussi, religion, prison et passion riment : ancien sacristain maintenant condamné à travailler comme geôlier, il est enchaîné à son passé bon gré mal gré : il ne peut oublier le petit « oiseau du paradis » qu'il a aimé et dévoré, et Rassi se charge d'entretenir la flamme…
2. Cf. « Entretien avec Luchino Visconti », par Jacques Doniol-Valcroze et Jean Domarchi, in *Cahiers du Cinéma*, n° 93, mars 1959, p. 5.
3. Cf. R. Desnos, *Les Rayons et les ombres – Cinéma*, Gallimard, Paris, 1992, p. 329-333.
4. In E. Ungari, *Scene madri di Bernardo Bertolucci*, Ubulibri, Milano, 1982, p. 36.

# Lecture de l'héroïsme, héroïsme de la lecture

*Maryse Adam-Maillet*

À parcourir la critique autorisée de *La Chartreuse*, on constate que l'œuvre provoque puissamment la réécriture. Pour quelques passionnantes études, combien de répétitions des répétitions du texte, d'inépuisables ressassements, d'interminables ravaudages : « le romancier aurait dû éviter tel défaut, il a eu tort de ne pas réduire telle contradiction », etc. Le commentaire embrasse alors ce que Stendhal décrit comme la « carrière militaire », « la vie de l'écureuil dans la cage qui tourne : beaucoup de mouvement pour n'avancer en rien. » Prise en tenaille entre la tautologie* et la correction de brouillon — sans doute, pour une part l'effet pervers de la célébration balzacienne inaugurale —, la lecture expire, tuée par le psittacisme* ou la cuistrerie*. Mais s'il n'est ni victime, ni bourreau du texte, comment envisager le rôle du lecteur de cette exceptionnelle machine romanesque ? D'abord en ne prenant pas *au pied de la lettre* les offres de collaboration rhétorique du narrateur :

> Mais pour le moment, nous sommes obligés de laisser Fabrice dans sa prison, tout au faîte de la citadelle [...]
>
> Ici, nous demandons la permission de passer, sans en dire un seul mot, sur un espace de trois années.

Certes, ce lecteur inscrit dans le texte semble, par la grâce du « nous », invité à communier avec le double narrateur et l'écrivain dans la souveraineté créatrice, et, parfois, revêtu de l'*héroïsme* desdits créateurs. L'article « héros » du dictionnaire Robert identifie les avatars principaux de cette image :

1) le demi-dieu (quel narrateur s'est-il jamais déplacé avec plus d'olympienne allégresse dans l'espace et dans le temps romanesque ?),

2) le valeureux auteur d'un courageux exploit (l'écriture en six semaines !),

3) la personne admirablement dévouée à une cause (celle de la littérature, du bonheur, de la liberté...),

4) le personnage littéraire (Beyle fabriquant Stendhal, fabriquant les narrateurs fabriquant les héros fabriquant Stendhal...).

Traverser les cinq cents pages du roman modéliserait donc, par analogie, l'héroïsme du lecteur :

---

* N.B. : les termes assortis d'un * sont expliqués dans le glossaire en fin d'article.

1) survolant le monde romanesque, en fils des Dieux planant dans l'empyrée* au-dessus des personnages, ajoutant son point à la tapisserie narrative,

2) invité à cristalliser cette magnifique énergie motrice en exploit interprétatif (un des lieux communs de la critique comme « On a trop peu remarqué jusqu'à présent que... » prouve que l'une des illusions majeures développée par le roman est celle de l'*accès privilégié* pour un lecteur élu),

3) voué à la cause du texte (les spécialistes du roman se nomment eux-mêmes *chartreux* !),

4) force agissante du récit, *id est* personnage.

Soupçonnons ce — trop — bel agencement... Et si une lecture authentique de l'héroïsme dans *La Chartreuse de Parme* supposait, dialectiquement, le dépassement de ces emblèmes ? Les constituait en mirages ? Notre hypothèse de travail sera simple : seul le renoncement aux satisfactions narcissiques grossières procurées par un *héroïsme du lecteur* libérerait pleinement l'incroyable potentiel de jouissance du texte, au bénéfice d'un *héroïsme de la lecture*, synonyme d'art véritable. Manifestement, les aventures du cadet del Dongo offrent le symbole d'une telle initiation.

## La fabrique de la lecture

Une étymologie limpide voit dans un « Fabrice » un artisan qui forme et cisèle. Que « fabrique » l'aventure de celui-là ? Le texte y insiste : entre naissance et mort, la vie de « notre héros », développe l'*acte de lecture.* 1°) De l'ignorance initiale des lettres (état prolongé significativement chez le jeune aristocrate), on passe 2°) à l'interrogation brouillonne du mystère des signes (les prophéties, présages de Blanès ou encore le décryptage du discours machiavélique de la Cour) pour accomplir, au final, 3°) leur déchiffrement dans la claustration* contemplative et muette. On sait comment Fabrice, peu à peu, se réapproprie les signes pour dire l'indicible extase de l'amour fou dans la tour Farnèse, et comment, à *La Chartreuse de Parme*, la sublimation du Signe débordé par le Sens s'effectue conformément au modèle religieux du Sacrifice, consommé par les morts de Sandrino, Clélia et Fabrice lui-même. Les étapes une et trois posent les limites du texte, tandis que la phase deux d'exploration du symbole et du langage l'occupe quasi-intégralement. L'ignorance native croit au pouvoir éclairant de l'alphabet, qui rendrait le monde transparent et maîtrisable, cependant que l'interrogation toujours plus poussée du symbole renvoie *in fine* au mystère de l'être, à son énigme infinie, que seul le silence ultime peut accueillir.

> [...] il [Fabrice à la tour Farnèse] parvint à faire passer un petit morceau de fil de fer par l'ouverture que la croix de fer avait pratiquée, et il lui fit des signes, qu'elle [Clélia] comprit évidemment, du moins dans le sens qu'ils voulaient dire : je suis là, je vous vois.

La révélation de la vérité du monde par la passion commence donc à se faire jour par « l'ouverture de la Croix ». Tout un programme d'extase, d'agonie et d'épreuve de la transcendance gît là : le signe de Fabrice à Clélia est aussi celui de Dieu à l'homme. Philippe Lacoue-Labarthe, dans son article de l'*Atlas Universalis des Littératures*, écrit que la littérature, à partir du romantisme, s'est voulue chemin du savoir, connaissance, recherche du « chiffre du monde ». Le trajet identitaire problématique de Fabrice, passage de l'*action* dans la société à la *contemplation*, épreuve solitaire du mystère de l'être, mis à nu dans le dépouillement, représente aussi l'activité de la littérature comme lecture du monde, tout en renvoyant à l'opération de lecture de ce déchiffrement. Il ne s'agit jamais que de fabriquer une illusion « désillusionnante ». En d'autres termes, le roman propose une *puissance* héroïque vraiment humaine, créatrice de soi, en exténuant, par dégradation successive, les images de l'héroïsme comme *pouvoir* sur autrui. La construction du personnage de Fabrice le prouve. Sa première caractéristique, qui le constitue comme problème, réside dans son statut paradoxal, de bâtard [héros sens 1] qui en fait à la fois un *exclu* tombé du monde divin et un *élu* appelé au monde sublime de la transcendance. Le texte suggère que Fabrice est engendré par le lieutenant Robert, raison pour quoi, par exemple, l'on ne se soucie pas de savoir où et comment il aurait appris son français, ledit Robert étant lui-même très interprétable comme figure d'Hermès : il en chausse les sandales lors de son arrivée à Milan. Fils d'un Dieu et d'une mortelle, le cadet de la marquise del Dongo doit renoncer à se mesurer au Père Idéal (l'Empereur, le comte A***, ex lieutenant Robert) : c'est Waterloo. *Exit* la première image de l'héroïsme. La deuxième subit le même sort : pas d'exploit possible. L'évasion de la tour Farnèse inverse ironiquement le motif du chevalier délivrant la Belle Captive, le duel avec le comte M*** est une caricature, elle-même dégradée par le duel avec Giletti etc. Les apprentissages de Fabrice montreront encore l'inanité* de la dévotion [sens 3] il ne suffit pas de multiplier les signes d'amour pour devenir amoureux de la duchesse ou de la Fausta. Bref, Fabrice doit, peu à peu, renoncer à se constituer par identification à un héros littéraire [sens 4], cesser de se prendre pour le chevalier Amadis ou le Saint-Preux de Rousseau. On ne peut même s'assurer que le personnage de Fabrice soit *au centre* [sens 4] de *La Chartreuse*. Se demander s'il en est *le* héros révèle surtout les ambiguïtés de l'économie narrative[1]. À l'aide des catégories psychanalytiques de De M'Uzan, on dirait que, pour accéder enfin à l'être en déployant toute la richesse humanisante de l'expérience symbolique, Fabrice doit abandonner le registre de l'*identique*, du stéréotype aliénant, pour celui du *même*, synonyme de construction du signe, du sens, par les variations, et d'édification libre du Moi régulant ses pressions internes et externes. Il en est du texte comme de « notre héros » : on ne compte plus les études de *La Chartreuse* consacrées à son art lyrique de la reprise modulée, tant sa dynamique provient de l'entrelacs des mêmes motifs, toujours récurrents et toujours modifiés. Récapitulons : la quête héroïque de Fabrice

1. Cf. l'article de Y. Ansel dans *La Chartreuse de Parme ou la chimère absente*, « Thermomètre des valeurs ou affinités électives », 1996, qui commence par cette question : Y a-t-il un héros dans *La Chartreuse de Parme* ?

forme, à l'image de l'enquête de lecture, un jeu dialectique* sur les significations de l'héroïsme dans le code linguistique et culturel, toutes convoquées, éprouvées, dépassées par un personnage et un texte *excessifs* et, pour finir, indéfinissables. Ce parcours initiatique* constitue l'héroïsme authentique tant du personnage que du texte et de sa lecture, comme *surplus irréductible*, soit comme liberté et comme art.

## Le jeu de l'héroïsme des personnages, image du jeu de la lecture

Lire *La Chartreuse de Parme* procure un magnifique plaisir, parce que le texte s'élabore pour que l'opération de lecture s'y déploie de façon *optimum*. Le roman forme, grâce au jeu dialectique décrit ci-dessus, une gigantesque métaphore de la lecture littéraire, activité héroïque par excellence : elle arrache l'homme aux fatalités et aux déterminations* en lui permettant de se poser comme énigme, en lui offrant la possibilité de s'affirmer comme liberté esthétique, créatrice de soi. Le texte thématise* d'abondance la notion de jeu, au point que toutes les formes de divertissement qu'il contient peuvent en cristalliser le miroir : l'opéra, bouffe ou non, la comédie, les fêtes, bals, feux d'artifice, parties d'échec, de whist etc. Mais ce qui nous intéresse ici est moins manifeste. Pour montrer comment *La Chartreuse* favorise, en la réfléchissant, la tâche du lecteur, nous nous appuierons sur le modèle proposé par Michel Picard dans *La lecture comme jeu.*

> Le *lu* se laisse voluptueusement manipuler par le « code psychologique », là-bas, aux confins de la raison et de l'identité -retenu cependant, maintenu dans les limites du jeu par son lien avec le *liseur*, lequel, bien carré dans son poste de douane s'efforce de « garder le contact » et demeure en communication permanente, par les viscères, les sens et le caractère, à la vie organique comme à la vie, périphérique et assourdie, des autres humains, à une pratique sociale définie qui lui permet de vivre, dans la reconnaissance confuse ou dans l'estrangement, le « code social » ; le *lectant*, lui, patrouille sur toute cette étendue, contrôlant la bonne liaison des deux autres, « prenant de la hauteur » comme il peut, évaluant la capacité de tolérance à l'inconnu, savourant la qualité du jeu, élaborant lentement de la connaissance.

Une telle relation entre *liseur* ancré par son corps dans sa réalité sociale, *lu* du fantasme et des forces de l'inconscient, *lectant* de la maîtrise intellectuelle critique et réflexive* semble bien représentée par le roman. C'est le cas dans la problématique fabricienne, image des efforts du Moi pour parvenir à être, à réguler ce jeu de force, où chaque pôle est toujours menacé de débordement par un autre, jusqu'à la synthèse finale, opérée à la Chartreuse. Par exemple, lors du premier enfermement farnésien le corps de Fabrice peut être socialement assujetti à la réalité sociale, (emprise minimisée autant qu'il est possible) tandis que le désir le submerge et qu'il tente de mettre en mots ce qu'il vit etc. L'antagonisme le plus puissant et, partant, le plus fécond réside entre le jeu de la pulsion (les Anglais diraient ici *playing* pour le *lu*) et celui du contrôle régulateur (*game* pour le *lectant*) :

> En ce moment de passion, Fabrice oubliait tout ce qu'il avait appris sur les règles de l'honneur et revenait à l'instinct, ou, pour mieux dire, aux souvenirs de la première enfance.
>
> [La querelle dans un café genevois]

Quant au Comte Mosca et à Gina del Dongo, tout en étant aussi construits par de violentes tensions internes entre *playing* et *game*, ils désignent, préférentiellement, l'un et l'autre ces deux instances de la lecture : le ministre figure la maîtrise, la stratégie machiavélique, réfléchie, calculatrice, élaborée. En abattant franchement ses cartes, il fait la conquête de la Sanseverina :

> Une fois entré dans cette sorte de jeu d'échec, [...] j'ai voulu occuper une des premières places ; j'y suis arrivé [...]

À l'opposé, la duchesse, championne de l'instinct représente le jeu du désir, de la libido*, du fantasme*, dépassant toute limite :

> La duchesse regarda Fabrice. J'ai fait cela pour lui, se dit-elle ; j'aurais fait mille fois pis, et le voilà qui est là devant moi, indifférent, et songeant à une autre ! Il était au-dessus des forces de la duchesse de supporter cette affreuse pensée ; elle tomba dans un profond évanouissement.

D'un bout à l'autre de la lecture du roman, le jeu des pulsions est favorisé par le flou et les constantes ambivalences, ambiguïtés, (l'indétermination physique des personnages, l'inceste latent, les ironies : que l'on songe, par exemple, au premier accès amoureux à Clélia dans la chapelle « invention de la haine qui ne peut tuer » !). Le miracle de *La Chartreuse* équilibre par des oscillations d'amplitude maximum (à la fois internes et externes dans le cas des personnages) le conflit entre l'instinct et la rationalité stratégique, entre roman d'amour et roman d'intrigue, *playing* et *game*. Pour reprendre le titre du beau livre que C.W. Thompson lui consacra, il s'agit bien du « jeu de l'ordre et de la liberté ». Qu'est-ce que l'ironie de Stendhal, son obliquité*, sinon l'indication du jeu entre les instances du texte, et la fabrication d'une représentation de la représentation désignant l'activité d'écriture et de lecture comme jeu ?

## *La Chartreuse*, lecture héroïque du monde

> Figure-toi qu'on t'enseigne les règles du jeu de whist ? Est-ce que tu ferais des objections aux règles du jeu de whist ?

Tels sont les conseils de la duchesse envoyant son neveu suivre ses études de théologie à Naples. Tel semble, aussi, le protocole de lecture prévu par le roman, laisser jouer à plein régime les énergies de la maîtrise symbolique et du fantasme. Dans « cette sorte de jeu d'échec », le texte détaille clairement des règles constituées, *grosso modo*, des rouages politiques de la société articulés problématiquement aux lois de la psychologie individuelle. Mais il explique aussi le *déroulement* in extenso *d'une partie décrite.* La rage de la critique à « rejouer » les coups en imaginant d'autres « ouvertures » s'explique peut-être ainsi. C'est, à notre sens, oublier qu'implicitement, le roman joue surtout « à la littérature ». L'écriture se donne d'abord comme lecture de l'art qui l'a précédé. Assumons la banalité du propos. Il ne s'agit pas seulement de rappeler l'érudition de Stendhal et l'existence des innombrables sources du récit, traquées depuis longtemps par les érudits. *La Chartreuse*, comme lecture héroïque de la littérature, dépasse en les intégrant les emblèmes littéraires de l'héroïsme [ceux de Shakespeare, Cervantès, du Tasse, de Lesage...] dialectique qui s'accompagne évidemment d'une conception « révolutionnaire » de la *mimesis**, jubilatoire* et libératrice :

> Il ajoutait que, comme poussé par une force surnaturelle, il alla se placer hardiment entre deux sentinelles assez voisines. Je n'étais nullement troublé, il me semblait que j'accomplissais une cérémonie. Il agissait mécaniquement dit-il, comme il eût fait en plein jour, descendant devant des amis, pour gagner un pari.

Dix pages de glose n'épuiseraient pas la signification de cette image de l'héroïsme romanesque. Du « il » au « je », se déploie l'espace transitionnel* du roman, du symbole, de la culture, entre altérité et identité. « Jouer au texte », ce peut être voir dans l'épisode une description de l'épreuve esthétique* : inspiration, défi, sérénité de l'accomplissement rituel, geste public, pari... Pendant que Fabrice descend la Tour, romancier et roman, en toute ironie, se jouant des mythes, gagnent tranquillement le Panthéon* de la littérature universelle.

## Glossaire

**claustration** : réclusion, enfermement.

**cuistrerie** : ridicule prétention de savoir du pédantisme.

**détermination** : force extérieure, sociale, historique, pouvant influencer les vies des individus.

**dialectique** : le fait de surmonter une contradiction dans une fusion harmonieuse des contraires. (Hegel)

**empyrée** : la partie la plus élevée des cieux antiques.

**fantasme** : scénario de réalisation d'un désir en présence du sujet désirant.

**inanité** : vanité, inutilité.

**initiatique** : qui propose une initiation, le passage à une autre manière, toute nouvelle, d'appréhender la réalité.

***mimesis*** : vocabulaire d'Aristote : désigne la littérature en tant qu'elle tend à une représentation par imitation de la réalité.

**narcissique** : tourné vers l'individu, qui flatte son désir de se plaire.

**obliquité** : caractère de ce qui est oblique, à l'instar des interventions du narrateur dans le roman.

**Panthéon** : temple de tous les dieux, monument consacré à la mémoire des grands hommes, ensemble de personnages célèbres.

**psittacisme** : le fait de répéter comme un perroquet.

**réflexif, -ve** : conscient de ce qu'il fait, capable de se représenter soi-même dans une situation.

**tautologie** : une explication par le même. (ex : cercle : se dit d'une figure circulaire)

**thématiser** : prendre comme thème, comme sujet.

**transitionnel** : au sens du psychanalyste Winnicott dans *Jeu et Réalité*, l'espace symbolique, la zone intermédiaire entre le dedans et le dehors qui permet à l'enfant de grandir et de devenir un être à part entière. Par extension, peut modéliser toute la culture.

# Bibliographie


## Pour situer *La Chartreuse de Parme* dans l'œuvre de Stendhal

- Alain, *Stendhal et autres textes*, PUF, « Quadrige », 1935.
- Barbéris Pierre, *Sur Stendhal*, Éditions sociales, 1982.
- Bardèche Maurice, *Stendhal romancier*, La Table Ronde, 1947.
- Berthier Philippe, *Stendhal et la Sainte Famille*, Droz, 1983.
- Blin Georges, *Stendhal et les problèmes du roman*, Corti, 1958.
- Crouzet Michel, *Stendhal et le langage*, Gallimard, 1981 ;

  *Stendhal et l'italianité*, Corti, 1982 ;

  *La Poétique de Stendhal*, Flammarion, 1986 ;

  *Le naturel, la grâce et le réel dans la poétique de Stendhal*, Flammarion, 1986.
- Felman Shoshana, *La « Folie » dans l'œuvre de Stendhal*, Corti, 1971.
- Genette Gérard, « Stendhal » dans *Figures II*, Seuil, 1969.
- Gracq Julien, *En lisant, en écrivant*, Corti, 1982.
- Guérin Michel, *La Politique de Stendhal*, PUF, 1982.
- Jones G.J., *L'Ironie dans les romans de Stendhal*, Lausanne, Grand Chêne, 1966.
- Marill-Albérès Francine, *Stendhal*, Éditions universitaires, « Classiques du XXe siècle », 1970.
- Nerlich Michael, *Apollon et Dionysos ou la science incertaine des signes*, Hitzeroth, 1989.
- Prévost Jean, *La Création chez Stendhal*, Gallimard, 1951.
- Richard Jean-Pierre, *Littérature et sensation*, Seuil, 1954.
- Roy Claude, *Stendhal par lui-même*, Seuil, 1951.
- Starobinski Jean, « Stendhal pseudonyme » dans *L'Œil vivant*, Gallimard, 1961.

  « Stendhal », *L'Arc*, n° 88, 1983.

## Pour approfondir l'étude de *La Chartreuse de Parme*

- Berthier Philippe, *La Chartreuse de Parme de Stendhal*, Gallimard, « Folio », 1995.
- Didier Béatrice, « *La Chartreuse de Parme* ou l'ombre du père », revue *Europe*, juillet-août, septembre 1972.
- Durand Gilbert, *Le décor mythique de* La Chartreuse de Parme. *Les structures figuratives du roman stendhalien*, Corti, 1961.
- Laudet Patrick, *La Chartreuse de Parme*, Nathan, « Balises », 1991.
- Rey Pierre-Louis, *La Chartreuse de Parme*, PUF, « Études littéraires », 1992 ;

  *Stendhal*, La Chartreuse de Parme, « Parcours critique », Klincksieck, 1996.
- Scheiber Claude, *Stendhal et l'écriture de* La Chartreuse de Parme, Lettres modernes, « Archives des lettres modernes », 1998.
- Therenty Marie-Eve, *La Chartreuse de Parme*, Hachette, « Repères », 1996.
- Thompson C.W., *Le jeu de l'ordre et de la liberté dans* La Chartreuse de Parme, Éditions du Grand Chêne, 1982.

# Les auteurs

**Maryse Adam-Maillet**, agrégée de Lettres modernes, licenciée d'Histoire et de Philosophie. Professeur en classes préparatoires scientifiques au lycée Roosevelt, à Reims.

**Suzanne Alexandre,** professeur certifié de Lettres modernes. Collaboratrice à « l'École des lettres ». A créé et animé pendant quinze ans la troupe de théâtre du lycée Henri Bergson. A publié un ouvrage de méthodologie (baccalauréat) aux éditions Bordas.

**Philippe Andrès**, agrégé de Lettres modernes et docteur ès Lettres de troisième cycle, enseigne au lycée Condorcet de Méru. Il est chargé de cours à l'université de Picardie (Beauvais). Il a publié *La femme et ses métamorphoses dans l'œuvre de Théodore de Banville*, Champion, 1993 ; *Théodore de Banville (1823-1891) Essai biographique et littéraire*, L'Harmattan, 1998 ; *La Nouvelle*, Thèmes et Études, Ellipses, 1998 ; *Théodore de Banville, Œuvres poétiques complètes*, Édition critique, (Idylles prussiennes, Trente-six ballades joyeuses, Rondels), tome VI, Champion, 1999.

**Paul-Laurent Assoun**, ancien élève de l'ENS (St-Cloud), docteur d'État, agrégé de l'université. Professeur à l'Université Paris VII. Directeur de la collection « Philosophie d'aujourd'hui » (PUF). A publié plusieurs ouvrages sur la théorie psychanalytique, la théorie sociale et l'histoire des idées : *Freud, la philosophie et les philosophes* (PUF, 1976), *Marx et la répétition historique* (PUF, 1978), *Marxisme et théorie critique* (Payot, 1978), présentation et traduction de *l'Intérêt de la psychanalyse* de S. Freud (Retz, 1980), *Freud et Nietzsche* (PUF, 1980-1982) ; éd. crit. de : Paul Rée, *L'Origine des sentiments moraux* (PUF, 1983), *Freud et la Femme* (Calmann-Lévy, 2e éd., 1993), *L'Entendement freudien. Logos et Anankè* (Gallimard, 1984), ainsi qu'une édition critique de *Pour une évaluation des doctrines de Mach* de R. Musil (PUF, 1985), *L'École de Francfort* (PUF, 1987), *Freud et Wittgenstein* (PUF, 1988), *Le Pervers et la Femme* (Anthropos/Economica, 1989), *Le Freudisme* (PUF, « Que sais-je ? », 1990), *Le Couple inconscient. Amour freudien et passion postcourtoise* (Anthropos/Economica, 1992), *Introduction à la métaphysique freudienne* (PUF, « Quadrige », 1993), *Freud et les sciences sociales* (Colin, 1993), *Le Fétichisme* (PUF, « Que sais-je ? », 1994). *Leçons psychanalytiques sur le regard et la voix, Corps et symptôme, Frères et sœurs,* (Anthropos/Economica, 1995, 1997, 1998), *Psychanalyse*, PUF, Premier cycle 1997, *Marx et la répétition historique*, PUF, Quadrige, 1998 (2e éd.), *Littérature et Psychanalyse* (Ellipses, « Thèmes et Études », 1996) et *Le préjudice et l'idéal. Pour une clinique sociale du trauma*, Anthroplos/Economica, 1989. A contribué à de nombreux volume de la collection « Analyses & Réflexions ».

**Franck Bellucci** est agrégé de Lettres modernes, il est chargé de cours à l'Université d'Orléans, et professeur au lycée Maurice Genevoix (Ingré - 45).

**Michel Bernier**, diplômé en littérature française (DEA) et en espagnol (maîtrise) a enseigné dans divers pays (Espagne, Maroc, Hongrie) et en particulier comme lecteur à l'université de Saragosse (1974-1983), où il s'est consacré surtout à la littérature contemporaine et à la pédagogie du Français Langue Étrangère, domaines dans lesquels il a publié, tant en français qu'en espagnol, articles et ouvrages. Après avoir enseigné dans le Nord, il est actuellement professeur de Lettres au lycée Marx Dormoy de Champigny, où il assure aussi la responsabilité de la classe européenne en espagnol. Enfin, il donne des cours à l'École Nationale de Commerce de Paris.

**Christine Bétis**, professeur en classes préparatoires littéraires et scientifiques au lycée Joffre de Montpellier, a participé à plusieurs ouvrages de la collection « Analyses & Réflexions ». Elle est également l'auteur d'une étude sur les *Métamorphoses* aux éditions Ellipses.

**Michel Borrut**, docteur ès Lettres, agrégé de Lettres modernes, professeur en classes préparatoires au lycée Buffon (Paris). A contribué à de nombreux volumes de la collection « Analyses & Réflexions ».

**Pierre Cambou** est professeur agrégé de Lettres classiques, docteur ès Lettres. Il exerce au lycée Saint-Sernin de Toulouse et il est l'auteur du *Traitement voltairien du conte* à paraître aux éditions Honoré Champion, dans la collection « Les Dix-Huitièmes siècles », dirigée par Raymond Trousson. Il prépare également une série d'articles consacrés aux contes philosophiques et à la notion de roman, dans le cadre d'une contribution au nouveau *Dictionnaire général de Voltaire*, à paraître chez le même éditeur. Il participe enfin à l'édition des *Œuvres complètes* de Voltaire par la Voltaire Foundation.

**Catherine Cazaban** est professeur agrégé de Lettres modernes au lycée Jules Verne de Cergy-le-haut (95). Elle a participé au manuel de Littérature Première, Hatier, a publié trois ouvrages sur Victor Hugo dans la collection « Les Étonnants Classiques » et une étude sur *Une vie* de Maupassant chez Ellipses.

**Jacques Dürrenmatt** est maître de conférences à l'université de Poitiers où il enseigne la stylistique française. Après s'être interrogé sur les signes et rituels de la fin dans le récit du XIX$^{e}$ siècle, s'est lancé dans un questionnement, linguistique autant que poétique, du rôle joué par les systèmes démarcatifs (ponctuation, division) dans la production du texte littéraire. A publié récemment un livre sur le sujet aux PUV, intitulé *Bien coupé mal cousu*, ainsi qu'une édition critique d'un roman excentrique de Nodier aux éditions de la licorne. S'intéresse actuellement plus particulièrement aux ambiguïtés de l'écriture stendhalienne.

**Catherine Durvye**, agrégée de Lettres classiques. En poste en classes préparatoires littéraires et scientifiques au lycée Lakanal à Sceaux. A écrit sur Camus, Gogol, Flaubert dans la collection « Analyses & Réflexions », Brecht et Platon. Participe à une étude du dialogue théâtral dans *Partage de Midi* de Claudel.

**Franck Evrard** est professeur de Lettres modernes, docteur ès Lettres et ès Arts du spectacle, il est chargé de cours à l'université de Paris VII-Denis Diderot. Sa thèse de doctorat porte sur le corps et la mort dans le théâtre contemporain français. Il a écrit plusieurs pièces de théâtre dont *Luna* (Actes Sud/Papiers). Il est l'auteur de plusieurs essais dont *Le Théâtre français du XX$^{e}$ siècle* (Ellipses, 1995), *Michel Foucault* (Bertrand-Lacoste, 1995), *Lire le roman policier* (Dunod, 1996), *L'Humour* (Hachette Supérieur, 1996), *La Nouvelle* (Le Seuil, coll. « Mémo », 1997), *Effeuillages romanesques* (Nizet), *Fait divers et littérature* (Nathan), *Albert Camus* (Ellipses, 1998), *Flaubert* (en collaboration avec Bernard Valette, Ellipses, 1999) et *Mythes et mythologies de la Grèce* (Milan, 1999). Il a collaboré aux « Analyses & Réflexions » sur Senghor, Perec, Camus, Flaubert. Il est directeur et rédacteur en chef de la revue de littérature « Contre-Vox ».

**Eddy Hanquier**, agrégé de Lettres modernes, professeur en classes préparatoires scientifiques au lycée Thuillier à Amiens, titulaire d'un DEA de Lettres et Littérature comparée. Prépare une thèse sur la place de la mémoire dans l'œuvre de Le Clézio. Dans la présente collection, a participé aux volumes sur Balzac, Butor et Racine.

**Arturo Horcajo** est enseignant dans l'Indre à Langé et prépare une thèse sur le roman picaresque espagnol. Il a participé à l'ouvrage *La vie est un songe* (« Résonance », Ellipses), ainsi qu'aux volumes de la collection « Analyses & Réflexions » sur Camus, Hugo, Gogol, Renoir et Stendhal.

**Carlos Horcajo,** certifié de Lettres modernes, professeur au lycée Diderot (Paris) ; il a participé à l'ouvrage *La vie est un songe* (« Résonance », Ellipses), ainsi qu'aux volumes de la collection « Analyses & Réflexions » sur Camus, Hugo, Gogol, Renoir et Stendhal.

**Bernard Laurent** est titulaire d'un D.E.A. de Langue française, il est professeur de français au Centre de Formation Lincoln (CFL). Il est l'auteur de *L'Esprit des Lumières et leur destin*, Ellipses, 1996.

**Alain-Gabriel Monot** est professeur d'Expression et de Communication à la faculté des Sciences de l'université de Bretagne occidentale à Brest. Dans la présente collection, il a collaboré aux volumes consacrés aux *Confessions*, aux *Châtiments*, aux *Villes tentaculaires* et aux *Éthiopiques*.

**Marie-Hélène Prouteau**, agrégée de Lettres modernes est professeur en classes préparatoires scientifiques au lycée Clemenceau à Nantes. Titulaire d'un DEA de Littérature du XX$^{e}$ siècle, elle a plus particulièrement consacré ses travaux de recherche à M. Yourcenar : études sur *Denier du rêve* et *L'Œuvre au noir* dans le bulletin de la Société Internationale d'Études Yourcenariennes (Université de Tours). Dans la présente collection, elle a participé aux volumes sur le Roman d'apprentissage, sur Yourcenar, Gogol et Hugo.

**Guy Renotte** est docteur en Philosophie. Il est professeur au lycée Louis-le-Grand à Paris. Il a publié l'année dernière chez Ellipses dans la collection « Résonances » une étude sur *Les Mots* de Sartre.

**Jean-Claude Rouanet**, agrégé de Lettres classiques, Docteur ès Lettres (thèse : « Le monde et la bibliothèque » : étude de la composition littéraire chez Julien Gracq) à l'université Toulouse-Le Mirail, actuellement Inspecteur d'Académie dans l'Académie de Toulouse. Articles publiés récemment : « Portes et maisons. Le clos et l'ouvert dans *Aurélia* de G. de Nerval (1997), Ellipses. Lecture d'*Éloge et pouvoir de l'absence* de Victor Segalen, dans *Champs de signe*, 1999, Éditions Universitaires du Sud.

**Enrique Seknadje-Askénazi** est maître de conférences au département d'Études Cinématographiques et Audiovisuelles de l'Université Paris VIII. Il publie régulièrement des articles sur le cinéma dans des revues et des ouvrages collectifs français et italiens, et a notamment collaboré à plus d'une quinzaine de volumes de la collection « Analyses & Réflexions ». Il prépare actuellement un livre sur Roberto Rossellini.

**Marie-Noëlle Wicker**, titulaire d'une maîtrise de Philosophie, et certifiée, a enseigné la Philosophie en classe de terminale, elle enseigne actuellement les Lettres et la Culture générale en classe de BTS au lycée de la Chambre de Commerce de Nimes.

Aubin Imprimeur, 86240 Ligugé. — D.L. mai 2000. — Impr. L 60072